五朵厂花

邱贵平 著

中国文史出版社

图书在版编目（C I P）数据

五朵厂花 / 邱贵平著. -- 北京 : 中国文史出版社, 2020.4
（实力榜·中国当代作家长篇小说文库）
ISBN 978-7-5205-2001-0

Ⅰ. ①五… Ⅱ. ①邱… Ⅲ. ①长篇小说－中国－当代 Ⅳ. ①I247.5

中国版本图书馆 CIP 数据核字(2020)第 055842 号

责任编辑：全秋生

出版发行：中国文史出版社
地　　址：北京市海淀区西八里庄路 69 号　　邮编：100142
电　　话：010－81136602　81136603　81136606（发行部）
传　　真：010－81136655
印　　装：北京温林源印刷有限公司
经　　销：全国新华书店
开　　本：787×1092　1/16
印　　张：16.75　　字数：260 千字
版　　次：2021 年 1 月北京第 1 版
印　　次：2021 年 1 月第 1 次印刷
定　　价：49.80 元

目　录

CONTENTS

大力女神艾兰花

1

阳光明媚，空气甜美，天气好得像童话。

十七岁的艾兰花，在离家四五里外一个叫鹅公窠的山窠里扯猪草。鹅公窠水肥草美，猪草多得超出她的想象，灰灰菜、荠荠菜、小野白菜、婆婆丁、琵琶草……争相斗绿，绿得艾兰花眼花缭乱。

那年月，每户人家只允许养一头猪，从年头养到年尾，过年时宰杀。那时的猪，和牛一样，吃的是草，只不过牛吃的是生草，猪吃的是熟草。吃草长出来的猪肉，和吃草生出来的牛奶一样鲜美。艾兰花家养的猪，每年都是村里最大最肥的，这里头有艾兰花的汗马功劳。

艾兰花扯的猪草，鲜嫩肥美，品种丰富，久而久之，她家的猪胃口变刁了，有点挑食，一般的猪草不吃。为了寻找高质量的猪草，爱猪敬业的艾兰花总是到人迹少至的山窠里去探索发现。人迹少至的山窠离村较远，来回要走一两个小时，艾兰花每次都带着干粮，中午随便应付一餐，争分夺秒扯着猪草，直到下午两三点，才挑着一担沉甸甸的猪草回家。

艾兰花很兴奋，也很紧张，她从未在其他山窠见过如此茂盛的猪草，飞快地扯着，每隔一会儿，抬起头望一眼路口，生怕不速之客闯进来，瓜分她的猪草。

当艾兰花第九次抬起头朝路口张望的时候，一个熟悉的身影闯进她的视线，那身影东张西望，脚下磕磕碰碰。

“茶花！你来做什么？”艾兰花直起婀娜的腰身，朝那个身影大叫。

艾茶花：“姐，可找到你了，赶快回家！”

艾兰花：“回家做什么？”

艾茶花："有急事！"

艾兰花："什么急事？"

艾茶花："回家就知道了。"

艾兰花："那猪草怎么办？还没扯完呢。"

"都什么时候了，你还有心思扯猪草，快回家吧。"艾茶花急得直跺脚。

艾兰花恋恋不舍望了几眼没扯完的猪草，把扯好的猪草匀成两份，捆紧，将茅担两头插进猪草，挑在肩上，跟在茶花身后，快步回家。长及臀部的大辫，像一条尾巴被固定、头朝下的黑蛇，曼妙而有节奏地舞动着，全身散发着擂茶般浓烈的青春气息。

茅担和扁担一样，都是竹子做的，不过，扁担身子是扁的，两头是平的，什么都能挑；茅担身子是圆的，两头是尖的，专门用来挑猪草。做扁担的竹子粗，至少有饭碗碗口粗，一段圆竹一分为二；做茅担的竹子细，只有标枪那么粗，茅担既然是圆的，自然不开膛破肚。

如果茶花不来叫艾兰花，她至少要忙到下午三点多，才能把鹅公窠的猪草全部扯完。把鹅公窠的猪草全部扯完，捆成两捆，至少一百斤，挑在肩上，茅担压得弯弯的，咯吱咯吱地响着，好听极了。重压之下，艾兰花曲折的腰身，绷得像一张蓄势待发的弯弓，更加婀娜多姿，好看极了。

此时的猪草，才四五十斤，茅担受力不足，坚挺笔直，挑在肩上轻飘飘的，没有一点质感。

艾茶花越走越快，近乎小跑，艾兰花骂道："死丫头，你赶去嫁人啊。"

艾茶花转过头，眼睛红红的："我才不赶去嫁人呢，要嫁人的是你！"

艾兰花："你说什么？"

"人家都上门来相亲了！"艾茶花拾起一颗鹅卵石，狠狠扔了出去，擦了一把夺眶而出的眼泪，飞身往家里跑去。

艾兰花的步伐一下乱了，心也乱了，感觉背上的辫子，都要乱了。

艾兰花心神不安走近家门时，姑姑、婶婶春风满面迎了出来，抢着接过茅担，几个调皮的孩子朝她做着鬼脸。

艾兰花走进家门口，斜眼望去，厨房里妗妗、伯母喜笑颜开，切菜的切菜，烧火的烧火，炒菜的炒菜，桌上放了很多炒好和没炒好的菜。

艾兰花走进客厅，叔叔、伯父、爸爸、姐夫都在，还有几个不认识的陌生人。

所有人都对她露出灿烂而神秘的笑容。

艾兰花无所适从，走进厨房。大姐和妈妈看到她非常高兴，好像几年没见面似的。大姐脸上的雀斑，好像一下淡了许多。母亲脸上的皱纹，似乎一下浅了不少。

艾兰花系上围裙捋起袖子，帮忙煮饭，妈妈拦着她说，“厨房不要帮忙，你休息一会儿去梳妆一下。”硬把她推出厨房。

艾兰花回到卧室往客厅偷看，注意到陌生人当中的那位年轻人，个头一米七左右，上穿一件蓝色翻领衣服，下穿一条黑色裤子，脚穿一双白得耀眼的回力鞋，头圆耳大，浓眉大眼，嘴宽唇厚，不好看，也不难看，一副呆样，低着头感觉很老实！

陌生人当中，还有一个戴着绿军帽、男不男女不女的人，手里始终拎着一个黑提包，不停地抽着烟（两耳还夹着两支烟），不住地说着话。

艾茶花不知什么时候悄悄走到艾兰花身边，扯了扯她的衣角：“姐，妈妈要把你嫁给那个人，叫涂文保，糊涂的涂，好古怪的姓。那个抽烟的女人，是媒婆，大家都叫她郑主席，奇怪咧，我们国家除了毛主席，还有别的主席么？”

艾兰花把手指伸进嘴里，轻轻咬着，一张脸灿若桃花，不知是害羞还是喜悦，忧伤还是幸福……

2

艾兰花那个村子，叫石井坑，离石牛水泥厂一百六十多里。石井坑十分落后，落后到何种地步呢？直到世纪之交，还停留在“手机根本没有信号，电视只有一两个频道，交通只有一条羊肠小道，信件经常收不到，天一黑就上床睡觉，经常能听到鸟叫”的地步。

嫁给涂文保之前，艾兰花不知电影和报纸为何物，从来没有坐过汽车，第一次坐汽车进城和涂文保定亲时，觉得汽油比菜油还好闻，下车后追着汽车跑，还想闻一闻汽油沁人心脾的好味道。

艾兰花姐妹三个，她是老二，长得最好看，下面还有一个妹妹两个弟弟，大姐早已出嫁，姐夫人倒是不错，可惜英年早病，是个什么也干不了的药坛子。村人一致认为艾兰花嫁给涂文保很合算，从此艾家一家人有了靠山，可以靠在涂文保这棵大树下歇凉。

艾兰花做梦也想不到，半年后第二次见到的涂文保，和上次见到的那个涂文保，居然不是同一个人。

这次见到的涂文保，身高不到一米六，脑袋好像一枚炸弹，随时都要爆炸，瘦削粗糙的瓜子脸，颧骨高耸，两颊深陷，一双尖耳朵、一只蒜头鼻和一张血盆大口，一口糙牙又黑又黄，两颗大门牙露天，唯一出彩的是那双眼睛，虽然不大，却炯炯有神，眼珠好似燃烧的烟头，灼灼逼人。脑袋下面是一个过长的脖颈，脖颈下面是一具短得不成比例的干瘦身躯，像根水分不足的歪脖子硬木，坚硬得难以扭摆。

那天，父母特意把涂文保修饰了一番，看上去依然像出土文物，早上才穿上的新衣服，到了中午也就是艾兰花抵达之前，就弄脏了。更要命的是，艾兰花抵达前十分钟，涂文保拉了一泡尿，忘记把裤裆开口上的纽扣系上，露出里面的绿秋裤，秋裤前面的开口没有扣子，于是又露出更里面的白水裤（短裤），水裤当然没有开口，但关键部门有邮票那么大一片新鲜的黄斑，等于露出最里面的生殖器。

也许是因为激动，也许是出于紧张，吃饭的时候，涂文保鼻孔里已经封冻的“黄河”突然解冻，发出窸窸窣窣的响声。开始，他还能控制水流，不至于决堤。可是，当他目不转睛地盯着艾兰花时，便一泄千里泛滥成灾。身旁的老父猛地踢了儿子一脚，涂文保这才回过神来，惊天动地猛地一吸，但覆水难收，已经来不及了，下意识抬起胳膊，往鼻子上一抹，黄河暂时断流。黄河断流了，口水又出现管涌，美酒美味再加上美色，使得涂文保彻底忘记自己的身份，身份一忘记，形象也就用不着顾及，不管三七二十一，抬起胳膊左右开弓，两条崭新的袖子，很快龌龊得像猪场饲养员的袖套。

尽管艾兰花已经饥肠辘辘且八个月不知肉味，面对那桌比她家年夜饭还丰盛的见面饭，却一点胃口也没有。与其说是涂文保的丑貌倒了艾兰花的胃口，还不如说是涂文保的丑态倒了艾兰花的胃口，涂文保的丑貌，完全超出她的心理承受范围。

更让她难以忍受的是，涂文保和他的父母，还有那个男不男女不女的郑主席，居然合伙把她骗了，还骗得理直气壮。

面对艾兰花愤怒的质问，郑主席面不改色心不跳：“我们这么做，也是出于无奈，怕你只看表面不看本质，只看长相不看人品，涂文保同志虽然长得难看了些，但为人老实善良，两次被评为先进工作者。工人阶级长得再不好看，也是领导阶级嘛，工人阶级领导一切，你要珍惜这桩婚姻啊，过了这个村，就没那个店了。”

艾兰花针锋相对：“领导阶级怎么了？领导阶级也不能骗人呀，我不在乎嫁给一个丑八怪，但打死不会嫁给一个骗子，我父母也不会同意把我嫁给一个骗子，你们都是骗子。我们农民虽然穷，多少还是有点志气的，我们农民高攀不上你们工人阶级。”

艾兰花甩袖而去。

老父见状，又踢了一脚涂文保，这一脚踢得比较狠，涂文保吃痛，含糊不清地叫了起来，他正手嘴并用、津津有味地啃着一只大鸡腿。

老母拎起筷子，往涂文保脑门戳去：“呆子，都什么时候了，你还有心思吃，快追呀，把人追回来。”

涂文保这才意识到事态严重，霍地站起，将桌子板凳弄得稀里哗啦乱响，却舍不得放下那只鸡腿，一边啃一边追了出去，两只脚掌噼里啪啦，仿佛一只受惊的鸭子。

艾兰花速度好快，身子一拧一拧的，屁股一颠颠的，辫子一抖一抖的，转眼走出粉尘迷漫的石牛水泥厂。

涂文保冲着艾兰花的背影大叫：“兰花，等等我！”

艾兰花走得更快了。

涂文保三下五除二将鸡腿囫囵吞进肚子，撒开脚丫子追了上去，张开双臂拦住艾兰花：“有话好说，别走嘛。”

艾兰花尖叫起来：“你别动我！”

涂文保用力吸了一把鼻涕：“你回去，我就不动你。”

艾兰花：“打死我也不跟你回去！”

涂文保：“拼死我也要把你弄回去！”

于是，两个人老鹰捉小鸡似的较上了劲，涂文保张开双臂叉开双腿步步逼近，艾兰花缩手缩脚步步后退。突然，涂文保猛地一个扑跃，将艾兰花紧紧搂在怀里。

涂文保比艾兰花矮一个头，那颗炮弹似的脑袋，埋进艾兰花蓬勃的胸脯，口水打湿了双乳。艾兰花又急又羞又恼又恨，一口咬住他的右耳，涂文保松开手，捂着鲜血直流的耳朵，嗷嗷乱叫。

艾兰花趁机脱逃。

艾兰花沿着马路，顺着来时的方向一口气跑出五六里，感觉安全了，才放慢脚步，又走了十几里，来到一个村庄，天已经黑了。艾兰花不敢往前走，也走不动，见村头有一座亭子，走进一看，还挺干净的，时值初夏，天气不冷不热，在里面将就了一夜。

艾兰花不怕夜的狰狞，也不怕举目无亲，怕的是坐不上车。此前，艾兰花去过最远最大的地方是镇上，县城对她而言，省城般遥远广大，如果坐不上车，也许永远也回不到石井坑。

天亮后，陆续有人走到亭子里候车。艾兰花这才知道班车经过这里时有停，心里一块石头终于落地，一时间竟然百感交集。来县城前，她听人说，班车只在有站点的地方停，否则哪怕公社书记拦车，司机也不停车。那时候，县城开往乡下的班车少得可怜，一条路线一天只开一趟，司机比公社书记派头还大。

艾兰花顺利坐上班车，顺利回到石井坑。

3

艾兰花逃得过初一，逃不过十五。

转眼一年过去了，涂文保的媒婆、厂工会主席郑火秀见女方迟迟没有动静，遂带领包括涂文保在内的八大金刚，硬是把艾兰花抢了来。

身材高大的郑火秀抽烟喝酒，瘾挺大，耳朵上经常夹着一支香烟，嘴巴里经常冒出浓烈的酒气，胳膊和大腿上的汗毛比欧洲女人还茂盛，睡觉的时候，呼噜山呼海啸。郑火秀从来不穿花衣服，从来不留长发，基本不穿皮鞋，大多时候穿的都是工装和劳保鞋。

由于她患有偏头疼的毛病，头发又掉得厉害，脑袋日益沙漠化，不得不一年四季戴着一顶帽子。只不过夏秋两季戴的是薄薄的军帽，春冬两季戴的是厚厚的呢帽。要不是她结婚并生了三个孩子这两个明摆着的事实，时刻提醒着人们，谁也不会把她当女人看。

抽烟喝酒的女人难对付，对付起工人来却游刃有余。工人对郑火秀亦心服口服，最让人佩服的是，她一手解决了包括涂文保在内的八大金刚的婚姻大事。

八大金刚皆是建产初期，从周边农村招来的老光棍和小光棍，最老的年近五十，最小的二十八岁，或四肢发达头脑简单，或四肢不发达头脑简单，嗜酒如命，醉酒后必闹事以助兴，动不动拍车间主任乃至厂长桌子。八大金刚性压抑严重，荷尔蒙极度过剩，骚扰民女偷看女工洗澡等恶性事件，时有发生，是一群货真价实的危险分子。

别看涂文保四肢既不发达头脑又十分简单，色胆却大得可以容下一头大象，曾经在工友的怂恿之下，以迅雷不及掩耳的巧妙手法，把一个上夜班打瞌睡的女工裤子褪下，拔下两根葳蕤的阴毛。凭着这两根阴毛，涂文保从工友手上换得一包香烟和一瓶白酒。

为了稳定厂心，让八大金刚安心生产，按照现在的说法，就是以人为本，厂领导班子经研究决定，要将八大金刚的婚事当作一项政治任务来完成。这个光荣而又艰巨的任务，当仁不让落到郑火秀身上。

当年的老百姓，给石牛水泥厂工人起了个外号叫水牛公。那时没有除尘设备，一个班上下来，除了眼睛里的两点白，全身上下灰蒙蒙的，打个喷嚏都要喷出一钱灰来。还有一种叫法，日本鬼子。水泥工人头上戴的那顶蓝色披肩防尘帽，和小日本侵略中国戴的军帽雷同，故有此称。

八大金刚干的都是最苦最累最脏的工种：破碎、拉料、烧窑、倒磨。

石牛水泥厂地处城郊，加上太脏，水泥工人地位很低，别说社会上的姑娘瞧不起，就是附近的民女也掩着鼻子嫌弃，生怕嫁给他们，生的孩子也是一股子水泥味。本厂的妞儿，只要生理上没有明显缺陷，万不得已，绝不就地取材，纷纷削尖脑袋往城里嫁，再不济，也要嫁给一墙之隔的电炉工人。

在这种逆境之下，郑火秀没有被困难吓倒，拎着个人造革黑提包，走村串户，媒婆之道越走越远越走越宽阔，田头地角桌上灶边，与那些有女待嫁的农民打成一片，凭着三寸不烂之舌，连哄带骗加抢，竟然在短短五年内不辱使命，给八大金刚统统找到了老婆，一时轰动全厂，声望鹊起，受到地区工会主席亲自接见，被评为地区劳模。

八大金刚感激涕零，集体认她作干娘，她也不谦让，大摇大摆轮流上他们家，大碗喝酒大块吃肉，兴致来了，还捋袖子抡胳膊，划上几拳。

八大金刚当中，涂文保难度最大。郑火秀说大了舌头，终于在遥远的石井坑，说动艾兰花父女。

艾兰花像手电，照到哪个男人心里，哪个男人心里亮堂堂热辣辣。涂文保心里更是亮堂得和热辣得，好似燃起一场百年不遇的森林大火，如今艾兰花逃跑了，带走了光明，涂文保心里一片黑暗，伸手不见五指。

涂文保心里那个苦啊，无处发泄，先是用粉笔在立窑窑体“画”下一首打油诗：美不美，看大腿；馋不馋，看乳房。

这首打油诗在石牛水泥厂已经流传了好一阵子，原创是跳蚤。那天，涂文保叫跳蚤把打油诗写在纸上，然后依葫芦画瓢，画到窑体上。涂文保只念到三年级，自己名字写不清楚，领取工资、奖金、劳保的时候，统统盖私章。立窑窑体呈圆柱形，直径达十米，有六层楼高，为了让打油诗醒目，不被人擦掉，涂文保不惜冒着生命危险，从窑顶系绳而下，悬在半空，艰难画下那十二个大字。

老厂长看后勃然大怒，要涂文保把字擦掉，涂文保脖子一挺，我要是掉下摔死怎么办，厂里评我当烈士啊？老厂长说，你写的时候，怎么不怕掉下来？涂文保嘻嘻笑道，那天我喝了一斤五加皮壮胆，你要给我两斤五加皮，我就把字擦掉。老厂长拿他没办法，踢了他一脚，妈个巴子，你喝尿去吧，下不为例，小心老子扒你的皮。

涂文保烂笑道："扒身上的皮，还是扒鸡巴上的皮？"

老厂长又踢了他一脚："扒你的脸皮。"

涂文保："我的脸皮最厚了，不怕你扒。"

老厂长："不怕扒是吧，那老子把你扔进窑炉，烧你狗操的。"

老厂长的一句戏言，竟然成为谶言，这是后话。

窑体上的打油诗粉迹未褪，涂文保又袭击了一位女工的乳房和屁股。那是位未婚女工，长得不怎么样，自尊心极强，寻死觅活的。更要命的是，她男朋友是社会上的地痞，借机生事，威胁老厂长如果不把他女朋友调到办公室，他就把老厂长的办公室砸了，把涂文保的鸡巴割了。最终虽未得逞，却把老厂长搞得焦头烂额。

这事过后，老厂长把郑火秀叫到厂门口，指着大门两边柱子上的标语说道："'高高兴兴上班来，平平安安回家去'，火秀啊，像涂文保这些金刚，首先得有个家，他才能够高高兴兴上班来，平平安安回家去啊。不然水泥厂不得安宁，我也不得安宁啊。"

老厂长说完，重重拍了拍郑火秀的肩膀。

第二天，郑火秀便带着涂文保的父亲，二赴石井坑。

这一次，他们带去三尺的确良、三尺咔叽、两条大前门香烟、两斤冰糖。艾兰花父母礼照收，就是不明确表态，一再强调女儿还小，婚姻大事不急，男方等得起就等，等不起千万别耽误自己，不要在一棵树上吊死。

两个月后，涂文保父亲又带着六尺呢绒、两斤红糖、五斤线面，单独前往石井坑，艾兰花父母还是那副爱嫁不嫁的德行。

4

郑火秀忍无可忍，这是公然藐视工人阶级，你不仁，我只好不义！于是率领八大金刚和保卫科长一行十人，浩浩荡荡奔赴粮票大小的石井坑。

除了保卫科长，郑火秀和八大金刚一律身着工装，脚穿劳保皮靴。劳保鞋轮胎底，牛皮面，鞋尖面上还镶嵌着一块拱形薄钢板，一只一斤多重，把石井坑的地皮踩得一颤一颤的。那阵势，仿佛鬼子进村。

保卫科长头戴大盖帽，身穿公安装，脚蹬二接头皮鞋，鞋底钉着鞋钉，走在水泥和石头路面上，马蹄般呱嗒呱嗒响，更添威严。除了皮鞋，制服和大盖帽都是郑火秀让保卫科长从派出所借来的。

郑火秀他们的到来，惊动了石井坑的天和地，惊动了石井坑的山和水，惊动了石井坑的人和兽。一时间，人们奔走相告，鸡飞狗跳，猪牛坐卧不安，恨不能冲出猪圈牛栏，跑到艾兰花家里看热闹。

石井坑男女老少五六十号人，开始还有点同仇敌忾共御外侮的气概，当郑火秀从她的黑提包里拿出一条大前门香烟和一大包小白兔奶糖；当金刚们给每人分了两粒奶糖、男人外加两支香烟时，他们恨不得箪食相迎，孩子呵斥乱叫的狗，女人帮忙端凳烧水。

男人则近前寒暄，甲说，你们的衣服真好看；乙说，你们的鞋子真高级；丙说，你们工人真神气；丁说，你们工人真幸福。甲问，你们一年发几件衣服；乙问，你们一年发几双手套；丙问，你们一年发几条肥皂；丁问，你们一年发几个口罩。

金刚们何曾受过如此礼遇，一个个意气风发起来，仿佛自己是世界上最神气、最幸福的人，昧着良心往死里说石牛水泥厂和石牛水泥厂工人的好话。

涂文保更是忘乎所以，大大咧咧道，告诉你们，我们工人老大哥，除了老婆孩子，什么都是发的。

丙问涂文保："大哥，你成家了吧？"

涂文保气吞山河，猛地一吸鼻涕，抬起右脚，将一颗凸出地面、鸡蛋大小的石头踢飞。涂文保双腿呈内八字形，走起路来像五六岁的小孩，拖着脚跟，站立不稳，由于用力过猛，身体失去重心，石头被踢飞的同时，自己也重重跌坐在地。

大家忍不住哄笑起来。

涂文保摇摇晃晃站起来，一声不吭，拖着脚跟，上茅坑小便去了，屁股沾了一层黑泥。

A 金刚问丙："你知道他是谁吗？"

丙："他是谁？"

A 金刚："他是涂文保。"

丙："怎么有两个涂文保？"

A 金刚："两个涂文保？我听不懂你的话。"

丙："上次来相亲的那个人，不也叫涂文保吗？"

A 金刚："噢，那是假涂文保，他是涂文保的表哥，叫涂金山。"

丙："涂金山是做什么的？"

A 金刚："他是演员。"

丙："演员？怎么一点看不出来，他演过什么电影？"

A 金刚拍了拍丙的肩膀："演员不一定要演电影，有些人天天都在演戏，你明白我的话吗？"

丙想了一会儿，突然大笑："哈哈，我明白了，就是人前扮人相，鬼前扮鬼相，见人说人话，见鬼说鬼话。"

丙又说："这个真涂文保，不用演戏了，他是艾兰花未来的男人。"

B 金刚："不是未来，是今晚！"

C 金刚："今晚来不及，那就明晚！"

D 金刚："反正不是今夜就是明晚，跑得了和尚跑不了庙，躲得过初一躲不过十五。"

E 金刚："涂文保癞蛤蟆要吃上天鹅肉了，啧啧啧。"

正说着，涂文保小便回来，大摇大摆的，好像完成了一件大事。刚才，他裤子上的门钮还是系着的，上完茅坑，忘了系上，露出里头的红秋裤。幸好，他这次穿的秋裤没有开口，不至于进一步露出里头的水裤。

甲是艾兰花的堂弟，刚从山上砍柴回来，双手紧紧握住涂文保的手，"原来你就是姐夫啊，姐夫，你能不能送我一双手套啊？我还从来没有戴过手套呢。"甲松开手，摊开两掌，"姐夫，你看我这双手，糙得跟松树皮一样，剁下来喂狗，狗都不吃。”

涂文保受宠若惊，激动得鼻涕横流，抬起右手，气势磅礴地擤出一大泡腥黄的鼻涕。一般人擤鼻涕，都是用拇指或者拇指和食指并用，他却用拇指、食指、中指三个手指，而且掌心对着嘴巴，鼻涕全部泄到掌上。真是鼻涕横流，方显狗熊本色。鼻涕泄到掌上，他自然要往地上甩，左甩右甩甩不干净，就把手掌往袖子或者裤管上擦，久而久之，袖子和裤管仿佛上了一层透明的油漆，怎么洗都洗不干净。

涂文保用擤过鼻涕的那三根手指，捏出一支大前门递给甲，又捏出一支叼在嘴上。甲连忙摸出火柴，给涂文保点上。涂文保深深吸了一口，把烟夹在手上。别人夹烟，都是夹在中指和食指顶端，无名指和小指向内弯曲，或者无名指、小指和拇指一齐向内弯曲，涂文保却把烟夹在食指和中指根部，无名指、小指、拇指全部张开，当他把烟送到嘴上时，整个掌心好像捂在嘴上，当手掌离开嘴时，掌心不可避免地沾上少许鼻涕。

涂文保拍了拍甲的肩膀：“那还不是小菜一碟，我和你姐的事要是成了，我不仅送你一双帆布手套，还要送你一双牛皮鞋。”涂文保用力跺了跺脚，“喏，就是脚上这种，十几块一双呢，有钱都买不到，一脚可以踢死一条狗。”

乙、丙、丁纷纷以艾兰花邻居、表叔、堂伯身份自居，希望金刚们今后在艾兰花回家探亲的时候，能够捎上一双手套或者一条肥皂送给他们。

郑火秀见八大金刚被石井坑的男女老少围在圈里，向保卫科长使了个眼色，将艾兰花和她父母叫到屋里，保卫科长轻而又轻地关上门，好像合上一本辞典的封面。

艾兰花家的房子年久失修，东倒西歪，不得不用几根大拐棍撑着，才不至于坍塌，四级以上的风一吹，它就簌簌发抖，屋顶不断撒落头皮屑似的碎物。

保卫科长之所以那么小心，倒不是他有多绅士，而是怕一用力，房子会应声而塌。

农村的木屋，采光普遍不好，如此破旧的房子，门一关上，光线更不好，房间里的人看上去鬼鬼祟祟的，好像地下党接头。

郑火秀从黑提包里拿出一个牛皮纸信封，递给艾兰花父亲：“老叔，这里面是三百块钱、一百斤全国粮票、三十尺布票、二十斤糖票，你数一数。”

光线实在是太暗了，艾兰花父亲根本无法清点钱票，保卫科长掏出随身携带的手电，他才伸出枯枝般的手指，沾着口水，一张一张地点，一共点了三遍。钱票数目之大，完全超出他的想象，透过他那双颤抖的手，不难看出他内心的激动。艾兰花的母亲，眼里则放出金属的光芒。

艾兰花始终低垂着眼睑，无动于衷。

郑火秀说："老叔，我女儿去年出嫁，也没收这么多，你女儿金贵啊，这事就这么定了吧？"

艾兰花父亲："定了，就这么定了。"

郑火秀："那我今天就把人带走。"

艾兰花父母大吃一惊，异口同声："今天就走？"

郑火秀："是的，今天就走。"

艾兰花父亲："日头过午了，你们不怕走夜路？路上有野兽呢。"

郑火秀："我们工人不仅有力量，还有的是胆量，不怕走夜路，就怕夜长梦多。这次我把公安同志都带来了，路上的安全是不用担心的。"

保卫科长挺直身子，拍了拍腰部，发出金属的声音。

艾兰花父母立即紧张起来："那我们就不留你们了。"

沉默不语的艾兰花，突然哀怨地叫了一声"爸妈"。

艾兰花母亲："闺女啊，儿大不由娘，别怨妈不留你。"

艾兰花父亲："你个没脑筋的，还愣着干啥，快去收拾东西呀。"

5

艾兰花没有闭月羞花之容沉鱼落雁之貌，却有异军突起之乳和肥硕结实之臀，令人神魂颠倒的是，她的眉心长着一颗鲜艳欲滴的美人痣。没有这颗痣，艾兰花是一个通俗的女人；有了这颗痣，艾兰花则是一个脱俗的美人。

工友们都嫉妒涂文保癞蛤蟆吃到了天鹅肉，结了婚的，后悔得直跺脚；没结婚的，则把色眯眯的目光投向广阔而偏僻的农村。

涂文保是质量最次、最后一个结婚的金刚，老婆却最漂亮，为郑火秀的媒婆生涯画上一个完美的句号。

新婚之夜，早有预谋的工友把涂文保灌得烂醉如泥，闹洞房的时候，趁机向艾兰花实施性骚扰，一对大奶子都被掐紫了。

闹得最凶的是跳蚤。

跳蚤不动手，只动嘴。跳蚤让新娘猜两个谜语，猜出了，罚他喝三杯酒；

猜不出，罚新娘亲他一个，不亲嘴，亲脸。

第一个谜语是：面对面站，甩开膀子大干，出了一身汗，为了一条缝。打一动作。

艾兰花很聪明，一下就猜出来了：拉锯。

跳蚤却说不是。艾兰花问他是什么？跳蚤说很简单，就是今晚你和涂文保要大干快上的事情。

一个没结婚的工友问："跳蚤，什么叫大干快上？"

跳蚤指着一个结了婚的工友说："你用现身说法解释一下。"

工友："我已经很久没有大干快上了。"

跳蚤："那，还是让新娘子说吧。"

艾兰花满脸通红，流出来的汗好像都是红的："我说不出口。"

"说不出口，那就动口。"跳蚤涎着脸贴到艾兰花跟前。

逼上梁山啊，没办法，在工友们的起哄之下，艾兰花半推半就，亲了一下跳蚤的左脸。

第二个谜语是：一上一下，左一下右一下；一进一出，先进后出；不动不行，越动越行。也是打一动作。

这回艾兰花没猜出来。

跳蚤得意扬扬地告诉她，谜底是打毛衣。

没办法，在工友们更加汹涌的起哄之下，艾兰花又半推半就地亲了一下跳蚤的右脸。

其实跳蚤的两条谜语都有两种谜底，无论猜出还是猜不出，都要受罚。

尽管被跳蚤占了便宜，艾兰花却对他留下深刻印象。

都说咱们工人有力量，涂文保在床上的力量却非常弱小，无法进入艾兰花土地般厚实的身体，后来在郑火秀的指导下，才勉强挤进去，停留的时间异常短暂，短暂得像天上划过的流星，空中炸开的礼花。

无知加上无能，涂文保和艾兰花一致以为，男女之事就那么回事，一点意思没有。对涂文保来说，做爱还不如喝酒；就艾兰花而言，做爱还不如做家务。

女儿出生后，涂文保还想要个儿子，艾兰花愣是没生出来。问题出在艾兰花身上，根子却在涂文保身上。艾兰花的土地那么肥沃，莫说播种，就是插根扁担，也能发芽生根长出笋来，但是，艾兰花不愿再跟涂文保生孩子，女儿五岁那年，瞒着涂文保去上了环。如果在这五年里，涂文保深耕细作，艾兰花莫说一个，两个儿子都生得出，说到底，还是功夫不到家，削尖脑袋也只能楔入地表，终究进不了地层。

涂文保生孩子，靠的不是实力，而是运气。运气是不会再次惠顾一个没有实力的男人的。涂文保力不从心地在艾兰花身上苦干、白干了两年，精气泄了，元气伤了，无力自拔，沦为一条不折不扣、结了婚的光棍。艾兰花也烦透了涂文保没有质量的耕耘和蹂躏，索性上了环。

既然两个人对打毛衣不感兴趣，甚至产生逆反心理，那就没有必要睡在一起。艾兰花觉得，和涂文保睡在一起，跟乞丐睡在一起没有本质上的区别。涂文保太不讲究卫生了，不刷牙也就罢了，居然不爱洗澡。作为一个窑工，不爱洗澡，那是很恐怖的。窑工是水泥厂最脏的工种，一个班下来，整个人跟稀泥里拔出的萝卜一样，看不到白，窑工们恨不得把自己的皮剥下来，浸在肥皂水里泡半天，再放到搓衣板上使劲搓啊搓，把毛孔里的粉尘搓出来。

天热的时候，涂文保还能坚持两天洗一个澡，天气一冷，则三五天洗一个澡。涂文保从来不刷牙，牙垢有两三毫米厚，牙垢和牙齿本身一样，又黄又黑，还有那么一点红。他患有过敏性牙龈炎，莫说被撞击，一激动，牙龈都会出血。涂文保本来是刷牙的，但每次都刷得满嘴流血，仿佛女人初潮，就不敢刷了。

他一张嘴，好似打开窨井盖，恶臭不绝如缕。浓烈的口臭加上体臭，使得涂文保身上有一股成分复杂、让人窒息的怪味，再加上经久不息的鼾声（涂文保患有鼻窦炎，鼻孔里长年潜伏着两条呼之欲出的鼻涕虫，打起鼾来十分有特色，时而机器般轰鸣作响，时而瀑布般飞流直下），和这样的男人同床共枕，别说性欲，食欲都没有。

但是，跳蚤改变了艾兰花。

跳蚤是食堂总务，工人们都说，石牛水泥厂除了厂长和供销科长，油水最厚的就是跳蚤。跳蚤不仅自己吃得膘肥体重，还经常接济与他有肉体关系的女人。在大多职工营养普遍不良时，跳蚤却营养过剩，荷尔蒙多得像哺乳期女人的乳汁，随时都要溢出乳头。他老婆是个瘦得没有女人特征的女人，因患子宫肌瘤，整个子宫被一锅端，生命之穴宽敞得像和平时期的防空洞，按照跳蚤的下流说法，还不如买块五花肉戳个洞来得舒服。

跳蚤趴在她身上，就像漏气的轮胎行驶在鹅卵石路面上，硌得骨头都要散架了。他老婆对那事简直充满深仇大恨，认为办那事好比一根屎棍子在粪桶里搅，恶心死了。己所不欲，勿施于人，好在她并不强烈反对跳蚤这根屎棍子去搅别人的粪桶。

跳蚤和涂文保是酒肉朋友，当他从一次喝酒中得知涂文保对那事没兴趣时，毅然决定背叛涂文保。

跳蚤好酒，但是从来不一个人喝酒，他认为一个人喝酒好比手淫，毫无意义，而且他从来不在食堂喝酒，那样看上去显得很腐败。跳蚤之所以和一毛不拔的涂文保成为铁杆酒友，主要是涂文保服从命令听指挥，只要跳蚤酒瘾上来了，涂文保绝对随叫随到，风雨无阻，哪怕战火纷飞。

跳蚤酒风不好，喝到一定程度就开始骂娘，从省市县府一路骂下来，一直骂到厂长书记涂文保，无论出语多么恶毒反动，涂文保一律夸他骂得好骂得妙骂得鬼子哇哇叫。

跳蚤骂够了，酒也喝得差不多了。如果这时涂文保还能走动，则回家，动不了，就在跳蚤床上将就一夜。反正跳蚤和老婆长期分居。

跳蚤虽然只有高小文化程度，但口才挺好，顺口溜打油诗脱口而出。跳蚤死后，留下两句千古绝唱：自从来了张自力，工矿企业都倒闭；后来来了黄德纲，全县人民去逃荒。

张自力、黄德纲是县里实行国企改革期间的前后两位县委书记，一半国有企业是在张自力手上改垮的，一半国有企业是在黄德纲手上卖光的，石牛水泥厂与港商志刚先生的合资，就是张自力盲目追求政绩的“拉郎配”。

6

打上艾兰花的主意后，跳蚤一方面加大与涂文保喝酒的力度，一方面开始收买涂文保的女儿。

一天晚上，喝得投入之际，跳蚤对涂文保说：“老涂啊，从明天开始，你去买些菜票。”

涂文保搔了搔头皮，头皮屑纷如雨下，一脸的困惑：“买菜票做啥？我又不吃食堂。想买也没钱，离下个月发工资还有十几天，家里只剩下几枚硬币。”

跳蚤摸出一沓菜票，拍到涂文保手里：“从明天开始，每天中午叫你女儿到食堂打菜，你不能去，你老婆也不能去。还有，你不要对任何人说我给过你菜票，包括你老婆，记住没有？”

涂文保：“你放心，我的嘴巴比地下党还紧。”

跳蚤：“地下党也有叛徒，甫志高你知道吧？”

涂文保：“知道，他是背叛江姐的大叛徒，你别以为我什么都不知道。”

跳蚤：“你要做江姐，千万别做甫志高。”

涂文保：“我又不是女的，怎么做江姐？”

跳蚤：“那你就做许云峰！”

涂文保：“许云峰是谁？”

跳蚤：“唉，你这人，我真是高看你了。”

涂文保：“你别扯那么多人进来，反正不当叛徒就是了。”

跳蚤：“忠不忠，看行动。”

涂文保：“你就看好吧。”

当涂文保把一大把花花绿绿的菜票交到艾兰花手中时，还是忍不住说了：“跳蚤这个人，真够兄弟。记住，千万不要跟别人说跳蚤给了我们菜票。”

艾兰花白了他一眼：“你以为我跟你一样傻？”

涂文保：“你聪明，怎么没有人给你送菜票？”

艾兰花：“说不定这菜票就是送给我的呢？”

涂文保：“看把你美的，你以为你是跳蚤什么人，我跟他才是兄弟。兄弟你知道不？有难同当有福共享。”

艾兰花笑了笑，没吱声。

涂文保女儿那个瘦啊，只要在四肢和脖颈上各系一根细木棍，就可以拎起来演皮影。这么一个瘦人儿，连续到食堂打了两个月的菜，身体发生了翻天覆地的变化，脸蛋圆了，胳膊粗了，大腿胖了，屁股翘了，甚至胸脯上也有那么一点内容了。

这都是跳蚤的功劳啊。根据艾兰花的指示，女儿每次只买一样荤菜，在端菜返回的途中，她至少要偷吃五分之一。好在跳蚤每次打给涂文保女儿的菜特别多，即使她偷吃了，艾兰花依然觉得多，多得艾兰花心里过意不去，对跳蚤充满感激之情。

作为食堂的最高领导，司务长跳蚤是不用去窗口打菜的，自从送给涂文保菜票后，他每天中午都主动越俎代庖。跳蚤事先跟涂文保说好，要求他女儿每天中午提前五到十分钟到食堂买菜，这时候已有三三两两的人在窗口排起了短队。开饭时间到了，跳蚤操起长勺，在买菜人指定的菜盆里舀起一勺菜，握勺的手不停地颤抖着。如果舀的是萝卜白菜，手便抖得轻些；如果舀的是鱼肉，手便抖得重些。跳蚤好像帕金森患者，恰到好处地把鱼肉抖到最少，再倒进买菜人的盘子。

轮到涂文保女儿的时候，跳蚤的手一点都不抖了，伸向菜盆（当然是盛着鱼肉的菜盆）和扣向涂文保女儿饭盒的长勺狠、准、稳、快，整个过程行云流水般一气呵成。涂文保女儿反应也很快，跳蚤手中的长勺一移开，她便将饭盒盖上，生怕后面的人看得太真切，一路小跑离开食堂。

涂文保女儿一走，跳蚤的手又抖了起来，不耐烦道："下一个，快点！"打了三四位之后，把长勺递给一旁的炊事员，"我有事，你接着来。"

炊事员脸上露出一丝不易察觉的冷笑，接过长勺，手比跳蚤抖得还厉害："下一个，快点！"

两个月后，菜票没了。

当涂文保吞吞吐吐要跳蚤再给他一些菜票时，跳蚤瞪大眼珠道："你以为别人是瞎子啊，群众的眼睛都是雪亮的，已经有人说闲话了，再给你菜票，弄不好我就去号子里吃稀饭。涂文保，你真是人心不足蛇吞象。"

涂文保不吭声了，勾头喝酒。

跳蚤盯着他，也不吭声，过了一会儿，"噗"地笑出声来，拍了拍他的肩："这样吧，从明天开始，我到你家里去喝酒。"

涂文保："到我家喝酒？好啊，我请你喝西北风。"

跳蚤："我不会让你喝西北风的，我自带酒菜，你准备好杯子碗筷就行了。"

涂文保受宠若惊，人一激动，鼻涕就出来了，一连抹了几把鼻涕，激动得连话都说不出来，牙龈溢出一缕血丝。

跳蚤搂住他的肩："老涂，你放心，只要有我锅里吃的，就有你一家三口碗里吃的，谁叫我们是兄弟呢。什么叫兄弟，兄弟就是有衣同穿，有钱同花，有饭同吃，有酒同喝，有难同当，有福同享。当然了，有老婆不能同睡。今后我们就是一家人了，一家人不说二话。"

涂文保将沾满鼻涕的双手搓了又搓："对对对，一家人不说二话。今后，你的就是我的，我的就是你的，除了老婆和女儿。"

跳蚤："朋友妻不可欺，这个你尽管放心，我跳蚤绝对不是那种人。不过，你女儿我还是想要的。"

涂文保：“那可不行，桥归桥路归路。”

跳蚤：“你看你，我当她干爹还不行吗？你放心当你的亲爹。”

涂文保：“嘿嘿，那还差不多。”

从此，跳蚤送货上门，油水源源不断地运往涂文保家：前天一包味精，昨天半瓶菜油，今天一块肉，后天一条鱼，冷不丁的，还有半爿野兔，那是跳蚤从山上打来的。

跳蚤是个业余猎手。

石牛水泥厂环厂皆山，那时候，山上的林子保护得很好，林子保护得好，兽丁自然兴旺。更重要的是，人们对动物普遍心存敬畏之心，尤其农民。那时候，农民只吃山羊、野兔、野鸡、野猪等野生动物，像老鹰、猫头鹰、穿山甲、狐狸、黄鼠狼、蛇类是基本不捕也不吃的，他们认为只有邪恶的人才吃这些玩意并且要付出沉重代价（比如患病折寿），也就是说那时的人们对某些野生动物还存在着一种原始的敬畏之心。偶然捡到一只受伤的穿山甲，却无人敢吃，也没地方可卖，扔了又实在可惜，便怂恿村里的屠夫或者光棍把它吃了，屠夫干的是杀生的活计，生死簿上已经记满了孽债，不在乎再记上一笔；光棍就更不怕了，虽然有折寿的危险，但无子可断无孙可绝，反正没什么后顾之忧。

屠夫和光棍虽然天不怕地不怕，烹制穿山甲时却偷偷摸摸的，享用时也不敢光明正大，似乎也怕神灵发现。不像现在，长翅的除了飞机，生腿的除了板凳，无所不吃。那时打猎，首先是出于爱好，其次才是为了满足口欲，至于赚钱，那是不太可能的，根本没有市场。

本来，涂文保一家三口，两个大人养一个小人，收入虽然不高（艾兰花是家属工，工资很低，不享受劳保和医疗待遇），生活还是过得去的，不至于水深火热。问题是，涂文保和艾兰花都是家里唯一的“能人”，除了赡养双方父母，还要资助双方兄弟姐妹，负担重于泰山，家徒四壁，常常一月不知肉味。

艾兰花炒菜的时候，总是把锅烧得通红，然后把一根一头缠着棉絮的筷子，往锅底轻描淡写地抹上几抹，菜就下锅了。虽然筷子长年累月插在油瓶里，被油浸透，但由于棉絮体积很小，仅鸽蛋大，即使沾满油，吃油量也十分有限，何况把筷子抽出油瓶之前，她还要在瓶壁上挤一挤，压一压，结果抹在锅底的油，仿佛狂草书法家留在宣纸上的墨宝，淡如雾轻似纱。按照艾兰花的话说，那都是骗眼睛和嘴巴的。

艾兰花家饭桌最经常出现的荤菜，是辣椒炒无头鱼。这种腌制过的、颜色金黄的无头鱼相当便宜，价格一直徘徊在两三元一斤左右，体积香肠大小，肉多、刺少、味美。辣椒炒无头鱼，色、香、味俱全。

一天，邻居的儿子——县一中老师到艾兰花家串门，看见桌上的无头鱼，大惊失色，我前不久从报纸上看到，说这种鱼有毒，不能多吃。鱼贩子为了保鲜和弄个好卖相，腌制过程中加入了敌敌畏和硫黄，偶尔吃吃可以，吃多了会导致慢性中毒，甚至患上癌症。

涂文保嗤之以鼻，搛起一块无头鱼往嘴里送，边吃边说，你们臭老九就是喜欢大惊小怪，站着说话不腰疼，我倒是想吃好鱼，可吃得起吗？就是这种鱼，天天吃，也吃不起呢。活着干，死了算，管那么多干嘛。

邻居的儿子直摇头，我不骗你，我从报纸上看来的，你尽量少吃，最好不吃。艾兰花虽然对一中老师的话半信半疑，却下意识减少了买无头鱼的次数，当跳蚤的油水源源不断输进她家之后，她再也没有买过无头鱼。

若干年后，艾兰花生活重新陷入困顿，困顿到每天吃霉豆腐的地步，吃得她揪心揪肺地思念无头鱼，可是，她到菜市场里寻寻觅觅，无论如何找不到它，无头鱼已经退出老百姓的餐桌。

不管怎样，与石井坑的父老乡亲相比，艾兰花一家的生活还是不错的，至少有衣穿有饭吃，至少不用吃两餐。石井坑有大半家庭，除了逢年过节，一年四季煮菜不用油，连骗眼睛和嘴巴的那点油都用不起，冬天只吃早晚两餐，莫说无头鱼，鱼腥都闻不上。

对艾兰花来说，跳蚤岂止雪中送炭，简直是大救星。最让她感动的是，跳蚤从来不在她面前摆出救世主的姿态，相反，他是那么谦卑，好像他上辈子欠她的，帮她是应该的。艾兰花实在过意不去，主动让女儿拜跳蚤为干爹。

拜干爹那天，跳蚤送来一斤猪肉、两瓶白酒、三条带鱼、一个红包。那天，跳蚤和涂文保把那两瓶白酒喝了个底朝天。跳蚤事先服了三钱当归，服了当归再去喝酒，不容易醉，何况他只喝了七八两，平时，即使事先不服当归，喝个斤把也不会吐。涂文保平时酒量也就七八两，那天他喝了十二三两，那个醉啊，如果给他做个外科手术，不打麻药，他也感觉不到疼。

酒是从中午十二点开始喝的，喝到两点的时候，干女儿上学去了；喝到两点半的时候，漫不经心打着毛衣的艾兰花，眼皮亲吻着打起了瞌睡；喝到三点的时候，涂文保趴在桌子上鼾声大作，巨大的鼾声把桌子上的空酒瓶和空杯子，震得一颤一颤的。

跳蚤怔怔地望着艾兰花，目光聚焦在眉间的美人痣上。也许是高兴，也许是心有灵犀，滴酒不沾的艾兰花，中午破例喝了一杯。这一杯酒，仿佛星星之火，点燃了艾兰花，迅速在体内形成燎原之势，而那颗灿若桃花的美人痣，简直要蹿出火苗来。

跳蚤轻轻叫了声兰花，艾兰花一下醒了，好像在随时听从他的召唤："有事？"

跳蚤："麻烦你给我泡杯浓茶。"

浓茶端上来了，跳蚤却不喝，捉住她的手："兰花，你真好看，你是天底下最好看的女人。"

艾兰花扭了一下腰，娇嗔道："天下那么大，好看女人多的是，你才看过几个？"

跳蚤："我的天下很小，你就是我的天下。"

艾兰花："那你什么时候给我当家做主？"

跳蚤顺势一拉，艾兰花坐到他腿上。

跳蚤把蓬松的脑袋埋进艾兰花胸脯："今天我就给你当家做主，让你翻身得解放，让你云里雾里，天上地上，十万八千里。"

艾兰花看了一眼涂文保，双臂环住跳蚤的脑袋："不，我要你一辈子为我当家做主。"

跳蚤再也忍不住，一把将艾兰花抱起，大摇大摆走进卧室。

在涂文保鼾声的伴奏下，跳蚤就那样光天化日地把艾兰花干了。

别看跳蚤是个粗人，做起爱来却文质彬彬。跳蚤谨小慎微地解除艾兰花的衣裤，仿佛在剥一件珍贵无比的玉器外包装，然后伸出舌头细心把玩，吻遍她身体每一个角落，吻得那么一丝不苟，那么深刻独到。在跳蚤的召唤下，艾兰花生硬的身体开始柔软，紧张的心情开始放松，生命之门随风潜入夜润物细无声，几乎要淌出涓涓细流……

艾兰花原以为，天底下所有的男女之事都像打毛衣，枯燥无味，当跳蚤舒缓而有力地进入她的身体，才石破天惊，知道自己大错特错，惊叫一声之后，一边流泪一边喊着"我的天老爷啊"！这么叫不知是出于后悔还是快活。

艾兰花本来是出于感恩才和跳蚤睡觉的，但是从今以后，哪怕分文不给，她也要和跳蚤打毛衣，一直打到打不动的那一天为止。

跳蚤就这样撑开艾兰花的生命之门，沿着她的子宫，纵身一跳，跳进她心里肝里胃里肾里。

7

世界上最难掩盖的就是奸情，奸情好比身着三点式泳装的性感女郎，欲盖弥彰。但是，跳蚤和艾兰花的奸情根本不用掩盖，因为涂文保永远也看不见了。

就在跳蚤和艾兰花打毛衣半年后的一个晚上，立窑发生窑喷，强大的热浪夹着滚烫的燃烧物料喷出窑体，腾空而起，当班的涂文保被喷出的熟料浇了个正着，烧伤面积百分之九十二，深两度至三度，几乎体无完肤。全身未被燃烧的只有脸部，事发时他正在打瞌睡，为了阻隔热量，脸上扣了顶藤制的安全帽。

六层楼高内径十米的圆筒状立窑，内壁嵌耐火砖，铁梯绕窑体盘旋而上。顶部加盖一个三米来高的方顶，顶上露出一根四五米高板车轮胎粗的铁烟囱。石牛水泥厂有四座立窑，蜂窝般组合在一起，所以共有四根大烟囱。

方顶墙上均匀开着城垛似的口子，用来通风。那个方顶，就是窑工的工作场所。立窑是锻烧水泥的，填满生料（粉碎过的石灰石与铁粉、煤渣、黄泥充分搅拌制成指头粗颗粒，术语称生料，烧透后术语称熟料，掺入石膏，磨成面粉般细腻的粉，就成了水泥）烧透后，窑内温高达一千四百摄氏度，窑上温度五十摄氏度。

这里的“窑上”指的是方顶。方顶一面是铁梯入口，三面墙壁下筑着三把水泥长凳，除此别无他物，也摆不下他物。长凳距窑口一米左右，窑口是敞开的，说得浪漫一点，坐在凳子上或者站在窑口边，好似坐在或者站在一口巨大的火锅边；说得残酷一点，坐在凳子或者站在窑口边，好似坐在或者站在一座微型火山边。

窑工的工作，就是不时把刀柄粗、头上有圆把手的四米长钢钎，伸进通红沸腾的窑内捅一捅搅一搅，一是避免生料粘结成块烧不透导致塌窑，二是防范空气不通导致火力下降或者喷窑。说起来比较复杂，还是打个比方吧：就像炼钢工人炼钢，钢钎不时伸进钢炉捅一捅搅一搅，捅出和搅出无数星火。如果还不明白，再打个比方：就像铁匠打铁，炉铲不时伸进铁炉捅一捅铲一铲。

数九寒冬，烧窑勉强称得上是一种享受，窑外滴水成冰，人们恨不得把棉被裹在身上，话都不愿多说，生怕消耗热量。可是在窑上，即便寒风波涛般从垛口涌入，温度依然高达三十余摄氏度，光着膀子还嫌热。

对于水泥立窑生产，国家要求企业应按规定发放劳动保护用品，加强劳动保护用品的使用管理。烧窑工上岗时，必须认真穿戴规定的劳动保护用品：穿棉织衣服、劳保皮鞋，戴防护口罩、手套和防护镜，严禁穿化纤服装、短裤、背心、凉（拖）鞋，不准卷衣袖和裤脚。这些劳保用品，石牛水泥厂每年都按照规定发放了，问题是窑工根本不按规定穿戴。

涂文保出事那晚，室外温度三十四度，窑上温度少说有五十度，那个热啊，按照窑工们的话说，恨不得赤身裸体，把头发、腋毛、屌毛都剃个精光。这还不够，还恨不得剥皮掏膛，五脏六腑浸到凉水里。

那么高的温度，穿密不透风的棉织衣服、劳保皮鞋，戴防护口罩、手套和防护镜，把自己包裹得严严实实，过不了五分钟，人就会虚脱，莫说穿，说说都受不了。

石牛水泥厂建厂以来，这个穿戴规定从来就没有认真执行过，不是不执行，而是根本没法执行，加之从未发生过窑喷事故，无论烧窑工还是厂领导，都习惯掉以轻心。烧窑工只要不穿背心、短裤和拖鞋上班，安全员就不会干涉。

别看涂文保身材矮小，生命力却出奇地顽强，在省立医院挨了半年才断气。医生认为他最多只能熬一个月。

死前，涂文保流着泪，便秘似的便出以下遗言："兰花，跳蚤是我的好兄弟，我死后，你有难事，尽管找他，他这个人，靠得住。"说到这里，涂文保气若游丝，嘴巴张得老大，眼睛里面全是白的，艾兰花以为他不行了，咧嘴刚迸出一句凄切的"我可怜的文保喂"，涂文保的眼球突然翻了几翻，翻出黑的来，使尽全身力气，便出最后一句话，"你去求求厂长，把我拉回去土葬，千万别火化，我，我怕疼。"

停了一下，涂文保又说："烧了一辈子水泥，就想死后有个水泥浇筑的坟，最好用 500 号的水泥，老鼠穿山甲什么的打不进洞，我在里面睡得安妥。"

"号"就是水泥的标号，最早分为 300、400、500 三个标号，这是苏联叫法。新中国成立初期，我国的水泥厂都是苏联援建的，自然沿袭苏联叫法。能够自主生产后，标号多了起来，共有 225、325、425、525、625、725 六个标号，二十世纪九十年代初改为 32.5、42.5、52.5、62.5 和早强型水泥五种，这以后不以标号而是以类型区分。

石牛水泥厂只能生产225、325、425、525也就是200、300、400、500四个标号的水泥。625、725即600、700号，强度太高，技术和设备较为落后的石牛水泥厂生产不了。200号水泥由于强度太低，没多久便淘汰停止生产。500号水泥用于桥（房）梁堤坝地基建（浇）筑（造），400号水泥用于道路铺设和普通房屋建造，300号水泥用于牛舍猪圈建造、垒灶抹墙和修修补补，专供农村。600和700号水泥用于军事、科技等重大工程，是特供和专供水泥。标号越高强度越高价格越高。上了一定年龄的农民，称水泥为洋灰，他们分不清弄不懂标号，就把500、400、300号水泥分别称为高级、中级、低级水泥。

艾兰花嗫嚅道："水泥做墓，少说要半吨水泥吧，别说500号，就是400号半吨水泥，也要我大半月工资，好像只有高级干部和革命烈士才有资格睡这种墓。"

涂文保叹了口气，你说的也是，我的要求太高，那就算了吧。说罢，涂文保微微抬起头，看了一眼病床对面墙上的那幅田园画，上面画着一棵小树和一座亮着灯的小屋。

尔后，涂文保闭上了眼睛……

涂文保住院期间，跳蚤来看过他一次，可惜当时涂文保昏迷不醒，没说上话。

艾兰花跺着脚号啕大哭。那时省立医院的住院部砖木结构，地板是直接用木板拼就的，她这一跺脚，把整座楼房都震得微微颤抖。

涂文保尸骨未寒，跳蚤就和艾兰花打起了毛衣，是艾兰花主动和他打的。涂文保活着的时候，艾兰花认为他一无是处。涂文保死了，艾兰花又觉得自己一无所有，有一种上不着天下不着地的感觉。从今以后，再也没有人每月如数把工资奖金交到她手里，再也没有人可以让她打不还手骂不还口。

从今以后，跳蚤就是她的天，跳蚤就是她的地，她必须化悲痛为力量，尽快拥有这片天这块地，最有效的手段就是和他打毛衣。

亡友还未满七，就和他的寡妻打毛衣，跳蚤良心上着实有点过意不去，开始还扭扭捏捏的，转念一想，他老婆都不在乎，我还装什么正经，不打白不打，打了也白打，活着的时候，我对你不够兄弟，今后我保证对你老婆够男人、对你女儿够干爹，你一百个放心地死吧。

转念又一想，跳蚤觉得自己非常对得起涂文保。从艾兰花嘴里得知涂文保想睡水泥墓的遗愿，跳蚤连夜带上两条好烟和两瓶好酒，去了一趟厂长家，厂长大笔一挥，特批了半吨500号水泥给涂文保造墓。这么一来，涂文保就死而无憾了，不仅死得壮烈，而且死得有档次。

有感于跳蚤的义气，跳蚤死后，艾兰花自掏腰包为他浇筑了水泥墓，用的是500号水泥，与涂文保一视同仁。

涂文保去世一年之际，艾兰花正式向跳蚤提出结婚请求。

跳蚤跳了起来："跟你结婚，我老婆怎么办？"

艾兰花："怎么办？离婚呗！"

跳蚤："离婚？你说得轻巧！"

艾兰花："你不离婚，在别人眼里，我们永远都是乱搞。"

跳蚤："乱搞怎么了？厂长乱搞是胡乱打洞，工人乱搞是流氓活动，我们乱搞是感情失控。"

艾兰花狠狠在他脸上扭了一把："我说的是真心话，你正经一点好不好？我不想和你这样乱搞下去了。"

跳蚤："周瑜打黄盖，一个愿打一个愿挨，这样不是很好吗？"

艾兰花："好个屁，偷偷摸摸，做贼似的。"

跳蚤："天知地知你知我知我老婆也知，整个水泥厂都知道我们的关系，大家都默认了，怎么能说是偷偷摸摸呢？都说妻不如妾妾不如偷偷不如偷不着，我现在一点做贼的感觉都没有。"

艾兰花："你爱打谁打谁去吧，反正我是不愿做什么黄盖了，除非你和我结婚。"

跳蚤不吭声了。

不是跳蚤不想或不敢离婚，而是那年头离婚成本太高。

那年头离婚不是犯罪却是罪过，哪怕双方自愿，不僵持个三两年也难以成功。若一方不同意，难度更大，亲朋好友的阻力，社会舆论的压力，压得你只有招架之功没有还手之力。即使你内心够强大，大雪压青松青松挺且直，战胜了亲朋好友和社会舆论，还有强大的、战无不胜的组织！组织既可以给你无微不至地关怀，也可以给你毫不留情地打击。总而言之，如果在离婚这事上你一意孤行，一条道走到黑，连组织的话都不听，组织上十有八九会对你进行"打压"。

厂里有位中层领导，因为闹离婚闹得太夸张，影响了工作和厂风，厂领导对他进行说服教育，他非但不买账，还讥讽他们不懂爱情。厂领导大怒，把他从车间主任降至副主任、班长，一贬再贬，一直贬为普通工人，婚却没有离成，得不偿失。

跳蚤要是闹离婚，司务长肯定当不成，司务长当不成，他的人生还有什么价值呢？他跳蚤当不成司务长，你艾兰花母女也就无香可吃无辣可喝！

可是，艾兰花宁愿不吃香不喝辣，也要和跳蚤结婚，否则从此和他断绝关系，再也别想和她打毛衣。如果是其他女人，跳蚤也就脱衣服似的脱了，艾兰花不同，艾兰花是贴心的背心，已经深深陷进肉里，想脱也脱不下来。自从和艾兰花好上后，其他女人在他眼里都成了残羹剩饭，艾兰花对她而言好比鸦片，他既然好上这一口，想戒是绝对戒不掉的。

那就离吧，那就闹吧，了不起下放到车间改造，总不至于开除。离婚毕竟不是杀人强奸，不是偷盗抢劫，更不是叛国者反革命。

跳蚤老婆允许跳蚤乱搞，决不允许跳蚤和她离婚，这也是她允许他乱搞的前提和条件。跳蚤老婆隔三岔五跑到工会，眼泪一把鼻涕一把，向郑火秀控诉跳蚤和艾兰花。

8

郑火秀做不通跳蚤的思想工作，改变策略，决定从艾兰花身上寻找突破口。

八大金刚的八个老婆之中，艾兰花最漂亮，也最有脑子。郑火秀在涂文保身上花费精力最多，上他家喝酒的机会却最少。师傅领进门，修行在自家；老婆讨进门，生养在自家。郑火秀帮涂文保把艾兰花讨进门后，还得教他怎么播种生孩子。涂文保找不到老婆，着急，找了老婆当不了爹，更着急。找不到老婆的时候，他一着急，就去骚扰别人的女人。找了老婆当不了爹，他一着急，就去戏弄别人的孩子。涂文保戏弄的，主要是穿开裆裤的男孩子，孩子一上手，便扒开小腿拨弄小鸡鸡，搓、揉、捏、拉、掐，手法下作。

有一回，涂文保用力过猛，把一个小男孩弄疼了，小男孩哭着找到母亲，母亲发现儿子的鸡鸡肿得小香肠似的，上面有很深的指甲印痕。结果，小男孩的母亲在涂文保脸上留下八道指甲抓痕，这事才算摆平。

小男孩的父亲，是 C 金刚。

C 金刚指着涂文保那只被他老婆抓破的蒜头鼻警告道：“姓涂的，我儿子的老二长大后要是出了故障，老子捏碎你的卵泡，叫你一辈子当不了爹。”

C金刚一定是气糊涂了，等他儿子长大再捏碎涂文保的卵泡，岂不为时太晚？

这事发生后，涂文保再也摸不到小鸡鸡了。那阵子，哪个小男孩哭闹不止，大人一声“涂文保来了，捏你鸡鸡”，立即噤声。

捏不到鸡鸡的涂文保愈加苦恼，居然和艾兰花闹起了离婚，原因很简单，艾兰花中看不中用，结婚一年多了，还不能生孩子，要郑火秀给他找过一个老婆。

郑火秀勃然大怒，把涂文保骂了个狗血喷头：“你以为我是你妈啊，我要真是你妈，早被气死了。你要找过老婆是不是，那好，我给找个瞎子要不要，只有瞎了眼的女人，才会看上你这种男人。我看你呀，是自己拉不出屎，怪茅坑缝小。”

郑火秀怒气消退下来，心平气和一问，还真给她说中了，别看涂文保摸女人奶子屁股在行，真要和女人真枪实弹实干，却是外行。郑火秀又好气又好笑，把他拽进里间办公室，给他上了一堂生理课。

郑火秀既是工会主席，又是女工委员会主任，对生理知识略知一二。工会办公室有两间，外间办公，里间堆放资料和杂物，一般是不让外人进去的，尤其不让男人进去，因为墙上挂着女人的子宫结构图。

郑火秀把涂文保拽进里间，对着那张图，指手画脚说了半天，涂文保还是丈二和尚摸不着头脑。郑火秀一跺脚，从抽屉里拿出一个子宫模型，这下涂文保终于明白了，挠了挠头皮，恍然大悟道：“妈了个巴子，原来是这么回事。”

没多久，涂文保特意买了包好烟，屁颠屁颠跑到工会办公室，告诉郑火秀，艾兰花已经“有了”。

本来，涂文保想请郑火秀到家里吃顿饭，但是艾兰花坚决不同意。

艾兰花一直对郑火秀怀恨在心。别人都说艾兰花是一朵鲜花插在牛屎里，艾兰花倒是觉得，如果涂文保是牛屎，她也没什么好抱怨的，在她看来，涂文保根本不是牛屎，而是火坑。鲜花插在牛屎里，好歹能活，插在火坑里，生不如死！她讨厌火坑，并不怨火坑，怨的是把她推进火坑的郑火秀。如果不是郑火秀对她父母诱之以利、威之以胁，她也许就和邻村一个有情人成了眷属。莫说请郑火秀吃饭，路上碰见了，连个笑脸都不给她。

郑火秀通知艾兰花到她办公室，通知了好几次，艾兰花都无动于衷。没办法，郑火秀只好亲自上门。艾兰花座也不让茶也不端，郑火秀站着说了半天，说得嘴角冒出白色的液体，艾兰花也不吱声。

郑火秀急了：“艾兰花，你知道不知道，破坏别人家庭是违法犯罪的行为，你不要敬酒不吃吃罚酒。”

艾兰花冷笑道：“强抢民女就不违法犯罪了？”

郑火秀：“你，你这是强词夺理。破坏别人的幸福是不道德的行为，难道你不觉得羞耻吗？”

艾兰花：“呸！亏你还是个女人，亏你说得出口。跳蚤和他老婆在一起有什么幸福？他老婆没有了女人最关键的东西，还是个女人吗？她根本就不是跳蚤的老婆，是跳蚤的兄弟。跳蚤跟我在一起，我们两个人都幸福，追求幸福是我的权力，这有什么不道德的，这有什么好羞耻的？你狗咬耗子多管闲事，破坏我俩的好事，才是不道德和不知羞耻。”

郑火秀无言以对，从此对艾兰花怀恨在心。

艾兰花原来是纸袋工，相对于装包、破碎、拉料、烧窑、倒磨这些工种，糊纸袋轻松干净多了。不过，纸袋工全是临时工和家属，工资很低，只有其他工种的三分之一。

涂文保壮烈牺牲后，厂里先把艾兰花转为居民户口。县里每年下拨给石牛水泥厂一个农转非指标，僧多粥少，如果涂文保不死，这个指标永远轮不上她。艾兰花户口一转，转正便水到渠成。转了正，艾兰花就是主人翁，郑火秀要打击报复，也得掂量掂量，不能太显山露水。

9

跳蚤为了离婚，不怕上刀山；艾兰花为了结婚，不惜下火海。郑火秀搞不定跳蚤，也说服不了艾兰花。

结果很美妙，偷情人终成眷属。

结婚证到手当晚，艾兰花偎在跳蚤怀里，轻轻搓着他的胸脯：“过两天，我把环下了。”跳蚤一时没反应过来：“什么环？”艾兰花抓着他的左手，移至腹部：“这里面的环。”

“怎么，你还想生啊？”跳蚤的手往下探了探。

“涂文保在世的时候，做梦都想生个儿子。”艾兰花幽幽叹了口气。

跳蚤支起半个身子，望着艾兰花："那你还上环？"

艾兰花撇了撇嘴："不上环他也生不出来。"

跳蚤："你是说，让我替他生个儿子？"

艾兰花嗯了一声。

跳蚤翻身趴到艾兰花身上，笑着说："没问题，我一定继承老涂的遗志，保证完成任务！不过，儿子生出来，可不能姓涂，要跟我姓邹。"

艾兰花轻轻拧了他一把："那还用说，从今天开始，我们是合法夫妻，不论生男还是生女，都姓邹。"

跳蚤斩钉截铁道："肯定生儿子。"

偷情人终成眷属，也付出了代价，跳蚤和艾兰花双双被贬为拉包工和装包工。拉包工和装包虽然又脏又累，但拿的是计件工资，工资比其他工种高出三分之一，两个人因祸得福，生活水平反而提高了。

若干年后，跳蚤打起毛衣来越来越力不从心，开始以为年纪大体力透支，吃了不少动物的腰子和生殖器，非但没有东山再起，反而日益疲软。与此同时，跳蚤的两个睾丸有一种下坠的感觉，睾丸好像变硬变重了。总而言之，跳蚤的一对睾丸在渐渐长大。这个秘密只有跳蚤自己知道，他不好意思向艾兰花说，更不好意思去看医生。几个月后之后，跳蚤的睾丸大得像馒头，水落石出了，走路时必须叉开双腿，否则就会夹住它们。

在艾兰花的逼迫下，跳蚤分别到县医院和市立医院做了检查，县医院和市立医院医生水平有限，查不出是什么毛病，把它误诊为一种比较特殊的前列腺。一听说是前列腺，跳蚤和艾兰花心上悬着一块石头落地了，男人得前列腺就像女人得妇科病一样正常，虽然比较特殊，总归是前列腺，前列腺嘛，没什么大不了，没什么可怕的。

可是，跳蚤的睾丸还在生长，一年之后，已经长到篮球大，不得不双手托着才能勉强行走，步履之艰难，犹如托着石头在河里行走。艾兰花向跳蚤下了跪，他才同意到省立医院找专家检查。专家把跳蚤引进一个暗室，取出电筒紧贴阴囊用光照射，其透光性比正常阴囊大大降低，透光试验呈阳性。专家脸上露出凝重的表情，叫他第二天来做进一步检查。

翌日综合检查结果证实，跳蚤患的是十分罕见的睾丸癌。专家告诉他，睾丸癌的发病率是十二万分之一，他从医三十余年，跳蚤是他发现的第三例患者。跳蚤问他还有没有救，专家摇了摇头，你来得太迟了，癌细胞已经扩散，回家准备后事吧，有吃吃，有喝喝，别把这事往心里搁。跳蚤感到不解，问专家，别人都说得了癌症会很痛，我怎么一点痛也感觉不到呢。医生说，这就是睾丸癌的与众不同之处，正因为不痛，才容易忽略，等到发现时，已经病入膏肓。

回家不到三个月，跳蚤就蹬腿死了。死的时候，睾丸已经和刚出生的婴儿差不多大。

死前，跳蚤对艾兰花说："如果有下辈子，我还要和你打毛衣。"

艾兰花流着泪说："如果有下辈子，我还要做你老婆。"

跳蚤："兰花，我想求你帮我做一件事，你能答应我吗？"

艾兰花："什么事？"

跳蚤："你先答应我。"

艾兰花："我答应你。"

跳蚤："帮我照顾玉香。"

玉香是跳蚤的前妻。

艾兰花紧紧咬住嘴唇，用力点了点头。

跳蚤："我这辈子最放不下的，是你和金明。最对不起的人，一个是文保，一个是玉香。"

金明是跳蚤和艾兰花生的儿子。

跳蚤说完，眼皮剧烈跳了跳，永远闭上了眼睛。

对于跳蚤的死，工人们的评论是罪有应得。跳蚤生癌合情合理，吃多了冤枉的人总是要生癌的。要是他不生癌，那肯定是老天爷生了白内障。不过，也有人持不同意见，跳蚤吃多了冤枉不假，可他应该得胃癌、肝癌或者口腔癌、咽喉癌，怎么偏偏得了睾丸癌呢？从没听说卵泡也会得癌。马上有人反驳，这有么奇怪的，他搞多了女人嘛。

对于艾兰花的下场，工人们（尤其女工）的评论是：活该！

如果说当年艾兰花怂恿跳蚤离婚，在大伙眼里还只是个坏女人的话；那么现在，她在大伙心目中已经沦为一个妖精，一个克死了两个男人的妖精。

10

装包车间的粉尘，密如细雨，别的工种，戴一个口罩就能起到防尘作用，装包工戴两个口罩，仍然不太顶事，一个班下来，嘴唇污黑一圈，如果将污垢搓成团，有弹珠那么大。钻进鼻孔的粉尘，与吸进的空气里和呼出的废气中的水分发生化学反应，牢牢凝结在孔壁上，尽管鼻子堵得慌，有经验的装包工决不轻易抠鼻孔，而是等到下班后进澡堂，用热水把鼻孔浇湿，用毛巾裹住小指，塞进鼻孔轻轻旋转，既清理干净粉尘，又保住了鼻毛，若是用指甲干抠，一块一块的，省事倒是省事，但抠出粉块的同时也带出了毛，过不了多久，鼻毛就被抠光了。

装包工和拉包工是水泥厂最脏最累最没有技术含量的活儿之一，正式工不愿干，干这活的，主要是来自外地的临时工和本厂的家属工。这些家属工无一例外是来自农村的娘们，身强力壮，能顶半边天。装包工和拉包工唯一的好处，是工资计件，有劳有得，多劳多得；最大的坏处，是少劳少得，不劳不得。

跳蚤和艾兰花被贬为装包工和拉包工，是二十世纪八十年代中期的事了。这时候，石牛水泥厂年产量是六万吨，要达到这个产量，一年至少开机三百天，每天生产二百吨。装包工实行的是三班倒工作制，一个班四人，这意味着一个人在八小时内，至少要装运三百包水泥。四个人分成两组，两个人装包两个人运包，轮流进行。装包工用纸袋从自动出料口盛满水泥，过磅、封口，装好十包，码到特制的铁板车上，运往五十米外的水泥仓库。水泥仓库地势略高于装包车间，呈十五度角斜坡，运送起来更加吃力。

板车除了轮胎全身都是铁的，车架上焊一铁板，宽度与长度正好装十包水泥，前端焊一直角铁板，宽度和高度与一包水泥的宽度和高度相等，作用在于阻挡水泥滑落。

水泥运到水泥仓库，无须一包包卸下，将板车前端抵地，整个板车抬起竖直，脚掌勾出车轮，左右晃动一下板车抽出，十包水泥便纹丝不动码在那里，与前边卸下的水泥包整整齐齐靠成一排排、一垛垛。

整个过程一气呵成，既要蛮力又要巧力。有蛮力没巧力，板车很难抽出，板车抽不出，只好一包包卸。这时候水泥包夹在板车和水泥垛之间，空间狭小有劲使不上，卸起来特别费力。如果用蛮力抽出板车，水泥包容易掉在地上摔裂，成为破包，这是要扣工资的。有巧力没有蛮力，可能抬不起和竖不直板车，这时候如果没人帮忙，千斤重的板车可能压在身上，造成工伤事故，轻则伤筋动骨，重则闪腰裂骨。

装包车间有五位女工，艾兰花和另一位拉包，那三位装包。艾兰花不仅是力气最大的女拉包工，也是力气最大的拉包工之一，掰手劲可以掰倒三分之二的男拉包工，掰倒所有男装包工。艾兰花还可以像男拉包工一样，单手将板车轮举过头顶。

有那么几年，水泥特别好卖，黑土晒干碾成粉似乎都能当水泥卖，提货的车辆排成长龙，从水泥仓库蜿蜒至厂门口再浩浩荡荡延伸到三百米长坡上，一眼望不到头，交通为之堵塞。

石牛水泥厂效益犹如暴涨的股票，月奖、季度奖、超产奖、半年奖、年终奖，奖金拿到手软，逢年过节还发这发那，除了清明节，什么节都发。

全厂上下高速运转，最忙碌的要数搬运工。搬运工是清一色的外地男民工，比装包工和拉包工还吃大苦耐大劳，当然也赚大钱，工资全厂最高。但是从没有人羡慕和嫉妒，那种苦没几个人受得了，那种钱没几个人赚得了。

他们的苦不在于出大力流大汗，而在于随叫随到。无论严寒酷暑，不管三更半夜，哪怕正在被窝里和老婆亲热，火车皮一到（火车皮总是夜里到），就得冲锋陷阵般赶往仓库。

石牛水泥厂有火车专运线，专运线紧挨仓库。

搬运队虽然分成三个班轮流作业，但是那几年水泥供不应求，一个班根本忙不过来，两个班也应付不了，经常全员上阵连轴转。头天晚上几车皮的水泥包搬运了大半夜，上午还得再接再厉大干快上。

搬运工眼球布满血丝，一是缺觉熬的，二是钱刺激的。跟装包工和拉包工一样，他们拿的也是计件工资，多搬运一吨水泥多拿一份钱。在平均工资不到二百元的石牛水泥厂，他们的平均工资高达六百元，在二十世纪八十年代中晚期，是笔让人热血沸腾的收入。这里的平均工资，对正式工而言是包含奖金的，剔除奖金只有一百多块。民工、临时工、家属工没有奖金，劳保等福利也只享受一半。

搬运工地位比家属工和临时工还低，虽然他们也属于临时工。但在那几年，他们的地位明显提高，厂里为了鼓励和犒劳他们，数次提高搬运单价。客商为了尽早提到货，除了贿赂供销员和仓管员，还巴结搬运工，一般不用钱，主要送烟酒。烟能提神酒可解乏，搬运工没有不抽烟喝酒的。

客商巴结搬运工，还有一个原因，希望他们在搬运过程中，手下留情小心轻放，水泥是纸袋包装的，容易破损。虽然有钱可赚，但连续作战的搬运工疲劳之际难免滋生情绪，脾气不好的人情绪更大。一有情绪，动作容易变形，轻重拿捏不准，搬运水泥包讲究的是重拿轻放，一旦轻拿重放或者重拿重放，就容易破包，一吨水泥破个两三包，十吨就是三十包，客商损失大了。有经验的老客商，往往眼观六路耳听八方，一发现搬运工露出情绪苗头，立马用烟酒浇灭。

搬运工一齐上阵加班加点，还是有忙不过来的时候，加之劳累过度（有人累晕，还有人累吐血），时有搬运工请假休息，有的客商一个礼拜提不到货，不是没货就是有货搬运人手不足，怨声载道，告到上级主管部门那里，造成不良影响。

厂里一方面增招搬运工，一方面鼓励没当班的车间工人（车间白班、中班、晚班三班倒）充当搬运工，工资按计件，略高于民工，比如民工一吨十元，正式工十一元。但报名参加者寥寥无几，正式工总觉得自己高民工一等，不愿等同于他们，不愿干他们干的活，当然也干不动他们干的活。

艾兰花是寥寥无几中唯一的女工。此时涂文保已死，艾兰花也已转正，但还是缺钱。小弟好不容易说成亲，但拿不出彩礼，彩礼不到位，姑娘不肯过门。前几年大弟成婚，艾兰花花光了积蓄，一时拿不出钱。为了嗷嗷待娶亲的弟弟，为了病痛的父亲，为了悲苦的母亲，艾兰花豁出去了，下班休息一两个小时，就去搬运水泥。

拉运水泥与搬运水泥都是重体力劳动，但后者强度远远大于前者。拉运主要是拉，基本不用搬；搬运既要拉又要搬，搬大于拉。首先得将仓库里的水泥一包包搬到板车（与拉包的板车相同，一次装十包）上——就像拉包工在装包车间将装好包的水泥一包包搬到板车上——然后拉进车厢。

开始搬运时，车厢是空的，可采用拉包到水泥仓库的办法，抬起竖直板车，一次性卸下十包水泥。当十包一垛的水泥包码到车厢尾部，占据车厢一半或者三分之一高度时，人和板车无法进入车厢，就在水泥垛上架一又厚又宽又长的板块。力气大的搬运工将水泥包抱在腹部，力气小的搬运工将水泥包扛在肩上，通过倾斜摇晃的“独木桥”进入车厢。

肩扛水泥包的搬运工，上肩需要旁人帮忙，下肩需要旁人搭手，否则水泥包容易跌落，跌落十有七八破包。这种情况下破包，损失算搬运工的，从运费里扣。

肩扛不仅影响效率，还欠帮忙搭手者的人情，艾兰花一律手抱，速度丝毫不亚于男人。不同的是，艾兰花上手的时候，会情不自禁大叫一声，声震仓库回响阵阵。有搬运工笑她叫床叫到仓库，她也笑，老娘不是叫床，是叫天叫地。有搬运工又笑，叫应了没有，艾兰花又笑，当然应了，在我心里应了，应得惊天动地的，你们这些蠢货哪里听得见。

跳蚤也去搬运，搬运一次就吃不消了，摔了几跤破了几包，还把腰闪了，卧床半月，外快没赚到反而损失了月奖。肥胖的跳蚤体力只有艾兰花的三分之二，拉包都吃力，主要装包。

跳蚤心疼艾兰花，她加班搬运适逢他休息时，就给她做好吃的，主要是高汤类滋补品，装在保温杯里送到现场，监督她吃完才返回。艾兰花则回报他烟酒。客商觉得艾兰花是女人，送烟酒不妥，打算送点别的。艾兰花却不要别的，对客商说，男女平等，不要搞特殊化。于是客商也送她烟酒。

有人取笑跳蚤怕艾兰花累坏了回家床上使不上劲，也有人取笑他阴盛阳衰，跳蚤一点也不恼怒，手舞足蹈唱起贬到包装车间后自己改编并常唱的《夫妻双双把家还》：

机声隆隆笑我癫
跳蚤就像那董永
兰花好似那七仙
从今不再受那相思苦
夫妻双双把家还
你装包来我封口
我拉包来你推车
立窖虽脏能避风雨
夫妻恩爱苦也甜
你我好比鸳鸯鸟
比翼双飞在车间

大家听了直笑，建议跳蚤把“你装包来我封口”改为“你封口来我开苞”。

跳蚤大笑：“苞早就被涂文保开了，我是老牛吃嫩草。”

跳蚤死后，有一阵子，艾兰花茶饭不思，连端碗的力气都没有，更别说拉包，简直成了废物。去看医生，查不出任何毛病。亲朋好友怎么劝说，都提不起精神。

一天晚上，跳蚤在梦中忧郁地对她说：“兰花，你不能老这样，不然我死不瞑目，你一定要打起精神！”

艾兰花：“我一点力气都没有，你给我一点力气吧！”

跳蚤深情地望着她：“你把墙角的板车轮举起来就有力气了！”

艾兰花：“我连一只水桶都拎不起，怎么可能举得起板车轮？你说梦话啊。”

跳蚤：“你没试怎么知道举不起？”

艾兰花：“根本不用试！”

“你必须试！”跳蚤变得严厉起来。

艾兰花只好试了试，居然轻而易举。

“从明天开始，你会像从前一样浑身充满力量。”跳蚤微笑着遁去，再也没有出现在她梦中。

第二天早上，艾兰花试了试，虽然不像梦中那么轻而易举，但还是把板车轮举了起来，正如跳蚤所说，浑身充满了力量。她坚信，是跳蚤赐予了她力量。

从那以后，每当太苦太累快要崩溃的时候，艾兰花就像举重运动员那样发出一声吼叫举起板车轮，这一叫一举，不仅把苦难高高举过头顶，也把郁闷烦恼排出体外……

有一阵子，石牛水泥厂盗贼蜂起，既有内盗也有外盗，凡是能搬动的，什么都偷，板车车轮是重点偷窃对象。石牛水泥厂前后左右都是村庄，又毗邻火车站，治安十分复杂，治理起来有难度，实在没办法，车间主任想了个简单却有效的办法，装包工下班后，将板车轮带回家，上班时带回车间，一箭双雕，内盗外盗全防住了。装包工住的大都是平房或简易房，存放搬动非常方便。住楼房的，可以把板车轮寄放在住平房和简易房的工友家里。

艾兰花住的是平房，自然要把板车轮带回家。

11

石牛水泥厂倒闭那年，金明考上大学，那是大学实行收费的第二年。

金明考的是重点大学，学费高于普通大学，为了供金明读书，艾兰花决定去擦皮鞋。

石牛水泥厂与火车站毗邻，火车站一带人口庞杂，除了古代人和外国人，什么人都有。艾兰花固定蹲守在车站广场一角，将一只只穿着不同肤色、质地不同、大小不一的脚，一视同仁地捧在膝上，奋力擦着。

几乎所有的擦鞋女人，头发都是凌乱的，上面沾满了灰尘。艾兰花却与众不同，头梳得整齐，头缝泾渭分明，发丝一根不乱，两侧相对位置各夹一个绿色的塑料弹簧卡，脑后总成一根大辫，看起来麻利精干。

那些年纪与艾兰花相当的男人和年纪比她大的老男人，见她长得周正，都喜欢和她开个玩笑，玩笑开到肉里，她也不生气，更有甚者，晃动脚掌，往她怀里拱，即便如此，她依然心平气和，抬起手掌或者翻转鞋刷，在对方脚背轻轻那么一拍或者一敲，这么一来，对方更来劲了。艾兰花呢，还是不生气，反正光天化日之下，他们也不敢过分。人家丢下两个小钱，拍拍屁股走人，她还要追出两步说谢谢啊慢走。

一个初夏的晚上，一个精神气十足但沉默无语的老头，擦完皮鞋，坐在马扎上迟迟不走，一双深陷眼窝的小眼珠，色眯眯盯着艾兰花。老头眼珠子里发出两束摇曳的幽光，仿佛两只无形而又粗暴的小手，将她剥得体无完衣。

艾兰花从来没有看过这么色情的目光，浑身发红发烫，像蒸熟的虾，受不了，收拾鞋箱，装着要走的样子。

老头开口了："你一月能赚多少钱？"

艾兰花撇了撇嘴："干这行能赚多少钱，顶多赚碗饭吃呗。您起来吧，把马扎给我，我要收工了。"

老头突然抓住她的手："你想不想赚钱？"

艾兰花："赚什么钱？"

老头："裤带松一松，胜过一月工。"

艾兰花："你放开手，老不正经的。"

老头把她手抓得更紧了："一次五十块，干不干？"

艾兰花心里猛然一动，她一个月顶多六个五十块，一般只有四五个五十块。这些天，她正为儿子这个月的生活费发愁呢。儿子每年要三四千元的学费，这可难死了艾兰花，东凑西借，好歹筹齐了一年的学费。

儿子念大学的那座城市，是经济发达的沿海城市，物价比较高，每月生活费至少三百元，艾兰花咬紧牙关勒紧裤带，也只能寄一百五十元，儿子和她一样，也勒紧裤带过日子。

这个月天气转热，穿皮鞋的人越来越少，生意清淡，快月底了，还没赚满一百元。艾兰花心里得恨不得老天爷六月下霜，天一冷，穿皮鞋的人就多起来，穿皮鞋的人多起来，她的生意自然就会好起来。

见她犹豫的样子，老头放开她的手，低声道：“你要是愿意，就跟我走。”老头说罢，背着双手，不紧不慢朝车站附近一条黑漆漆的巷子里走去。

艾兰花情不自禁地跟在老头身后，走到巷口的时候，跳蚤前妻玉香挑着箩筐从巷口走出，仿佛从天而降。与此同时，旁边一扇小门洞开，射出一道强烈的光线，透过玉香，射进艾兰花心里。

艾兰花心里猛地一震，脱口而出：“玉香大姐，还没收工啊？”

玉香淡淡一笑：“你也不一样吗，咱们一起回家吧，别把自个累着了。今天仙草糕没卖完，要不要来一碗？”。

艾兰花摆了摆手：“天不早了，回家再吃。”说罢，两个人并肩朝水泥厂方向走去。

玉香：“兰花，今天生意怎么样？”

艾兰花：“咳，别提了，这个月没一天好生意。”

玉香：“金明的生活费还没凑齐吧？”

艾兰花深深叹了口气，无语。

玉香掏出身上所有的钱，递给艾兰花：“今天只卖了这么多，你全拿去吧。”

艾兰花：“这怎么行，这是你的血汗钱，打死我也不能要。”

玉香：“我又不是白给，借给你，等金明毕业参加工作再还给我。跳蚤是金明亲爹，金明要是不嫌弃，就把我当干妈吧，干妈给干儿子钱，应该的。”

“大姐……”艾兰花握着那一沓零钞，感觉沉甸甸的，泪水在眼睛里团团乱转。

玉香突然加快脚步：“不早了，走快点……”

玉香老无所养老无所靠，唯一的女儿夫妻双双下岗，长年累月忍受着酒鬼丈夫的家庭暴力，别说生活，连自己的人身安全都难以保障，无法顾及母亲。可能是跳蚤播种那天晚上喝多了酒，精子质量不高，致使女儿智商不高，长得也不怎么样，直至二十八岁高龄，才以最优惠的条件勉强嫁了出去，没想到一不小心，嫁了个比跳蚤还糟糕的酒鬼。

跳蚤本来还想生个儿子的，那时国家允许生两胎，可女儿出生第二年，老婆子宫就长了瘤子，不得已把整个子宫切除，想播种找不到土壤。这也是跳蚤对酒当歌自甘堕落的一个重要因素。

玉香是正式工，本来在车间上三班倒，生病后，厂里照顾她到托儿所上正常班。厂子倒闭时，她还不到退休年龄，每月只能领取七十块的最低生活保障费，很难养活自己，何况还要不断吃药，只好自谋生路。挑着两只箩筐走街串巷，冬春卖豆腐脑，夏秋卖仙草糕，早出晚归。豆腐脑和仙草糕都是她自己做的，还是在娘家时学的手艺，也算是天无绝人之路。好卖的时候，收工早；不好卖的时候，收工迟。

有一天玉香经过一个十字路口，被摩托车撞了一下，肇事者逃之夭夭，她却躺在地上爬不起来，交警把她送到医院，也没个人照顾。

艾兰花知道后，主动到医院服侍，医疗费也是她掏的腰包。

玉香问她为什么这么做，艾兰花说她也弄不清为什么。玉香挺固执，说你要说不出个原因，我死也不领你这份情。

艾兰花说，那就算我向你赎罪，行不行，说完眼泪就下来了。

玉香没想到艾兰花这么说，于是两个人抱着哭成一团，从此姐妹相称。

12

那天晚上，如果不是玉香突然出现在她面前，艾兰花肯定要堕落，从此从事比指甲里的泥还肮脏的职业。

玉香拯救了她。

回到家里，艾兰花一鼓作气，连续三次将板车轮举过头顶。当她将板车轮放下时，突然产生去蹬三轮的念头，这个念头如此强烈，以至第三天就付诸行动。

转眼，艾兰花已经蹬了一年多的三轮。

一个下着小雨的深夜，经过一家酒店的时候，一个夹着公文包、满身酒气的胖子，不等车停稳，一个踉跄上了艾兰花的车。艾兰花问他去哪里，胖子说到满天星公寓。艾兰花说去满天星公寓四块钱。胖子不高兴了，训斥道，不都是两块钱吗，怎么，你想敲诈老子？

艾兰花："老板，满天星公寓比较远，白天都要两块钱，晚上十点以后一律翻倍，四块，现在已经是一点多了。"

胖子："这是谁定的规矩？"

艾兰花："这是我们默认的规矩。"

胖子："什么狗屁规矩，我怎么从来没有听说过，告诉你，老子从来没有坐过四块钱的三轮车，你这是趁火打劫。说心里话，我本来是很同情你们这些车夫的，你们是弱势阶层，是可怜的人，现在看来，越是可怜的人越可恨。怎么，你还不走，是不是想找打？”胖子猛地跺了一下车板。

艾兰花：“老板，话不要说得那么难听，我又没有逼你，如果你不愿意，可以下车。你有不付双倍车钱的自由，我也有不拉你的自由。”

胖子气得脸上的赘肉抖动起来，伸出胖得看不见骨节的手指，指着艾兰花骂道：“怎么，你想拒载？告诉你，老子就是一分钱不给，你也得拉，你知道老子是干什么的吗？说出来吓死你，你不要不知天高地厚。我要不看你是个女人，不和你一般见识，哼……”

僵持了一会儿，艾兰花妥协了，忍气吞声往前踩。

蹬三轮的，最怕、最气、最恨的就是这种蛮不讲理的乘客，惹不起，躲不起，只能自认倒霉。这是有前车之鉴的。蹬三轮没多久的一个晚上，艾兰花遇上一个喝醉酒的流氓，下车的时候，流氓递给她一支香烟，口齿不清道，老子今天身上没带钱，这支烟抵你车钱，下次有用得着兄弟的地方，说一声。也许天太黑，也许流氓喝太醉，他居然把艾兰花当成男的。

艾兰花当然不答应，说没带钱你坐什么车，莫非你这支烟是金子做的？流氓大怒，照着她的脸就是一拳。艾兰花脸上立即开了花，大叫，你怎么打人？流氓咆哮道，操你娘，敬酒不吃吃罚酒，老子今天不但打人，还要杀人。流氓说罢，旋风般冲进旁边的小餐馆，操起一把菜刀杀将出来。好在艾兰花反应快，赶紧骑车跑了，否则非血溅街头不可。

艾兰花跑出好远，才想起110，电话打过去，人家非但不出警，反而训了她一顿：以后碰到这种事自己多长个心眼，不要把一块钱看得比自己的命还重，前不久不就有一个蹬三轮的因为一块钱把命丢了嘛！你也是蹬三轮的，这事你不会不知道吧？如此沉痛的教训，你怎么这么快就忘了？

半年前的一个雨夜，一个车夫从火车站拉一乘客到城里。上车的时候，车夫提醒乘客，到城里两元，不然不去。乘客没吭声，车夫以为他默认了，到了城里，乘客甩给他一元，下车走了。车夫冲着他喊，喂，你还差我一块钱呢。乘客头也不回，走得更快了。车夫火了，扔下车追上去，操你娘，没钱就别坐车，老子最看不起你这种人。

那人停下，回过头，面露狰狞之色，一字一句道，有种你再说一遍。车夫挥舞着粗壮的胳膊，再说一遍怎么样，说一万遍我老子也不怕你，没钱就别坐车，别以为蹬三轮的都好欺负，今天你不把这一块钱给老子，老子就和你拼命。

那人似乎害怕了，说，那好吧，大人不计小人过，老子的命比你值钱，和你拼命划不来，过来拿吧。边说边把手伸进口袋，车夫走近时，他掏出来的不是钱包，而是一把刀子，势如破竹般捅进车夫肚子，一连捅了三刀，车夫当场死亡。

一想起这些，艾兰花心里便忍不住害怕。

十五分钟后，满天星公寓到了。

胖子扔给艾兰花两枚硬币，冷笑道，一看你就是个下岗女工，一点教养都没有。说完吹着口哨扬长而去，气得艾兰花从牙根咳出一大口血来，狠狠吐在地上。

离开满天星公寓不远，艾兰花猛然想起胖子下车时手里是空的，回头一看，果然，他的公文包忘在了车上。艾兰花把车骑到一盏路灯下，颤抖着打开丰满的公文包，里面除了一大沓票据证件，还有三张存折（合计三十六万元）、六个避孕套、四张照片（都是胖子和一个比他年轻十几岁的漂亮女人的合影）、五千元现金。

刚才，胖子一个箭步一屁股坐到车上，光线又暗，艾兰花没注意看他的脸，也看不清他的脸，现在仔细看照片，不由打了个激灵，这不是那个骑摩托车撞了玉香的家伙么？玉香在医院告诉她，撞她的男人是个胖子，右脸长着一块掌心大小、状似中国地图的胎记。此前，艾兰花虽然没有见过这个胖子，但她可以肯定，他就是撞玉香的人。县城胖子很多，脸上长胎记的肯定不多，长在右脸且状似中国地图的，绝无仅有，不是他是谁！

哈哈，真是恶有恶报善有善报啊，艾兰花心想，胖子下车的时候要是不说那句刻薄的话，如果我没“认”出他，老娘或许把包还给他，现在，他就是向我下跪，叫我亲娘，叫我姥姥，我也不还给他……

可是，艾兰花很快不安起来，虽然这五千块钱非偷非抢，是她捡到的，但毕竟不是自己赚来的，总觉得黑暗中有双眼睛盯着她。

艾兰花越想越不安，毅然掉转车头，快速向满天星公寓骑去。

到了满天星公寓门口，艾兰花犯愁了：偌大的满天星公寓，深更半夜的，怎么才能找到胖子呢？还是明天再说吧，可是，到了明天我会不会反悔呢？艾兰花突然想起包里有半盒名片，拿出一张看了看，中间印着“马金旺总经理”三个烫金大字，地址和电话号码都是当地的，想必是胖子的名片。

二十世纪七十年代末期，艾兰花参加了厂里举办的文化扫盲班，还是识几个字的。名片上有两个固定电话号码和一个手机号码，艾兰花掏出身上的IC卡，塞进路旁的公用磁卡电话机，先打手机号码，话筒里传来“对不起，对方已经关机”的电脑声音，于是选了一个后面注有“家”字的号码，电话拨通了，响了好一会，才有人接，声音很不耐烦，找谁？是胖子的声音，看来他还没有发现包已丢失。

艾兰花：“你丢东西没有？”

胖子：“丢东西？丢什么东西？”

艾兰花：“包，一个黑色的公文包！”

“哎呀，我的天啊！”胖子如梦初醒，“你，不，您一定是那个踩三轮的吧，不不，您就是刚才那个女师傅吧，请问您在哪里？”

“我就在你楼下！”艾兰花“啪”地挂断电话。

就在挂断电话的瞬间，艾兰花突然产生一股强烈的报复念头，玉香不能让他白撞了。

五分钟后，仿佛一只被猎人追杀的企鹅，胖子踉踉跄跄出现在门口，衣服扣子扣错了两个，裤子拉链开着，皮带露出一截，一只脚穿着袜子，一只脚光着，穿着袜子那只脚的裤脚夹在袜子里，好像被突然扫了黄的嫖客。

胖子深深吸了口气，颤抖着向艾兰花伸出熊掌般厚实的大手。骑在车上的艾兰花，双手本来搭在车把上，见他伸出手，身子一直，两手离开车把抱在胸前，居高临下地望着他。胖子两手握空，顺势握住车把，讨好地仰望着艾兰花，满脸潮湿，不知是泪是汗还是雨。

胖子轻轻摇晃着车把，就像奴才轻轻摇晃着主子的大腿：“女菩萨，您真是个大好人啊！刚才我喝多了马尿，言语上多有得罪，您大人不计小人过，别往心里去。”

艾兰花冷笑道：“别假客套，我不是什么好人，我还钱是有条件的。”

胖子：“有什么条件，您尽管说！”

艾兰花：“你先说说看，出个价。”

胖子：“给你一千元，怎么样？”

艾兰花不吭声。

胖子：“那，一千五怎么样？”

艾兰花还是不吭声。

胖子："三千？"

艾兰花依然不吭声。

胖子："五千元总可以吧？我包里总共只有五千元现金，都给你！这总行了吧？"

艾兰花："我不要你的脏钱！"

"钱是好东西啊，不管脏还是臭，到了自己手里就是干净的、香的，您何必和钱过意不去？"说到这里，胖子指了指对面大楼上七个闪闪发光的大字念道，"发展才是硬道理，这话是有道理的，不过，这话没说完事，我还要加上一句，搞钱就是真本事。这年头，有钱能使磨推鬼。您说是吧？"

艾兰花："少废话，今天我就是要和钱过不去。"

胖子："女菩萨，不要钱，那您要什么？"

艾兰花："要你的人！"

胖子："女菩萨，您开什么玩笑，我又不是帅哥，您看我这种体形，您也看不上。"

艾兰花："我不是要你的人，我要的是你的力气。"

胖子："要我的力气？"

"对，要你的力气。"艾兰花把屁股从骑座挪到后座，指了指胖子，"你，给我骑上去，拉着我绕城一圈，我就把包还给你。"

胖子："您开什么玩笑，您看我这体形，哪能骑得动？"

"你到底骑还是不骑？不骑我就把包扔到河里。"艾兰花说着，拉开公文包拉链，做了个扔包的假动作。

路旁就是环城河，一连下了几天大雨，河水暴涨，公文包如果扔到河里，转眼就不见了。

"别扔，您千万别扔，那是我的命根子，求求您了，我骑还不行吗？"胖子哭丧着脸，弯着腰，摇晃着双手，几乎要给他跪下。

胖子艰难地骑上车，骑行不到五百米，就吃不消了，转过头乞求艾兰花："我再给您加一千，六千怎么样，我实在骑不动了。您高抬贵手，慈悲为怀，我有心脏病，放过我这一回吧。"

艾兰花："不行就是不行，你就是给我六万也不行，再讲条件就绕城两圈！"

胖子不敢吭声了，使出吃奶的力气向前骑着。

艾兰花腿长，车座调得比较高，胖子腿短，车蹬转到上方时，脚尖还可以勉强够到，但用不上力；车蹬转到下方时，脚板就悬空了。仅靠两只蜻蜓点水似的脚尖，别说车上坐着人，空车也蹬不动。胖子不得不站起来蹬，车蹬是够着了，整个体重也集中到了腿上，平时爬个楼梯都要三级一停五级一歇，楼梯虽陡，毕竟平稳踏实，车踏摇摇晃晃，受力面积只有烟盒大小，他那庞大的身躯站在上面，仿佛一只鸭子站在电线上，险象环生。每蹬一下，胖子体内就引发一次中级地震，浑身肥肉剧烈抖动着，呼吸犹如山呼海啸。

上坡了，此时就是拿十把手枪顶着胖子，他也骑不动了，可怜巴巴地望着艾兰花。艾兰花明白他的意思，胖子想让他下车，等他蹬着空车上了坡，再让他上车。

艾兰花不为所动，胖子只得咬紧牙关，推起车来。推到一半的时候，胖子突然“咕咚”一声，四脚朝天躺在地上，浑身热气腾腾，温泉里捞出来似的，嘴巴张得老大，眼睛似睁非睁，脸色先是铁青，很快变成青铜色。

艾兰花开始以为他装死，抽了半支烟，觉得不对劲，伸手探了探他的鼻子，只有出的气，没有进的气。

艾兰花吓坏了，看来这家伙确实有心脏病，十有八九是心脏病发作了。艾兰花本想一逃了之，转念一想，不行啊，胖子虽然可恶，罪不至死，她不能见死不救啊，胖子要是有个三长两短，她的良心一辈子都不会安宁的。想到这里，艾兰花把胖子弄上车，以最快的速度送到医院，并用公文包里的现金，帮他办理了住院手续。等胖子老婆闻讯赶来时，艾兰花已经悄然离去。

由于抢救及时，胖子得救了。

艾兰花留下四张照片和一千块钱。艾兰花怕胖子对他打击报复，留了这么一手。艾兰花把钱给了玉香，上次玉香被撞住院，花了九百多块钱。

13

艾兰花起了个大早。

今天是个利好的日子，面的又罢工了。

县城共有中巴、面的、三轮车三种公共交通工具。为争抢生意，面的和中巴司机水火不相容，经常罢工，到政府静坐，要求政府减少对方的数量。鹬蚌相争，渔翁得利，他们一罢工，三轮车夫便客源滚滚。有一天，艾兰花居然赚了八十六元，累得她小便的时候，不得不腾出一只手撑着墙，才能蹲稳。艾兰花巴望今天能打破八十六元的纪录，突破百元大关。

一个上午，艾兰花就挣了三十多元，形势一片大好，照这样发展下去，晚上十点以后，一百元肯定不成问题。

生意太好了，客人一个接一个，直到中午一点半，艾兰花才抽出时间吃饭。生意好得她心花怒放，破例买了份四块钱的快餐犒劳自己，正狼吞虎咽着，对面突然有人大叫，三轮车，三轮车！来来往往的三轮车都坐满了人，那人见街边停着一辆三轮车，却不见车夫身影，便大叫起来。

艾兰花抬头一看，是个女人，手上抱着个孩子，地上还有三个鼓鼓囊囊的蛇皮袋，收她三块钱应该不过分。此时，不远处恰好有一辆空车驶来，艾兰花放下没吃完的快餐，三步并作两步蹿上车，抢先拉上了她。

女人是到汽车站赶车的。妇女和孩子虽然不重，三个蛇皮袋却比妇女和孩子重出两倍；路途虽然不远，妇女却一个劲地催她快点，累得艾兰花汗如雨下。艾兰花狠下心，开口要四块，妇女很爽快，如数付给。

接过钱的时候，艾兰花眼前黑了一下，但很快重见光明。

艾兰花买了盒牛奶，给身体加油。刚把吸管插入奶盒，又有人叫，三轮车，快过来。艾兰花连忙含住吸管，气贯长虹，一口气把奶吸干。由于吸得太猛，艾兰花被呛住了，剧烈地咳嗽着，她朝自己胸口擂了两拳，骑上车朝那人驶去。

下午，艾兰花赚了五十多元，傍晚小便的时候，得双手撑墙才能蹲稳，眼前明一阵暗一阵的。艾兰花心想，人是铁饭是钢，这一定是饿的。出了厕所，艾兰花直奔快餐店，要了一份五块钱的快餐，还要了一瓶饮料。这次很幸运，无论去吃饭的路上，还是吃饭的过程中，都没有人打扰他。

今天，艾兰花算是过节了，平时，她很少在外面吃快餐，偶尔吃几回，也是吃最便宜的那种，两块钱一份。为了省钱，艾兰花把裤带扎了又扎，几乎勒进肉里，每天生活费不超过五元，霉豆腐是饭桌上永恒的主题。霉豆腐类似臭豆腐，但臭豆腐是闻着臭吃着香，颜色赏心悦目；霉豆腐是闻着臭吃着也臭，颜色极为暧昧。一般来说，霉豆腐适合在秋冬两季吃，夏天很少吃。霉豆腐的生产季节在秋冬两季，自制自食，春夏天气转热，没办法储存，这两个季节一般家庭是没有霉豆腐的，即使有，也是陈年老货，早变质了。

霉豆腐制作工艺简单，把新鲜豆腐切成块状，撒上盐和辣椒粉末，用滚水煮透并沥干的稻草或者纱布隔开，放进密闭的箩筐养上十天半月，让豆腐充分发酵，辣味和咸味完全渗透进豆腐，就可以食用了。如今这种食物已经被淘汰，只有上了年纪和生活特别困难的人，才会想起它。霉豆腐又咸又辣，非常下饭，但营养有限。窘迫的生活迫使艾兰花不得不一年四季都以霉豆腐为主菜。

好像知道艾兰花吃饱喝足有了力气似的，一出快餐店，就有两个四十岁上下的男人上了他的车。如今上了四十岁的城里男人，没几个肚子不鼓的，肚子一鼓，体重就上去了。作风正派、体形标准的四十岁男人，已经像国家二级保护动物一样稀少了。

这两个家伙，肚子争先恐后地鼓着，一个大鼓，一个小鼓。小鼓的那个一百五十斤左右，大鼓的那个一百八十斤上下。大鼓小鼓一上车，轮胎就瘪下去一半，艾兰花的心也沉下去一半。两人去的地方是天福酒家，路程较远，途中还有一小段坡。

大鼓见艾兰花犹豫不前，催他："喂，你快点啊，我们要迟到了，今天怎么搞的，一辆出租车都没有。"

艾兰花："今天面的罢工，两位老板还是改坐中巴吧。"

小鼓："难怪，可是面的罢工，中巴怎么也趴窝了，我们等了半天，也没等来一辆中巴，我们好不容易等来你这辆空车，你却要拒载，太没职业道德了。"

艾兰花苦笑道："两位老板，你们太沉了，我怕拉不动。"

这时，大鼓的手机响了。

大鼓拿起手机："喂，领导，哎呀，实在不好意思，让领导久等了，什么，罚酒三杯？行，罚三瓶都没问题，领导您再等一下子，我们马上就到。"大鼓接完手机，对艾兰花说，"大姐，麻烦你辛苦一趟，我给你两倍车钱，你一个女人家，吃这碗饭不容易啊。"

没想到满脸横肉的大鼓如此客气，还叫她大姐，还辛苦一趟，艾兰花心里一热，牙一咬，裤带一扎，豁出去了，缓缓蹬动三轮，骨节发出噼里啪啦的响声。令她感动的是，上坡的时候，大鼓还主动下来推车。到了天福酒家，大鼓给了艾兰花五十元，说，麻烦你了，大姐，不用找了。说罢，和小鼓小跑进酒店。

大鼓多给了四十四元，使得艾兰花的收入提前突破百元大关。

艾兰花决定收工，返回的路上，好几个人招手叫车，她都视而不见，她实在没有力气了，双腿软得像香肠，五脏六腑像煮过似的，又热又胀，眼皮沉重得仿佛挂了两个小砝码。再蹬下去，马上要晕倒了。艾兰花使出最后一点力气，把车靠到前面不远的一根电杆旁边，滑下车座，挪到后座坐下，一下睡着了。

半个小时后，挑着箩筐的玉香路过这里，见艾兰花睡得正香，把两个小箩筐叠在一起，轻轻放在车上，骑上车缓缓向水泥厂驶去。

骑了一半路程时，艾兰花醒了，见是玉香，哽咽道："大姐，还是我来吧。"

玉香摆了摆手："你太累了，还是我来吧。兰花，你不能把自己当男人使啊，会累坏的。"

艾兰花千般苦楚万般心酸，一齐涌上心头，泪流满面："大姐，是我夺走了你的男人，然后又克死了他……"

玉香把车靠到路边，停下，扭过头："兰花，你要这么说，我就不理你了。"

艾兰花："大姐，金明快要放假了，他一回家，我就让他认你作干娘。今后，我们有福同享，有难同当，就像一家人一样。"

玉香："这还差不多，跳蚤和文保这两个死男人，他们要是在天有灵，一定会为我们高兴的。"

"这两个死男人！"艾兰花轻轻骂道，内心充满甜蜜和忧伤。

堕落天使迟美丽

1

县戏剧团解散后，戏剧演员迟美丽调进石牛水泥厂广播室，这时她已经是老掉牙的老姑娘了。

按照演员的标准衡量，迟美丽长得不算美丽，但她身上有两件法宝非常吸引眼球：大眼睛和大乳房。人们习惯用葡萄比喻又大又亮的眼睛，但葡萄这个喻体，不适合用来比喻迟美丽的眼睛，剥了壳的皮蛋最适合。迟美丽的眼睛像皮蛋一样又大又亮而且黑，眼神则像皮蛋的蛋白（其实是蛋黑），散发着远古而幽怨的光芒，按照现在的说法，就是会放电，男人要是被她多看上那么几眼，意志不坚强的，就会神魂颠倒。其实，男人一般不敢主动看她的眼神，一看就陷进去了，男人喜欢偷看她的胸脯。如果说迟美丽的眼睛像皮蛋一样圆润，那么她的乳房则像毡房一样雄伟，即使冬天穿着厚实的羽绒服，也遮不住它们的英姿。

总而言之，迟美丽不是石牛水泥厂有史以来最漂亮的女人，却是石牛水泥厂有史以来眼睛和胸脯最大的女人，傲视群眼和群胸。

偏偏迟美丽是个分不清戏里戏外、见一个就爱一个的博爱者，男朋友比她演过的角色还多，就是没人娶她。这些男人虽然在床上爱她爱得死去活来，但是他们心里清楚，和迟美丽这种女人结婚，还不如打光棍。据不完全统计，迟美丽至少打过五次胎，把子宫都打残废了，想嫁也嫁不出去。

迟美丽进剧团不久，经历了一场惊心动魄的爱情。当时县一中有个体育老师，篮球打得特别好，还会一点武术，懂一点文学，长得那个英俊，按照当今的说法，简直“帅呆了酷毙了”。一中三分之二的学生，尤其女生都是他的崇拜者。体育老师是个独身主义者，女生趋之若鹜，他却目不斜视坐怀不乱，更蒙上一层神秘的色彩。校园里一直流传他是个采花高手。

剧团和一中仅一墙之隔，迟美丽对他早有耳闻，只是咫尺天涯，一直没有机会接触。一次，迟美丽的好友结婚，请她当伴娘，男方请的伴郎恰好是体育老师。新娘和新郎都长得不怎么样，伴娘和伴郎一个风姿绰约，一个英俊潇洒，珠联璧合，出尽风头，新娘和新郎反倒成了配角。

婚礼开始前，新郎新娘以为他们互不认识，正要介绍对方，体育老师文质彬彬地向迟美丽伸出手："不用介绍了，大名鼎鼎的迟美丽，谁不认识呀，我是你的忠实观众。"

迟美丽激动了："你看过我的戏？"

体育老师："经常看。"

迟美丽："那我怎么从来没在剧院看到过你？"

体育老师："我一般都坐在后排和角落里，你当然看不见我。你演戏的时候那么专心和投入，我就是坐在最前排，你也一定看不见我。一看见你，我就想起那首古诗，'北方有佳人，绝世而独立。一顾倾人城，再顾倾人国。'我不敢说你倾国倾城，说你倾县倾城，那是一点也不夸张的。"

一番话说得迟美丽热血沸腾："我对你也是久仰大名呀。"

体育老师笑了，笑得很腼腆："跟你相比，小巫见大巫，不值一提。"

迟美丽："你太谦虚了。"

两个人就这么好上了。

体育老师对古代诗词颇有造诣，每次亲热，都要给她朗诵一首诗词，几乎没有雷同过。迟美丽对他崇拜得五体投地。

第一次吻迟美丽的时候，体育老师朗诵的是李清照的《一剪梅》："红藕香残玉簟秋，轻解罗裳，独上兰舟。云中谁寄锦书来？雁字回时，月满西楼。花自飘零水自流。一种相思，两处闲愁。此情无计可消除，才下眉头，却上心头。"

向迟美丽求婚的时候，体育老师朗诵的是一首《汉乐府》诗歌："山无陵，江水为竭，冬雷震震，夏雨雪，天地合，乃敢与君绝。"

体育老师的黄色笑话也是一绝，在那个时代，会讲和敢讲黄色笑话的人，华南虎般稀少。

第一次和迟美丽上床的时候，体育老师给她讲了这么一个黄色笑话："苏东坡携妻子和妹妹一起乘船到赤壁游玩，忽涌大浪，衣裙皆湿，苏妻戏出上联：浪起来小姑下身尽湿润。苏小妹见夕阳西沉，天骤冷，对下联：日下去大嫂玉体直哆嗦。苏东坡大笑，见晚潮澎湃倦鸟归巢，遂出横批：波大鸟急。翌日，秦少游与佛印对弈，闻而笑吟：波大未见真憾事，鸟急可曾亦坐禅？佛印笑答：姑嫂明言云雨事，僧尼暗参欢喜禅。

近两年的恋爱，迟美丽并未从他身上发现半点采花能手的蛛丝马迹。

就在他们准备结婚的时候，体育老师突然出事了。

那是改革开放后第一次严打，其实他犯的那点事根本不叫事，一个偶然的机会，体育老师认识了全县赫赫有名的流氓头子，并保持着密切来往。其实这些流氓就是爱打架闹事敲诈点钱财，并不强奸妇女胡乱杀人，有时还做一点好事。

体育老师的罪名除了与流氓团伙沆瀣一气助纣为虐，主要是敲诈学生买烟抽买酒喝，传播黄色笑话和淫秽书刊，并猥亵玩弄多名女生。掏腰包的学生和被猥亵玩弄的女生，全是体育老师的崇拜者，他们当年崇拜体育老师，就像后来的中学生崇拜周杰伦和超级女声一样。

体育老师敲诈学生确有其事，猥亵玩弄女生多名却是“莫须有”的罪名，传得厉害，实则查无实据，很大程度上是冤枉的。体育老师不过是严打政策和指标下的替罪羊，当时上头给县里的枪毙指标是六人，倒霉的体育老师撞到枪口上，和那五位流氓一起被枪毙了。

迟美丽和体育老师谈了两年恋爱，打了两次胎。如果体育老师不出事，迟美丽是不会第二次打胎的，结婚之前，迟美丽再次怀孕，这也是他们提前结婚的主要原因，她不想让自己的子宫吃二道苦受二茬罪。体育老师被从重从速处决后，她做的第一件事就是打胎。迟美丽是怀着对体育老师这条披着羊皮的狼的深仇大恨去打胎的，手术台在她眼里成了刑讯室，相当悲壮，恨不得医生把自己的子宫打烂。

从此，迟美丽换了个人似的，不断跟男人上床，只要对方长得高大英俊就行，终于把名声糟蹋得像子宫一样烂、把子宫糟蹋得像名声一样烂，再也没有人愿意和她上床。

2

剧团解散后，迟美丽迟迟得不到安置，想去的单位去不了，能去的单位不想去，和她的婚姻一样，高不成低不就。

失业的日子里，迟美丽每天上街巡视一遍，睁着一双迷茫的大眼睛，这个帅哥瞧瞧，那个美男望望，动眼不动口，动心不动手。被她瞧过望过的帅哥美男，浑身鸡皮疙瘩，唯恐避之不及。甚至有小孩子跑在她前头起哄，大呼小叫“花痴来了”。

县城很小，小得城西某个粗壮男人放个臭屁，城东某个嗅觉发达的女人能嗅到臭味；小得城南某个泼妇河东一狮吼，城北某个沉睡的婴儿会被惊醒。小城的街道就那么一条，短得迟美丽要来回走两遍才过瘾。

那个时候，街上一天到晚难得见上几辆汽车和摩托车，街道不设人行道，行人走路都是不设防的，大摇大摆，想怎么走就怎么走，不用遵守交通规则，也无交通规则可遵守，自行车撞人事故时有发生。自行车再怎么撞，也撞不死人。撞得轻的，脾气好的，撞人的说声对不起，被撞的说声没关系，各走各的道。撞得重的，脾气坏的，撞人的说你怎么走路的，被撞的说你怎么骑的，一来二去，难免大吵甚至大干一架，但从没出过人命。那时管闲事的人多，没等双方以死相拼，就把人拉开了。

迟美丽走路，喜欢走直线，有点勇往直前的气概，知道她的，早就避开；不知道的，眼看要撞上，骂声神经病，赶紧错开。

那天，迟美丽瞄上一个身材高大的帅哥，帅哥走在前面，她跟在后面，帅哥走，她也走；帅哥停，她也停。

正跟得如痴如醉，曹德发撞上了迟美丽。

曹德发是石牛水泥厂党支部书记，刚从县政府会议室开完会出来。

那天，曹德发的心情坏透了，坏得要爆炸。在刚刚胜利闭幕的全县工业会议上，他的副厂长职务被免去了，改任党支部书记。石牛水泥厂是县里的重点企业和财税大户，县领导对石牛水泥厂厂长历来高看一眼。第一任厂长调离后当上了县经委主任，副厂长接任厂长；第二任厂长调离后当上了县经委副主任，副厂长同样接任厂长；第三任厂长调离后当上了副县长，作为第一副厂长的曹德发，却没有延续前两任副厂长的好运气，顺理成章地接任厂长，步步高升。

厂长是从磷肥厂调来的，磷肥是个小厂，厂房只有石牛水泥厂一个车间大，厂长年龄也小，四十出头，这让曹德发很生气、很不服气。

已经当了三年副厂长的曹德发，最大的梦想是在退休之前，把那个“副”字去掉。五十出头的曹德发怎么也想不到，梦想破灭得如此之快，如此彻底。

枪杆子里面出政权，笔杆子里面出财权。那时政企已经分开，党支部书记没了签字权，说话没了分量，地位还不如副厂长。

曹德发是第一副厂长，虽然没有直接签字权，但他分管的机修车间里的小金库，还是可以任意取用的，到饭馆里吃饭，签字也是管用的。书记就不行了，管用的不能签，签了的不管用。

更让他悲观失望的是，当上了党支部书记，意味着再也不能做厂长了。这和县委副书记当上人大主任再也当不上县委书记，副县长当上县政协主席再也当不上县长，是一个道理。

尽管事前县里主管领导找过曹德发谈话，要他思想上有所准备，真到宣布这一天，还是受不了，恼火。更让他恼火的是，小车似乎预感到他要下台，早不趴窝迟不趴窝，偏偏在那几天趴窝，修理厂师傅说，车子使用过度，损耗大，要大修，没个七八天修不好。曹德发不得不骑着自行车，来参加这个宣布他下台的会议。

会一开完，曹德发旋风般冲出会议室，气势汹汹从车队拎出自己的自行车。由于动作幅度太大，用力过猛，左右两边的自行车多米诺骨牌式的，噼里啪啦倒下。若在平时，曹德发会一辆一辆扶起自行车，今天他实在没心情，逃也似的跨上车，猛踩几脚，自行车一下蹭出几十米，才慢下来，正要第二次发力，啪的一声，链条脱了。曹德发恶狠狠地骂了一声娘，跳下车，把链条搭上，顾不得擦去手上的油污，骑上车，继续以亡命的速度往前冲，结果撞上了迟美丽。

这一撞撞得太厉害了，两个人都摔倒在地。

曹德发先爬起，问迟美丽："姑娘，你没事吧？"

迟美丽被撞晕了，一时反应不过来。

当迟美丽试图站起来时，右脚踝突然一阵钻心地疼痛，怎么也站不起来。

曹德发拉住她的双手，猛一用力，拔钉子似的把她从地上拔了起来。

迟美丽"哎哟"一声大叫，还没站稳，又瘫倒在地。

"你伤得不轻。"曹德发松开迟美丽的手，扶起自行车，支好，对看热闹的人群说，"哪位同志学一下雷锋，帮我一起把她送到医院。"

"我来帮你。"人群中走出一个高个子，把迟美丽搀到自行车后座上，曹德发在前面扶，他在后面推，配合默契地往医院方向走去。

高个子正是迟美丽跟踪的那个帅哥，与他挺拔健美的身材相反，他的相貌很是难看，尖嘴猴腮，迟美丽又是“哎哟”一声大叫，然后闭上眼睛，一声不吭。

人家是不打不成交，曹德发和迟美丽是不撞不成交，这一撞，不仅把他们撞成了忘年交，似乎也把迟美丽的花痴症撞好了。

迟美丽出院不久，曹德发把她调进石牛水泥厂广播室。

二十世纪八十年代以来，石牛水泥厂开始走红，效益一年比一年好，月月拿超产奖，福利好得没话说，虽然没有好到涂文保说的“除了老婆和孩子，什么都发”的地步，但生活日用品除了卫生巾和火柴，大到电炒锅，小到杯盘碗碟，没有不发的。许多人宁愿到石牛水泥厂坐办公室，也不愿到行政机关坐办公室，没有一定的关系和后台，很难调进石牛水泥厂，尤其是调进人满为患的石牛水泥厂办公楼。

3

不知是出于自卑还是谦卑，石牛水泥厂工人不喜欢自称工人老大哥，而是以工人大老粗自居。不可思议的是，这些大老粗在迟美丽面前居然粗不起来。真是不怕你不粗，就怕粗比粗。

迟美丽刚到石牛水泥厂那阵子，七大金刚怂恿涂文保，如果他敢摸一下迟美丽的大奶子，他们就一起凑份子，买一条良友香烟和两瓶五加皮白酒送他。良友香烟和五加皮白酒，是当时最为流行的香烟和白酒。涂文保捋了捋袖子，满脸自信，说，这还不简单，小菜一碟。七大金刚说，没那么简单，你必须当着我们的面摸她奶子，不然我们怎么知道你到底摸了没摸。

涂文保说：“这更简单了，你们跟我一起去广播室。”

A 金刚屈起中指关节，猛敲一记涂文保的脑壳：“你猪脑子啊，办公楼那么多人，怎么好跟你一起去，到时安上个聚众闹事的罪名，吃不了兜着走。”

涂文保踢了一脚 A 金刚：“你才是猪脑子，我会那么傻吗？那骚娘们每天早中晚，不是要提前和推迟十五分钟上下班吗？这个时候，办公楼只有迟美丽和皮子两个人，最好下手。”

皮子是厂里的通信员。

B 金刚是众金刚中智商最高的一个，捏着下巴沉吟道：“办公楼这个时候是没有人，不过，要是我们八个人一齐拥进广播室，容易打草惊蛇，我看这样，时间定在下午下班五分钟后，这时皮子也下班回家吃饭去了。我们躲在二楼厕所里，迟美丽一下楼，你就冲出去，摸她个措手不及。”

C 金刚说：“为什么不放在早上，早上人更少，厂长下午经常推迟下班，要是被他撞见，就麻烦了。”

B 金刚瞪了他一眼：“你脑子被屎糊住了？早上厕所里蹲满了拉屎的人，落脚的地方都没有，到时摸奶不成反沾一手屎。厂长不可能天天推迟下班，找个他不推迟下班的日子下手，就这么定了。”

没过几天，厂长出差了。机不可失，时不再来，此时不下手，更等何时？老天爷也配合他们，下手那天下午下班前半个小时，明亮的天空突然黑了下来，眼看有一场大雨，办公楼响起“砰砰砰”此起彼伏的关门声，转眼人去楼空，只剩下孤零零的迟美丽。

石牛水泥厂办公楼共四层，厕所设在二楼和三楼楼梯拐角处，二楼是男厕所，三楼是女厕所，厕所里有四个蹲位，八大金刚往里一站，爆满。

五点四十六分，迟美丽准时下楼。

B 金刚推了一把涂文保：“她下来了，快出去！”

涂文保走出厕所的时候，迟美丽正好走到二楼拐角处。

涂文保大叫一声：“迟美丽！”

迟美丽一声尖叫：“干什么？”

涂文保理直气壮：“老子要摸你的奶！”

迟美丽睁大眼睛：“你说什么？”

迟美丽的眼睛本来就大，再一睁大，整张脸好像只剩下眼睛，很恐怖。

涂文保打了个激灵，低声道：“我想摸一下你的奶，可以吗？”

迟美丽眉毛倒竖，指着涂文保：“有种你再说一遍。”

涂文保提高嗓门，愤愤不平道：“你的奶不知被多少男人摸过，他们摸得，我为什么摸不得？”

迟美丽送给他两个乒乓球大的白眼：“你也不撒泡尿照照自己，就你这副德行，莫说摸奶，吃奶的资格都没有。”

涂文保“哇呀”一声大叫，猛虎般扑向迟美丽：“妈了个巴子，老子今天豁出去了，非摸你不可。”

迟美丽不慌不忙一个侧转身，捏住涂文保的手腕，顺势拧到背上。涂文保痛得大叫“救命”。迟美丽说：“你叫我一声妈，我就饶了你。”涂文保说：

“叫你姑奶奶行不行？”迟美丽手上一用力：“都什么时候了，你还跟老娘讨价还价，快叫。”涂文保便叫：“你们七个王八蛋，还不快出来救我，哎哟，姑奶奶，不，妈，你饶了我吧！”

厕所里的七大金刚，强忍住笑，一声不吭。

迟美丽猛一用力，涂文保惨叫一声，五官痛得变了形，鼻涕和口水一齐流了下来。

迟美丽冲着厕所大叫：“男子汉大丈夫，躲在厕所里算什么，有种出来。”

七大金刚鱼贯走出厕所，佝着背，低着头，僵着笑，没有一个人敢正眼迟美丽。

迟美丽放开涂文保，十指交叉双掌合拢，上下左右转了转，指关节和腕关节发出噼里啪啦的响声，然后松开，朝他们一抱拳：“你们哪个还想摸老娘？”

金刚们面面相觑，讪笑着“不敢不敢”，落荒而逃。

迟美丽站立良久，大滴大滴的眼泪从大大的眼睛里溢出，突然，她左手攥拳在后，右手握掌在前，一边唱“锵锵锵，我手执钢鞭将你打”，一边“噔噔噔”下楼。

迟美丽是刀马旦，虽然舞台上摆的是空架子，没什么真功夫，但摆空架子也有一定的武功基础，压腿踢腿，是每天必做的功课，不会杀来也会打，不会打来也会擒，对付一两个毫无武功的男人绰绰有余。即便体育老师，也只能勉强和她打个平手。

如果说迟美丽调进石牛水泥厂，是一石激起千层浪；那么，她一举折服八大金刚，则是一石激起万层浪。从那以后，对她动眼动口的大有人在，动手的绝无仅有。

4

从某种程度上讲，广播员和戏剧演员有一定的内在联系，都是靠嗓子吃饭，退而求其次，迟美丽也算专业对口。

迟美丽除了早中晚上下班前后各播放十五分钟的音乐，基本无事可做，打打毛衣看看小说，日子过得箭一般飞快。说是广播员，其实动嘴机会很少，每周只播报三次简短的本厂新闻，每次十分钟左右。此外，就是在每周一次的行政人员政治学习例会上，念一念报纸杂志上的评论员文章。

当时社会上流传一首民谣："一把手绝对真理，二把手相对真理，三把手服从真理，四把手没有真理。"作为党支部书记的曹德发，理论上拥有相对真理，实际上只能服从真理。他的主要工作就是抓一抓每周一次、每次半小时的政治学习。

每次迟美丽念完文章，曹德发总要无话找话强调几点，明明说只强调三点，往往变成五点六点，一点一点又一点。一般情况下，当他强调到第二点时，就晕头转向条理不清了，第二大点里生出三个小点，第三个小点里又生出两个大点，有时候强调到兴头上，强调的时间比迟美丽念的时间还长，老是拖时间。

学习材料是曹德发亲自选定的，每到学习前一天，他戴上老花镜，将钢笔吸足墨水，一本正经地在《人民日报》《支部生活》《求是》上上下求索。选定一篇文章后，或画，或圈，或注，其字状如刚刚学会走路的雏鸡留在烂泥地里的爪印。迟美丽明白，这些画过、圈过、注过的，念时要加强语气。比如在《略论社会主义精神文明建设与社会主义市场经济发展的辩证关系》一文中，曹德发就对以下文字又画、又圈、又注，几乎淹没在汪洋墨海中。

> ……在工作中我们发现，一些地方存在着"经济好，一好百好"，似乎把经济搞上去了就可以不问其他方面的工作这样一种片面的倾向。这是一种非常有害的倾向，极大地妨碍了"两手抓，两手都要硬"方针的贯彻落实。为此，我们注意在用人上树立"两手抓"的导向作用，对于那些"两手抓"的领导干部，我们要大张旗鼓地宣传，大胆提拔，对于那些偏重"一手抓"的干部，则不能委以重任，并通过帮助、教育扭转他们工作中的偏差。不会做思想工作，不具备"两手抓"素质的厂长经理，是不称职的厂长经理……

曹德发在"厂长"上画了两个鸡蛋大的圈，打了三个拇指大的问号，矛头直指连"一手抓"都抓不好的厂长。

尽管学习材料味同嚼蜡，迟美丽还是全神贯注，念得津津有味，除了偶尔念错几个字，比如将"姹紫嫣红"念成"宅紫嫣红"，把"己所不欲，勿施于人"念成"以所不欲，忽施于人"，可谓字正腔圆，声情并茂，无可挑剔。

曹德发撞伤了迟美丽，欠了她，把她调进石牛水泥厂，她反而欠曹德发了。总而言之，曹德发对她有恩，他就是拿一篇驴头不对马嘴的小学生作文让她念，她也要字斟句酌，认真对待。更重要的是，政治学习会恰是她展现自我的时候，每到学习那天，她都要把自己打扮得花枝招展。迟美丽念文章的时候，身子挺得笔直，胸脯愈显饱满，无限风光在险峰。

男人们除了闭目养神者，睁着眼睛的，都把目光集中到迟美丽胸脯上。女人们看见那一束束色眯眯的目光，有的露出鄙夷的表情，有的露出愤怒的表情，有的露出妒忌的表情。

行政人员恨透了这个政治学习，恨屋及乌，恨透了曹德发。但是，他们又拿曹德发没有办法，曹德发不怕得罪人，铁面无私，严格按照制度办事，每次学习，他都亲自点名，无故迟到、早退、缺席者，迟到、早退一次扣两元，缺席一次扣四元，迟到、早退累计三次、缺席累计两次，扣除当月奖金。

学习过程中，曹德发正襟危坐，绷着脸，眯着眼，每隔三五分钟，扫视一眼会场，谁要是交头接耳做小动作，他先是咳嗽或敲桌子以示警告，再不听，就毫不客气地点名批评。当他尖锐的目光扫视到迟美丽身上时，瞬间变得柔和起来，并稍做停留，停留的时间非常短，很难察觉，仿佛水中的游鱼，刚才还半悬在水中摆曳着尾巴，一眨眼，不见踪影。

几乎每个单位都制定了类似的学习制度，但没有一个单位当真，除了石牛水泥厂。对于曹德发的做法，厂长既不支持也不反对，他没有必要因为这点小事，增加他们之间的不和，最重要的是，曹德发这么做，丝毫不影响厂长权威，只能招来别人的怨恨。

5

迟美丽可以不爱惜自己的名声，却不能不爱惜自己的嗓子，每天早上都要吊一吊嗓子，每天都要喝一点胖大海，似乎还想重返舞台。来石牛水泥厂之前，迟美丽在河边吊，她家后面就是河流；到石牛水泥厂之后，迟美丽在办公楼花圃里吊。迟美丽之所以选在花圃里吊嗓子，一是不想影响他人睡眠，二是花圃是厂里唯一的绿地。“咿咿呀呀”吊完嗓子，上楼开广播，方便得很。

通信员皮子是办公楼里唯一的居民，宿舍就在一楼花圃正对面，迟美丽一吊嗓子，他恨不得掐断她的脖子。

皮子是厂领导和厂里的喉舌，必须随叫随到，要保证随叫随到，就必须住在办公楼里。

皮子的起床时间通常是七点，如果迟美丽从六点半开始“咿呀”，他还没什么意见，问题是她从六点乃至五点半就开始“咿呀”，一“咿呀”就是一个小时，是可忍孰不可忍。

皮子是个虔诚的文学爱好者，天天晚上读书写作，睡得很迟，半夜还经常被电话吵醒。晚上，总机室无人值班，接线员傍晚下班时，把外线接到他房间的电话机上，它成了石牛水泥厂夜间唯一和外界保持联系的电话。晚上的电话主要来自火车站调度室。

石牛水泥厂“两头在外”，主要原料矿石和煤炭均从外地运进，是县里唯一设有铁路专运线的工厂。鹰厦铁路是单线，运输任务十分繁忙，拉矿石和煤炭的车皮总在三更半夜抵达。车皮到了，火车站调度电话通知皮子，皮子口头通知装卸班班长，装卸班长把装卸工一个个喊醒，迅速起床挑灯夜战。

当时正值水泥厂红火之际，隔两三天就有车皮抵达。车皮一来，电话就响；电话一响，皮子就睡不好。那些日子，皮子恨不得桥梁垮塌火车出轨，这样他就能睡上安稳觉。

那时的电话机，铃声大得惊人，整座楼都能听到。通知完装卸班班长，回到床上，皮子的心还在跳，肉还在抖，头皮还在发麻。皮子没有条件睡懒觉，除了周日，每天必须在厂级领导上班之前，把他们办公室卫生搞好，开水烧好。电话机好比一颗炸弹，随时在凌晨一点至四点引爆，将皮子的睡眠炸得灰飞烟灭。

四点到七点，是皮子的钻石睡眠时段，迟美丽在这个时段“咿呀”，比十部电话机同时响起还恐怖，比一百个寡妇齐声哀叫她们死去的丈夫还凄厉。如果皮子够狠够毒、够威够力，岂止想掐断她脖子，恨不得把她强奸了。

皮子提过几次意见，迟美丽非但不收敛，反而变本加厉。

皮子恨死了迟美丽，时刻想报复她。

机会终于来了。

有一个叫丽娜的女人，在《福建工人》杂志上刊登了一则征婚启事。石牛水泥厂订阅了五十本《福建工人》，凡是认字的工人，都看到了这则征婚启事。

征婚启事是这么写的：

丽娜，女，出生于一九五六年，漂亮贤淑，爱好文学，欲觅一名年龄在三十五至四十五岁之间相貌端庄、有固定工作和住房的未婚男士（离异无子女亦可）为终身伴侣，地域不限，本省尤其福州、且能把本人调到福州的男士优先考虑。谢绝来访。来信请附照片。来信请寄福建省光泽县石牛水泥厂曹德发同志转。

这个丽娜，是曹德发什么人呢？曹德发说是他亲戚的女儿。谁若刨根问底，他把眼睛一瞪，这是人家的秘密，无可奉告，我对谁都不会说的，包括老婆孩子。

大家便使劲猜呀猜，A金刚猛地一拍大腿，哎呀，这个丽娜是不是曹德发的女儿丽芳？丽芳是曹德发的二女儿，二十六岁还没有找到男朋友，名字里也有个“丽”字。A金刚这一提醒，大家豁然开朗，深信丽娜就是丽芳。

一天，皮子把三封来自南昌、厦门、福州“曹德发同志转丽娜同志收”的信送到曹德发办公室，见他笑容满面心情不错，忍不住问：“曹书记，这个丽娜，到底是你什么人？”

曹德发：“我亲戚的女儿。”

皮子：“她一定长得很漂亮吧？”

曹德发：“是啊，漂亮极了。怎么，你对她有兴趣？可惜你年纪太小。”

皮子：“既然是征婚启事，她为什么不直接把信寄到自己单位？”

曹德发瞪了皮子一眼：“我说小鬼，话怎么这么多？管起我的闲事来了？”

皮子吐了吐舌头，连忙往曹德发杯子里续满水，迅速离开他的办公室，对那些信的好奇心却越来越强。

没过几天，曹德发单独把皮子叫到办公室，对他说：“皮子，明天我要带队去秦皇岛洗肺，来回要半个月，如果有丽娜的信，你直接交给迟美丽。”

为预防矽肺病，步入正轨的石牛水泥厂每两年组织一批工人，由厂长带队，到旅游城市洗肺疗养。曹德发明升暗降为书记后，情绪一直不好，处处和厂长闹别扭，厂长为了安抚曹德发，把这项美差让给了他。

到目前为止，石牛水泥厂一共组织了两批次工人洗肺疗养，上一次放在承德，上上一次放在青岛。洗肺疗养的地方都是好去处，疗一个地方换一个地方，石牛水泥厂要是不倒，到现在估计全中国著名的旅游胜地都疗过了。

这种好事，除了厂长，谁也别想带队。何况这位厂长和曹德发同时上任，还没有带过队，为了和曹德发搞好关系，主动“让贤”，曹德发很是感动了一阵子。

皮子：“信又不是写给迟美丽的，为什么交给她？要不我把信交给秀珠阿姨吧？”

秀珠是曹德发的老婆。

曹德发火了，拍了一下桌子："你这个小鬼，怎么搞的，这么多嘴多事？叫你交给谁就交给谁，你要是敢交给秀珠阿姨，老子回来对你不客气！"

曹德发不发火还好，他一发火，皮子好奇心陡增，陡增到不揭开这个秘密，便无法平静他那颗马力强劲的好奇心。

于是，皮子了无痕迹地偷看了曹德发走后寄来的第一封信。这是一封寄自福州某单位"黄缄"、信封背面注明"内有照片，请勿折叠"的来信。

那是张男人的全身彩色照片，男人看上去四十出头，戴着一副墨镜，侧身站在一座古建筑面前，双手插在西装裤袋里，趾高气扬的样子。

信的开头写着"美丽你好"，照片背后写着"美丽惠存"，天啊，敢情那个丽娜就是迟美丽！从称谓上看，他们的感情即使没有发展到一定程度，至少也通了一段时间的信，否则应当写成"迟美丽同志你好"和"迟美丽同志惠存"。

皮子喜出望外，迟美丽呀迟美丽，你也有今天，你终于落到我手里了，哼，我让你"咿呀"，我看你还能"咿呀"多久。

那年月，登征婚启事还是件尴尬的事儿，征婚者一般不具真名，信件也不直接寄给自己，而是由最好的朋友转交，以免引起周围人的讥笑。丽娜是那个时代最时髦的高雅名字，如果说迟美丽化名"丽娜"是虚荣心作怪，请曹德发转信则是为了安全起见。曹德发是她在石牛水泥厂唯一可信赖的领导和朋友。

再烂的女人，也有隐私，对迟美丽而言，征婚是她最大的隐私。

除了姓名、年龄（迟美丽实际出生于一九五四年）和爱好，这个征婚启事基本属实。至于"爱好文学"，完全是为了赶时髦，那年头流行这个，十个征婚者有九个标榜自己"爱好文学"。

此前，除了曹德发和办公室主任"红毛"，谁也不知道这个秘密。刊登征婚启事必须由单位开具加盖公章的证明，红毛是绕不过的第三者。迟美丽送了一条香烟给红毛，红毛向她发誓，即使用老虎钳拔他的门牙，也不会泄露半字。红发艳艳的红毛一发誓，迟美丽放心了。

皮子并不直接把信送给迟美丽，而是等她自己来取。实际上，自从征婚启事登出后，迟美丽便热切期盼邮递员的到来。邮递员到达石牛水泥厂的时间，一般在上午十点四十五分至十一点，误差不超过十五分钟。

一到这个时间段，迟美丽便端起泡着胖大海的杯子，站在走廊左顾右盼，看到邮递员来了，立时眉飞色舞。然后踱进隔壁办公室，心神不安地聊着天，等皮子将报刊信件送上来，皮子前脚走，她后脚蹿到二楼曹德发办公室，看有没有“曹德发同志转丽娜同志收”的信。没有，上楼的步伐孕妇般沉重；有，上楼的步伐少女般轻盈。不管有没有信，她都会把门关上。没信，门虚掩着；有信，门反锁着。

迟美丽最怕曹德发不在办公室，他不在办公室，她便无法知道今天到底有没有来信。她又不能直接问皮子，一问就有可能露馅。那种等待，岂止揪心，整个五脏六腑都揪了起来。为安全起见，曹德发特别交代皮子，凡是丽娜的信，务必亲手交给他。正因为信是由“曹德发同志转丽娜同志收”，迟美丽才敢肆无忌惮地侵犯皮子的睡眠权，否则她只能挪地方“咿呀”了。

迟美丽等了两天，等不住了，问皮子：“有没有我的信？”

皮子：“你的信？我从来没有见过你的信。”

皮子说的是实话，进水泥厂以来，邮递员没有投递一封署名迟美丽收的信。

迟美丽迟疑了一下，低声道：“我说的是丽娜的信，曹书记转丽娜收的信。”

皮子眼珠瞪得滚圆：“有啊，可是丽娜的信跟你有什么关系？我为什么要交给你？”

迟美丽脸唰地红了起来：“丽娜是我的亲戚，曹书记走的时候，没交代你吗？”

皮子连连摇头：“没有，曹书记什么也没交代我。”

迟美丽：“你撒谎！曹书记亲口对我说，他特意交代了你，他走后，让你把丽娜的信交给我。”

皮子低下头，不说话。

迟美丽以为他理亏了，冷笑道：“快把信给我，曹书记要是知道你欺骗他，没你好果子吃！”

皮子依然低着头，不说话。

迟美丽缓和口气道：“皮子，只要你把信给我，我不会向曹书记说什么的。”

皮子突然抬起头：“丽娜就是你吧？”

迟美丽猝不及防：“你怎么知道？”

皮子大笑：“呵呵，露馅了吧，我随便问问，你这么紧张干吗？”

迟美丽：“你是不是偷看了我的信？”

皮子：“呵呵，你又露馅了，不是你的信，是丽娜的信！”

迟美丽：“这么说你偷看了？”

皮子：“你有什么证据？”

迟美丽："等曹书记回来，有你好看！"

皮子："你如果向曹书记告状，我就把丽娜就是迟美丽的事捅出去。"

迟美丽："这么说，你承认你偷看过信了？"

皮子："这么说，你承认丽娜就是迟美丽了？"

迟美丽："你心里明白。"

皮子："你心里也明白。"

两个人争论了好久，皮子既没有承认他偷看了信，迟美丽也没有承认丽娜就是迟美丽。不过，最后两个人还是互相以人格担保：迟美丽不向曹德发告状，皮子不向任何人透露丽娜是迟美丽；迟美丽不再在花圃里吊嗓子，曹书记外出期间，皮子及时把丽娜的信送给迟美丽，曹书记在厂期间，皮子及时把丽娜的信送给曹书记。

奇怪的是，从那以后，"曹德发同志转丽娜同志收"的信越来越少，很快绝迹，也没有署名迟美丽收的信。

有趣的是，"曹德发同志转丽娜同志收"的信绝迹后，曹德发的女儿丽芳就找到男朋友，她的男朋友恰好是外地的，大家都说，看来征婚启事挺管用。

迟美丽依然独身一人。

6

厂里分给迟美丽一套一室一厅的小房子。

这幢宿舍是由二层结构的老办公楼改造的，有大有小，有一室一厅的，也有两室一厅的，还有三室一厅。不管一室一厅还是两室一厅和三室一厅，面积都不大。一室一厅十几个平方米，两室一厅三十几个平方米，三室一厅五十几个平方米。

石牛水泥厂虽然生产建筑材料，自己盖的房子并不多，职工住房相当紧张。按照规定，单身职工只能住集体宿舍，迟美丽之所以例外，实在是曹德发以权谋私的结果。

曹德发寸权没有，石牛水泥厂的房子那么紧张，他怎么可能给迟美丽房子呢？说起来，还是迟美丽命好，她准备去石牛水泥厂上班的时候，曹德发刚从副厂长位置上退下来，副厂长交椅虽然换了屁股，毕竟还有点余温，弄个把人进来，厂长还是要给他面子的。

厂长不怕曹德发和他对着干，就怕他天天和自己对着干，如果他不给曹德发面子，看他那架势听他那口气，十有八九要和他天天对着干，厂长只能忍一时风平浪静，退一步海阔天空。

厂长不仅同意曹德发的调人要求，还同意他每周增加一次政治学习的建议，只要不出差，他都亲自带头参加。曹德发没想到厂长这么给他面子，尤其厂长让他带队去秦皇岛之后，他很感动，决定今后不再动不动和他对着干，只偶尔和他对着干几下。按照他的话说，和厂长尿到一个壶里，是不可能的，尿到一个盆里，那还是可以努力的。

就在曹德发调整心态，积极准备和厂长尿到一个盆里的时候，年纪轻轻的厂长突发心脏病死了，厂里出现权力真空，由曹德发主持工作，暂时拥有了绝对真理。曹德发以权谋的第一件私事，就是给迟美丽弄房子。没等他来得及谋第二件私事，新厂长上任了，曹德发继续当他的党支部书记。

曹德发如此关照迟美丽，难免要引起非议和猜测。

甲男说，迟美丽住院的时候，老曹肯定把她操了。乙男说，老曹把迟美丽弄进厂里，还分给她房子，还不是为了自己更方便操她。丙男说，妈的，老曹是官场失意情场得意啊。丁男说，狗操的，老曹老牛吃嫩草啊。

甲女说，迟美丽那个妖精，人见人爱人见人上。乙女说，小心你老公啊，我前天见你老公看到她的那副样子，眼珠子都快掉地上了。丙女说，这个骚货一天不嫁，水泥厂男人的心就一天不死。丁女说，呸，哪个男人会娶她。

有一天，甲乙丙丁四男碰上甲乙丙丁四女，他们吵了起来，争吵的主题是迟美丽是否嫁得出去。甲乙丙丁四女说，你们当然巴不得迟美丽嫁不出去了，她嫁不出去，你们就有盼头和想头嘛。甲乙丙丁四男说，迟美丽嫁得出去嫁不出去，不关我们的事，更不关你们的事，你们是皇帝不急太监急，皇后不急丫鬟急。

其实最急的，是曹德发的老婆周秀珠。周秀珠是石牛水泥厂托儿所保育员，做梦都想迟美丽早点嫁出去。

新中国成立前，曹家和周家是邻居。曹德发父亲经营着一家布店，大小是个资本家。周秀珠父亲是个卖叮叮糖的，整日里挑着箩筐走街串巷。叮叮糖用白糖、麦芽、面粉等原料加工而成，坚韧而有弹性，十分耐嚼。

在当年的孩子口中，叮叮糖比现如今的巧克力味道要好上十倍。卖糖人凭手中一片凿刀、一把小锤，在圆圆一块直径一尺许，一寸多厚的糖饼上叮叮当当一阵轻敲，敲下木屑一样的片片碎糖块。其他商贩都是现金交易，卖叮叮糖的不要现金，以物易物，用鸡内金、牙膏壳和废铜烂铁交换，消费者主要是小孩子。

曹德发母亲和周秀珠母亲几乎同时怀孕，遂指腹为婚。孩子长到四五岁的时候，曹德发父母反悔了，曹德发活蹦乱跳，周秀珠既不能蹦也不能跳，走路的时候，右脚每迈出一步，左脚先画个弧，右脚步伐越大，左脚画的弧度越大。

周秀珠患有小儿麻痹症。

如果曹德发父亲一直经营布店，周秀珠父亲一直卖叮叮糖，这门亲事肯定要黄。问题是，新中国成立后，曹德发父亲既没有继续经营布店，周秀珠父亲也没有坚持卖叮叮糖。曹德发父亲没有继续经营布店，是因为他被打倒了；周秀珠父亲没有坚持卖叮叮糖，是因为他当家做主了。

谁也想不到，周秀珠的父亲居然是地下党负责人，摇身当上县公安局局长。曹德发父亲的布店收缴归公，成为专政对象，幸好有当公安局长的邻居庇护和关照，没有受到太大冲击，好歹成为县百货公司一名普通职工。

二十世纪六十年代初期，曹德初中毕业，待业在家，周秀珠父亲通过关系，把他安排到祝家湾水电站工作。祝家湾水电站是县里建造的第一座大型水电站，是全省十大水电站之一，虽然水电站离县城有二十多公里，人们依然趋之若鹜，一般人要想进水电站工作，门都没有。

工作没几年，曹德发喜欢上了祝家湾的一个村姑。村姑的牙雪白雪白，白得像含在嘴里的两串珍珠。村姑的身材不高不矮不胖不瘦，一双乌黑的大眼睛好像清早河水上蒙了一层雾，说话慢慢地、轻轻地，没有开口之前总是先给你一个甜甜的笑容。村姑不仅耐看，嗓子更甜，唱的歌子像酒窖飘出的酒香，能把男人醉死。

村姑也喜欢曹德发。曹德发个子很高，皮肤很白，如果说在祝家湾那一带，像村姑那么美、那么甜的女子打着灯笼难找；那么，像曹德发这么高、这么白的男子，则拿着显微镜难寻。

三年后，当曹德发小心翼翼地把他和村姑的地下恋情告诉父母，并表示非村姑莫娶时，父亲脸气黑了，母亲脸吓白了。

父亲拍着桌子对曹德发说，你要是敢娶她，我就和你断绝父子关系。

母亲拉着曹德发的手说，儿啊，秀珠除了腿不好，什么都好，老周叔对你更好，你可不能忘恩负义啊。

周秀珠父亲得知此事，将随身携带的手枪重重往桌上一拍，冷笑道，好小子，还没结婚，就想当陈世美。

不久，曹德发调离祝家湾水电站，进了筹建中的石牛水泥厂。进水泥厂第二年，曹德发奉命和周秀珠结了婚，开始了他们沉默的婚姻生活。婚后两年，周秀珠肚子没有半点动静，家人都以为她不行。周秀珠急了，说我的腿虽然不行，肚子肯定行，不是我不行，是德发不让我行。

母亲被周秀珠弄糊涂了，瞪着眼珠问她，什么叫德发不让你行，到底是你不行，还是德发不行？周秀珠跺了一下不能拐弯的左脚，妈，您是过来人，怎么不明白呢，生孩子这种事情，一个人怎么行，德发碰都不碰我一下，我怎么行得了？周秀珠母亲大惊，继而大怒，大造舆论说姑爷不行。曹德发顶不住舆论压力，化压力为动力，十年之内，一鼓作气和周秀珠生下五个孩子，这期间周秀珠还打过两次胎。

曹德发结婚后，村姑和一个下放到祝家湾的福州知青恋上了爱，知青返城后，念念不忘村姑，想方设法将她弄到福州，结婚成家。后来，知青当了大官，九十年代初期村姑回乡省亲时，县长亲自出面陪同。

那时候，曹德发也当上了石牛水泥厂副厂长。

曹德发心灵最深处，始终被那个村姑占据着。

事隔三十多年，当曹德发把迟美丽撞倒在地时，还以为撞上了村姑，迟美丽和年轻时的村姑长得太像了。

7

曹德发和周秀珠的感情，并没有因为孩子的出生而改善。如果以气温来衡量夫妻间的融洽程度，二十至二十六度无疑是最佳气温，这也是人体最舒爽的气温。可是，一年三百六十五天，曹德发和周秀珠之间的气温，三百天维持在零度左右，六十天维持在三十五度以上，五天维持在三十度左右。

周秀珠很怕曹德发，怕到何种地步呢？反正她在曹德发面前不敢高声语，不敢放声笑，走路都蹑手蹑脚。她的左腿不能拐弯，手脚再那么一蹑，步伐更夸张，画的圈也更大，好像在跳探戈。当然，那是放慢、变形的探戈。

曹德发一般不和秀珠说话，非说不可的话，一律以命令式的短语进行。周秀珠耳朵不太好使，加上曹德发语速极快，她常常听不清楚。当她小心翼翼要求曹德发重复一遍时，他要么横眉冷对，要么黄河般咆哮。横眉冷对也好，黄河般咆哮也罢，每次她心里都紧张到了极点。为了不让自己吓出心脏病，周秀珠想出一个好办法，尽量不和曹德发直接对话，迫不得已需要说的话，统统让儿女传达，儿女成家立业后，由儿女的儿女传达。

久而久之，他们不仅习惯而且依赖上了这种奇特的对话方式，几十年来，夫妻之间百分之九十九的话都是通过儿女和儿女的儿女之口传达的。比如“爸，妈叫你吃饭了”，“妈，爸说他晚上不回家吃饭”，“爷爷，奶奶叫你给他五十块钱”，“奶奶，爷爷说他那件黑外套的扣子掉了，叫你缝一下”，“外公，外婆叫你别忘了吃药”，“外婆，外公说晚上有客人来，叫你多炒几个菜”。

这种独特的对话方式，非但没有恶化夫妻关系，反而改善了夫妻关系，达成某种默契。与此同时，曹德发与子女、孙子孙女、甥男甥女的关系也不断改善。

周秀珠不敢直接问曹德发迟美丽的事情，那样的话，曹德发可能会把她的右腿打得也不能拐弯。她也不敢通过孙子孙女或者甥男甥女间接问曹德发，那样的话，从今以后，曹德发可能再也不会让他们传话了。

周秀珠思来想去，觉得最好的办法，就是瞒着曹德发，找迟美丽谈一谈。

周秀珠左脚不能拐弯，不能爬楼梯，他们家只能住一楼。迟美丽的房间在二楼，广播室在四楼，蜀道之难难于上青天，对于曹德发老婆来说，楼道比蜀道还难，她不可能登门拜访。

除了皮子，迟美丽是石牛水泥厂办公楼每天最早上班、最迟下班的人，上下午上下班各提前和推迟十五分钟，上班时先播放十四分钟音乐，再吹一分钟起床号；下班时先吹一分钟吃饭号，再播放十四分钟音乐。

那是个初秋的早晨，秀珠提前半个小时在办公楼下等候迟美丽。

七点三十五分，穿得大红大绿的迟美丽，迈着铿锵的脚步，哼着《穆桂英》，意气风发走向办公楼。

办公楼呈倒L形，楼梯建在L拐弯处，秀珠幽灵似的守候在拐弯处的楼梯口。

当迟美丽接近楼梯口的时候，秀珠冷不丁现身，阴阳怪气地叫了声“小迟”!

迟美丽吓得手帕掉到地上：“哎哟，阿姨，你吓死我了。”

秀珠：“小迟，我找你说个事。”

迟美丽看了一眼手表：“阿姨，你等我一下，时间到了，我上楼开一下广播，马上下来。”

迟美丽一口气跑上楼，随手拿起一张唱片，放在唱机上，返身下楼，对秀珠说：“阿姨，有什么话，你就直说吧。”

秀珠说：“这是什么歌？真好听。”

“是《年轻的朋友来相会》”，迟美丽跟着广播轻轻哼了起来：“年轻的朋友们，今天来相会，荡起小船儿，暖风轻轻吹，花儿香，鸟儿鸣，春光惹人醉，欢歌笑语绕着彩云飞。啊，亲爱的朋友们，美妙的春光属于谁，属于我，属于你，属于我们八十年代的新一辈……”

“年轻的朋友来相会，唱得多好呀！”秀珠打断她，话锋一转，“小迟，你今年多大了？”

迟美丽愣了一下：“阿姨，你问这个干什么？”

秀珠：“随便问问，阿姨像你这个年龄，已经生了三个孩子了，不过，你看上去很年轻，有二十七八了吧？”

迟美丽捏着衣角道：“阿姨真会说话，我今年都三十二了。”

秀珠：“小迟，阿姨想不通啊，你这水灵灵的美人儿，水泥厂的男人，除了你老曹叔和小毛，一个个都瞎了眼，怎么都看不上你呢？”

迟美丽：“阿姨，我和老曹叔是忘年交，他喜欢听我说话唱歌，我喜欢跟他说话给他唱歌，他把我当女儿看，我把他父亲看。你不知道，我从小就死了父亲，不说这些了，阿姨，你别听那些嚼舌根的人乱说，我迟美丽是烂，但还没有烂到随便和长辈上床的地步。”

秀珠：“小迟，阿姨不会说话，你别往心里去。既然老曹叔把你当女儿看，他更应该关心你的终身大事啊。”

迟美丽垂下眼：“不是老曹叔不关心我，他给我介绍过几个，还帮我登……唉，我名声太臭，他们都看不上我。”迟美丽差点把征婚启事的事说出来。

秀珠：“那是他们有眼无珠，你知道吗，有一个人喜欢你喜欢得不得了。”

迟美丽：“谁？”

秀珠：“小毛，毛式生！”

迟美丽：“毛式生，哪个毛式生？”

秀珠：“水泥厂的毛式生啊。”

迟美丽：“水泥厂有这个人吗，我怎么一点印象都没有？”

秀珠：“你整个心思都在老曹叔身上，难怪对他没印象了。小毛暗地里喜欢你不是一天两天了，从你进厂那天就看上了你，可他性子腼腆，不敢追求你，嘴不敢说，手不敢写，见老曹叔三天两头往你房间跑，和你打得火热，更不敢追求你。小迟啊，小毛这人很不错的，过了这个村没这个店，你要是不想错过这个店，今后就别让老曹叔进你的门。”

迟美丽低下头，不言语。

秀珠又说：“小迟啊，女人一辈子要是不嫁人，好比瘸了一条腿，走也走不远，站也站不稳。”秀珠晃了一下左腿，身子抖动起来，“就像我这样！”

迟美丽眼圈红了，隐隐有泪。

秀珠：“小迟啊，阿姨没什么文化，不会说话，我的话，你听得进就听，听不进全当放屁。哟，要上班了，你赶紧吹号去吧，我走了。”

走出几步，秀珠踅回，塞给迟美丽一张照片：“这是小毛的照片，你先认个脸熟，唉，大水冲了龙王庙，一厂人不认识一厂人，真是的。”

没走出几步，秀珠再次踅回：“小迟，你知道吗，晚上小毛经常跑到你房间对面的山上，对着你的窗户看你呢。”

8

毛式生是厂里的泥水工，不知何故，二十八岁了，还没有女朋友。除了文化水平不高，工种不好，浓眉大眼腰圆膀阔的毛式生，几乎没什么毛病，如果真要鸡蛋里面挑骨头，就是太腼腆，不爱说话也不会说话，二十八岁的大男人，开口就脸红。

毛式生第一眼看到迟美丽，就深深陷进去了。

石牛水泥厂环厂皆山，迟美丽住在二楼，五十米开外的对面，是一座小山，山上有工人们开垦的菜地和一片松林。那阵子，只要不刮风下雨，每天天一黑，毛式生便悄悄爬上小山，靠在一棵松树上，恨不能化为一只蝴蝶，飞进迟美丽的窗口。

毛式生深情凝视着迟美丽的窗口，眼睛半晌才眨一下，眼角眉梢都是爱。

毛式生默默抽着香烟，烟头烧到手指也不觉得疼，偶尔还会淌下几滴热泪，深深叹几口气，直到迟美丽熄灯，才恋恋不舍下山。如果屋里传来曹德发的声音，窗户映出曹德发的身影，毛式生的烟便抽得特别凶，一根接一根，心跳和呼吸随之加快和加重。让他稍感宽慰的是，只要曹德发在房间，灯一直亮着，曹德发一走，灯也灭了。

有一天晚上，跳蚤到小山上打猎，差点把毛式生当成野猪，就在他准备开枪的时候，毛式生突然吸了一口烟，烟头一红，才知道是个人，吓出一身冷汗，连忙松开扳机。

跳蚤走近一看，见是毛式生，气得踢了他一脚："妈个巴子，黑灯瞎火的，跑这里来发什么神经？"

跳蚤平生有三大爱好，一是和艾兰花打毛衣，二是喝酒骂娘发牢骚，三是打猎。

老实巴交的毛式生根本不懂说谎，在跳蚤的再三追问之下，吞吞吐吐地实话实说了。

听说毛式生看上了迟美丽，跳蚤仿佛不认识他似的，用枪管指着他："妈个巴子，你怎么这么没出息，老子真想一枪崩了你。迟美丽这种女人，做情人还勉强凑合，做老婆，那是引蛇入室，自己给自己戴绿帽子。"

毛式生脖子一挺："你就是把我千刀万剐，我也要娶她！"

跳蚤笑了："看不出，你还有点男子汉气概，既然你这么喜欢她，就直接跟她说，你不开口，她不会送货上门。当年我追我老婆的时候，她死活不答应，我急中生智，瞅准机会，把她堵在小巷里的一面墙下，我双手撑墙把她围在臂膀里，逼她答应和我处对象，她不答应，我就不放手，我不放手，她就脱不了身。结果她只好答应，还和我亲了嘴。"

毛式生既羡慕又吃惊："你可真行，兰花大姐也是这样被你搞到手的吗？"

跳蚤枪管向上一挑，对准毛式生的嘴巴："小子，你莫要乱说，小心老子一枪打烂你的嘴！"

那时候，涂文保还健在，尽管全厂除了涂文保，谁都知道跳蚤和艾兰花有好几腿，跳蚤还是忌讳别人当面捅破这层窗户纸。做贼心虚，而偷情，除了肾，什么都是虚的。

毛式生连忙打了自己一个嘴巴："叫你乱说。"随即递上一支烟，"老邹叔，你别生气嘛。"

跳蚤接过烟："你真喜欢这个烂货？"

毛式生："不准你叫她烂货。"

跳蚤："哈哈，看来你小子是真喜欢她，既然喜欢她，开门见山对她直说就是了，烂货，噢，不，她这种女人都喜欢直来直去的。"

毛式生："我怎么能和你比，我开不了这个口。"

跳蚤："那我替你去说。"

毛式生："这，这多不好意思。"

跳蚤："你要再不好意思，就只好一辈子待在树林里流口水……"

当天晚上，跳蚤回家后喝了不少酒，把这事忘了。过了几天，和艾兰花打毛衣时，突然想起，就把这事说给她听了。艾兰花对跳蚤说，这个事你莫要管，由我来管，迟美丽这种女人，男人离她越远越好。

毛式生是曹德发的外甥，艾兰花觉得，毛式生喜欢上迟美丽，是一件很不幸的事情。更重要的是，厂里都在传曹德发和迟美丽有一腿，外甥和舅舅同时喜欢上一个女人，这算什么事啊。艾兰花认为，作为周秀珠的好朋友，有义务把这事告诉她。毛式生父母已经死了，兄弟姐妹自顾不暇，周秀珠是毛式生的舅母，眼见丈夫已经走向深渊，再也不能睁睁看着外甥也往火坑里跳啊。

艾兰花怎么也想不到，秀珠非但没有拉毛式生一把，反而狠狠地推了他一把。

9

那天晚上，月光如水，毛式生发现迟美丽房间一直黑着，等了半个多小时，也不见灯亮，只好忐忑不安地下山。下得山来，发现路边有个人，翘首以盼，一看，竟然是迟美丽。

毛式生心跳如鼓，假装没看见迟美丽，夹着尾巴，想溜。

迟美丽叫住他，一双大眼睛直勾勾地盯着他："毛式生，你真的那么喜欢我？"

毛式生一张脸立时红得像红领巾，低着头，搓着砂纸般粗糙的手掌，许久才点了点头，然后像个处女，捂着脸夺路而逃。

一个月后，迟美丽主动要和毛式生上床，毛式生死活不肯，仿佛做爱不是享受，而是令人恐惧的外科手术。

迟美丽非常不解："毛式生，你是不是有毛病？"

毛式生红着脸摇头。

迟美丽："那是不是嫌我破？"

毛式生红着脸继续摇头。

迟美丽："那到底为什么？"

毛式生脸红得血管快要爆炸，终于迸出一句：“我要等到结婚那一天！”

迟美丽睁大眼睛，她的眼睛本来大得出奇，这么一睁，大得有些狰狞：“你说什么，你真的想娶我？”

“不娶你，我干吗和你处对象？”毛式生眼睛也睁得老大。

迟美丽：“毛式生，你知道，我比你大四岁。”

毛式生：“知道。”

迟美丽：“毛式生，你知道，我的名声不好。”

毛式生：“知道。”

迟美丽：“毛式生，你知道，我不会生孩子。”

毛式生：“知道。”

迟美丽：“毛式生，你不知道，我好吃懒做。”

毛式生：“没关系。”

迟美丽：“毛式生，你不知道，我脾气不好。”

毛式生：“没关系。”

迟美丽：“毛式生，你不知道，我身体也不太好。”

毛式生：“没关系。”

迟美丽：“真没关系？”

毛式生：“真没关系，我喜欢你，不管那么多。”

迟美丽感动了，紧紧抱住毛式生，仿佛抱着久别重逢的至亲，泪如雨下。

恋爱时，毛式生和迟美丽最爱做的一件事，是同乘一辆自行车，绕着篮球场兜圈子。时间一般为早晨上班前和下午上班后，这个时候，只要不打球，篮球场上没什么人。

篮球场紧挨办公楼，毛式生一按铃，迟美丽便以最快的速度下楼。毛式生的自行车是凤凰牌载重自行车，不知为什么，他把后座拆了，物是不能载了，若要载人，只能坐在车架横梁上。迟美丽的体形虽然有些富态，毕竟刀马旦出身，并不笨重，站在自行车左侧、毛式生身前的她，双手扶住车把，微微侧左身，蛮腰轻轻那么一拧，脚尖轻轻那么一点，身体轻轻那么一跃，肥臀便稳陈在横梁上。

接下来轮到毛式生。毛式生身高一米八七，大腿很长很长，即使坐在拔高的自行车坐垫上，依然脚踏实地，膝盖还是弯的。迟美丽跃上横梁，车子猛地一颤，毛式生心里微微一颤，两只脚掌船桨似的划了几划，车子向前滑行，毛式生拎起脚，舒缓有力地踩着脚踏。

毛式生不敢玩什么惊险动作，一本正经地骑着自行车，迟美丽却不老实，大腿不停地晃动着，胳膊不停地挥舞着，嘴里不停地说着唱着。

有时候，她会突然转过脸，含情脉脉地望着毛式生，然后闭上眼睛，嘟起樱桃小嘴。毛式生迅速扫描四周，确认无人之后，鸡啄米似的在她脸上亲了一下，迟美丽孩子般咯咯大笑起来。

有时候，她会突然神经质地尖叫起来，快点，骑快点，再骑快点。当自行车快得不能再快时，长发飘飘衣袂飘飘的迟美丽猛然张开双臂，闭上眼睛，身子时而高低起伏，时而左右摇晃，那情景美不胜收……

一个春风沉醉的晚上，两个人去看录像。那晚的录像有点黄，看着看着，两个人坐不住了，迟美丽拉着毛式生的手，提前离场。

毛式生傻傻地问她："去哪里？"

迟美丽把嘴凑近他耳朵："你想去哪里？哎哟，你的脸好烫！"

毛式生偏偏脸："你的呼吸也好烫，蒸气似的，我，我想跟你回宿舍。"

迟美丽："我不想去宿舍，我想去球场。"

毛式生："去球场干吗？"

迟美丽："一点浪漫都不懂，到了球场，你就知道了。"

夜晚的球场，空无一人，一盏小功率的罩灯散发着无精打采的暗光。灯光是昏暗的、淡白的，毛式生和迟美丽心里却是亮堂的、粉红的。

两个人在自行车上做着各种高难动作，尽情相拥相吻。艺高人胆大，情深不要命，到了最后，迟美丽居然面朝毛式生，坐到车把上，噙住他的嘴唇，舌头伸进他口里胡作非为。自行车还在前进，毛式生不敢闭上眼睛，直着身子，挺着脖子，睁着眼睛，一会儿看路，一会儿看她的脸。

自行车不知转了多少圈，两个人不知吻了多久，终于有些累了，停了下来。

毛式生说："真想一辈子这样骑下去。"

迟美丽说："我也是。"

10

迟美丽那半套房子，是个筒子间，阳台、厨房、客厅、卧室一通到底，卧室对面，就是那座小山。

毛式生和迟美丽确定恋爱关系不久，具体地说，就是毛式生第五次到迟美丽房间约会的那天晚上，天黑如瞳孔，毛式生不经意往窗外一望，看见一个闪烁的红点，红点闪烁得很慢，十几二十秒才闪烁一下，有人在树林里抽烟！曾经在树林里抽了无数支香烟的毛式生，只在一个夜晚里遇到一个人，这个人就是跳蚤！毛式生心想，一定又是跳蚤在树林里狩猎吧。

一连十几个晚上，毛式生三次看见树林里闪烁的红点，不对呀，猎人最忌讳打草惊蛇，跳蚤如此频繁地到树林里狩猎，莫说动物被他惊跑，植物都被他惊醒，难道跳蚤醉翁之意不在酒？莫非这个人不是跳蚤，而是一个曾经像他那样暗恋迟美丽的人？

毛式生向迟美丽说出了自己的疑惑，迟美丽觉得很神秘很有趣，对他说："你也去狩一回猎。"

毛式生大惑不解："狩猎？狩什么猎？我既没有猎枪，也没有猎狗，用什么狩？"

迟美丽伸出食指，点着他的脑门："你呀，真笨，笨到外婆桥了。"

迟美丽这一点，把毛式生点开窍了，拍着脑瓜笑道："我是够笨的。"

毛式生在树林里埋伏了三个晚上，终于狩到猎物，他既不是跳蚤，也不是迟美丽的暗恋者，而是曹德发。

毛式生悲愤交加："舅舅，黑灯瞎火，你一把年纪，在这里干什么？"

曹德发嗫嚅道："我，我没干什么。"

毛式生突然有一种想哭的感觉，哽咽道："没干什么？没干什么你来这里干什么？"

曹德发毕竟是党支部书记，见过世面，很快镇静下来，反守为攻："你问我来这里干什么，我还要问你来这里干什么呢。"

毛式生："我来这里看你干了什么！"

曹德发："那你看见我干了什么？"

"我，我……"毛式生一时语塞。

"我什么，告诉你，我来这里，既不想干什么，也干不了什么，我发神经，就是想来这里抽支烟，行了吧？"

曹德发说罢，甩着胳膊气呼呼下山。

迟美丽得知是曹德发，沉默良久才开口，眼里隐隐有泪："式生，你舅舅是个好人，我和他之间什么也没发生，请你相信我，好吗？"

毛式生不吭声。

迟美丽："式生，你可以不相信我，但一定要相信你舅舅，他是个好人。他到我房间，不过是跟我说说话听听歌，不信，你可以问刘金龙。"

刘金龙是她的邻居。

毛式生还是不吭声。

迟美丽："式生，既然你不相信我，也不相信你舅舅，那我们算了吧。"

毛式生掏出烟，抖抖索索点上，猛吸几口，将抽了一半的香烟往地上一扔，抬起右脚，把烟头踩得粉碎，一把搂过迟美丽，一字一句道："美丽，我们结婚吧。"

迟美丽扬起头，目不转睛地望着他："你想清楚了？"

毛式生两只眼珠通红通红，仿佛两支燃烧的烟头："美丽，我怕夜长梦多！"

迟美丽："式生，你多心了，像我这样的女人，除了你，还有谁看得上我？"

毛式生："曹德发！"

迟美丽："式生，你别老往歪处想，他可是你舅舅啊。"

毛式生："是啊，他是我舅舅，不是你舅舅。赌桌上没有父子，情场上没有舅甥。"

迟美丽："式生……"

毛式生："美丽，你别说了，我就问你一句话，到底愿不愿意和我结婚？"

迟美丽："愿意，当然愿意，一百个愿意，一万个愿意。"

毛式生："到时我骑着自行车去接你。"

迟美丽："我要坐在前面。"

毛式生和迟美丽的婚礼，在县城婚礼史上，可谓空前绝后。

迟美丽将自己打扮成穆桂英，把毛式生打扮成杨宗保。当然，她穿的不是穆桂英驰马纵骋、舞枪弄刀时穿的服装，而是穆桂英与杨宗保成亲时穿的服装。服装是迟美丽特意跑到地区艺术团借来的，她的一个师兄在那里当副团长。

迟美丽画着粉红的脸谱，拖着长长的水袖，风情万种坐在毛式生的自行车横梁上，巧笑倩兮，美目盼兮。毛式生人高马大，举手投足之间，还真有那么一点杨宗保的风采。

在六十六辆自行车队的护送下，迎亲队伍浩浩荡荡穿过大街小巷，一时万人空巷。每辆自行车的车把，系着一条红丝带，迎风招展，波澜壮阔。人们都被新郎新娘的打扮和自行车队的阵势镇住了。

当人们得知或认出新娘是迟美丽时，一律露出羡慕和嫉妒的表情，羡慕她的美丽，嫉妒她的幸福。

那一时刻，人们集体失忆，忘记她曾经是个很烂很烂的烂货。

那一天，迟美丽如此多娇，引无数看客竞折腰。若干年后，人们依然对这场前无古人后无来者的婚礼津津乐道。

那时候，职工举办婚礼，均由厂里出面主持，曹德发是这场婚礼的总指挥。如果没有他的参与，毛式生和迟美丽最多只能召集十六辆自行车。

迟美丽表演的《穆桂英挂帅》选段，掀起了婚礼的第一个高潮。而迟美丽和毛式生共同演唱的《夫妻双双把家还》，则把婚礼推向最后的高潮。实在难以想象，嘴木舌讷的毛式生，居然演得有模有样，唱得字正腔圆。

台上一分钟，台下十年功。为了让毛式生唱好《夫妻双双把家还》，迟美丽整整训练了他半年，终于化腐朽为神奇。

每当毛式生产生畏难情绪、企图退缩时，迟美丽就鼓励他："我不要你的钱，不要你的财，只要你结婚那天唱好《夫妻双双把家还》，唱好了《夫妻双双把家还》，就是你送给我最好的彩礼。"

迟美丽这么一说，毛式生就鼓足了勇气和信心。

那天晚上，好多人喝醉了，曹德发烂醉如泥。

11

时光飞逝，转眼十几年过去了，厂里的状况越来越不好，不好到要靠精简科室和裁减职工来增效，这也未能挽住石牛水泥厂的颓势，最后还是倒闭了。迟美丽成了第一批下岗人员，好在她年龄到了，可以办内退，工资照拿，只是比上班时少了七八十块。

毛式生下岗后，一天到晚骑着一辆载重自行车，东奔西走，今天到城东安装水管，明天到城南修补马路，后天到建筑工地砌墙。车把上挂着一个篮子，里面放着扳手、泥工刀等小件工具和龙头、接头、弯头、堵头等零件，车杠上绑着一把铁锹或者铁镐，后座上插着一把大铁锤或者一台板牙。

毛式生像头不知疲倦的黄牛，起早贪黑地忙活着，只能维持个生计。

迟美丽打胎把身体打垮了，年轻时不觉得，年纪一大，各种毛病层出不穷，不是这里疼就是那里痛，做了两次手术，肾结石依然取之不尽，基本丧失劳动力。

除了买菜，迟美丽很少出门，天天关在家里卡拉OK，白天唱，晚上也唱，既唱流行歌曲，也唱戏曲。

下岗后，迟美丽省吃俭用买了套低档家庭影院。

天气好的时候，迟美丽偶尔会跟着毛式生一起到工地，和他并肩作战：一会儿递工具，一会儿递烟，一会儿递茶，一会儿擦汗，羡慕得工友们口水直流。

毛式生嘴里嫌她碍手碍脚，脸上却露出幸福的表情，干起活来活力四射。

毛式生早出晚归，三餐尤其中晚两餐没有规律，再迟，迟美丽也要等他回来一起吃。毛式生没胃病，她却等出了胃病。毛式生生气了，说你再这样，我就去外地打工。毛式生一位要好的工友在外地承包了一个工程，多次叫他去帮忙，工钱比他打小工挣得多得多，毛式生心里放不下迟美丽，没去。

毛式生干得再累，回家再迟，也要给迟美丽按摩一番，那双成天和水管砖头打交道的糙手，按摩起来却极尽轻柔。迟美丽最怕毛式生生气，毛式生那么辛苦，她就是酸透了腰疼穿了背，也不忍心让他按摩。可是，不让按摩，毛式生会生气，生很大很大的气。毛式生生气的时候，不骂人不打人，不摔盆不掼碗，而是将一张脸憋得通红，手指一戳，就会滴出血来，同时不停地喝凉开水。

迟美丽怕他血管爆炸，怕他的胃被凉水撑破，他一生气，赶紧妥协。但是，不和毛式生一起吃，再丰盛的饭菜，她也吃不香。于是，她便和女儿先吃一点，毛式生回来后，再和他一起吃一点。这么一吃，反而把胃病吃好了。

婚后第二年，夫妇俩抱养了一个女孩。女孩是个孤儿，抱过来的时候已经五岁。女孩也是个美人胚子，大学毕业后在厦门一家高新又高薪的外资企业工作。

迟美丽的歌声虽然美妙，但是，再美妙的歌声，如果动不动在中午和晚上响起，也是噪音。楼上楼下多次委婉提醒她自觉一点，不说还好，一说，唱得更疯狂。邻居只好保持沉默，当然，沉默中也有反抗，谁都不理她，谁都不和她说话。迟美丽愈孤立，歌声愈嘹亮。好在毛式生十分支持她的歌唱事业，经常以实际行动和她一起进行二重唱……

小时候，毛式生在乡下舅舅家生活了几年，穷亲旧戚挺多，时不时有人造访。只要在家，迟美丽大都在引吭高歌，乡下人敲门手重，迟美丽听不见敲门，乡下人下手更重，惊天动地，又多了一种噪音。

一天，迟美丽正在唱《霸王别姬》主题曲《当爱已成往事》，唱得声情并茂，几欲泪下：

往事不要再提

人生已多风雨

纵然记忆抹不去

爱与恨都还在心里

真的要断了过去

让明天好好继续

你就不要再苦苦追问我的消息……

唱至“你就不要再苦苦追问我的消息”时，突然传来炸雷般的敲门，迟美丽就是听不见。

叫门的没办法，只好一脚把门踹了（幸好防盗门未关），歌声戛然而止，接着传来一声秋风扫落叶般凄凉的戏曲哭腔：

“天……啊……”

毛式生在拆除一座废弃建筑物时，被塌墙压在底下。叫门的是毛式生徒弟，徒弟把电话打烂了，没人接，只好到家里找她。

毛式生出殡那天，迟美丽和养女穿着麻绳编织的孝衣，箍着白头巾，哭得死去活来。按照当地风俗，长辈和同辈亲属是不用给死者披麻戴孝的。作为妻子，自然不用给丈夫披麻戴孝，一披麻戴孝，就意味着妻子生是丈夫的人死是丈夫的鬼，不想也不能再嫁了。

毛式生入棺时，迟美丽咆哮着贴近棺木，以手拍掌，用头撞棺，似乎想把他弄醒，又似乎想爬进棺木。宁隔千里远，不隔一层板，路再远，也有相见之时，若是隔着一层薄薄的棺木，那就阴阳两界了。养女、秀珠和几位年长的妇女，一同使出吃奶的力气，才把迟美丽拉开，就像拉一匹马，拽一头牛。

正当午时，唢呐吹起，鞭炮炸响，七大金刚中的六大金刚喊声“起”，沉沉的棺木被抬了起来，抬出厂外，抬到山上。

毛式生就埋在宿舍对面那座小山上。石牛水泥厂的死人大都埋在这里。涂文保也埋在这里，和毛式生的坟墓相隔不到百米。情到深处人胆大，当年的那些夜晚，毛式生在小山上一待几个小时，情之深胆之大，可见一斑。

县城直到二〇〇三年才建起火葬场和公墓，严禁土葬。此前，农民和普通市民全部土葬，国家干部政府有文件规定，死者必须火化才能报销丧葬费，尸体拉到邻市火葬场火化后，骨灰拿回来，照样埋进地里，本质上还是土葬。毛式生死于世纪之交，只能土葬。石牛水泥厂建厂没多久，厂里专门成立了一支丧葬队，队员就是八大金刚。

八大金刚中，除了涂文保，个个身强体壮，抬起棺材来虎虎生风。别看涂文保身材矮小抬不了棺材，脑子也不灵光，对土葬那一套繁杂的程序，却无师自通，了如指掌。涂文保最喜欢死人了，一死人，他就牛逼了，谁也不敢得罪他，厂长死了爹，那几天也要好烟好酒好言好语伺候着。

毛式生去世的时候，涂文保已经死了七八年，石牛水泥厂也倒闭四五年。树倒猢狲散，石牛水泥厂一倒，除了房子，什么都散了，唯独丧葬队形散神不散，厂里一死人，他们有的招之即来，有的不招自来，涂文保死后，B金刚接替他的衣钵，丝毫不影响工作质量。

毛式生死的那年，七大金刚中最小的金刚四十五岁，最大的金刚五十七岁，平均年龄五十一岁，不同程度白头、谢顶，不到两里的路程，金刚们歇了七次脚，明显力不从心，让人忍不住感慨“金刚老矣，尚能抬否”。有趣的是，毛式生死后五年里，石牛水泥厂男男女女、老老少少上千号人，居然没死一个。毛式生成为石牛水泥厂最后一个土葬者。

毛式生死后，迟美丽常常夜不能寐，一天深夜，好不容易入睡，却从梦中哭醒，毛式生在梦中告诉她，他一个人在地下，又冷又饿。迟美丽披衣而起，推开窗户，天地漆黑一片，万籁俱静无声，突然，她发现小山上有红点闪烁，以为是幻觉，狠狠掐了一把大腿，好疼，用力揉了揉眼睛，红点闪烁得更红更真实了。

迟美丽测算了一下，那个红点的位置，正好是毛式生的坟墓。

迟美丽又惊又喜，连忙点上一炷香，朝对面拜了三拜，不一会儿，红点消失了。第二天，她买了一包好烟，来到毛式生坟前，一根根点燃，倒插在坟头，看着它们燃尽，才依依不舍下山。

在以后三年里，迟美丽多次在夜里看见那个闪烁在毛式生坟头的红点。只要看见红点，她必然点上一炷香，朝对面拜三拜，第二天再到坟上敬烟。

三年后，养女大学毕业并成家立业，把迟美丽接到厦门过好日子。迟美丽每年清明回来给毛式生扫墓。大家见了她，都说她一年比一年年轻，气色越来越好看。

悲情仙子吴小玉

1

刘金龙什么都小，小个子小脑袋小脸庞小眼睛，志向却不小。当然，刘金龙的小同涂文保的小大有区别，涂文保是人小志气小，刘金龙是人小志气大。他的志向既不是当科学家作家，也不是当局长市长，而是找一个像刘晓庆那样漂亮的老婆。刘金龙只有初中文化，身高一米六二，这样的身高和文化程度，要找一个刘晓庆那样漂亮的老婆，无异于痴人说梦。

然而，只有想不到的，没有做不到的，刘金龙愣是把刘晓庆一样漂亮的吴小玉搞到了手。要知道，长得像刘晓庆一样漂亮的吴小玉，她想找的，是高仓健那样英俊高大、具有阳刚气的男子汉，再不济，也要找个身高一米八以上的大学生。在她眼里，刘金龙根本算不上男子汉，只是个发育不全的小男人。

作为一个人见人爱的大美人，吴小玉当然不乏追求者。在众多追求者当中，刘金龙积极性最高。为防止吴小玉落入旁人之手，他一方面不断发出恐吓，谁要是和吴小玉结婚他就杀了谁然后自杀；一方面影子般纠缠着吴小玉，不达目的誓不休。

谁也没把他的恐吓放在心上，但是一个竞争对手很快尝到了苦头。那天晚上，这个倒霉的家伙请吴小玉看电影，不知怎么被刘金龙知道了，一路跟踪追击，不过，他没有进电影院，而是进了放映室。

电影开演不久，屏幕右侧墙出现一行幻灯字："吴小玉外面有人找！"吴小玉走到影院门口转了一圈，并没有人找她，纳闷着走进影院，屁股还没坐稳，屏幕上方又出现一行幻灯字："坐在吴小玉旁边的那个男人，外面也有人找！"观众"轰"的一下笑了，那家伙挪了挪屁股，看了一眼吴小玉，吴小玉朝他摇摇头。

接下来，墙上连续出现四行幻灯字：

坐在吴小玉旁边的那个男人，是个胆小鬼！

坐在吴小玉旁边的那个男人，是个卑鄙可耻的第三者！

第三者，请你不要把自己的幸福建立在别人的痛苦之上！

第三者，小心你的第三条腿！

观众笑得前翻后仰，纷纷掉头寻找“那个男人”，有些观众甚至站起来四处张望。吴小玉身边那个男人脸上青一阵红一阵，一动也不敢动，只要他站起来往外走，全影院人都知道他是个胆小鬼和第三者。

吴小玉即便是个傻瓜，也猜到是刘金龙在捣鬼。从那以后，只要吴小玉和异性一去看电影，屏幕上方就会出现类似的字眼。实际上，吴小玉只和三个异性看了三次电影，再也不想去电影院了。

这里需要特别说明一下：那时候传呼机和手机还没出现，电影院免费推出了幻灯字幕找人的便民措施。依照规章制度，放映人员一而再、再而三地打出那种带有恶作剧和污辱性质的幻灯字幕是不允许的。但刘金龙是电影院的客座电工（电影院没有专职电工），熟人加贿赂，使得刘金龙的卑鄙手段得逞。结婚的时候，那位立下汗马功劳的放映员被刘金龙奉为贵宾，喝得东倒西歪。

刘金龙的卑鄙行为虽然增添了吴小玉对他的厌恶，却也为自己赢得了更多的时间。从那以后，追求吴小玉的人渐渐少了。不过，同在一个厂的刘金龙依然无法接近吴小玉，吴小玉看见他就像看见怪物一样，躲得远远的。

刘金龙改变战术，从吴小玉父母身上寻求突破，趁她不在家的时候，主动上门做家务。

尽管吴小玉对父母三令五申，不准让刘金龙进门，他们还是招架不住他的热情，对他亮起了绿灯。都是一个厂的，抬头不见低头见，何况刘金龙的脸皮是那样地厚，厚得他们实在拉不下脸面。

刘金龙一进门，便发出漫长而夸张的惊叫：“哎呀，你们家的电线老化了，太危险了，弄不好要引起火灾的！”也不管他们愿不愿意，手脚麻利地把旧电线换了，还给吴小玉装了一盏漂亮的台灯。

电线换好后，刘金龙接着在电表上做手脚。刘金龙骄傲地告诉未来的岳父岳母，今后你们尽管放开胆子和手脚用电，哪怕天天用电炉，每月电费也不会超出十元。

吴小玉父母本来爱贪小便宜，刘金龙义务为他们更换电线，让电表转速变慢，哪有不愿意的，嘴上没说什么，心里乐开了花。趁安装电线之机，刘金龙又为她家进行了一次大扫除，卫生做得那个干净，让吴小玉父母戴眼镜刮目相看。

吴小玉母亲患有严重的风湿，一年四季脚掌发冷，涌泉穴好像装着一台微型制冷机，源源不断的冷风“飕飕飕”长驱直入，多热的天都不能光脚踩在地上，睡觉必须用被子捂住，天气稍冷便不敢多下冷水。吴小玉父亲是个大男子主义，个人卫生都不关心，家里卫生就更不关心了。作为独生女儿的吴小玉，难免娇生惯养，衣来伸手饭来张口，如此一来，家里卫生状况不容乐观。

那阵子，吴小玉正好到福州培训去了。这是她第一次也是最后一次外出培训。天赐良机，刘金龙乘虚而入，半月之后，等吴小玉结业回来，他已经和她父母打成一片。

内部堡垒被攻破，刘金龙成了吴小玉家的常客。

吴小玉不欢迎刘金龙，吴小玉父母对他的到来却不亦乐乎。吴小玉父亲甚至发展到吴小玉母亲炒了个好菜，也要叫刘金龙到家里喝上两杯的地步，否则就吃不香喝不爽。一旦接到吴小玉父亲的通知，刘金龙便推掉一切活动，拎着一瓶好酒，揣上一包好烟，吹着口哨，屁颠屁颠往她家里跑。逢年过节，更是左手一只鸡右手一只鸭，肩上背着一个电工包，里面装的不是工具材料，而是糖衣炮弹。

喝完酒，刘金龙捋起袖子，不由分说收拾起碗筷来，动作麻利得像餐馆里跑堂的伙计。

酒足饭饱的吴小玉父亲架着二郎腿，嘴里叼着牙签，左手夹着香烟，右手端着茶杯，口齿不清地批评他：“金龙，这是女人家干的活，让你阿姨干去吧，你陪我打打喇叭。”

“打喇叭”是当地方言，聊天吹牛的意思。

刘金龙露出腼腆的笑容：“叔叔，阿姨手脚不方便，还是我来吧。”

吴小玉母亲白了一眼丈夫：“你自己不干，还不允许别人干？要我说呀，找男人就要找金龙这样的男人。男人长得好看有什么用？好看又不能当饭吃作酒喝，长得好看的男人，都是好吃懒做的家伙，还长着一副花花肠子，屙出的屎都是花里胡哨的。”

吴小玉母亲这话是有针对性的。

吴小玉父亲身材高大眉清目秀，额头又高又亮，大家都说他长得像领袖，年轻的时候花过一段肠子，闹过几次离婚，后来年纪大了，一颗骚动的心才渐渐平息下来。

吴小玉母亲这番话可谓一箭双雕，既旁敲侧击了丈夫，又教育了女儿。丈夫一听这话，不吭声了，要么打开电视把音量拧得大大的，假装看电视；要么下楼找人打喇叭。

2

吴小玉从福州培训回家，得知台灯是刘金龙送的，好像受了极大的污辱，把灯泡拧了，电线剪了，还不解气，裁下一截挂历，挥笔写下“闺房重地，闲人免进”八个大字，贴在门上。“闲人”两个字又黑又粗，与其他六个字形成鲜明对比，触目惊心。

“闲人”自然指的是刘金龙。

“闺房重地，闲人免进”共五十二画，仿佛五十二把飞刀，刀刀飞向刘金龙，而“闲人”那九把飞刀则直扎他的心窝。刘金龙的心在淌血，血在燃烧。刘金龙咬紧牙关攥紧拳头，步履沉重地回到家里，找来一块硬纸壳，写下一个大大的“忍”字挂在床头。“忍”字的两边，写着两行小字：小不忍则乱大谋，忍无可忍也要忍。“忍”字的四个点，被他用油漆描成红色。那时候，文身刺字之类的传统手艺尚未在小县城恢复，否则，刘金龙一定会在手背文上一个醒目的“忍”字。

刘金龙在心里默默地、一遍又一遍地对吴小玉说：“小玉，你要问我爱你有多深，忍字代表我的心。”

吴小玉横眉冷对也好摔门掼碗也罢，刘金龙一律视而不见，旁若无人地和吴小玉父母谈笑风生。可是，吴小玉走到哪里，刘金龙眼角的余光就扫到哪里；吴小玉的声音一响起，刘金龙的耳朵便条件反射般竖起。

吴小玉最怕的，是自己一个人在家的时候，刘金龙找上门来；刘金龙最怕的，是自己上门的时候，吴小玉一个人在家。

当时，猫眼那玩意儿尚未普及，要判断敲门人的身份，只能询问或者开门。如果吴小玉一个人在家，听到敲门声，她的第一反应，是把对方想象成刘金龙，警惕十足地问，“谁呀？”如果敲门的是刘金龙，他一听是吴小玉的声音，同样警惕十足，一声不吭。等吴小玉连问数声之后，才不得已开口，低声下气道“是我”。那语气，仿佛犯了错误的小学生。

吴小玉一听是刘金龙，自然不开门。刘金龙并不马上离去，既不继续敲门，也不恳求吴小玉开门，而是木桩似的立在门口，至少站十分钟。有时运气好，碰上吴小玉父亲或者母亲回家，趁机而入。进门后，刘金龙无比深情、无限伤感地看一眼吴小玉，再看一眼，尔后不再也不敢正视，或帮吴小玉父母干这干那，或陪吴小玉父母说这说那，身在曹营心在汉。

有一回，刘金龙敲过门后，里面没有任何反应，他却迟迟不愿离去，直觉告诉他，吴小玉肯定在家。半个小时后，刘金龙以帮吴小玉家修路灯为由，从楼下邻居借来一条板凳，踮着脚尖站在板凳上，企图透过气窗，看看吴小玉到底有没有在里面。

门上方有扇气窗。一般来说，气窗上的玻璃总是沾了灰尘和蛛网，上次刘金龙为吴小玉家大扫除的时候，忽略了气窗，脏得够呛。

刘金龙个子不高，踮起脚跟站在板凳上，脑袋也够不到气窗，只好双手抓住窗框，引体向上，真是不看不知道，一看吓一跳，透过模糊的玻璃，他看到吴小玉那张模糊的脸。与此同时，趴在木梯上的吴小玉，也看到了刘金龙那张模糊的脸。不过，吴小玉那模糊的脸，在刘金龙眼里更漂亮了；刘金龙那张模糊的脸，在吴小玉眼里更丑陋了。

两个人同时发出一声尖叫，刘金龙双手一松，跌坐在地；吴小玉一脚踩空，滚落在地。

刘金龙顾不得疼，爬起来，脸紧贴着门，恨不得把那张刀条脸塞进门缝，揪心揪肺道：“小玉，你没事吧，你开开门，我送你去医院。”

吴小玉跌得比刘金龙重，伤势并不重，右腿硌破一块皮。吴小玉大叫：“刘金龙，你给我滚，想要我给你开门，没门。告诉你，我就是跌断腿，也不会给你开门。”

这是一年多来，吴小玉第一次开口跟刘金龙说话。刘金龙不恼反喜：“小玉，这么说，你没受伤，这我就放心了，我走了。”

吴小玉不再理他。

刘金龙心想，吴小玉不吱声，说明没受伤，捂着屁股，一瘸一拐下楼。

从那以后，刘金龙吸取教训，改敲门为叫门，人未到声音先到：“叔叔，阿姨，你们在家吗？我是小刘啊。”只要吴小玉父母在家，一听是刘金龙的声音，会抢着为他开门。如果连叫数声，屋里没有反应，说明屋里没人或者只有吴小玉一人，刘金龙便站在门口默默抽支烟，然后下楼。

3

转眼三年过去了，刘金龙把吴小玉家的碗吃缺了好几个，抹布擦烂了好几块，拖把用坏了好几把，吴小玉依然不正眼看他一眼，不跟他说一句话。总而言之，吴小玉对刘金龙的态度非但没有丝毫改善，反而更加恶劣。有几次，刘金龙带上门离开吴小玉家的时候，吴小玉突然一阵风似的冲出自己房间，猛地拉开被刘金龙关上的门，用力关上，“砰”的一声巨响，整座楼房为之一震。

刘金龙连忙伸出中指，在胸口画着“忍”字，像基督徒画“十”字那般虔诚，一遍又一遍。开始，刘金龙画的是狂草体“忍”字，然后是行草，最后是正楷，当他画完正楷“忍”字最后一点时，那颗余震不断的痴心，已经完全平静。

一天傍晚，刘金龙掖着一瓶好酒和一包小鱼干，鬼鬼祟祟来到吴小玉家。刘金龙老家在莆田，得知吴小玉爱吃小鱼干，每隔一两个月，刘金龙汇一笔钱给老家的表叔，让他寄几斤小鱼干过来。吴小玉嘴里馋得不行，却坚决不吃刘金龙的嗟来之食。在刘金龙的糖衣炮弹面前，吴小玉总是摆出一副“拒腐蚀，永不染”的架势。可惜她的父母做不到，他们已经习惯刘金龙送这送那，要是刘金龙连续几次空手上门，他们心里空落落的。对于莆田产的正宗小鱼干，他们情有独钟，吃上了瘾头。小鱼干价格不菲，当地卖得很贵，一般人舍不得吃，吃不起，原先，吴小玉母亲每月只买一次，每次一两。

吴小玉父亲一看到酒，眼珠子亮了：“小刘，老是让你破费，心里真是过意不去，下次别买这么好的酒，再买，我就不喝了。”

吴小玉母亲一见鱼干，脸上发出光来：“金龙呀，你一个月才几个工资，老是给我们买这买那的，你不心疼钱，我们还心疼呢。”

刘金龙浅浅一笑：“叔叔阿姨，我们之间谁跟谁啊，再说了，这几个钱算什么，我做几个老鼠工就赚回来了”。

吴小玉母亲意味深长地看了女儿一眼，深深叹了口气：“唉，金龙这么好的一个男人，家里拿得起，外面放得下，又会做家务，又能赚钱，怎么有人老是看不上呢？”

吴小玉父亲旁敲侧击：“这年头，像金龙这样有心的年轻人，打着灯笼难找啊。”

那天，吴小玉的心情好得像爆米花。上午上班的时候，她穿了一件刚打好的毛衣，受到大家一致好评。本来嘛，吴小玉是个美人胚子，穿什么都好看，大家习以为常了。但是，吴小玉那天穿的毛衣，好看得不同凡响，大家一整天都在议论这件毛衣。

平常，只要一听见刘金龙的叫门声，或者刘金龙一进门，吴小玉便躲进闺房成一统，飞针走线，把她对刘金龙的怨恨，一针一针杂乱无章地织进毛衣里。刘金龙一走，她又迫不及待地把刚才织好的那段拆掉，她不想把织进了怨恨的毛衣穿在自己或者别人身上。刘金龙频繁出入她家，吴小玉嫌拆来拆去麻烦，索性买了几斤廉价的毛线，专门用来编织她对刘金龙的怨恨。

那天晚上，因为心情好，吴小玉没有躲进房间打毛衣，而是难能可贵地坐在饭桌上，继续吃她的饭。也就是说，至少刘金龙的到来，没有破坏她的好心情，而是父母的话破坏了她的好心情。吴小玉把碗饭往桌上一墩，剜了父母一眼，牙缝里蹦出“无聊”两个字，三步并作两步，冲进自己房间，“砰”地关上门。

吴小玉母亲尴尬地笑着：“小刘，你别往心里去，小玉这孩子，从小让她爸爸惯坏了。”

吴小玉父亲：“老太婆，你别冤枉好人，小玉不是我惯的，是你惯的，你这是冬瓜拿不稳埋怨葫芦。”

吴小玉母亲：“都是你做的好事，生了这么个女儿。”

吴小玉父亲：“你就知道怪我，难道女儿是我一个人生的？”

一来二去的，两个人吵了起来。

刘金龙：“叔叔阿姨，你们别吵了，俗话说，虎父无犬女，你们生养了小玉这么一个好女儿，是你们的骄傲和福气啊。”

吴小玉父亲：“小刘，你真会讲话，我要真有你这么一个女婿，做梦都会笑醒。”

刘金龙：“如果我有你们这样好的岳父好岳母，天天都会做梦，天天从梦里笑醒。”

吴小玉母亲：“金龙，和你相比，小玉太不懂事了。”

吴小玉父亲：“金龙，小玉这孩子从小任性，我们也不敢逼她，要是把她逼急了，什么事都做得出来，现在也不兴捆绑夫妻，要是在以前，我对她就没那么客气了。来，我们干一杯。”

几杯酒下肚，刘金龙眼泪下来了：“叔叔阿姨，你们家的小玉真是铁石心肠啊，我就是条狗，她也该看我一眼，哪怕踢我一脚……”

吴小玉父亲给刘金龙倒上酒，推心置腹道：“金龙啊，我不许你埋汰自己，即便做不成我的女婿，还可以做我的干儿子嘛。”

闻听此言，刘金龙放声大哭，不知是绝望还是欢欣，悲恸还是感动。

4

拿人家手短，吃人家嘴软。吴小玉父母虽然无法做通女儿的思想工作，却一直在暗中帮助刘金龙，比如四处散布谣言，说刘金龙是他们唯一的女婿人选，谁要不通过他们把小玉勾走，和他没完。一旦有可疑男性上门找吴小玉，他们立即向刘金龙通风报信。吴小玉红杏出墙后，旗帜鲜明的他们一如既往地站在刘金龙这边，大力谴责女儿。

越来越多的局外人，也开始为刘金龙打抱不平，这些人曾经嘲笑过他癞蛤蟆想吃天鹅肉，现在他们不这么认为了，刘金龙对爱情的追求，比推着粪球的屎壳郎还执着，反观吴小玉，太不近人情，必须遭到舆论的谴责。

连吴小玉最好的朋友迟美丽，都觉得她过分了。

吴小玉是迟美丽在石牛水泥厂唯一的同性朋友，其友情的建立，完全出于偶然。

吴小玉是化验室化验员。石牛水泥厂的化验员，可以说是全厂乃至全国最舒服的工种。由于它的特殊性，每天只需上午上半天班，下午基本无事可干，装装样子就行，业余时间多得像大款口袋里的钱，还可以随时与同事调班，连续上几天班后再连续休息几天。

除了爱美，吴小玉最大的爱好就是打毛衣。当然，这里说的打毛衣，是单人单项运动，而不是跳蚤和艾兰花式的双人双项运动，一句话，是手工活儿，不是床上活儿。

那个时代，商店里只卖毛线不卖毛衣，所以，那个时代的女人，十有八九是织女，她们最大的娱乐，是在冬日晴好的阳光下凑在一起，翘着兰花指，有说有笑地打着毛衣，比拼着手艺，炫耀着款式。她们上班的时候，最爱干、最方便干的私活是打毛衣。年复一年，日复一日，乐此不疲，两根长针，一团毛线，在她们手中飞快穿插着，一针又一针，一圈又一圈，几针下来，又一个花样织好了。当一件毛衣打完穿在亲朋好友身上，在获得赞美的同时，成就感和幸福感油然而生。

那天，吴小玉去办公室办事，在走廊遇见迟美丽。化验室和办公室相隔二百多米，吴小玉没事很少去办公室，怕给领导造成无所事事的印象。迟美丽调进石牛水泥厂小半年，吴小玉还是第一次与她正面相遇，眼前为之一亮，心里为之一亮。并非迟美丽眼睛有多大，胸脯有多高，脸蛋有多俏，而是她身上的毛衣太漂亮。那款式和图案，吴小玉从来没有见过。

吴小玉好像发现新大陆，忍不住叫了起来："哎哟喂，你这件毛衣太漂亮了。"

迟美丽也叫了起来："真的吗？"

迟美丽是在五月底调进石牛水泥厂的，眼下是十月中旬，夜凉昼暖，白天还要呼呼吹电扇，不到穿毛衣的时候。这件毛衣，是迟美丽整个夏天最为得意的杰作，毛衣织好后，她盼情郎似的盼望天气转冷，以便让自己先穿为快，别人先睹为快。令迟美丽失望的是，她浑身冒汗一连穿了三天，也没有人对它做出片言只语的评价。不过，从同事怪异的目光中，不难看出，她们是喜欢它的，只不过故意忍住不说出来，不屑于恭维她这个臭女人。迟美丽心里备感郁闷和失落。

吴小玉："那还有假，简直漂亮死了，这毛衣是你织的吗？"

迟美丽："那当然了。"

吴小玉伸出手，轻轻抚摸着毛衣，由衷地感叹："漂亮，实在是太漂亮了，能不能教教我啊？"

迟美丽拉着吴小玉的手，答非所问："你长得真好看，跟戏里的美人儿一样，莫说男人，连女人也要喜欢上你。"

吴小玉听过的恭维话起码有一火车皮，但同性当着面赞美她，还是第一次。吴小玉羞赧地低下头，抽出被迟美丽握着的右手，左手捏着右手指尖，右手捏着左手指尖。

吴小玉对迟美丽突然产生好感了，这个女人也许不像大家说得那么可怕和可恶，一个能打出如此好看毛衣的女人，一个如此爱美的女人，会可怕和可恶到哪里去呢？在此之前，吴小玉和石牛水泥厂大多女人一样，对迟美丽保持着本能的戒心，生怕近墨者黑，被迟美丽感染或者污染，变成坏女人或者被别人视为坏女人。要不是迟美丽身上的毛衣吸引了她的视线，吴小玉还会跟往常一样，擦肩而过，视而不见。

如果说刚才赞美迟美丽的毛衣是情不自禁，那么当迟美丽再次拉着她的手，牵孩子似的把她往广播室牵时，吴小玉已经身不由己了。

从此，吴小玉成为广播室的常客。

吴小玉和迟美丽打得火热后，不少好心多心的人，纷纷摆出救她于水火的姿态，提醒吴小玉离迟美丽远一点，再远一点，越远越好。吴小玉左耳进右耳出，同一个人，初次劝她，她还笑脸相对，再次劝她，横眉冷对，再三劝她，甩袖而去。一段时间后，大家觉得吴小玉不可救药，再也没有人管她的闲事。

吴小玉和迟美丽打得火热，最想灭火的是刘金龙。可是，刘金龙不敢往吴小玉身上泼水，只好找迟美丽说事。迟美丽住在他家对面，找她倒也方便。正因为迟美丽住在刘金龙家对面，吴小玉才从不上迟美丽的宿舍，她不想给刘金龙任何可乘之机。反正她和迟美丽白天有的是时间，在广播室可以充分交流打毛衣的心得和经验，以及由此衍生出来的各种话题。

一天晚上，确认曹德发不在迟美丽房间（当时迟美丽还没有和毛式生谈上恋爱），刘金龙敲开她的门，开门见山道："迟美丽，请你离吴小玉远一点！"

迟美丽明知故问："为什么呀？"

刘金龙阴着脸："为什么？原因很简单，吴小玉是我的女朋友。我不想她跟你这样一个女人混在一起。"

迟美丽面带微笑："我是一个什么样的女人呢？"

刘金龙："这还用说吗？全国人民都知道你是怎样一个女人。"

迟美丽："是吗？你给我说说清楚，我到底是怎样一个女人？"

刘金龙："说不清楚，说清楚就没意思了。"

迟美丽："这么说，我是一个有意思的女人啰，你是不是觉得，我挺有意思啊？"

刘金龙："你，你真是个不要脸的女人！"

迟美丽："我承认我是个不要脸的女人，难道你是个要脸的男人吗？全国人民都知道吴小玉不喜欢你，你却满世界吹牛，说吴小玉是你的女朋友，谁要是追求吴小玉，你就和谁拼命，你说，还有比你更不要脸的男人吗？"

刘金龙被击中要害，嘴巴张了几张，说不出话来，悲愤地望着迟美丽。

迟美丽突然伸出右手，去拍刘金龙的脑袋，刘金龙反应敏捷，偏开脑袋，瞪着三角眼："怎么，你想动手？告诉你，我不会跟你动手的，好男不跟女斗。"

其实，刘金龙心里是害怕迟美丽动手的，迟美丽制服八大金刚后，大家对她又厌又怕。

迟美丽右手落空，顺势落下，拍了一下自己的大腿，"都说矮子鬼聪明，我看你一点都不聪明，难怪小玉那么讨厌你。"

刘金龙："迟美丽，我警告你，不要在小玉面前搬弄我的是非，惹急了，我是什么事都干得出来的。"

迟美丽："刘金龙，我本来是想帮你一把的，没想到你这么不开窍，还威胁我，唉，算了。实话告诉你，你这颗笨脑瓜，永远追不到小玉。"

迟美丽说罢，"哐啷"一声关上门。

5

刘金龙碰了一鼻子灰，回到屋里，回味迟美丽的话，总觉得她话里有话，坐卧不宁，半个小时后，他再次敲响迟美丽的门。

"怎么，这么快就把你惹急了？"迟美丽打开门，身体靠在左门框，一只手撑在右门框。

刘金龙："迟大姐，我刚才说话呛了点，你别往心里去。我想明白了，你说得没错，我一点都不聪明。"

迟美丽："那你说说看，自己不聪明在哪里？"

刘金龙："我想来想去，你是小玉最好的朋友，把你得罪了，等于把小玉得罪了嘛。"

"哈，矮子鬼就是聪明。"迟美丽撑在门框上的手落了下来，这回刘金龙很配合，脑袋迎手而上，迟美丽手一偏，拍了拍他的肩膀，"哥们，进门说话。"

刘金龙身体下意识地往后一缩："迟大姐，门我就不进了，有话你直说。"

迟美丽："怕我吃了你啊？放心吧，你不对我的胃口。说心里话，我看你对小玉那么痴情，很羡慕小玉，也很敬佩你，所以很想帮你一下。要是哪个男人像你对小玉那样对我，他就是只癞蛤蟆，我也会把他当宝贝的。"

一听说迟美丽要帮他，刘金龙一个箭步跨进门。

迟美丽的房间，有一股袭人的暗香。刘金龙打了个喷嚏："迟大姐，你房间真香，有一种说不出来的香味。"迟美丽说："你什么鼻子，我怎么闻不到。"刘金龙又打了个喷嚏："嗯，香，就是香，我从来没有闻过这种香味。"

迟美丽："别光顾着说香了，你追了小玉那么久，知道她最喜欢什么吗？"

刘金龙摇了摇头，一脸茫然。

迟美丽："你连她最喜欢什么都不知道，怎么能追到她？"

"她最爱美了！"刘金龙猛地拍了下脑瓜，似乎恍然大悟。

迟美丽："哪个女人不爱美，你说具体点。"

"具体我就不知道了。"刘金龙挠了挠脑瓜，一脸沮丧。

迟美丽："告诉你吧，她最爱打毛衣最爱穿毛衣！"

刘金龙跳了起来："对呀，小玉最爱打毛衣最爱穿毛衣，我怎么没想到呢？除了吃饭做事睡觉，她好像一天到晚都在打毛衣，一年当中有一半的日子穿毛衣。"

迟美丽："那你接下来，该知道怎么做了吧？"

刘金龙兴奋得摩拳擦掌："知道知道，我要买好多好多的毛线送给小玉。"

迟美丽："大错特错，我告诉你，你就是把整个毛线厂买下来，也打动不了小玉。"

迟美丽一瓢冷水把刘金龙泼了个透心凉。

"那怎么办？"刘金龙几乎带着哭腔。

迟美丽："很简单，亲手给她打一件毛衣。"

刘金龙："你说什么？"

迟美丽："打一件毛衣送给她。"

刘金龙："我一个大老爷们，像女人一样翘着手指打毛衣，开什么国际玩笑？我不干，不干！"

迟美丽："你不是口口声声说，可以为吴小玉去死吗？"

刘金龙："是的，我随时准备着。"

迟美丽："既然你随时可以为她去死，为什么不能为她打一件毛衣呢？"

刘金龙："我宁愿去死，也不打毛衣。"

迟美丽："问题是，你的死感动不了小玉，打一件毛衣却可以感动她。"

刘金龙："真的？"

迟美丽："真的！"

刘金龙："这是小玉的意思吗？"

迟美丽："不是。"

刘金龙："那是你的意思？"

迟美丽："是的。"

刘金龙："你又不是小玉肚子里的虫子，怎么知道她会被感动？"

迟美丽："我不是小玉肚子里虫子，可我是个女人，所有女人肚子里都有一条相同的虫子。相信我，到时她一定会被这意外的惊喜感动得一塌糊涂的。"

刘金龙："打毛衣很难吧？"

迟美丽："简单得很，有我这个老师，保准一个月教会你。"

刘金龙："好，那我豁出去了，明天就跟你学打毛衣。不过，你要给我保密啊。"

迟美丽："你放心吧，这事天知地知你知我知。"

刘金龙："迟大姐，你一个月用多少度电？"

迟美丽："五十多度，怎么，你怀疑我偷电？"

刘金龙："你误会我的意思了，我是说你用电用得太多了。"

迟美丽："不多，我天天用电炒锅。"

刘金龙："厂里有些人，一家六七口人，又是电炉又是电炒锅，一个月才用三十多度电，我明天把你电表调整一下，保准你一个月的用电量不超过二十度。"

迟美丽："哟，那多谢你了。"

刘金龙："客气什么，我们谁跟谁呀，远亲不如近邻嘛。"

6

刘金龙跟着迟美丽学打毛衣，去吴小玉家的次数渐渐少了。吴小玉父母很失落，双双去找刘金龙，问他怎么不上他们家。刘金龙诚恳地告诉他们，他最近报名参加了成人自学考试，没时间。

吴小玉母亲："金龙，你没骗我们吧？小玉不理你，我们是欢迎你的呀。"

吴小玉父亲："是啊，桥归桥，路归路，小玉是小玉，我们是我们。"

刘金龙："叔叔阿姨，我骗你们干嘛。我是想拿个文凭，这样才好配得上小玉，不然她老是觉得自己一朵鲜花插在牛屎里。"

吴小玉母亲拉着刘金龙的手："原来是这样啊，那我就放心了。小刘啊，学习很花精力的，你要注意身体。"

吴小玉父亲竖起大拇指："金龙，好样的！"

刘金龙："叔叔阿姨，过几天我给你们送一包鱼干去。"

吴小玉母亲："不用了，不用了，你时间紧，到时我们自己过来拿。"

最高兴的是吴小玉，心想，这家伙终于知难而退了。吴小玉一高兴，就去找迟美丽，眉飞色舞地对她说，刘金龙这个王八蛋一定是绝望了，他绝望了，我就有希望。迟美丽淡淡一笑说，说不定他正在想什么办法呢。

吴小玉小嘴一撇："你看他笨头笨脑的，能想出什么好办法？"

迟美丽："那不一定，事在人为嘛。"

吴小玉："他就是把天上的月亮摘下来，我也不会嫁给他。"

迟美丽："话不能说得太死哟，小玉，我觉得你对刘金龙太过分了。"

吴小玉："连你也这么认为？"

迟美丽："很多人都这么认为。"

吴小玉："哎哟喂，迟美丽，你今天是不是吃错药了，怎么帮刘金龙说起话来？"

迟美丽："我这是为你好。昨天，我从报纸上看到一个报道，一个农村小伙子苦苦追求同村的一个姑娘，姑娘一家都看不上他，对他冷嘲热讽，还辱骂他的父母。他一气之下，一把火把姑娘家的房子点着了。他是在深更半夜放的火，姑娘一家人从睡梦中醒来，已经被大火包围，结果被活活烧死。"

吴小玉："哼，他敢，借他十个胆，谅他也不敢！"

迟美丽："小玉，不怕一万就怕万一啊。"

吴小玉："你怎么还帮他说话，哦，我明白了，你和他是邻居，他是不是给你什么糖衣炮弹了？他这个人很会来这一套，我父母就是被他的糖衣炮弹打倒的。"

迟美丽："小玉，你把我当成什么人了？"

吴小玉："他一定送你小鱼干了吧？要不帮你把电表的转速调慢了吧？或者送你台灯了吧？我告诉你，他这一套对你们起作用，对我是永远不起作用的。"

迟美丽："吴小玉，你怎么这样，好心当驴肝肺。"

吴小玉："迟美丽，如果你真好心，就去勾引刘金龙，最好嫁给他，这样他再也不会来烦我了，反正勾引男人是你的看家本领，勾引刘金龙这样的小男人，对你来说不过小菜一碟，那样我会感激你一辈子的。”

“吴小玉，你太卑鄙无耻了！”迟美丽拍案而起。

吴小玉：“哼，我再卑鄙无耻，也卑鄙无耻不过你，连可以做爹的男人都要勾引，还有什么男人不能勾引，哼！”吴小玉也拍起了桌子，矛头直指曹德发。

两个人你拍一下桌子，我拍一下桌子，越骂越难听，把整座办公楼都惊动了，要不是人们及时赶来劝架，接下来她们就要大打出手了。

这场架吵过之后，吴小玉和迟美丽两败俱伤，吴小玉的压力更大了，迟美丽的名声更臭了。

在石牛水泥厂工人姐妹心目中，迟美丽胃口太大了，不仅吃曹德发这株老草，连刘金龙这株窝边草都不放过，恶心啊。

在石牛水泥厂工人兄弟看来，吴小玉的心太硬了，比石灰石还硬，石灰石经过立窑一千四百度高温煅烧，变成了水泥；刘金龙那颗苦恋吴小玉的痴心，比立窑温度还高，愣是感化不了她，寒心啊。

吴小玉沉默了。

迟美丽也沉默了。

刘金龙却喋喋不休地解释：“你们误会了，吴小玉不是那样的女人，迟美丽也不是那样的女人。”

不解释还好，一解释，大家掉转矛头对准他，怒其不争哀其不幸：“刘金龙啊刘金龙，你真是不可救药啊，你还算个男人吗？”

终于有一天，迫于舆论的强大压力，也为了彻底摆脱刘金龙的纠缠，吴小玉答应给他一个机会。

那是一个血色黄昏，家里只有吴小玉一人，她把刘金龙叫到阳台，指着楼下，郑重其事道：“姓刘的，你要是敢从这里跳下去，我就嫁给你！”

刘金龙：“说话算数？”

吴小玉：“你不敢跳就算了。”

刘金龙端来一把凳子，攀上阳台，正要往下跳，突然想起什么：“小玉，我忘了有件礼物送给你，我怕这一跳，再也起不来，再也不能开口说话，你等我一下，我回家把礼物拿来，再跳不迟。”说罢，跳回阳台，拔脚欲走。

吴小玉冷笑道：“不敢跳就直说，找什么借口？”

刘金龙拍着胸脯道：“小玉，请你相信我，我去去就来。”

十分钟后，刘金龙气喘吁吁回来了，把一个五花大绑的纸盒递给吴小玉：“小玉，你说话一定要算数啊，等我跳下去后，你再把盒子打开。”吴小玉点了点头：“我答应你，保证说话算话。”

好个刘金龙，眼皮都没眨一下，纵身跳了下去。

吴小玉住在三楼，阳台离地面少说有八米，原以为刘金龙不敢跳，好让他死心，没想到他毫不犹豫跳了下去，更让人想不到的是，他只受了点皮肉伤。

吴小玉简直不敢相信自己的眼睛，纸盒里装的，居然是一件粉红色的毛衣，毛衣的前襟织着一对戏水的鸳鸯，左袖还剩三分之一未织好。

吴小玉终于被感动了，感动得六神无主，答应嫁给他。

路漫漫其修远兮、虽九死而不悔的刘金龙终于追到了吴小玉。

得知送她毛衣的主意是迟美丽出的，吴小玉当即上门请罪。迟美丽结婚的时候，吴小玉做她的伴娘。

7

婚后，刘金龙家务一包到底，包括打理吴小玉的头发。

刘金龙似乎有洁癖，一天至少擦两次地板和桌子，早晚各一次。一周至少擦一次窗户，洗脸般认真，刷牙般仔细。就像眼里容不得一粒沙子，刘金龙容不得地上有丁点脏物。早上起床和傍晚下班回家，第一件事情就是打扫卫生。

石牛水泥厂两只大烟囱喷出的滚滚浓烟，像两棵迎风招展的参天大树。此时，石牛水泥厂年产量提高到十万吨，除尘设备却止步不前，每年有近千吨水泥从烟囱和其他环节飘逝，三百米范围内的所有物体，好像抹上了一层灰色的、无法融化的厚霜。生活区距厂区才一百多米，那时的窗户全是镶嵌着小块玻璃的木格窗户，密封效果不好，即使一天到晚不开窗，粉尘照样乘虚而入。不讲究卫生的人，也许不觉得脏；越讲究卫生的人，越觉得脏，只有一天擦上两次地板，地板才不至于一踩一个脚印。

无论擦桌子还是地板，刘金龙用的都是抹布，只不过擦桌子的抹布小一些，擦地板的抹布大一些，前者可能是块用旧了的毛巾，后者可能是件穿旧了的内衣。当他一次又一次把抹布放进脸盆搓揉，看着脸盆里的水变得又黑又脏，便有了一种很大的成就感。

那时还没有什么装修概念，大多人家里的地板和墙壁都是素面朝天，灰色的水泥地板，白色的石灰墙壁，进出根本不用换鞋。刘金龙不仅在地板上涂了油漆，墙壁上也涂了半人高的油漆。刘金龙家里的拖鞋特别多，客厅有客厅的专用拖鞋，厨房有厨房的专用拖鞋，卫生间有卫生间的专用拖鞋，卧室有卧室的专用拖鞋，阳台有阳台的专用拖鞋，别说客人，连吴小玉都经常穿错。每当吴小玉穿错拖鞋，刘金龙会不厌其烦地纠正她，如果她不耐烦，他就搬起她的脚，亲自为她调换。

有时候，吴小玉忍不住叹气："像你这样讲卫生的男人，真是没有见过。卫生做得好有什么用，又成就不了事业。"

刘金龙嘿嘿傻笑道："讲卫生有什么不好？讲卫生是爱家疼老婆的表现嘛。什么是事业？婚姻就是我的事业，找了你这么一个漂亮老婆，是我最大的成功。"

吴小玉："这么说，你也是个成功人士啰？"

刘金龙："那当然！"

吴小玉一甩她的长辫子，板着脸道："不跟你说了，胸无大志，简直对牛弹琴。"

和艾兰花一样，吴小玉留着一条长及臀部的大辫子，人一走动，辫子便在她婀娜多姿的背上跳舞，走得越快，舞姿越疯狂，美不胜收。吴小玉最迷人的时候，是刚刚洗过头的时候，未扎成辫子的头发黑瀑般凝挂，一动，飞流直下三千尺，壮观至极。

刘金龙和吴小玉运气很好，准备结婚的时候，正好有位干部调走，接收单位安排住房，腾出一套房子，刘金龙和吴小玉是双职工，厂里优先把房子分给了他们，不然的话，他们要和刘金龙父母和妹妹挤在一起生活。刘金龙家虽然有两室一厅，也就三十多个平方米，四口人住在一起，已经挤得够呛，再住进一个人，那就人满为患了。

吴小玉答应嫁给刘金龙并不是无条件的，首要条件是房子，要么刘金龙父母和妹妹搬出去，把房子让给他们，要么刘金龙去找厂长要房子。

厂长倒也痛快，对刘金龙说："厂里现在一套房子都没有，我总不能把别人赶出去，这样吧，只要一有人空出房子，我第一个考虑你！"

刘金龙泪眼婆娑："厂长，不是考虑，你一定要给我。我花了九牛二虎之力，好不容易把小玉追到手，最怕夜长梦多，厂长，求求你，千万不要因为房子，凉了我的黄花菜。”

厂长：“刘金龙，你为了爱情不惜跳楼舍生忘死，我很感动也很佩服，你放心，有了房子，我一定第一个给你！”

刘金龙紧紧握住厂长的手：“厂长，我一定努力工作，报答你的关怀！”

刘金龙和吴小玉住在三楼，三楼是当时水泥厂宿舍最高楼层。天气凉下来后，有阳光的日子，刘金龙经常在阳台上给吴小玉洗头，那情景很是动人：刘金龙把袖子挽得高高的，剥鸡蛋般剥开辫子，将皮筋套在左手腕上，右手紧捏梳子，逆时针梳理着头发。

刘金龙梳得非常谨慎非常缓慢，好像头发里埋伏着毒蛇，生怕惊动它们。其实不是这样，刘金龙是怕梳断吴小玉的秀发。长头发容易打结，如果无所顾忌，耙田一样撕拉，必然扯断头发乃至扯痛头皮。每当梳到打结处，刘金龙用嘴巴咬住梳子，将尖瘦的脑袋靠近发丛，以常人难以想象的耐心和技巧，将死结一一打开。

刘金龙如履薄冰，细如针眼的发结还是防不胜防，难免偶尔将头发梳断，伴随着“啪”的一声微响，刘金龙嘴里“嗤”的一声，眉头紧皱，脸上露出痛苦的表情，右手禁止不动，仿佛被刺了一针。

头发梳顺后，刘金龙把掉在地上的头发一根根捡起，把缠在梳子上的头发一根根取下，放进纸盒收藏起来。然后，刘金龙把一脸盆温度适宜的热水，端到吴小玉面前的凳子上，将她的头发小心翼翼捧进水里，完全浸湿之后，再往头上抹洗发膏。

那时候，工人洗衣洗澡大都用肥皂，即厂里发的那种黄色劳保皂。讲究一点的，顶多用香皂洗澡，很少有人用洗发膏。那时还没有洗发精。吴小玉是石牛水泥厂少数几个用洗发膏的人。洗发膏装在一个洁白的小瓷瓶里，刘金龙将粗短的中指伸进瓶子，抠出一点儿，先在手心化开，然后往吴小玉头上抹。

抹完洗发膏，刘金龙深深吸一口气，叉开十指，插进发海，指腹紧贴头皮，蜗牛般来回蠕动着。

洗完头皮，再洗发丝，刘金龙将吴小玉的长发丝撩到一边，轻轻地揉慢慢地搓，同时不断地用手指抓顺抓开，动作异常灵活潇洒。

洗头发的时候，吴小玉要么微闭着眼睛，要么低垂着眼睑，脸上没有任何表情，任由刘金龙摆布。不过，头发洗好后，她会直起身，左右甩动几下头发，凌空而起的发丝，仿佛夏日阳光下汹涌的波涛和滚滚的麦浪，充满了诗情画意。吴小玉坐下后，刘金龙用电吹风把头发吹干，把辫子一瓣一瓣扎好。

这是个漫长而又浪漫的过程。

8

五年后的一天，吴小玉突然把辫子剪了，留着一个运动头，人依然像刘晓庆一样漂亮，但气质上不像刘晓庆，像刘胡兰。当她出现在刘金龙面前时，刘金龙半天没反应过来。

刘金龙由震惊变为恼怒：“这么大的事，怎么也不跟我说一声，想剪就剪？”

结婚五年来，刘金龙还是第一次，以质问的口气对吴小玉说话。

吴小玉冷笑道：“头发长在我的头上，我想剪就剪，关你什么事？”

刘金龙：“你是我的老婆，我是你的老公，我当然有权过问。那么漂亮的头发剪掉了，你不心疼，我还心疼呢。”

吴小玉：“我是你的老婆，可不是你的私有财产，我有权剪掉自己的头发，你要心疼就心疼吧，我也没有办法。”

刘金龙：“小玉，你老实告诉我，你突然把头发剪了，是不是有什么打算？”

刘金龙心里升起一股不祥的预感。

吴小玉：“嫁鸡随鸡嫁狗随狗，我能有什么打算，我的心早死了。”

刘金龙：“小玉，你在骗我。”

吴小玉：“我骗你干吗，神经病！”

刘金龙的预感是准确的，吴小玉确实在骗他。

吴小玉在外头有了男人，她把头发剪了，其实是在明志，她要和刘金龙离婚。

不久前，吴小玉认识了一个外号叫“外国佬”的花花公子。

吴小玉是在舞厅和外国佬认识的。

外国佬头发天然卷曲，鼻子有点尖，眼眶有点凹，眼珠有点蓝，乍一看，有点像欧洲人，仔细一瞧，特别像新疆人。熟人都叫他外国佬。其实外国佬是土生土长的本地人，百分之百的汉族血统，与新疆八竿子打不着，他长得像新疆人，纯属偶然。

外国佬不是新疆人，却有着新疆人的舞蹈天分，穿着拖鞋能跳出优雅的舞蹈。外国佬身上还有一种类似哈密瓜的香甜气味，循着他的舞姿，闻着他的体香，舞伴很容易进入一种遥远陌生的风景中去。

外国佬的络腮须，时有蔓延全脸之势，但每天总是被他剃得干干净净，斩草未除根于萌芽状态。他的下巴和脸颊，铁青铁青的，特别有质感，磁铁般吸引女人的视线，靠近他的女人，都有忍不住摸上一把的欲望。

外国佬的嘴巴，好像涂了蜜的玫瑰，唾沫星子也含有糖的成分，没有几个女人不被这糖分感染。

第一次和外国佬见面，吴小玉就被他的甜言蜜语粘住了，欲罢不能。当时跳舞热得如火如荼，外国佬转辗各家舞厅，看到漂亮女人，便上前大献殷勤，一遍又一遍邀她跳舞，即使把他的脚踩麻了，疼得直咧嘴，他也说你跳得好跳得妙跳得棒极了。

那天晚上，外国佬一眼瞄上吴小玉。躲躲闪闪的眼神，畏畏缩缩的手脚，明明白白地告诉外国佬，这是个初涉舞厅的女人，作为一个舞棍，外国佬已经练就一双火眼金睛。

外国佬大大咧咧邀请吴小玉："我想请你跳个舞，可以吗？"

吴小玉连连摆手："我跳得不好，你请别人跳吧。"

"没关系，谁都是从跳得不好到跳得好，我保证，只要你跟着我跳上几曲，你会跳得比我还好。"说到这里，外国佬眯着眼环顾四周，"这个舞厅里，我实在找不到比你漂亮的女士，我选舞伴有个原则，不选跳得好的，只选长得最漂亮的。人长得漂亮舞又跳得好的，我到现在还没有发现，也许你是个例外。"

外国佬独特的长相已经牢牢吸引吴小玉，再经过他这一番甜言蜜语，哪里还有力量拒绝。

一入舞池，外国佬就问她："你姓刘吧？"

吴小玉很吃惊："我姓吴，口天吴，你怎么说我姓刘呢，难道一个人姓什么可以从脸上看出来么？"

外国佬："那当然，你长得那么像刘晓庆，不姓刘太可惜了。"

吴小玉笑了，笑得那么自豪："见过我的人，都说我长得像刘晓庆。"

外国佬："岂止像，你简直比刘晓庆还刘晓庆！"

吴小玉：“你真会说话！”

外国佬：“再笨嘴笨舌的男人，在你这么漂亮的女人面前，也会变得能说会道，说得夸张点，哑巴都会开口说话。”

吴小玉：“那不一定，我家那口子不是哑巴，在我面前却像个哑巴。”

外国佬：“天啊，你结婚了？”

吴小玉：“结婚怎么了？”

外国佬：“看不出来，给我两只眼睛安上放大镜，也看不出你结婚了，你顶多二十出头吧。”

吴小玉：“我都快三十了。”

外国佬：“你没骗我吧，我怎么一点都看不出来。”

吴小玉：“咯咯，你是故意装着看不出来吧？”

外国佬：“哈哈，你也是故意装着不会跳舞吧？”

那天晚上，他们跳了一曲又一曲，曼妙的舞姿牵引着吴小玉那条满场飞舞的大辫子，征服了整个舞厅，拂乱舞厅里所有男人的心。

曲终人散，外国佬和吴小玉依依难舍。

9

和外国佬上过两次床后，吴小玉把头发剪了。

吴小玉剪头发，事先既没有通过刘金龙，也没有告知外国佬。

当一头短发的吴小玉出现在外国佬面前时，他和刘金龙一样吃惊：“小玉，你怎么把头发剪了，那么漂亮的头发，你怎么舍得？”

吴小玉：“还不是为了你！”

外国佬：“为了我？”

吴小玉：“对，为了你！我已经下定决心，要和刘金龙离婚，不然我永远不留长头发。”

外国佬紧紧抱住吴小玉，泪流满面：“小玉，我太感动了，要不是我早已离婚，哪怕上刀山下火海，也要和老婆离婚！”

吴小玉：“亲爱的，我知道你这话是对我说的，你放心，不管困难有多大，长则一年，短则半年，我一定和刘金龙一刀两断。”

一个月后，吴小玉正式向刘金龙摊牌：“我们离婚吧。”

刘金龙仿佛被子弹击中，捂着胸口，一脸的痛苦：“果然不出我所料，玉，你好狠心！”

吴小玉：“刘金龙，和你生活在一起，我一点幸福感都没有，我们好聚好散吧。”

刘金龙：“我不想离婚，打死我也不离婚。”

吴小玉：“只要你答应离婚，家里的财产我一分不要，我还可以补偿你一笔钱。”

外国佬曾经许诺吴小玉，只要刘金龙答应离婚，可以补偿给他一笔钱，钱由他来出。

吴小玉担心刘金龙狮子大开口，外国佬笑道：“假如你是刘金龙，你会要多少钱？”吴小玉想了一下，很不自信地伸出五个手指：“五千不会太多吧？”外国佬也伸出五指，翻了一番，“给他一万怎么样？”那时候，对于大多数人来说，一万块钱是个天文数字，想都不敢想。

吴小玉惊叫起来：“你疯了，给他那么多？给他六千足够了，他娶我总共才花五千多块钱。”

外国佬轻轻拍了拍吴小玉的脸：“亲爱的，这点钱算什么，为了你，我愿付出我的所有。不过，我尊重你的意见，六千就六千吧，我估计他这辈子，还没一次性见过这么多钱。”

外国佬平时花钱大手大脚，好像挺有钱，吴小玉没想到他如此有钱，这么一来，她岂止喜欢外国佬，简直佩服得五体投地。

刘金龙却对钱不屑一顾：“玉，别说六千，你就是给我六万，我也不答应。”

吴小玉：“刘金龙，你不要敬酒不吃吃罚酒。”

刘金龙：“玉，你在外面怎么胡来都可以，就是不能和我离婚，我既然有胆跳楼，就有种杀人，我宁愿杀了你然后自杀，也不离婚！莫说罚酒，就是毒酒，我也不怕。”

吴小玉完全相信他的话，但并没有死心。

吴小玉和外国佬决定除掉刘金龙。除掉刘金龙并不难，难的是万无一失不让人抓住把柄，他们想了许多办法，总觉得不妥。

一天，洗澡的时候，外国佬突然灵机一动，问吴小玉：“你会不会游泳？”

吴小玉：“我只会几下狗刨。”

外国佬：“刘金龙呢？”

吴小玉："他是只旱鸭子，澡盆都能淹死他。小时候，刘金龙和三个伙伴偷偷跑到水泥厂后面的河里游泳，结果一个伙伴淹死了，刘金龙什么事也没有，他根本不会游泳，连衣服都没脱，蹲在浅水里看他们游。那条河每年夏天都要淹死几个小孩，水泥厂的家长一到夏天，把儿子看得紧紧的，生怕他们下河洗出个三长两短来。刘金龙父母就他这一个儿子，又是老年得子，看得跟犯人似的，每天中午和傍晚，都要用指甲刮一刮他的皮肤，再看一看他的眼珠子，如果刮出白痕，或者眼珠子是红的，说明他下河了，那他就要过八十岁了，结结实实挨顿打，打出他的记性来。

"可腿长在刘金龙身上，哪里看得住，何况连续几个夏天，父母都没有在刘金龙身上刮出白痕，也没有发现他的眼珠子发红，渐渐放松了警惕。父母一放松警惕，刘金龙的胆子就大了，禁不住同伴的诱惑，第一次下了河。虽然刘金龙屁事没有，闻讯而来的父亲还是狠狠惩罚了他。当时，刘金龙惊魂未定，靠着岸上一堵土墙瑟瑟发抖。他父亲气得头发都竖了起来，二话不说，冲上来就是两个耳刮子，这还不够，又将他的脑袋按到墙上来回摩擦，等他母亲和妹妹赶来救驾时，刘金龙的脑袋和脸上已经磨出一层血泡。从那以后，刘金龙染上了晕水的毛病，别说下河，连澡堂都不敢去，好像喷头里喷出来的水也会把他淹死似的。"

外国佬："哈哈，真有意思，那他怎么洗澡？"

吴小玉："在家里用锅灶烧水，坐在盆子里洗。"

那时候，热水器还物以稀为贵，尚未进入寻常百姓家，没单位的老百姓和有单位没澡堂的老百姓，除了去公共澡堂，只能在家盆浴。

外国佬："可怜的刘金龙，男人坐在盆子里洗澡，跟蹲着拉尿有什么区别，哈哈哈，笑死老子了。"

吴小玉一连捶了他几拳："你别光顾着笑，有什么好笑的，想出办法没有？"

"想出了，当然想出了！"外国佬兴奋得手舞足蹈。

10

听了外国佬的策划，吴小玉激动得连连称妙。

他们决定在国庆期间谋杀刘金龙。

国庆前夕，吴小玉对刘金龙说："过两天是国庆，咱们一起出去旅游吧。"

刘金龙先是受宠若惊，继而愁绪万千：“现在比不得从前，厂里越来越不景气，今年大半年没拿超产奖，钱越来越不好赚，今后用钱的地方多着呢，能省则省，要不你自己买两套像样的衣服，旅游还是以后再说吧。”

吴小玉白了他一眼，意味深长道：“你不去就算了，我跟别人去。”

刘金龙急了，连忙说：“我去我去，我去还不行么？”

吴小玉说：“那我们去眼镜湖吧。”

眼镜湖状似眼镜，故而得名。湖泊四周奇峰千姿，异石百态，水中有山山中有水，景色别具一格。

金秋十月，正是旅游旺季，眼镜湖游人如织，游船上更是人满为患。吴小玉兴奋得像个小处女，坐在船舷外的甲板上，不时将雪白的大腿伸进湖里搅拌，引来色狼们密集的眼光。

突然，吴小玉“唉呀”一声，掉进湖里。

“有人落水了！”游客纷纷惊叫。

刘金龙第一个跳进水里，还没接近吴小玉，自己开始下沉，好在有几个会水的游客见义勇为，把他们救了起来。

吴小玉只是多喝了几口水，刘金龙却晕了过去，做了人工呼吸才醒过来，醒来第一句话是：“我老婆呢，我老婆她没事吧？”。

按照计划，一路同行的外国佬应该跳水救人，在救吴小玉的同时溺死刘金龙，他俩料定，刘金龙必然奋不顾身下水救人。

外国佬却按兵不动。

事后，吴小玉怒气冲冲地质问外国佬：“你为什么不下水救我？”

外国佬：“我是想救你的，没想到有那多人学雷锋，我如果下水，反而显得多此一举，我总不能当着众人的面把刘金龙溺死吧？只要你安然无恙，我就放心了，以后再另想办法除掉他吧。”

外国佬是个钓鱼迷，不久，吴小玉跟他一起去水库钓鱼时，乘他不注意，把他推进水里，外国佬只来得及喊了声救命，就迅速往下沉，幸好当天钓鱼的人不少，有人跳下去把他救了起来。

外国佬一上岸，狠狠甩了吴小玉一个耳光：“他妈的，你这个臭婊子，想害死老子？老子跟你没完！”

吴小玉捂着火辣辣的脸，眼冒金星：“你不是说你是个游泳高手么，一口气能游出一千米，潜水能潜一百米，怎么一下就沉了？我只是想跟你开个玩笑……”

“臭婊子，有你这样开玩笑的吗？老子的命差点被你开掉了，老子跟你没完！”外国佬踢了吴小玉一脚，骑上摩托扬长而去……

外国佬一回城便报了案，由于缺乏有力证据，公安人员对吴小玉调查一阵便不了了之。吴小玉从此声名狼藉，这正是外国佬和她“没完”的目的。把吴小玉的名声败坏得像大便一样臭之后，外国佬出国了。外国佬姐姐在澳大利亚留学期间爱上她的导师，成为导师夫人之后，把弟弟弄了出去。

外国佬出国后给他的好朋友写来一封信。外国佬在信中说，他虽然花心，和其他女人全是逢场作戏，唯独对吴小玉动了真情，可是他没想到吴小玉会谋杀他，心比蛇蝎还毒，这是他无法容忍的。在外国佬看来，只可他负女人，不可女人负他，吴小玉不义，他当然不仁……

这事发生后，刘金龙父母极力怂恿儿子离婚。吴小玉既然看不顺眼刘金龙，自然看不顺眼他的父母，住在一个厂里，平时基本不来往，逢年过节回婆家时高贵得像个贵族，别说干活，连话都懒得跟他们说，进门屁股还没坐热，就蹿到迟美丽那里聊天去了。

与吴小玉父母恰恰相反，刘金龙父母从头到尾反对这门婚事，结婚那天还不停地唉声叹气，一脸的晦气，好像儿子进入的不是婚姻殿堂，而是火坑泥淖。

从刘金龙爱上吴小玉那一天起，父母就苦口婆心地告诫他：“人贵自知之明，你撒泡尿照照自己，要才没才，要钱没钱，要长相没长相，你根本配不上吴小玉。吴小玉太漂亮了，漂亮女人都是祸水，沾不得，沾上了一辈子过不上安生日子干净日子。”

刘金龙一脸的愤怒和悲伤：“哪有你们这样做父母的，长别人志气灭自家威风，巴不得儿子讨不上漂亮老婆。我告诉你们，别说小玉是祸水，就是硫酸，我也要沾，哪怕骨头被她腐蚀了。哼，要撒泡尿照照自己的不是我，而是你们，把我生成这副模样，你们要撒十泡尿照照自己，不，你们要撒一百泡尿照照自己。”

父亲用烟杆指着儿子的脑袋：“你呀你，吴小玉没腐蚀你的骨头，先把你的魂魄腐蚀了。”

母亲拾起裙角，擦了擦眼角：“儿啊，我看你是鬼迷心窍了。”

刘金龙脖子一挺：“牡丹花下死，做鬼也风流。我告诉你们，我就是死，也要把小玉弄到手，你们别费口舌了。”

父亲急了："你要是敢把吴小玉娶进家门，我死在你面前。"

刘金龙冷笑道："你要是不让我娶小玉，我就去服务大楼跳楼，摔成肉饼，让你们永远失去我这个儿子。"

服务大楼矗立在火车站对面，是县里的最高建筑，唯一的八层楼房。

刘金龙跳楼求爱的壮举，不仅感动了吴小玉，也震慑了父母。从那以后，他们除了唉声叹气，不敢在儿子面前说半句狠话，把所有的怨恨转嫁到吴小玉及其父母身上。

刘金龙父母恨死了吴小玉。一恨吴小玉心太狠，不该怂恿刘金龙跳楼；二恨吴小玉没有狠到底，应该在刘金龙跳楼之后反悔，说什么也不嫁给他；三恨吴小玉没人味，不把公公婆婆放在眼里也就罢了，简直不拿他们当人看；四恨吴小玉不守妇道，让他们一家没法抬头做人。

刘金龙父母还把吴小玉父母恨了个半死。一恨他们爱贪小便宜，轻而易举被刘金龙的糖衣炮弹打倒；二恨他们太糊涂，不该站在刘金龙这一边，想刘金龙之所想，急刘金龙之所急；三恨他们太自私，只顾着为自己找个好女婿，一点不考虑女儿和亲家的感受；四恨他们皮太厚，女儿偷人后，还要求女婿给女儿一个重新做人的机会。

基于上述怨恨，无论婚前还是婚后，刘金龙父母对吴小玉也好，对吴小玉父母也罢，一律横眉冷对，一直不冷不热，虽然共同生活在不到一平方公里的土地上，却老死不相往来。

吴小玉骑在刘金龙头上作威作福，他们可以忍耐；吴小玉迟迟不下蛋，他们也可以忍耐，但是，吴小玉让刘金龙做乌龟戴绿帽子，他们忍耐不住。儿子做了乌龟，父母岂不成了乌龟的直系亲属？儿子戴上了绿帽子，父母还怎么抬头做人？是可忍孰不可忍，不做乌龟扔掉绿帽子的唯一办法，就是逼刘金龙离婚。

不可思议的是，刘金龙居然不同意离婚，愣是要把乌龟做到底，把绿帽子戴破。

父亲一掌拍翻桌上的茶杯："刘金龙，如果你不和那个臭婊子离婚，老子就和你断绝父子关系！"

刘金龙一掌把父亲拍翻的茶杯扫到地上："刘德贵，请你嘴巴放干净点，老子宁愿和你断绝父子关系，也不会和吴小玉离婚！"

"你，你……"父亲嘴巴张得老大，呼吸困难，说不出话来。

“你，你……作孽哟，我怎么生了你这么个没劲道的儿子哟。”母亲抚着父亲的胸口，泪如雨下。

“没劲道”是当地方言，没出息的意思。

当时，刘金龙父亲的矽肺已经三分之二纤维化，被他这么一气，一个多月后就去世了。

11

刘金龙的痴情和宽容，并没有换来吴小玉的忏悔，虽然不再一搁下碗就往舞厅跑，但也决不会刷半个碗，碗一搁，跷起脚来看电视。刘金龙呢，从进门到上床这段时间，手脚几乎没有停过，做饭、刷碗、擦地板、洗衣服，还要帮吴小玉端这拿那，甚至捏腿捶背。这个在床上使不上劲的小个子男人，做起家务来，总有使不完的劲，乐此不疲。如果吴小玉偶尔良心发现，赏他一个吻，道一声“老公，你辛苦了”，刘金龙幸福得找不着北。

说吴小玉衣来伸手饭来张口，一点不夸张。吴小玉感个小冒，便娇滴滴懒洋洋卧床不起，这时候，刘金龙得把饭菜端到床头，“玉啊玉啊”地深情呼唤，小心翼翼扶起娇无力，哄孩子似的好话说尽，才赏脸吃几口。刘金龙那个高兴，恨不得跪在地上谢主隆恩。

吴小玉心情好的时候，还会洗洗衣服买买菜；心情不好的时候，连根手指都不动。嫁给刘金龙后，一年三百六十五天，吴小玉三百天没好心情。这意味着，一年三百六十五天，刘金龙三百天要看吴小玉的脸色过日子。

吴小玉心情再好，也绝对不下厨的。厨房对她而言，真是咫尺天涯。她炒的菜根本没法吃，青菜炒成黄菜，黄菜炒成黑菜，不是咸了就是淡了，不是煳了就是焦了，别说吃，一看就没有胃口。刘金龙经常去做老鼠工，回家再迟，吴小玉也要等他回来做饭，实在等不住，就到娘家去吃。

吴小玉母亲实在看不下去，提醒女儿：“小玉，你现在是有家室的人了，不能老是自己吃饱，小刘挨饿啊。”

吴小玉：“妈，你真是淡吃萝卜闲操心，他自己会做饭。”

吴小玉母亲：“他在外头一天做到晚，回来还要自己做饭，多累呀，你一点都不心疼他？”

吴小玉：“有什么好心疼的，他活该！”

吴小玉母亲：“小玉，你不要身在福中不知福，你这辈子嫁给小刘，是你前世修来的福，要是换了别的男人……”

吴小玉打断母亲：“要是换了别的男人，只要是我喜欢的男人，我心甘情愿为他当牛做马，就像刘金龙心甘情愿为我当牛做马一样。”

“放屁！”吴小玉父亲突然摆一个舞剑的姿势，化指为剑，指着女儿，“我看你就是古代一兵器，剑（贱）！”父亲退休后，买了一把剑，拜一位退休多年的体育老师为师，天天早上到公园练剑，已经到了手不离剑、口不离剑的地步，“金龙多好的男人呀，千里挑一！万里挑一！换个男人，哼，你不是换了个外国佬，结果呢，差点把自己断送。换了别的男人，还不把你打个半死，然后去跟外国佬拼命。要是我，非把外国佬一剑扎个透心凉不可。”父亲说到这里，又摆了刺剑的姿势，“也就是金龙，当作什么事没发生一样，还把你这个烂货当宝贝，我都敬佩得有点看不起他了。”

吴小玉母亲瞪了一眼丈夫：“哪有你这么说话的，不过，小玉，”母亲指了指自己的心脏，“小刘对你的感情，比海还深呢。不怕你笑话，要是有下辈子，要是下辈子我还做女人，一定嫁小刘这样的男人！”

吴小玉突然放声大哭：“如果你不怕活守寡，那你就嫁吧。”

吴小玉父母面面相觑，大眼瞪小眼。

过了一会儿，吴小玉父亲似乎明白了什么，再次化指为剑，指着女儿：“金龙就是个太监，也值得你嫁！”

吴小玉哀怨地望了父母一眼，捂着湿漉漉的脸，踉跄而去。

吴小玉母亲懵懵懂懂地问丈夫：“老头子，你今天是不是吃错药了，做大人的，哪有这么埋汰孩子的，什么烂货太监，难听死了。”

吴小玉父亲：“老太婆，你是不是老糊涂了？我们家的宝贝女婿，那东西可能不行。”

吴小玉母亲：“什么东西不行？小刘能吃能喝，能赚钱能做家务，啥都行。”

吴小玉父亲跺了跺脚，“老太婆，我真是服了你，你还不到六十，怎么就糊涂到了婆家。”父亲说到这里，指了指自己的裤裆，“我的意思是，金龙这儿不行，唉！”

吴小玉母亲盯着丈夫风平浪静的裤裆，愣了几秒钟，尖叫起来：“我说呢，小玉结婚五年没怀上，亲家还怪我们女儿不行，原来是他们的儿子不行。”

吴小玉父亲：“是呢，我也纳闷，涂文保活着的时候，都敢大摇大摆上澡堂，怎么从不见金龙上澡堂，原来是命根子见不得人。”

吴小玉母亲：“我还以为他晕水呢，原来是这么回事。”

石牛水泥厂男澡堂有半个篮球场大，通间，可同时容纳五六十人淋浴，毫无隐私可言。公共澡堂里，一个男人的生殖器要是存在肉眼明显可见的缺陷，跟过街老鼠差不多。

吴小玉父亲深深叹了口气：“唉，可怜的金龙！”

吴小玉母亲长长叹了口气：“唉，可怜的小玉！”

两个人叹了半个晚上的气，最后达成一致：女儿女婿都是可怜的人，再不要在他们面前提下半身的事。

12

正如没有不吃腥的猫，国营企业也没有不偷电的电工。刘金龙当了十几年电工，家里的电炉不知用坏了多少。

刘金龙不仅偷电，还偷电线、灯泡、开关、胶带，做老鼠工正好派上用场。刘金龙做老鼠工的收入远远高于工资收入，大钱没有小钱不断，日子一度小康。吴小玉不缺钱花，无论工资奖金还是外快，刘金龙绝大部分上缴吴小玉，身上的零钱从来没有超过五十块。

把吴小玉搞到手后，外国佬也不缺钱花。外国佬每次向吴小玉要钱的借口都是一样的：他的钱全压到生意里头去了。至于到底做什么生意，外国佬从不说起，吴小玉也从不问起。钱一到手，外国佬便在床上报答吴小玉，驾驶着她腾云驾雾，表演着各种空前绝后的高难动作。吴小玉的呻吟仿佛贝多芬命运交响曲，时而激昂时而舒缓，激昂时山崩地裂飞沙走石，舒缓时风和日丽花香鸟语。

终于，外国佬这架飞机中的战斗机，在将要耗尽燃料之前，搭乘着吴小玉徐徐降落。每次在跑道上减速滑行的过程中，外国佬都要噙着吴小玉的耳朵垂呢喃一番：“小玉，你的钱，我今后一定会百倍、千倍还给你的，请你相信我，我一定会赚到大钱的。”

吴小玉假装生气道：“真正的爱情，和金钱是格格不入的。你给我带来的快乐，是金钱买不到的，也是金钱还不了的，下次再谈钱，我就不理你了。”

下次，外国佬还是照谈不误，每谈一次，吴小玉给钱给得越多越痛快。

吴小玉对外国佬出手大方，对公公婆婆却抠到了抠指甲的地步。

父亲病重期间，有一回，母亲找到刘金龙，向他要钱。

那时石牛水泥厂已经半死不活半倒不闭，工资发一个月拖一个月乃至几个月。刘金龙没心思上班，三天打鱼两天晒网，争分夺秒做老鼠工，行踪不定。

母亲上门找了五次，才找到儿子。

第一次家里没人。

第二次吴小玉在家。吴小玉见是婆婆，脸上立即出现强对流天气，连个称呼都没有："找我还是找他？"

婆婆："找他。"

吴小玉："他不在。"

婆婆扭头就走。

吴小玉没请婆婆进门，婆婆也没打算进门。

第三次家里还是没人。

第四次吴小玉在家，她从猫眼里看见是婆婆，故意不开门。

第五次刘金龙在家。

刘金龙拿出一双拖鞋："妈，把鞋子换了，进来坐坐。"

说来难以置信，结婚以来，母亲还从未到儿子家里坐过。

母亲看了看自己脚上黑不溜瞅的解放鞋，摇摇头："我不进去了，麻烦。"

刘金龙："妈，有事吗？"

母亲："当然有事，妈是无事不登三宝殿。"

"妈，有事进门说吧。"刘金龙把拖鞋端端正正放在门槛边。

母亲又看了一眼自己的解放鞋，摆摆手："还是站在门口说吧。家里揭不开锅了，向你要点钱。"

刘金龙："妈，你要多少？"

母亲："你看着给吧。"

刘金龙翻遍口袋，只有十二块二毛五分，一张十块的，两张一块的，两张一毛的，五枚一毛的硬币。

刘金龙："妈，我身上只有这么多，你先拿去用吧。"

母亲一掌打掉他手中的钱："你一个大老爷们，赚了那么多钱，身上就这点钱，打发乞丐啊？儿啊，你长这么大，妈还是第一次向你要钱，做人要凭良心。娶了媳妇忘了爹娘，这也没什么，你可以忘到脑壳后面，可你不能忘到天外去啊。”

刘金龙：“妈，看您说的，儿子是那种人吗？我确实没有钱。”

母亲：“你的钱呢？”

刘金龙：“都交给小玉了，你向她要吧。”

母亲：“你是我儿子，我只向你要。今天你给也得给，不给也得给，不然我跟你没完。”

刘金龙：“妈，今天你就是打死我，也拿不出钱来，钱都被小玉存到银行了，存折在她手上。这样吧，等小玉回来，我给她说说，小玉这人挺通情达理的，明天傍晚你再来拿吧。”

母亲：“你自己给我送过去。”

刘金龙：“妈，我明天一大早要去乡下做老鼠工，好几天才回来，你辛苦一下，再跑一趟。”

母亲：“我的腿都快跑断了。”

吴小玉：“我叫小玉明天在家等你，保准不让你跑空。”

母亲悲凉地看了一眼刘金龙：“你越来越不像我的儿子了。”说罢，迈着沉重的脚步，下楼去了。

深夜，吴小玉跳舞回来。

刘金龙小心翼翼把母亲要钱的事说了，原以为她会暴跳如雷，没想到平静如水，淡淡地问：“要多少？”刘金龙一看有戏，连忙把她的大腿抱到怀里，轻轻揉捏着，“玉，跳累了吧？妈没讲要多少，你看着给。明天傍晚她自己过来拿，你在家里等她一下。”

吴小玉有气无力道：“哦，我知道了。”

“玉，你真好！”刘金龙情不自禁地亲了一口吴小玉的大腿。

吴小玉抖了抖大腿：“我累了，睡吧。”

第二天傍晚，母亲最后一次来到儿子门前。

这次，吴小玉客气些，脸上至少没有露出拒人千里之外的表情：“来了？”

刘金龙母亲：“金龙跟你说过没有？”

吴小玉嘴角露出一丝不易察觉的冷笑：“说过了，那么重要的事，怎么能不说呢，你等等，我马上给你。”

吴小玉进房捧出一个牙缸大小的玻璃瓶，里面装满了硬币，生硬地递给她：“喏，给你，你要的钱。”

刘金龙母亲黝黑的脸立时惨白，颤抖着接过瓶子，掂了掂，又掂了掂，猛地将瓶子掼在地上，瓶子发出一声巨大的叹息，应声而裂，被激活的硬币，有的铿锵打着滚儿转着圈儿，有的窸窣钻进沙发桌子底下，有的嘎嘣跌落下楼。

刘金龙母亲揪着自己的白发，发足狂奔下楼，歇斯底里地骂着："畜生扁毛，丧天理啊；扁毛畜生，没人性啊。"

13

刘金龙父亲是倒磨工，母亲是装包工。刘金龙母亲是装包车间年龄最大的女人，也是最有力气的女人，比艾兰花还有力气。和艾兰花一样，她也是个农村娘们，只不过她那个村庄没有石井坑那么偏僻，通了一条坑坑洼洼的小马路，拖拉机开足马力，可以直接开进村子。刘金龙父亲虽然不是金刚，头脑并不比金刚好使多少，有时甚至比金刚的脑袋还简单。就拿戴口罩这事来说吧，连头脑最为简单的涂文保都知道它的重要性。在粉尘迷漫的生产车间，天天不戴口罩上班，跟天天不戴安全套和妓女上床一样，危险至极。

在水泥厂，除了包装车间，粉尘最密集的是倒磨车间，密集得像原始森林的负氧离子。刘金龙父亲为了方便抽烟，上班居然不戴口罩。他是个烟鬼，每隔几分钟就要抽上几口，为了省钱，抽的又是旱烟，戴口罩更不方便，索性不戴。有一回，他去医疗室拿止咳糖浆，厂医得知他从不戴口罩上班，哎呀呀惊叫不已，警告他不要拿自己的生命开玩笑，抽烟是慢性自杀，在粉尘里频繁抽烟，死得更快。他一脸不屑，说，多吃几口灰怕什么，死不了人，老子多抽几口烟，正好把肺里的粉尘赶出来。

水泥厂步入正轨后，为预防矽肺病，每两年组织一批工人，浩浩荡荡开赴旅游城市洗肺疗养。肺科专科医院的医生先将患者麻醉，将一根 Y 形双腔支气管导管从口腔中插入，导管插好后，灌洗就可以开始了。灌洗瓶悬挂于患者头顶约五十厘米的高处，而引流瓶置于手术台下约六十厘米的地面。在手术台旁边的三十七度恒温箱里，装满了灌洗液。每灌洗一回大约需要三至六分钟。至于需要灌洗多少回，根据具体病情因人而异，原则是以最后冲出来的引流液基本澄清为止。

其他职工洗一回就行了，刘金龙父亲每次洗两回，引流液还没有完全澄清，医生怕他身体吃不消，不敢给他多洗。从引流管排出来的洗肺水，竟如同变质的米浆一样浑浊，瓶子的上方，零零散散地悬浮着一些冲洗出来的絮状尘物，而在瓶子的底部，则密密麻麻积淀着一层灰色的粉末。

看着从自己肺里洗出来的粉末，工人们不寒而栗的同时，又生出一丝自豪和幸福，幸好自己是正式工，要是临时工和家属工，粉尘只能年复一年沉浸在肺里，听天由命。他们回厂后，要么多戴一个口罩，要么加大猪肺和绿豆的摄入。唯有刘金龙父亲无动于衷，依然我行我素。

十几年后，刘金龙父亲成了石牛水泥厂唯一的矽肺病患者。医生对他说，你的肺已经被重度污染，粉尘进入肺里的细胞组织，我们就是把你的肺掏出来放到洗衣机里，也洗不干净了。

刘金龙父亲可怜巴巴地说，我回去叫厂长给我换工种，把烟戒了，多吃猪肺和绿豆，你看行不行。医生摇了摇头，你已经基本丧失了劳动力，换不换工种，已经没有多大意义。

不久，刘金龙父亲办了病退。

刘金龙父病退那一年，石牛水泥厂开始走下坡路，莫说花大钱组织工人洗肺疗养，买口罩、手套的小钱都花不起了。

刘金龙父亲病退第三年，石牛水泥厂宣告倒闭，看病吃药的钱，全得自己掏腰包，一病回到解放前。刘金龙母亲是家属工，刘金龙妹妹是临时工，厂子一倒，就地失业，都没有了收入。妹妹在家苦闷了半年，不愿增加父母负担，鼓起生活的勇气，打工去了。

刘金龙父亲那点工资，只够老两口吃饭，吃饭就吃不起药，吃药就吃不起饭。如果又要吃药又要吃饭，只能过半饱半饥的日子。为了节约，每月用电量不超过十五度，家里除了一台黑白电视和三盏二十五支光的灯泡，再无其他电器。

那时候，液化灶尚未普及，购买一台液化灶和一个钢瓶将近两千元，刘金龙父母根本买不起，电炉和电炒锅也用不起。厂子倒闭后，居民用电划归电力公司统一管理，刘金龙偷电技术再高超，也英雄无用武之地。电力公司查处偷电的力度，远远大于国家对腐败的查处力度。刘金龙当年之所以敢肆无忌惮地偷电，偷电技术高超是一个原因，最重要的是可以利用职务之便，一般职工不敢像他那样明目张胆，他可以查他们，查到就把名单报到财务，罚款直接从工资里扣。当然，对方如果有所表示，比如请他撮一顿，或者送他几包香烟，他则装聋作哑。至于他自己，除了电力公司，谁也没有资格查他，他是电工班长。

那时候，电力公司职工和所有工厂的电工都称兄道弟，他们才不会自伤兄弟感情呢。羊毛出在羊身上，他们只管向厂里收总电费，如果厂长不和他们搞好关系，就多收些；搞好关系，就少收些。归根结底，都是国家的钱，谁也不想认真。厂长不仅要和电力公司的人搞好关系，也要和厂里的电工尤其电工班长搞好关系，和厂里的电工搞不好关系，就难以和电力公司的人搞好关系，厂长毕竟是外行。那时的电工都比较牛逼，厂长明知道他们吃里爬外，也无可奈何。

用不起电，刘金龙母亲用什么烧火做饭呢？用树皮。由于长年累月烧树皮，厨房墙壁和天花板沾满了烟尘，在结了蜘蛛网的犄角旮旯，烟尘附在蜘蛛网上，摇摇欲坠。

石牛水泥厂四周有好几个木材堆放场（石牛水泥厂倒闭后，厂区被租用为木材堆放场），大量来路不明的杉木和松木运到这里剥皮，再运往外地。除了照顾丈夫，刘金龙母亲最重要的一项工作就是收集树皮，晒干后储藏。厂子倒闭之际，她贪污了一辆板车，当时是出于你拿我也拿不拿白不拿的心理，没想到还能派上用场。与水泥相比，树皮的分量微不足道，可是拉车的时候，她的步履比拉水泥还沉重。

她的头上永远戴着一顶帽子，胳膊上永远戴着一双袖套，腰上永远系着一截围裙，脚上永远穿上一双解放鞋，反正永远是一副农村老太婆的打扮。她的眼睛怕风，风一吹就流泪，时不时用袖套或裙角擦一擦眼角，也许是袖套和围裙不干净，也许是摩擦过度，她的两只眼睛又红又肿。她擦拭眼角的动作很笨拙，正因为笨拙，看上去才特别让人心酸。

这个壮如母牛的女人，没有被沉重的水泥包压垮，也没有被丈夫的病压垮，却被媳妇那瓶硬币击垮了，她的心碎成了一枚枚硬币。

那以后，她再也没有去找儿子要钱。她在厂里的交通要道处摆了个炉子，炉子上架口小锅，用树皮作燃料，炸起了油饼。她炸的油饼货真价实，味道又好，供不应求。

一个阴冷的下午，刘金龙鬼鬼祟祟出现在油饼摊前。也许是天气太糟糕，油饼摊前一个人也没有。

刘金龙声情并茂地叫了声“妈”。

母亲斜了他一眼，头也不抬：“你还认得我这个妈？”

刘金龙："妈，我买两个油饼。"

母亲："不卖！"

刘金龙："妈，你还在生我的气？"

母亲："生气？我要生气，早气死了，我一点也不生气，我都快没气了。"

刘金龙："既然不生气，干吗不卖我油饼？"

母亲："我宁愿丢给狗吃，也不卖给你！"

刘金龙："妈，我一百块钱买一个油饼，你也不卖？"

母亲抬起头，吃惊地望着他。

刘金龙飞快拎起一个油饼，将一百块钱塞在母亲围裙口袋里："妈，我以后每个月向你买一个油饼，不过，你千万别让小玉知道这事，让她知道，我就买不成了。"

刘金龙说罢，悄然离去。

母亲目送儿子消瘦的背影消失在拐角处，拾起裙角擦了擦眼角，眼泪越擦越多，索性捂着脸，呜呜哭了起来。

14

随着倒闭的工厂越来越多，下岗电工越来越多，钱越来越难赚。

这个时期，吴小玉虽然已经和刘金龙貌合神离，但还没有红杏出墙。刘金龙做梦都想发大财，他发大财的目的很单纯，就是让吴小玉过上荣华富贵的日子，只有这样，才能拴住吴小玉。刘金龙宁愿自己累死，宁愿吴小玉在家里养尊处优，也不愿她再就业，更不愿她到外地打工，像她这种熟透了的漂亮女人，往往有去无回。

刘金龙不仅不让吴小玉出去打工，自己也不出去打工。他的一个电工朋友，在广州一家私营电厂打工，混得不错，在老板面前说得上话，如果愿意，可以介绍他去，月薪两千元，要是别人，早高兴得跳起来，刘金龙却不为所动。

刘金龙的活越来越少，有时一连十天半月找不到活干。刘金龙是个不会唱歌、不会跳舞、不会打牌只会干活的'三不会男人'，没活干的时候，只好待在家里做卫生打毛衣。

刘金龙容不得地上有一根发丝，容不得房间有一只昆虫，至于苍蝇、蚊子、蟑螂之类的害虫，更是被他视为眼中钉、肉中刺。漫长的夏天，刘金龙时刻处于临战状态，一旦发现虫情便全力以赴。有时候，为了追杀一只昆虫，他要花上半个小时甚至小半天。然而，昆虫像水和尘埃一样无孔不入，尽管刘金龙使用了大量杀虫剂，每天和昆虫展开零星的战斗，每周进行一次大扫荡，昆虫还是前仆后继出现在家里。

在与昆虫不懈的斗争中，昆虫已经严重影响刘金龙的睡眠质量。如果当天有一只昆虫逃脱漏网，那就惨了，在将其捉拿归案就地正法之前，他是无法入睡的。

冬天到了，昆虫冬眠了，可是，刘金龙依然睡不好觉，他的心里爬进了一只虫子。

这只虫子的名字叫“担心”。

婚后好长一段时间，吴小玉的生活基本两点一线：离家，上班；下班，回家。晚上几乎不外出，夜夜守在电视机前，直到所有频道节目结束，屏幕变成麻点，才依依不舍上床。那时没有有线电视，频道不多，节目播出时间也不长，晚上十一二点就停播了。

那天傍晚，当刘金龙从她家阳台一跃而下时，她的脑子一片空白，不知所措。当刘金龙完好无损走到她面前，打开纸盒，告诉她毛衣是他亲手织的时，吴小玉在无比感动的同时，也有一种古怪的感觉。随着婚姻生活的日益枯燥平淡，当初的感动迅速消退，那种古怪的感觉却越来越强烈。那种古怪的感觉，实际上是对刘金龙的厌恶和憎恨，一个男人家，像女人那样翘着兰花指打毛衣，别说亲眼所见，想象一下都觉得恶心。

恨屋及乌，吴小玉再也没有打过毛衣，至于刘金龙亲手为她织的那件毛衣，穿了一次之后，便把它压在箱底。当得知是迟美丽给刘金龙出的主意并教会他打毛衣时，吴小玉甚至对迟美丽产生了反感，已与迟美丽和好如初的她，有意疏远起了迟美丽，搞得迟美丽莫名其妙。

那只叫作“担心”的虫子，是从吴小玉迷上跳舞的那一天，爬起刘金龙心里的。

忽如一夜春风来，大街小巷高楼平房，一下冒出许多舞厅，全国人民似乎集体染上了舞瘾。当时有一首民谣，“十亿人民八亿赌，剩下两亿去跳舞，不赌不跳二百五”，生动形象地描绘了当时的跳舞热。

吴小玉就是那两亿中的狂热分子，刘金龙则是那不赌不跳的“二百五”。

跳舞热兴起那阵，主要是为了交谊，给没找到或找不到对象的男女提供一个恋爱平台，给已婚男女一个增进夫妻感情的机会。总而言之，主要是为了丰富人民的业余生活，而不是为了丰富人民的婚外恋。舞厅里的灯光比较明亮，装修比较简单，别说摇头丸，连酒水都不出售。

忽如一夜骚风来，所有舞厅商业化了，灯光越来越暗淡暧昧，装修越来越富丽堂皇，酒水越来越浓烈，以至于一进舞厅便蠢蠢欲动，忍不住想干点什么。

醉翁之意不在酒，舞者之间不在舞。不少人跳着跳着跳出婚外情，跳着跳着跳上床铺，跳着跳着跳得妻离夫散。

15

吴小玉很快染上舞瘾，一个晚上不跳，浑身不适；两个晚上不跳，失魂落魄；三个晚上不跳，简直活不下去。精彩的电视剧留不住她，刘金龙乞求的目光阻止不了她，除非狂风大作暴雨如注，否则谁也无法束缚她迈向舞厅的步伐。

每当遇到天气恶劣的夜晚，吴小玉便用恶毒得可以毒死一头牛的话语诅咒老天爷，三番五次推窗望天，看看雨停了没有，听听风止了没有，煎熬到时针指向两位数，风依然狂雨依然骤，才长吁气把灯灭……

恶劣的天气让吴小玉跳不成舞，跳不成舞的吴小玉脾气比天气还恶劣，仿佛易燃的汽油、易爆的炸药，一个细如针眼的闪失，一个肉眼看不见的静电火花，都有可能引燃、引爆她。这样的夜晚，刘金龙可要小心了，不敢高声语，不敢大声笑，手脚小心轻放，杯子小心轻放，屁股小心轻放，就连放屁，也要把分贝值降到最低限度。

偏偏刘金龙是个多屁之人，可怜他不得不凝神屏气，提臀吸肛，夹紧两爿屁股，将屁划分成几个段落，一个段落一个段落地放，放得吞吞吐吐。如此一来，音量是降下去了，几近消声，屁却变得琐碎起来，本来几秒钟可以痛快放完的一个屁，因为交通阻塞，要磨磨蹭蹭放上一分乃至几分钟。人食五谷杂粮，岂无嘣噔之响，放屁本来是一种自然现象，也是一种享受，但在无舞可跳的吴小玉面前，却变成一种折磨。

不跳舞的夜晚，对吴小玉来说如此难熬；吴小玉去跳舞的夜晚，对刘金龙而言同样难熬。那只叫作“担心”的虫子，一点一点啃着他的心，在等候吴小玉回家的漫漫长夜里，刘金龙的那颗心被啃得千疮百孔。

一天晚上，衣服洗完了，地板拖过两遍了，桌子抹过三次了，电视机屏幕变成麻点了，吴小玉还没有回来。刘金龙在房间里窜来窜去，“这样不行，”他想，“得给自己找点事干，否则会发疯的。”

刘金龙拉开一个抽屉，三下五除二把里面的东西整理好。

刘金龙拉开第二个抽屉，里面的东西很整齐。

刘金龙拉开第三个抽屉，眼睛为之一亮，里面躺着一个毛衣领子和两团毛线，两根银灰色的织衣针，仿佛两把利剑，分左右斜插在领子上。

刘金龙如获至宝，拔出织衣针，有板有眼地打起毛衣来。说也奇怪，才打几十针，他的心便平静下来，那只“虫子”似乎吃饱喝足，趴在心窝里睡着了。

也不知过了多久，传来开锁的声音，刘金龙猛地一个激灵，手脚麻利地把毛衣塞进抽屉。婚后，吴小玉自己不打毛衣，也不允许刘金龙打，前面已经说过，她无法容忍一个男人在她面前翘着兰花指打毛衣。

刘金龙久别重逢似的迎上前：“玉，你终于回来了。”

吴小玉：“你怎么还不睡？”

刘金龙：“你不回来，我睡不着。”

吴小玉：“真没出息。”

刘金龙：“嘿嘿……”

那以后的多个夜晚，刘金龙用打毛衣的方式，来催眠那只“虫子”。

毛衣即将完工之际，外厂一个和刘金龙一起做老鼠工的电工老婆跟别人跳上了床，天天闹离婚，搞得他焦头烂额，干活的时候老是走神。

那位电工意味深长地拍着刘金龙的肩膀：“哥们，漂亮女人都是祸水，一点没错，你老婆比我老婆漂亮多了，你可要小心啊，看紧点。”

刘金龙也伸出手，拍拍他的肩膀，紧抿嘴唇，用力点了点头。

朋友的话唤醒了刘金龙心中那只“虫子”，而且长出一排尖利的牙齿，凶残地啃噬着他的心。

刘金龙再也无心打毛衣，打毛衣已经无法平静他的内心。

刘金龙决定跟吴小玉一起去跳舞。

尽管那时吴小玉这枝红杏才刚刚钻出墙角，离墙头还有好长一段距离，可她还是不愿意刘金龙跟着她。吴小玉觉得，身边跟着一位如此“扎眼”的老公，会影响她的心情。可是，刘金龙硬要跟着，她也拿他没办法。

除了猎人，主人出门的时候，大概不会让狗跟着自己。但是，主人出门的时候，狗都想跟着主人。主人要么在出门前把狗拴住，要么将跟踪追击的狗狠狠揍一顿，揍得它夹着尾巴呜咽而归。

刘金龙就是一条想跟吴小玉去舞厅的狗，能骂不能打，凶得打不得，无法阻止他紧跟的步伐。别看刘金龙平时对吴小玉言听计从，一旦认起死理来，莫说九头牛，九台拖拉机都拉不回。

吴小玉内心深处，其实是害怕刘金龙的。

刘金龙是个舞盲，一个舞蹈细胞也没有，他学得会打毛衣，却怎么也学不会跳舞，但上舞厅的积极性并没有因此减退。反正他上舞厅不是为了跳舞，而是为了监视吴小玉。

到了舞厅，刘金龙总是东张西望寻找熟人，哪怕一面之交，也要热情上前握手递烟，自报家门，每当对方唱完一曲或者跳完一曲，他便涎着脸挨上前插播广告：“看见没有，那个辫子长长的，长得像刘晓庆的，是我老婆！”客气的，会恭维他一句“哇，你老婆真漂亮啊”！不客气的，会顶他一句“你老婆长得像刘晓庆，关我屁事”？脾气好的，问他“你为什么不陪你老婆跳”？脾气不好的，骂他“神经病”。无论人家怎么说他，他都不生气，闪到舞厅一角，一支接一支抽烟，目不转睛地盯着舞池里蝴蝶般飞来飞去的吴小玉，目光时而柔情似水，时而凶狠如狼；眼珠时而红似烟头，时而黑如墨珠……

那天晚上，当刘金龙发现吴小玉和一个陌生男人（即外国佬）跳得如痴如醉时，突然做出一个惊人举动——不是冲上去和他厮打，而是到歌台点了一首《小薇》，开唱之前，他说了一段开场白：“下面，我要为我的爱妻献上一首《小薇》，我妻子的名字叫吴小玉，对我来说，小玉就是小薇，小薇就是小玉。海会枯，石会烂，我对小玉的爱永远不会变，哪怕我的生命不再继续。”

开场白很精彩，赢得一阵掌声，等他一开唱，大家都停下舞步，厌恶地看着他，他的嗓子破得让人起鸡皮疙瘩，实在难听。

有一个美丽的小女孩
她的名字叫着小玉
她有双温柔的眼睛

她悄悄偷走我的心
小玉啊
你可知道我多爱你
我要带你飞到天上去
看那星星多美丽
摘下一颗亲手送给你
有一个美丽的小女孩
她的名字叫着小玉
她有双温柔的眼睛
她悄悄偷走我的心
小玉啊
你可知道我多爱你
我要带你飞到天上去
看那星星多美丽
摘下一颗亲手送给你

吴小玉并没有没被他打动，还是红杏出墙了，与其说是必然，还不如说是宿命。

16

那个老婆闹离婚的电工朋友，匀给刘金龙一份架高压线的活干。

以前，刘金龙是不屑干这种活的，架高压线是粗活，劳动强度大，收入不高，抹不开面子。让刘金龙去架高压线，好比让一个卡车司机去开拖拉机。此一时彼一时，刘金龙正处在困难时期，近一个月没找到一份像样的活，为了生存，也为了吴小玉打麻将时不至于为了几块钱输赢争得面红耳赤，别说架高压线，就是扛电线杆子，也义无反顾。

刘金龙架的高压线是农网改造线，他们负责的那个村叫可坑村，交通十分不便。

可坑村离县城一百二十里，一天只有一趟班车，下午三点多从县城出发，天黑时到达可坑村部，第二天早天一亮返回县城。可坑村的公路是按最低等级标准修建的，路况极差，路面陡峭狭窄弯曲也就罢了，令人难以忍受的是，它实在是太凹凸不平了，好像每天都被战机轰炸过，旧坑未填又添新坑，小坑有脸盆那么大，大坑有小水池那么大，车子开过大坑，乘客从车窗伸出手，可以触摸到地面。

一下大雨，车子就得停开，大坑里积满了水，车子一陷进去，浊水便漫进门窗，发动机随之熄火。无论司机还是乘客，在这条路上开车坐车，都得发扬一不怕苦二不怕死的革命乐观主义精神。

刘金龙住在当地，一周回家一次。

可坑村下辖的八个自然村，地理位置都很偏僻，有两个村不通公路，石井坑是其中一个。高压线时而穿过崇山峻岭，时而越过荒滩险流，作业难度很大。

石井坑距可坑村部，还有二十里鸡肠小路。石井坑是在二十世纪八十年代末期通电的，也许是偷工减料，也许是贪图省事，当时埋下的电线杆子全是杉木的，经过十几年的风吹雨淋太阳晒，一根根烂成“木乃伊”，线路严重老化，狂风一吹，冰雪一压，线断杆折，一年里头有三分之一时间断电、停电。

刘金龙在石井坑作业了五天，借住在艾兰花家里，具体地说，是借住在她表弟家里，准确地说，是借住她表弟的儿子家里。十年前，艾兰花父母相继去世，此前，她的妹妹也出嫁了，这意味着在石井坑，艾兰花已经没有一个直系亲属，艾兰花把宅基地贱卖给了表弟。

艾兰花的表弟，就是当年那个紧紧握着涂文保的手向他讨要手套的甲。甲的房子和艾兰花的房子仅一墙之隔，甲有两个儿子。甲的老房子不大，如果两个儿子打光棍，那倒是住得下，也就是说，老房子只能安一个家，不可能安两个家，更不可能安三个家，哪怕三家团结如一家，甲必须给两个儿子盖新房。艾兰花父母健在的时候，甲就瞄上了她家的宅基地，艾兰花呢，一则用不到那宅基地，二则那宅基地值不了几个钱，索性做个顺水人情，半卖半送给了甲。

甲把新房一分为二，一爿给大儿子，一爿给小儿子，大儿子已经结婚，二儿子在福州打工。

刘金龙就住在甲二儿子的房间里。

当甲得知刘金龙是艾兰花的同事，刘金龙得知甲和艾兰花是亲戚，两个人的关系又近了一层。

刘金龙离开石井坑前夜，甲请他喝酒。

喝着喝着，刘金龙深有感触地对甲说：“还是你们农民好，再怎么着，也还有自己的一亩三分地，饿不死，不像我们工人，一下岗全裸，上无片瓦下无寸土，可怜呀。”

甲也感慨万千：“三十年河东三十年河西，说不定再过几十年，风水又转过来，你们的好日子又回来了。二十多年前，你们工人阶级多吃香啊，要不然，我兰花姐那么一朵水灵灵的鲜花，说什么不会插在涂文保那堆牛屎里的。说心里话，当时我不知道兰花姐心里是怎么想的，反正涂文保在我心目中不是牛屎，特别是他送给我两双胶皮手套和一双牛皮鞋后，我觉得他比饼干还香。”

刘金龙深深地叹口气：“工人阶级的好时代一去不复返了，风水再也转不过来了，就是转过来，我也老了，说不定早变成化肥了。你没听说吗，‘再过几十年，我们来相会，送到火葬场，全部化成灰，你一堆我一堆，谁也不认识谁，全部送到田里做化肥。’唉，人这一辈子，快得像一支点着的烟，一眨眼就过去了，想想做人真没意思。”

甲也深深地叹了口气，“不管怎么说，你们工人阶级好歹红过，不像我们农民，难得过上几天好日子，承包到户那几年，谷子还能卖个好价，卖了谷子买这买那的。现在，唉，卖屄不够涂粉，卖粮不够施肥，辛辛苦苦大半年，白干了。”说到这里，甲突然把嘴凑到刘金龙跟前，“听说，兰花姐在城里做那个？”

刘金龙：“做哪个？”

甲：“你不知道？”

刘金龙：“不知道。”

甲：“真不知道？”

刘金龙：“哦，想起来了，她在踩三轮车。”

甲：“我说的不是这个。”

刘金龙：“那是哪个？”

甲定定地看了刘金龙几秒钟，然后伸出手指，在空中写了一个字，见他没看出来，把手指伸进茶杯，蘸着茶水在桌面上写了个又大又丑的“鸡”字。

刘金龙大惊：“你是说艾兰花在做鸡？”

甲点了点头，又摇了摇了头：“我也不清楚，我看电视里演的那些下岗女工不少都在做鸡。说什么‘老婆无味，情人太累，舞女太贵，小姐太浪费，下岗女工最实惠’！”

这些顺口溜，刘金龙早听过了，除了觉得有趣，没什么特别感受。从甲的嘴巴里说出来，非同寻常，刘金龙仿佛被马蜂蜇了一下，跳了起来，为掩盖自己的失态，随即伸了个长长的懒腰，打了个大大的哈欠："我太累，想睡觉了。"

甲见状，连忙说："那你去睡吧，刚才我说的那话，你千万别跟兰花姐说啊。"

刘金龙捏了捏甲的胳膊："你放心吧，我的嘴巴比老虎钳还紧，不过，你不要再胡思乱想了，别人我不敢说，艾兰花绝对不是那种人。"

话虽这么说，刘金龙却胡思乱想了一个晚上，脑海里尽是吴小玉的影子。

17

刘金龙和两个电工伙伴在可坑村八个自然村度过了一个夏天一个秋天和大半个冬天，为可坑人民的农网改造工程立下汗马功劳。刘金龙总共赚了八千块钱，同时也付出了相当大的代价：首先，他的双手更粗糙了，人更加消瘦了，皮肤红烧肉般黑里透着红；其次他失去了一根中指。

刘金龙本来有十一根手指，左拇指右侧丫生了一根比小指小一圈、短一截的小拇指。这根看似多余的小拇指，在当年刘金龙追求吴小玉的过程中壮烈牺牲，帮他战胜了一位强大的情敌。

如今，刘金龙只剩下九根手指。

那天，刘金龙心情很不好，头天下午回家直到次日早上离开家，一整夜没见到吴小玉的人影。刘金龙找遍大小舞厅，从华灯初上一直找到夜深人静，也没找到吴小玉。这时候，城里的舞厅多如牛毛，地上的地下的，去舞厅找人比到北京找人还难。何况那天晚上吴小玉根本不在舞厅，而是在外国佬床上欢度春宵。

刘金龙一夜未眠，第二天一大早，还得赶回可坑村继续改造农网，工程很紧，他们和电力公司订了合同，到期完不成要扣工钱，两个伙伴对他频繁地回城已经很有看法了。

刘金龙心情不好，精力不济，固定高压线的时候，一不小心，左手中指被高压线夹断，掉进深山峡谷死不见尸，要不是身上绑着安全绳，刘金龙一定会痛得从电杆上掉下来摔死。

刘金龙赔了夫人又折指，不想继续参加农网改造，打算另谋生路。

岳父去世的时候，刘金龙去墓碑店订做墓碑。岳父去世，刘金龙心里是很难过的，父亲去世的时候，他也没这么难过。他和岳父，不是父子胜似父子，不是兄弟情同手足。店主抓住他的悲伤心态，根本不让还价。刘金龙虽然觉得贵，却不好意思讨价还价，唯恐玷污了自己对岳父的感情，店主说多少就多少。

于是，刘金龙动了开墓碑店的心思。

吴小玉红杏出墙之后，刘金龙下定决心，和一位懂书法的初中同学，合开墓碑店。

从此，刘金龙几乎足不出城，从不在外头过夜，晚上十点之前一定回家，风雨无阻。

刘金龙不出城，吴小玉就没有出城的机会；刘金龙不在外头过夜，吴小玉就没有在外头过夜的机会。其实，刘金龙纯属多虑，被外国佬抛弃后，吴小玉从此告别舞厅，把兴趣转移到麻将上。

吴小玉打麻将的地点，仅限于石牛水泥厂生活区。厂子倒闭后，临街的一楼住户，或违章搭盖，或腾出客厅，争先恐后开起了麻将馆，凡入馆打麻将者，每人每次收取一元场地费，有些人气旺的麻将馆，一月收入高达千元。由于投资少见效快，开麻将馆的人越来越多，甚至一些二楼住户也开起了麻将馆，为吸引牌友，改善打牌环境，有的麻将馆不仅免费供应茶水，还装起了空调。

刘金龙特意给吴小玉买了部手机，每天至少打两次电话给她，吴小玉很配合，全天候开机。有时吴小玉正在抓牌，或者正要和牌，忙得不可开交，一看是刘金龙打来的电话，按下接听键，放在桌上，刘金龙听见哗哗的声音，知道她在打牌，心里就有数了。那时候，手机还是奢侈品，刘金龙花三千多块钱给她买手机，意在遥控她，可谓用心良苦。

晚上十点以后，刘金龙发现吴小玉不在家，还会到麻将馆“陪打”，小鸟似的依偎在她身旁，观麻不语真君子，实在等不住或者困得紧，才提前回家睡觉。

吴小玉情场失意赌场得意，那段时间老赢，赢得无法无天。吴小玉赢了钱，不仅露出难得的笑容，还会亲刘金龙几口。

刘金龙幸福得哼起了那首老掉牙的革命歌曲：幸福的花儿心中开放，爱情的歌儿随风飘荡，我们的心儿飞向远方，憧憬那美好的革命理想。啊！亲爱的人啊携手前进，携手前进，我们的生活充满阳光，充满阳光……

刘金龙多么希望吴小玉赢钱啊。

吴小玉手气不错，刘金龙生意也不错。那阵子县城接连发生几起特大安全事故，死了不少人，墓碑供不应求。与此同时，他还揽到几件电工活。总而言之，那是刘金龙结婚以来最舒心的一段日子，夫妻关系不错，生意不错，收入不错，心情不错，一切都不错，如果刘金龙不死，他们也许能够白头到老。

18

二〇〇二年深冬那个大雪纷飞的晚上，刘金龙在城郊国道边一家饭店喝完酒出来，发现一个坐在摩托车后座、紧抱摩托车手的背影酷似吴小玉。当时已经是八点多种，刘金龙明知吴小玉不可能这个时候出来，即使出来，也不会出现在人烟稀少的国道上，他要不是给一家小厂突击安装线路，也不会来这里的。厂长挺客气，请他吃饭，还给了一条香烟。可是，那个背影实在太像吴小玉，像得刘金龙情不自禁地骑上摩托车跟踪追击。

就在他快要追上的时候，一辆农用车突然从岔路口斜刺冲出，雪天路滑，对方虽然紧急刹车，车子还是凭着巨大的惯性冲向刘金龙。刘金龙喝了不少酒，加上注意力集中到前面那个疑似背影上，还没等他明白过来就撞上了——他永远也明白不过来了，那可是鸡蛋碰石头啊，八个多小时后，刘金龙死在医院里。

医生立即为刘金龙做了开颅手术，光溜溜的脑袋上缝着一条“拉链”。刘金龙浑身血迹躺在床上，除了细微呼吸，没有任何反应，跟死人差不多。刘金龙四肢和其他部位皆安然无恙，唯独伤在脑袋上。

凌晨三点多，母亲一声惊天动地的哀号，宣告了刘金龙的死亡。母亲一次又一次地扑向儿子，一次又一次被女儿女婿拽回，最后颓然坐在凳子上，用力跺着两脚，整个住院部为之震动。窗外那棵青松似乎也浑身一颤，哗啦啦抖落阵阵洁白的叹息。

雪越下越大。

瑞雪兆丰年，二〇〇二年的第一场雪，带给刘金龙的却是血光之灾。

刘金龙出事的时候，吴小玉正在麻将桌上鏖战，手气臭得像腐尸，岂止输掉了短裤，短裤里的卫生巾都一起输掉了。直到刘金龙推进手术室准备开颅医生要家属签字时，刘金龙妹妹才想起吴小玉，连忙打她手机。

吴小玉脑子“轰”地一下决堤，流出的不是水，也是不血，而是麻将牌。刘金龙死后好长一段时间，吴小玉脑子里都是哗哗的洗牌声。

刘金龙妹夫给刘金龙换寿衣的时候，惊奇地发现，刘金龙的阴茎还没有他六岁儿子的鸡鸡大，宛如一个逗号，埋伏在茂盛的阴毛丛中。

更加惊奇的发现还在后面，刘金龙肚子上系着一个小肚兜，肚兜上缝着一个更小的口袋，口袋是密封的，拆开口袋，里面是一绺秀发。

那无疑是吴小玉的秀发。

肇事司机开的是黑车，没有上保险，家在一百多里外的农村，这辆破车是他家唯一值钱的财产，说它值钱，也才拍卖三千多块钱，加上砸锅卖铁的钱，最终只赔偿了八千块，刘金龙算是白死了。

出事地点附近，是一家赫赫有名的私营企业，中央领导都来视察过，车辆多达一百余辆，每年都要撞死几个人，老板蛮慈悲，赔钱挺痛快。

刘金龙死后，妹夫仰天长叹：“金龙要是被恒达集团的车撞死就好了，少说也能赔个十几万。”

妹妹附和道：“早不止十几万了，前不久我一同学的朋友，被恒达集团的车撞死了，赔了二十多万呢。”

开始，刘金龙母亲还怪他们说话没有人味，听多了，忍不住用裙角擦着眼睛问：“真能赔那么多？”

当刘金龙母亲嘱咐刘金龙同学给儿子刻一块墓碑时，同学说，“不用了，金龙老早给自己刻好了一块。”然后又悄悄告诉老人家，“金龙把他老婆的名字一起刻了上去。”

这块墓碑比较奇特，没有立碑人，碑主出生年月日已经刻上，去世年月日待刻，墓碑正中并列刻着：顯考刘金龙老大人、顯妣吴小玉老孺人之墓。

县里已经建了殡仪馆，有了殡仪馆，老百姓无论贫富贵贱，都有条件为死去的亲人开追悼会。开追悼会嘛，自然要致悼词。有单位的死者，悼词由单位笔杆子和领导代写代念，无组织无单位的普通老百姓，只好请人写悼词。请谁呢？吴小玉想来想去，想到了皮子。皮子如今是县文联主席，全省小有名气的作家，写悼词那还不是小菜一碟。

出于对工人阶级的深刻同情，皮子坚决不收润笔，下笔如有神。据皮子说，那是他迄今为止写得最好的一份悼词，给自己父亲写的悼词，也没这么感人。

悼词全文如下：

刘金龙同志，祖籍江西贵溪，生于1960年4月12日，死于2002年12月24日，终年42岁。

刘金龙同志生前系石牛水泥厂电工、电工班长，工作兢兢业业，曾多次被厂里评为先进工作者。下岗后，刘金龙不等不靠，自谋职业自食其力（以下省略六百余字）……

刘金龙也许算不上一个好儿子，但绝对是个好丈夫好男人，为了爱情，他不惜赴汤蹈火，从三楼一跃而下；为了爱情，他承包了所有家务，毫无怨言；为了爱情，他不知疲倦地赚钱。他不是死于车祸，而是死在谋生的路上。英年早逝的刘金龙，其实是个殉情的情天大圣，一个大熊猫般珍稀的奇男子、伟丈夫，死得比泰山还重，死得比贵族还高贵。

刘金龙的妻子，是世界上最不幸的妻子，也是世界上最幸福的妻子。刘金龙对妻子的爱情，是那样高贵那样纯正，在这样高贵纯正的柔情和大爱面前，我们除了感动，只有受教育的份，每个忠贞爱情的人都应该在心中为他树一块碑。

人生的竞争和痛苦永无止境，刘金龙，愿你到另一个世界能够安息，早去早轻松。

亲戚或余悲，他人亦已歌。死去何所道，托体同山阿。

刘金龙同志，安息吧！

当主持人声情并茂地致完悼词时，吴小玉“咕咚”一声晕倒在地。

刘金龙死后，死皮赖脸追求吴小玉的男人依然不少，实在拒绝不了的，吴小玉把他们领到卧室。

激情澎湃的男人一进卧室，心便迅速冷到零度以下：吴小玉居然把刘金龙刻的那块墓碑照片镶嵌在镜框里，端挂在床头。

刘金龙死后，吴小玉似乎特别怕冷，有时候大热天的，竟然穿着毛衣——刘金龙为她织的那件毛衣。

光明圣母杜兰朵

1

每个女人都是一朵花，有些女人含苞期短，花期更短，一开就放，一放就谢，一遇风吹雨打，便蔫了吧唧的；有些女人含苞期长，花期更长，开而不放，放而不谢，任凭风刀霜剑，花枝依然俊俏。

杜兰朵无疑属于后者，当大多数女人在四十岁变成豆腐渣的时候，她看上去比三十岁的女人还要鲜艳，唯其如此，她在三四十岁的女人丛中总是显得那么鹤立鸡群。至于二三十岁时的杜兰朵，那就更美了，美得人心慌气短。

杜兰朵是个没有写过一个字、发表过一个字的文学爱好者。她对文学的爱好，仅限于阅读。杜兰朵阅读水平虽然不高，并不妨碍她的阅读热情；就像一个女人长得不怎么样，并不妨碍她梳妆打扮的热情一样。高尔基看见书籍，像饥饿的人看见面包；杜兰朵看见书籍，像漂亮女人看见高级时装和化妆品。

总而言之，杜兰朵天生喜欢读书，喜欢书香，喜欢读书人，至于能否读懂，能否被书熏香，能否被读书人青睐，那倒无关紧要；就像长得不怎么样的女人梳妆打扮之后，效果是好是坏无关紧要一样。

爱读书的人，无论是看见书籍就像看见面包一样的高尔基式饿鬼，还是看见书籍就像看见高级时装和化妆品一样的杜兰朵式穷鬼，反正都是买不起书的人。杜兰朵连学都上不起，初中没毕业便被迫辍学，哪里有钱买书。好在县图书馆藏书比较丰富，办借书证是社会主义社会唯一不用走后门的事情，杜兰朵总算读了不少书。

杜兰花定亲以来，渐渐有钱了，结婚后，一度相当有钱，可她依然没有多少藏书，不是买不起，而是不敢买。首先，丈夫不是个读书人；其次，钱是丈夫的；第三，丈夫有撕书的癖好。

杜兰朵丈夫蔡文彬是个醋量极大的男人。如果用酒量来衡量醋量，那么蔡文彬的醋量至少两斤以上；如果用酒精度来衡量“醋精度”，那么蔡文彬喝醋的度数至少五十二度以上。即便父亲多看几眼杜兰朵，他都要吃醋。如果哪个男人盯着杜兰朵不放，看上去文质彬彬的他立即变得疯狂野蛮起来，十有八九要诉诸武力。打赢了，不管自己受多大的伤，杜兰朵都平安无事；打不赢，杜兰朵就要遭殃了，回家后，蔡文彬会把失败的怒火以暴力方式发泄到她身上。

《红楼梦》里的晴雯最爱听撕扇子时“嗤”的那一声响，撕扇子是少女晴雯一种娇憨顽皮的表现，是天真烂漫的“娇嗔”之举。蔡文彬不是这样，他撕书不是故作天真烂漫，而是发“醋癫”。婚后不到一年，杜兰朵的那点藏书便被他撕光了，转向摔东西。为了减少家庭财产损失，杜兰朵不得不补充藏书。

结婚的时候，杜兰朵本想打个像模像样的书橱，一则没多少书可放，二则担心书的命运，最后还是放弃了，只打了个微型书橱。

那个时代的厨具，最流行的是双门橱，顾名思义，就是有两扇门的橱子。橱子两扇门的中间镶着一块与橱门等边距的镜子。这个设计不仅合理而且人性化，双门橱放在卧室，主人随时可以对着镜子理云鬓正衣冠，非常方便。那个时代住房普遍偏小，卧室只能放三样家具：双人床、长方桌、双门橱，如果双门橱换成三门橱或者多门，就放不下双人床和长方桌，这正是双门橱大受欢迎的根本原因。

所谓的微型书橱，就是把双门橱改造一下兼作书橱。怎么改造呢？很简单，取消橱门之间的镜子，将整个空间一分为二，下半部安装两个大抽屉，上半部隔成三层放书，不多不少正好可以放下杜兰朵的藏书。

别看蔡文彬发“醋癫”的时候，脸色难看得像一块使用过度的抹布，撕起书来，却相当沉着冷静，再厚的书，都是一页两页地撕，只撕文学类书籍。蔡文彬撕得越认真，杜兰朵心里越难受。一般情况下，每次撕掉一两本书，蔡文彬的“醋癫”就能平息下来。

蔡文彬每撕一页书，杜兰朵都有一种撕心裂肺的感觉。当上石牛水泥厂阅览室图书管理员后，杜兰朵把家里的藏书全部转移到阅览室避难，代之以马列恩毛选和理论汇编。这些书籍从来无人过问，堆在墙角蒙尘纳垢，杜兰朵正好利用职务之便，将它们挪用。蔡文彬猜透了杜兰朵的心思，从来不撕理论书籍，转向摔东西。与一本文学书籍相比，一个热水壶、一个碗、一个杯子，更让杜兰朵心疼。

舍不得孩子套不着狼，舍不得好书救不了锅碗瓢盆，没办法，杜兰朵又把转移到阅览室的藏书转移回家。每当蔡文彬快把藏书撕光的时候，杜兰朵就到新华书店买一堆文学书籍补充。尽管随着时间的推移，杜兰朵的心肺已经被蔡文彬撕得麻木了，表面上还是装出一副痛苦不堪的样子，以保持蔡文彬撕书的热情，最大限度保护家庭财产。不过，买书的时候，一想到这些散发着墨香的新书要惨遭受蔡文彬魔爪的摧残，杜兰朵心里还是忍不住悲伤，对生活充满绝望。

摊上这么一个老公，杜兰朵只跟女人交往，从来不和陌生男人说话，从来不和熟悉男人多说话。

蔡文彬在县税务局工作，家安在城里，住的是税务局的房子。那年头，没有住房不紧张的单位，为了等房子结婚，多少小青年等成中青年，中青年等成老青年，老青年等成新光棍——女朋友因为男方迟迟分不到房子 Byebye 了。蔡文彬恰恰相反，他不缺房子，一参加工作就分到了房子，他缺的是女子。为了等女子结婚，蔡文彬小青年等成中青年，中青年等成老青年。

石牛水泥厂离县城有十五分钟的自行车路程，周一至周五，蔡文彬每天早晚必做的一件功课，是接送杜兰朵上下班。杜兰朵中午不回家，在娘家吃饭。

为了方便接送，蔡文彬特意买了一辆摩托车。那时候的摩托车品种单一，最时髦最畅销的是重庆生产的嘉陵牌摩托车，形状和今天的电动自行车相似，一辆五千多块钱，贵得没有王法，跟现在的房子一样贵。那时的五千多块钱是大钱，如果那时有商品房出售，可以买半套房子。当然啰，现在只能买小半个卫生间。当年，在老百姓心目中，最有钱的莫过于万元户，蔡文彬一出手消灭了半个万元户，可见其有钱。偌大的县城，买得起摩托车或者舍得买摩托车的人，不超过十个。

嘉陵耗油，噪音极大，发动起来像直升机，一公里之外能听见。不过，在寂静压抑的郊区，那是一种令人振奋的噪音。当蔡文彬骑着它驶进厂区载着杜兰朵驶出厂区时，噪音甚至盖过轰鸣的磨机，化成动听的乐曲，人们纷纷驻足向其行注目礼，直到其消失在视线之外，才收起羡慕的目光。

蔡文彬和杜兰朵最迷恋的就是这种目光，上下班之际，马路上熙熙攘攘，人和车几乎被羡慕的目光网住，自我感觉好极了。尤其大晴天，车后扬起一条灰尘的尾巴，好似飞机在蓝天上放出的尾烟，波澜壮阔。

蔡文彬动不动发“醋癫”，注定他们的婚姻质量不高，但至少在这一刻，杜兰朵是幸福的。好风凭借力，送我上青云。坐在摩托车后座的杜兰朵，仿佛化成一只风筝，扶摇直上，鹏程万里。

2

杜兰朵在石牛水泥厂名声显赫，自己有一张漂亮脸蛋是次要因素，有一个天天骑摩托车接送她上下班的老公，才是主要因素。

本来，和所有住在城里的石牛水泥厂职工一样，杜兰朵完全可以骑自行车上下班。可是，连杜兰朵自己都感到奇怪的是，她的骑车技术一直得不到提高，不是她莫明其妙地撞别人，就是别人莫明其妙地撞她。有一次，杜兰朵撞上一辆缓慢行驶的卡车，虽然只是擦破点皮，却从此患上骑车恐惧症，宁愿走路，也不骑车，偶尔搭乘同事的顺风车。

出于安全考虑，杜兰朵尽量不坐男同事的车。如果蔡文彬发现她坐在男人车上，后果比车祸还严重。蔡文彬之所以下决心买摩托车，并非他多么心疼妻子，而是发现杜兰朵坐在一个男人的自行车上。虽然杜兰朵正襟危坐，没有和驾驶员发生丁点的肢体和衣裤接触，且神情漠然一言不发，但在蔡文彬眼里，他们是那么地卿卿我我，“嗖”的一下，五脏六腑立即被醋浸透，呼吸充满酸气。

那是在一个下着小雨的下午，具体时间是四点三十分。当时，无所事事的蔡文彬坐在某个体户临街的杂货店里聊天，偶一抬头，一眼看见坐在男人自行车上的杜兰朵。骑车人骑得又快又稳，快得好像赶着去干见不得人的事。当怒发冲冠的蔡文彬冲出店面要跟那家伙大干一架的时候，自行车已经蹿出去一百多米远，望尘莫及了。

杜兰朵是阅览室管理员，石牛水泥厂最轻松的工种之一，别人八点上班九点到，她十点到；别人六点下班五点走，她四点走。别人也许要偷偷摸摸迟到早退，她却可以明目张胆迟到早退，因为她不会骑自行车，家又住在城里，是照顾对象。

那天下午，杜兰朵走出厂区不远，那个一直尾随着她的男工，看看前后左右无人，突然加速蹿上前，然后紧急刹车，连人带车横在她面前。

杜兰朵吓了一大跳，柳眉倒竖："你发什么神经？"

男工一本正经道："马上要下雨了，我带你回家。"

杜兰朵："你走开，我不坐你的车。"

男工："你怕什么，我又不会吃了你，我不骗你，真要下雨了。你同情同情我，让我学一次雷锋吧。"

男工话音刚落，低垂的云层擦亮一道状似蜈蚣的闪电，引爆天空，受惊的雨点乱坠下来。三三两两的人从他们面前晃过，晃得杜兰朵浑身不自在，巴不得天上降下一把伞来，把她遮住。

男工跺了一下脚踏："你还愣着干什么，快上车啊！"

低垂的云层再次擦亮一道闪电，这次不似张牙舞爪的蜈蚣，而像青筋毕现、血脉偾张的血管，天空再次被引爆。刚才那声雷只是惊心，现在这声雷却是动魄，雨点反而变得稀疏了。

浑身乏力的杜兰朵身子一软，不争气地上了男工的车。

男工兴奋异常，铆足了劲，越骑越快。当他们经过蔡文彬面前时，自行车速度和一头受惊的奔牛差不多。

蔡文彬以最快的速度往家里赶，敲了敲门，里面没有反应。

蔡文彬已经做好两手准备，如果杜兰朵这时在家里，说明她坐那个男人的自行车是为了往家里赶，情有可原，他顶多狠狠把门关上，让那巨大的响声威慑一下杜兰朵。如果杜兰朵这时不在家里，说明她坐那个男人的自行车是另有奸情，等她回来后，打她个半死，逼她供出男人的姓名和住址，将他碎尸万段。

蔡文彬卸下裤带上叮当作响的钥串，眼前黑一阵白一阵。冰冷的钥匙这会儿好像有了生命，在他手中扭曲着、翻滚着、挣扎着。蔡文彬好不容易逮住其中一枚，哆哆嗦嗦插进钥孔。

门开了。

卫生间传来稀里哗啦的水声，"原来她已经回来了，洗澡没听见敲门"，蔡文彬绷紧的身体稍稍松弛，转念一想，"她一回来就洗澡，是不是和那个男的做了肮脏事情？"此念一出，身体绷得更紧了，抬起腿，踢开卫生间门。

杜兰朵吓得尖叫起来："你发什么神经？吓死我了！"

蔡文彬指着杜兰朵腹下，嘴唇抽搐着：“你，你这个臭婊子，血都弄出来了！”冲上前，拽住她的头发，左右开弓，“臭婊子，今天你不老老实实把那个男的招出来，老子揍死你！”

杜兰朵发出凄厉的哭叫：“你有病啊你，他叫刘招妹，是厂里的同事，我来三号了，身体不舒服，见天快下雨，才搭他的车回来。”

那几天，杜兰朵正好来大姨妈，不知是杜兰朵好客还是大姨妈赖皮，六七天了，大姨妈还赖在她身上不走，来势汹汹，去势缓缓。

蔡文彬松开手，狠狠盯着她：“真的？”

杜兰朵扬起脸：“我从不说瘪话，你要不信，打死我算了！”

蔡文彬眼里的红色渐渐褪去，轻轻关上卫生间门，隔着门对杜兰朵说：“那我就相信你一次，下不为例！”

然后，蔡文彬坐在沙发上，一丝不苟地将一本崭新的《人民文学》杂志，一页一页撕碎。那是最新一期刚到的《人民文学》，杜兰朵还没来得及看。

杜兰朵在卫生间洗了一个多小时，似乎要把内心的屈辱洗净。

这事发生不久，蔡文彬做了两件事，一是买嘉陵，二是见刘招妹。

蔡文彬把刘招妹约到一个僻静之处，左手揪着他的衣襟，右手用扳手轻轻敲着他的脑袋：“要是老子再发现杜兰朵坐在你车上，你就做好当残疾人的思想准备吧，这辈子别想骑自行车！”

刘招妹吓得面无人色，嘴唇哆嗦着，一句话也说出来。

蔡文彬冷笑道：“就你这副德行，也敢打我老婆的主意，真是笑话！”说罢，扬长而去。

望着蔡文彬毛茸茸的背影，刘招妹的表情渐渐冻结，泛起一层薄霜。

3

杜兰朵调入阅览室之前，是机修车间技术级别最低的车工，刘招妹是她的工友。

杜兰朵和吴小玉一样，都是名花有主和花期漫长的厂花，没有人“敢”追求她们。

刘金龙用卑鄙下流的手段，让那些爱恋吴小玉的男人，可望而不可即，敢想不敢为。然而，重赏之下必有勇夫，石榴裙下亦有勇夫，刘金龙可能在所有时间吓退一个吴小玉的追求者，也可能在同一时间吓退吴小玉所有的追求者，但他不可能在所有时间吓倒吴小玉所有的追求者。

有一个非吴小玉莫娶的家伙，对刘金龙的恐吓不屑一顾，向他提出挑战：谁打赢谁，吴小玉归谁。对方无论身高还是体重，都优于刘金龙，要命的是，他还是个健美爱好者，身上的肌肉一块一块的，尤其腹部肌肉，坚硬得可以当砧板，令人望而生畏。莫说一个刘金龙，三个刘金龙未必是他对手。

换了别人，早吓得屁滚尿流，刘金龙却无所畏惧，欣然接受挑战，兵不血刃，没出手便大败对方。没出手的刘金龙给自己做了个小手术，当着对方的面，在不用麻药的情况下，不动声色地用锋利的电工刀，切掉一根手指。对方吓绿了脸，连身上的肌肉都吓松弛了，变成一块块抖动的五花肉。

刘金龙有十一根手指，被切掉的，是丫生在左拇指上那根比小指小一圈、短一截的小拇指。刘金龙以牺牲小拇指的代价，从此在所有时间吓倒吴小玉所有的追求者。

那么，蔡文彬凭什么手段，在所有时间吓倒杜兰朵所有的追求者呢？

蔡文彬没有采取任何手段。

蔡文彬是杜兰朵家的一个富亲戚。蔡文彬的父亲先后担任县税务局稽征股长和副局长，是个弄权高手，针眼小的权力可以用到足球那么大，足球大的权力可以用到足球场那么大。

杜兰朵父亲早逝，家里非常穷，穷得几乎没有了志气。杜兰朵是家里唯一的女孩，也是老大，下有一对双胞胎弟弟，他们的学费都是蔡文彬家资助的。为了报答蔡文彬家，也为了弟弟能够顺利完成学业，杜兰朵分别在十六岁和十八岁那年，和大他十岁的蔡文彬定亲、结婚，生米煮成熟饭，熟饭煮成稀饭，谁也没打算追求她，顶多在夜里过一过梦瘾。

刘招妹既没有刘金龙的智慧和勇气，也没有刘金龙的坚韧与果敢，既没有才华长相也没有金钱地位，却不自量力地追求着杜兰朵。爱一个人不需要理由，但要把一个人追到手，是需要实力的，有实力才有魅力。

刘招妹的家境比杜兰朵还糟糕，父母是蔬菜大队菜农，菜种得不怎么样，生孩子倒有一手，而且专生男的，包括刘招妹在内，一共生了七个，刘招妹是老四，之所以取这个名字，其用意不言而喻。刘招妹家里那个穷啊，连擦屁股的纸都用不起，用的全是小竹片和细木棍。

刘招妹在贵州当了三年兵，复员后分配到石牛水泥厂。大家都知道贵州天无三日晴，地无三尺平，人无三分银，刘招妹当兵的那个地方，是贵州最穷的地方，天无二日晴，地无二尺平，人无二分银。刘招妹当兵唯一的收获，是把自己的文化水平由小学五年级提高到初中二年级。他就用这初中二年级的水平，不断给杜兰朵写情书。信中凡是涉及爱情的华丽辞藻，全是从文学作品里抄来的。每写一封情书，刘招妹就要去一趟县图书馆，一坐半天，在书海里寻找描写爱情的句子。

刘招妹苦心创作的情书，却不敢署上自己的真名，而是以“远在天边近在眼前的人”取而代之。直到有一天，杜兰朵领工资的时候，无意发现工资表上“刘招妹”三个字的笔迹眼熟，心里猛地一动，天啊，难道那些情书是刘招妹写的？以前领工资或者奖金的时候，杜兰朵从不留意别人的名字，那一天鬼使神差，在寻找自己名字的时候，刘招妹的签名飞蛾扑火般扑入她的眼帘。此时，刘招妹已经给她写了十来封情书，将近一年时间。

杜兰朵无法把工资表带回家，进一步核对刘招妹的笔迹，即使带回家，仅凭三个字未必能核对出来，何况刘招妹的情书里从未出现“刘招妹”这三个字眼。

怀疑上刘招妹后，杜兰朵才开始注意他。她左看右看上看下看前看后看，怎么看也看不出他有什么优点乃至特点。刘招妹太平庸了，平庸得你和他朝夕相处，也不会对他留下什么印象，一转身把他忘到九霄云外。收到第一封情书时，杜兰朵把厂里有点模样和家庭条件较好的单身汉，在脑子里过滤了一遍，从没想到刘招妹。杜兰朵心想，即使世界上的男人死光了，只剩下一个刘招妹，她也不会和他发生一丝风花雪月。

一个多月后，杜兰朵终于找到证据，那是刘招妹在工作笔记本上信手涂鸦的一段文字。杜兰朵费尽心机寻找证据，不是为了证明刘招妹是情书的作者，而是为了证明刘招妹不是情书的作者。被刘招妹这样的男人爱恋，杜兰朵觉得很悲哀，甚至有些耻辱。

杜兰朵找了个合适的机会，把所有情书还给刘招妹。

直到这时，刘招妹还假装无辜：“信又不是我写的，你把它给我做什么？”

杜兰朵冷笑道：“你连承认追求我的勇气都没有，还有什么资格追求我？有本事，你去追求大姑娘，我是个有夫之妇，你追求我是害人害己，我看你不仅人有问题，品德也有问题。”

刘招妹勾下头，满脸通红。

结婚第五年，杜兰朵公公当上了税务局副局长。

公公当科长的时候，最爱走访的企业是石牛水泥厂。不仅因为儿媳在石牛水泥厂工作，更重要的是，石牛水泥厂是全县效益最好的企业，每次下厂，厂领导都把他当贵客伺候着。公公上任后，以副局长身份走访的第一家企业是石牛水泥厂，厂领导得把他当爷爷伺候了。

酒过三巡菜上五味，蔡副局长对厂长说："官厂长，有件事，想请你帮个忙。"

官厂长含蓄地笑道："是不是和兰朵同志有关？"

在石牛水泥厂历任厂长中，官厂长情商最高，官做得最好、最大、最稳，一直做到市经委主任并安全退休。

蔡副局长端起酒杯："官厂长，你真是火眼金睛啊，一眼看出我的心思。"

官厂长："哪里哪里，领导这是批评我啊。兰朵这样的好同志，早该考虑她的工作调动，是我照顾不周，照顾不周啊。这样吧，我先向领导谢个罪，自罚三杯。"

蔡副局长："官厂长言重了。"

官厂长："不知兰朵同志想换个什么工作？"

蔡副局长："阅览室管理员。"

官厂长："哎呀，兰朵同志太谦虚了，让她管书，那是大材小用啊，我还以为她要换个科长、主任当当呢。"

蔡副局长："官厂长抬举了，我这个媳妇没什么文化，却喜欢看个书，去阅览室管书最合适不过。至于当科长、主任，她不是那个材料。"

官厂长："我正想把老周给换了呢，她太不称职了，把阅览室弄得乌烟瘴气。我相信兰朵同志到了阅览室后，阅览室一定会有一个崭新的面貌。"

老周就是曹德发的老婆周秀珠。

周秀珠的工种于是换成托儿所保育员。在石牛水泥厂，保育员也是一个不错的工种，没有一定的后台轮不上。不过，与清静、干净的阅览室管理员相比，保育员就是个脏活、累活了。

曹德发好歹是中层领导里的中坚力量，要不是周秀珠腿有毛病，坐办公室的资格都是有的。让周秀珠管书，至少没有丢曹德发的面子；让周秀珠看孩子，曹德发脸上有些挂不住。

周秀珠更挂不住，好长一段时间，脸上没有一丝笑容，偶尔不小心笑了一下，转眼即逝，挂不住嘛，最浅的笑容也挂不住。孩子们看到她，不是吓得不敢吭声，就是吓得哇哇大哭。孩子拉完屎，周秀珠不用纸擦，让他们撅起屁股，操起拖把擦。家长背后都叫她老巫婆。

曹德发是机修车间主任，杜兰朵顶头上司。下司抢上司老婆“饭碗”，曹德发心里窝囊透了。

为了安抚曹德发，官厂长答应他，只要一有机会，就拉他一把。

官厂长没有食言，调走之前，用力拉了他一把，把他提拔为副厂长。

4

机修车间除少数几个岗位实行三班倒，其他人上的都是正常班，刘招妹属于这少数几个岗位之列。

刘招妹不怎么爱说话，就像一个性欲冷淡的女人，你要不断地撩拨，她才会有一点反应，要使她达到高潮，相当困难。同事上班他下班，同事下班他上班，时间差致使刘招妹跟大家在一起的时间很少，如果不是因为某件事情涉及他，一般情况下，同事几乎感觉不到他的存在。

杜兰朵退还情书以来，刘招妹更加沉默，沉默得似乎连呼吸都没有了。

谁也没想到，刘招妹有朝一日会成为石牛水泥厂的名人，而且这一天来得那么快。

石牛水泥厂住房虽然紧张，但对住在厂外的三班倒女工还是蛮可以的，只要提出住宿要求，都分配了集体宿舍。那天晚上，水泥车间一位年轻女工上完小夜洗完澡，心血来潮，骑着自行车，沐浴着朦胧迷离的月光，晃晃悠悠回家，半路不幸遇到流氓。

这是个背面看想犯罪、正面看想撤退的年轻女工，企图强奸她的是石牛村一个正当壮年的光棍。光棍本来是要去偷铁路运输物资的，当他发现月光下年轻女工曼妙无比的背影时，毅然决定改劫货为劫色。

当光棍将女工掀翻在地拖进马路旁的稻田准备实施下一步骤时，赶去上大夜的刘招妹路过，听到女工沉闷的呼叫声，想也不想就冲了上去。刘招妹当的是工程兵，体形虽然标准，远够不上魁梧。光棍虎背熊腰，凭实力，刘招妹肯定不是他对手。可是，刘招妹居然在被捅了一剪刀的情况下，奇迹般制服光棍。这个光棍实在太穷了，穷得连一把像样的小刀都没有，翻箱倒柜才找到这把锈迹斑斑的剪刀，一分为二，囫囵磨了几把，揣在腰里壮胆。

事后，记者问刘招妹是怎么把罪犯制服的，刘招妹说他也搞不清楚。记者又问他是不是练过武功，刘招妹说我哪里练过什么武功，小时候，我连弟弟都打不过，老受弟弟欺负。记者接着问他平时胆子是不是很大，刘招妹说我平时胆小如鼠，连只鸡都不敢杀。记者继续问，请你说说当时的感受。刘招妹说，我嘴笨，不会说话，说不出什么感受。

记者引导他，你当时心里想过什么没有，比如雷锋、罗盛教什么的。刘招妹脱口而出，当时我什么都没想，也来不及想什么，反正我豁出去了，浑身是胆，心里充满了正义，拼命跟他打，也许他被我的气势镇住了。记者击掌慨叹，说得太好了，这就是英雄气概，正义的力量是无穷的。

光棍被判处六年有期徒刑。光棍是不幸的，也是幸运的。不幸的是他碰上了见义勇为的刘招妹，被课以重刑；幸运的是他没有摘掉女工嘴上的口罩，如果摘掉她的口罩，他一定会悔青盲肠。

该女工上唇三分之二黑牙连同鲜红的牙苞肉露在唇外，白天给人的感觉只是丑陋而已，尚不至于吓人；晚上就恐怖了，青面獠牙，一不小心吓死胆小的吓坏胆大的。她的牙齿一长出来就是黑的，换牙后，还是黑的，没办法，天生一副四环素牙。

为了掩饰自己的黑龅牙，天气稍冷，女工出门便习惯性地戴上口罩。时值深秋，夜风刺肉，女工自然戴着口罩。令人不解的是，光棍把她摁在身下的时候，她紧紧捂住和拽住的不是乳罩和裤带，而是口罩。

刘招妹也是幸运的，光棍并不是一个穷凶极恶的歹徒，而是一个初次行窃的小偷。如果不是临行前喝下的那半斤白酒壮了色胆，性欲再旺盛，也不敢实施强奸的。当光棍把拿来壮胆的剪刀犹豫地捅进刘招妹右胸，热血喷了他一脸一手的时候，四肢立时发软，束手就擒。

一时间，刘招妹广播有声，报纸有文，要不是当年电视传媒尚未出现，他肯定还能电视有影。总而言之，刘招妹一夜之间走红，成为家喻户晓的名人，县里市里层层推荐，评他为全省优秀青年，厂里更不用说了，提拔他为机修车间副主任。姑娘纷纷向他射出丘比特神箭，获救女工多次表示要以身相报，刘招妹均不为所动。

别人觉得不可思议，问他是不是兴奋过度，挑花了眼，刘招妹说他已经有意中人了，问他意中人在哪里，他说在梦里，搞得人家一愣一愣的。久而久之，人家都以为他有毛病，爱慕他的姑娘或掉转箭头，瞪大眼睛寻找新的射击对象；或箭弓入库，敞开胸怀等待别人射击。获救的那位女工，也对他敬而远之。

见义勇为之后，刘招妹还是刘招妹，又不是刘招妹。说他还是刘招妹，是因为他的地位和身份虽然有所变化，却依然像从前那般沉默寡言，不事张扬；说他不是刘招妹，是因为他的胆子越来越大，明知山有虎偏向虎山行，重新拿起笔，向杜兰朵倾诉衷肠。

时过境迁，杜兰朵内心发生了微妙变化，虽然不至于爱上刘招妹，但至少不再像从前那般厌恶他，甚至有那么一点点儿崇拜他。每当蔡文彬发“醋癫”的时候，她唯一想起的男人居然是刘招妹。一想起他，她瘪了的心竟慢慢充实起来。杜兰朵觉得自己很贱，可是没有办法，当她受气受累、受苦受难的时候，总是忍不住想起刘招妹。见义勇为的英雄刘招妹，成了杜兰朵化解苦闷和痛苦的一剂良药。

杜兰朵呢，既不给刘招妹回信，也不把情书退还他，而是在收到信的第一时间，躲在一个无人的角落将信通读几遍，然后销毁。

杜兰朵在刘招妹面前依然宛若一块拒绝融化的冰，眼角眉梢却时刻扫描着他。此前，她是不屑接近他，不愿给他笑脸；如今，她是害怕接近他，不能给他笑脸。不是怕给一点阳光他就灿烂，而是怕蔡文彬知道后带来灾难。

那天，杜兰朵之所以坐上刘招妹的自行车，天气是次要因素，大姨妈赖在身上不走是次次要因素，最主要因素，是她想借此劝一劝刘招妹。

杜兰朵：“刘招妹，你记住，这是我最后一次坐你的车。”

刘招妹：“坐一次我就心满意足了。”

杜兰朵：“我是有家室的人，你以后不要给我写信了，也不要跟我套近乎，你现在是名人，到时不要把自己搞得身败名裂。”

刘招妹：“什么狗屁名人，我不在乎！”

杜兰朵：“可是我在乎！”

刘招妹：“你在乎你还是在乎我？”

沉默了一会，杜兰朵才开口：“你这个人拎不清也说不清，快停车，我要下车，再不停，我跳了！”

刘招妹什么也不说，脚下发力，骑得更快。

刘招妹气喘吁吁地说：“你要是老老实实坐着，这是最后一回，你要是跳车，我就像幽灵一样缠着你，不停地给你写信，不停地请你坐车。”

杜兰朵轻轻叹了口气，不再说话，双手死死抓紧后座。

5

蔡文彬第二次看见杜兰朵坐在刘招妹自行车上，距杜兰朵第一次坐刘招妹的自行车，已经两年多了。

每逢节假日，石牛水泥厂照例举办文体活动。水泥工人文化水平不高，文体活动无非打球、拔河、套圈、点炮、骑车之类，参与者都能拿个小奖品，皆大欢喜。在这些活动中，骑车表演最受欢迎，是必上的保留节目，前年国庆快骑、去年元旦慢骑，今年五一适逢建厂十五周年，厂领导非常重视，拨专款举行隆重的庆祝活动，奖品也上了好几个档次。

自行车也玩出新花样，载人慢骑，百米内谁骑行的时间最长，谁获胜，冠军的奖品是一台具有收音、录音、放音三种功能的三用机。当时，一台三用机要三四百块，石牛水泥厂工龄最长的正式工，工资也不过二百出头，奖品档次和吸引力可想而知。

本着“男女搭配，骑车不累”的原则，选手必须是一男一女，男的骑车，女的坐车，男女体重越轻越占优势。奖品实在诱人，报名参加选手太多，仅机修车间就有八对选手参加，其中一对是刘招妹和杜兰朵。

刘招妹是慢骑高手，多次在厂里获得第一名，在县里也拿过名次。刘招妹是机修车间体重最轻、形体最好的男人，杜兰朵是机修车间体重最轻、体态最轻盈的女人，也是参赛选手当中体重最轻、体态最轻盈的女人。两个人体重最轻，水平却是重量级的。

刘招妹告诉杜兰朵，只要她与自己密切配合，拿冠军的希望很大。

杜兰朵：“你为什么不找别人？”

刘招妹：“我为什么要找别人？”

杜兰朵：“你还是去找别人吧，我不想参加。”

刘招妹：“如果找别人，我也不参加。”

杜兰朵：“如果我参加，你有多少把握拿冠军？”

刘招妹：“我不敢说有百分之分的把握，但至少有百分之九十九点九的把握。”

杜兰朵：“要是拿了冠军，奖品归谁？”

刘招妹愣了一下，随即回答：“当然归你！我请你参加比赛，就是想把奖品送给你！”

杜兰朵低下好看的头颅，脸上飞过一朵绯红的云彩，柔声道：“我一定好好配合你。”

杜兰朵结婚的时候，买了台双用机，只能收音和放音。

结婚不久的一个周末，蔡文彬在街上发现她跟一个油头粉面的男人面对面站在一起，指手画脚的。

蔡文彬一声不吭，冲上前对着那男人胸脯就是一掌，怒目圆睁，大声呵斥道：“大白天的，竟敢调戏妇女！”

男子满口广东腔：“调戏妇女？先生，你有没有搞错，我是在问路耶。”

杜兰朵比真被调戏了还难受，气得说不出话来，眼泪直流。

男子嘟囔着走开：“都改革开放了，还这么封建，真是岂有此理，神经病！”

回到家里，醋意难消的蔡文彬，在无书可撕的情况下，把崭新的双用机给砸了。那几天，杜兰朵正好把家里的文学书转移到阅览室。

杜兰朵很想要一台三用机，她之所以答应刘招妹，很大程度是冲着奖品去的。

对刘招妹来说，奖品不是最重要的（尽管他也很想要一台三用机），比赛也不是最重要的，最重要的是和杜兰朵一起参加比赛。活动组织人居然想到载人慢骑这个项目，真是天赐良机。

厂庆那天，石牛水泥厂操场红旗招展，锣鼓喧天，人山人海。自行车载人比赛参赛选手最多，围观的人也最多。

刘招妹身着背心秋裤，神清气爽，显得非常精干；杜兰朵穿红戴绿，衣袂飘飘。

跳蚤在人群中怪叫，“刘招妹、杜兰朵，你们今天真是郎才女貌、天上一对地下一双啊。”

跳蚤刚和艾兰花打上毛衣，容光焕发。

站在跳蚤身边的涂文保擤了一把鼻涕，挤眉弄眼道，“刘招妹，老子看你今天是英雄难过美人关。”

刘招妹冲着涂文保笑道：“你老婆也是个美人，你可要看紧家门啊，小心被人偷了。”刘招妹说到这里，目光转向跳蚤，眨了眨眼睛，“跳蚤，你说是吧？”

跳蚤脸倏地一红，答非所问：“刘招妹，我敢打保票，你今天一定能得第一名，你要请客啊。”

涂文保捅了一下跳蚤：“你凭什么打保票，他一定能得第一名？”

跳蚤递给涂文保一支烟：“他有美人相助嘛。”

涂文保掏出火柴，先给跳蚤点上烟，再给自己点上。跳蚤的烟点燃时，火柴燃了一半，当涂文保点燃自己嘴上的烟时，火柴燃到尽头。涂文保右手拇指和食指刚擤过鼻涕，残留在指头上的鼻涕还有黏性，尽管他松开并甩动两指，通红的火柴棒还是不依不饶地粘在拇指指腹，灼出一个米粒大的焦点。

涂文保气急败坏地把拇指塞进嘴里嘬了嘬拿出：“我们打个赌怎么样，我赌刘招妹什么名次也拿不到。”说罢，又把拇指塞进嘴里，啧啧嘬着。

跳蚤乜了他一眼：“赌什么？”

涂文保拿出拇指：“一包良友。”

良友是当时最流行的外烟，涂文保只抽过两三根，全是跳蚤给他抽的。

“赌就赌！”跳蚤说罢，转到一边看拔河比赛去了，涂文保也屁颠屁颠跟了去。

6

再过两对选手，就轮到刘招妹和杜兰朵上场了。

前面参赛的十二对选手，只有一对顺利完成比赛，即第十二对选手——毛式生和迟美丽，耗时四分二十五秒。迟美丽那么胖，他们能够顺利完成比赛，并取得如此骄人的成绩，真是个奇迹。让人难以置信的是，比赛的时候，迟美丽不是坐在后座，而是坐在车架横梁上。

毛式生和迟美丽正在热恋之中，这只能说是爱情的力量。

刘招妹突然改变主意，要求杜兰朵像迟美丽那样，坐在车架横梁上。

杜兰朵一下变了脸色：“你太过分了！”

刘招妹：“你别误会我的意思，刚才看了毛式生和迟美丽的比赛，我心里有些没底了，如果你坐在前面，我肯定能战胜他。”

杜兰朵：“没底早说嘛，你这不是耍我吗？”

刘招妹：“我没想到毛式生骑出那么好的成绩，这是个意外情况。”

杜兰朵：“我不想参加比赛了，你找别人吧。”

刘招妹：“姑奶奶，都什么时候了，还说这话，你要实在不愿意，还是坐在后面吧，千万别退出比赛。”

杜兰朵：“这还差不多，我可告诉你，不要对我耍花花肠子。”

刘招妹：“你放心，你就是拿十把手枪顶着我，我也不敢。”

杜兰朵：“铁树开花，你越来越会说话了。”

刘招妹和杜兰朵上场了。

刘招妹稳住自行车，对杜兰朵说：“上来吧。”

杜兰朵脚尖轻轻一点，玉臀轻轻一摆，蛮腰轻轻一拧，无声无息跃上后座。

刘招妹凝神屏气：“抓紧，我要出发了。”

鬼使神差，杜兰朵突然改变主意，叫道：“等一等！”

刘招妹：“做什么？”

杜兰朵：“我要坐前面。”

刘招妹：“你说什么？再说一遍！”

杜兰朵：“你发什么愣，快点，我要坐前面，不然我要后悔了。”

刘招妹连忙调整姿势，右手紧握车把，侧身后倾，待杜兰朵走到身前，左手随之握紧车把。杜兰朵双手抓住车把，脚尖、玉臀、蛮腰再次轻轻一点、一摆、一扭，同样无声无息地跃上横梁。一股清淡而醉人的体香，扑鼻而入，蜿蜒而上，直抵刘招妹的中枢神经，禁不住热血沸腾。

自行车慢如爬虫，曲曲折折，晃晃悠悠，飘飘荡荡。

车速是那样地慢，刘招妹却感觉自己连车带人飞了起来，那么轻盈，那么缥缈，仿佛进入极乐世界。

眼看终点就要到了，一个手握扳手的身影飞奔过来，长驱直入，骇叫一声，一脚踢翻自行车，刘招妹和杜兰朵同时摔倒在地。要命的是，杜兰朵躺在刘招妹身上，刘招妹下意识伸出一只手，轻轻抱住了她。

杜兰朵脸都吓绿了。

蔡文彬死命一拽，几乎将杜兰朵胳膊拽脱臼，整个人被他直直拽了起来，随着强大的惯性，又直直倒向另一头。

没等刘招妹缓过神来，蔡文彬手中的扳手砸向他的脑门，“嘭”的一声脆响，刘招妹脑门应声塌陷鸡蛋大小一坑，鲜血喷涌而出。

也许是太用力了，扳手在与脑袋发生猛烈撞击之后，脱手而飞。

蔡文彬还不肯罢休，野兽般掐住刘招妹脖子，嘴角冒泡，咆哮道：“狗操的，老子掐死你！”。

极度的愤怒，似乎诱使蔡文彬体内发生了核裂变，迸发出骇人的力量，他把这骇人的力量全部集中到双手上，十根并不茁壮的手指，仿佛焊在刘招妹细小的脖子上。众人费了九牛二虎之力，才将刘招妹的脖子从蔡文彬手里解放出来……

蔡文彬突然出现，完全是个意外。

五一那天，税务局组织登山比赛，参加者无论耗时多少，只要登上峰顶，每人发放五十元奖金，获得名次者另有奖品。所登之山离县城五里，海拔一千三百余米，一条小路蜿蜒而上，来回至少四个小时。早上七点大家集中从局里出发，骑自行车至山脚，然后开始登山。

蔡文彬没法送杜兰朵，她是走路去厂里的。

登至半山腰，蔡文彬眼皮突然剧烈跳动起来，先是左眼皮跳，接着右眼皮跳，最后左右眼皮一齐跳。如果按照地震级别，来形容其眼皮跳动的剧烈程度，至少在六级以上。

蔡文彬的心被眼皮跳乱了，三步并作两步下山，骑上摩托车，以亡命的速度往家里狂奔。他先冲到自己家里，家中空无一人，一切正常；然后冲到父母家里，父母和儿子皆在（父亲前一天陪客吃坏肚子，没有去登山），一切平安。

左右眼皮依然狂跳不止，眼皮到底为谁而跳呢？蔡文彬蹲在地上，一会儿揪着头发，一会儿捂住眼睛，似乎要揪出答案和制止眼皮跳动。

突然，一道闪电划过蔡文彬脑海，掉转车头，飞一般驶向石牛水泥厂。

操场上人声鼎沸，谁也没有听到嘉陵的怒吼。

当蔡文彬看到比腿双骑的刘招妹和杜兰朵时，犹如紧急刹住的嘉陵，眼皮一下停止了跳动。

蔡文彬打开嘉陵后座盖，下面有个小工具盒，里面有一把老虎钳、一把螺丝刀、一把扳手，他操起扳手，杀气腾腾冲了上去。

刘招妹在医院里躺了一个多月才醒过来，基本成了废人，嘴角的口水像关不紧的水龙头，嘀嘀嗒嗒，小便的时候，家伙还没掏出裤裆已经湿透。

蔡副局长动用所有人际关系，非但未能免除儿子的牢狱之灾，反而被从重从快判处十年有期徒刑。蔡副局长的家庭财产也遭受巨大损失，赔了一大笔钱给刘招妹父母。

刘招妹是省十大杰出青年，见义勇为先进分子，影响很大，省政法委书记亲自批示，对无端伤害英雄的不法分子要依法严惩，谁也保不了蔡文彬。

蔡文彬在号子里蹲了一年多，才渐渐把手势改过来。此前，只要一有空闲，他的双手就摆出一副掐脖子的架势。

7

蔡文彬入狱后，杜兰朵带着儿子搬到石牛水泥厂和母亲住在一起。杜兰朵父亲早逝，一对双胞胎弟弟正在念大学，家里只有母亲一人。

杜兰朵的两个弟弟是天生的读书材料，对考试充满激情，考无不胜，双双考上大学。杜兰朵十二岁、双胞胎弟弟八岁那年，父亲病逝，一家四口的负担全落在母亲身上。母亲之所以没有被压垮，是因为有蔡家的资助。蔡家是杜家的远房亲戚，远得没有亲戚味道。蔡家之所以在杜家失去顶梁柱之后主动上门套近乎提供援助，并非他们有多么高尚，而是看中了杜家女儿。本来嘛，蔡家有钱有势，蔡文彬长得也算一表人才，不用他们发力，漂亮媳妇也会找上门来。

问题的关键在于，蔡文彬小时候患过脑膜炎，治疗得不够彻底，留下后遗症，看上去很正常，其实很不正常，是那种谁都觉得不正常谁也说不出哪里不正常的人，就像一个哪儿都不舒服又说不出哪儿不舒服的抑郁患者。亲朋好友给蔡文彬介绍了不下一个班的姑娘，一个也没有成功，每个姑娘都觉得他不正常。杜兰朵也觉得他不正常，但是她没有选择的余地，蔡家在物质上欠杜家太多了，多得无法偿还，只能以身相报。

母亲身体很好，杜兰朵和她住在一起，不是为了照顾她，而是为了逃避公公的性骚扰。

儿子入狱之前，公公主要对儿媳动眼。所谓动眼，并非抛媚眼送秋波，而是色眯眯地盯着杜兰朵的敏感部位。公公的色眼仿佛一只勇往直前的毛毛虫，在她胸部、腹部、臀部徘徊着，她必须时刻提高警惕，一不小心，它便沿着衣领和裤腿，向下滑行向上攀登。当然，公公也必须时刻提防妻子和儿子，一旦他们突然咳嗽或者弄出其他异响，毛毛虫便装死不动，风声过后，继续蠕动。

儿子入狱之后，老子开始对儿媳动手。所谓动手，就是乘杜兰朵煮饭、洗衣、切菜的时候伺机出手，以帮忙的名义在她乳房摸一把，屁股上蹭一下，防不胜防。公公出差机会较多，每次出差，都给她带小礼品，乘送礼品之机下咸手。《人民文学》和《收获》杂志，也是公公用公款给她订阅的。

儿子发“醋癫”的时候，如果老子在场，他会立场坚定站在儿媳这边，大义凛然怒斥儿子。儿子虽然天不怕地不怕，对这个老子，还是有那么一点害怕，至少要给老子一点面子。老子呢见好就收，或递给杜兰朵一条毛巾让她擦泪，或拍拍肩膀叫她别哭，然后狠狠瞪一眼双目通红的儿子，迅速离开现场。不过，杜兰朵从来不接他毛巾，从来不让他拍到肩膀。所以，公公在狠狠瞪儿子一眼之后，还要意味深长地瞥儿媳一眼。

儿子入狱对婆婆是个巨大打击，成天以泪洗面，萎靡不振。也许是泪水模糊了她的视线，也许是哭泣损坏了她的视力，也许是精神萎靡导致反应迟钝，她对丈夫的行为没什么反应，对儿媳却越来越刻薄，好像丈夫违背人伦不是自己太好色，而是儿媳太漂亮。和婆婆在一起，杜兰朵如履薄冰，婆婆一开口，薄冰应声而裂，杜兰朵一下掉进冰窟窿。婆婆每句话都好像速冻过，硬邦邦冷冰冰，即使酷热难耐的三伏天，杜兰朵也禁不住浑身起寒栗。

其实，公公从来没有怕过婆婆。在对儿媳动眼的日子里，他之所以提防妻子，不是怕她，而是怕儿子（尊重是互相的，害怕也是相互的，老子像儿子怕老子一样怕儿子），儿子和妻子是统一战线！如今统一战线已经解体，他还有什么好怕的呢？之所以没有进一步动作，是因为他还顾及自己的身份，坚守着最后的伦理底线。至于到底能坚守到什么时候，他心里没数。他已经习惯在吃过晚饭后，儿媳前脚走，他后脚便身不由己跟踪追击到她屋里。

税务局有两幢宿舍楼，杜兰朵住在第一幢，公公住在第二幢，相隔不过百米，杜兰朵吃在公公屋里，住在自己屋里。

一天晚上，公公似醉非醉，闯进杜兰朵屋里，在卫生间撒了一泡长尿之后，裤链没拉上，四仰八叉躺在杜兰朵床上，对孙子说：“真真，爸爸今晚跟你一起睡，好不好？”

真真：“不好，我要跟妈妈一起睡。”

忙着给公公倒茶的杜兰朵闻听此言，沉下脸道：“爸，你怎么能这样？真真不懂事，见男人乱叫爸爸，你倒好，不但不纠正他，还自称是他爸爸，传出去，那还得了？”

公公把手一挥：“开个玩笑嘛，何必当真，我喝醉了。”

杜兰朵：“我看你是酒醉心明。”

公公双眼直勾勾地望着她：“你明白就好。”

杜兰朵知道不能跟他纠缠，越纠缠越麻烦，低下头，含着屈辱的泪水，走出卧室，呆坐客厅。

爷爷继续误导孙子：“真真乖，爸爸给你讲故事，我们一起睡还不行吗？”

真真：“那好吧，可是妈妈跟谁睡呢？”

爷爷：“我们三个人一起睡嘛。”

杜兰朵忍无可忍，冲进卧室抱起真真：“爷爷喝醉了，我们到奶奶家睡。”公公一下从床上蹦了起来，剜了一眼杜兰朵，“谁说我喝醉了？我没醉，真真，爸爸回家了，再见！”说罢，打开门，甩手而去。

真真叫道：“爷爷，你还没给我讲故事呢？”

杜兰朵强忍眼泪：“真真乖，真真记住了，他不是爸爸，他是爷爷，爷爷的故事不好听，我们不听。”

真真在杜兰朵怀里挣扎着：“不嘛，我就要听。”

杜兰朵狠狠扭了一下儿子的脸蛋：“爷爷是坏蛋，爷爷是狼外婆，他的故事不能听！”

真真大哭起来：“爷爷不是坏蛋！爷爷不是狼外婆！妈妈才是坏蛋！妈妈才是狼外婆！”

杜兰朵发疯似的将儿子扔到床上，翻转过来，一掌又一掌地抽打着他的屁股：“你这个没良心的，你这个没出息的，你这个白痴，你这个草包，就知道听故事，我让你听，我让你听！”

打罢，杜兰朵把脸埋在被子里，号啕大哭。

当晚，杜兰朵搜肠刮肚，讲了两个故事才把儿子搞定。

真真患有严重的先天性心脏病，个子长着长着就不长了，六七岁的他看上去只有三四岁那么大。医生说，真真最多只能活到十五六岁，惟一的办法就是做心脏移植手术，目前国内还做不了这种手术，即便国外，成功案例也不多，费用高得吓人，要花掉半座金山。

真真从未上过学，对故事却有着超乎寻常的热情，几乎每天晚上都要听一两个故事才肯入睡。真真记忆力奇佳，你要是向他重复讲过的故事，哪怕是半年前讲过的，他也会条件反射般大叫起来，这个故事讲过了，我不听，讲个新的。

婆婆是个文盲，公公文化不高，丈夫脑子不灵光，给儿子讲故事的任务，责无旁贷落到杜兰朵身上，逼着她不断提高阅读水平和阅读量。

蔡文彬并不因为儿子爱听故事、更不因为妻子要从书中撷取故事而停止撕书。婚前，蔡文彬最大的不正常，是哪都不正常又说不清不正常在哪里。婚后，蔡文彬最大的不正常，是不正常的地方越来越少，集中在某几点上，比如疯狂的“醋癫”，比如没有舐犊之情。蔡文彬从不给真真讲故事，真真也从不要他讲故事。偶尔，杜兰朵怂恿真真去找蔡文彬讲故事，真真还未开口，他的巴掌就扬了起来，“故事没有，笋干有的是，想不想吃？”

蔡文彬把所有心思，放在了妻子身上。

真真被医生宣判死刑后，亲朋好友极力怂恿他们冒险赌一把，再生一胎。为什么说是冒险赌一把呢？医生说再孕，胎儿仍然有百分之五十患上先天性心脏病的可能。杜兰朵本不想生第二胎，禁不住大家的鼓动，动心了。可是，蔡文彬坚决不同意，不是害怕悲剧重演，而是担心妻子无暇顾及他。一个孩子已经夺走了妻子对他一半的爱，两个孩子必然夺走妻子对他全部的爱，这是他无法面对和容忍的。他不仅吃老子的醋，还吃儿子的醋。

为绝后患，蔡文彬逼迫杜兰朵做了结扎手术。

蔡文彬入狱后，杜兰朵不再和任何男人来往，直到书呆出现。

8

书呆是在蔡文彬入狱第三年分配到石牛水泥厂的。

书呆是第一位分配到石牛水泥厂的中专生、高级知识分子。

书呆二十世纪八十年代中期毕业于省建材学校。那个年代，不讲究专业对口，只要有后台有门路，学医的可以分配到财政局。学建材的，最不济也要分配到经委或者轻工局什么的。书呆的一位同学先是通过关系分配到经委，然后通过送礼调到土地局，十几年后当上局长，吃喝嫖赌全报销，书呆却一事无成，既未成家也未立业，一度连吃饭都成问题。

书呆共三兄妹，他是老二。书呆父亲是个伐木工人，姐姐和妹妹双双嫁给伐木工人，名字里统统带个木字，姐姐叫梅花，妹妹叫松花、书呆名字里树木丛生，叫树森。

尽管伐木工人子弟考上大中专院校的不多，书呆父母并不引以为豪，他们觉得考上中专的儿子有点不正常，不正常在哪里呢？一是既不爱说话又爱说话，他可以连续四五天不说一句话，也可以一说就是四五个小时；二是反应迟钝，呆头呆脑，好认死理；三是爱看书，吃饭看书，上厕所看书，走路看书，坐车看书，连做梦都在看书，手里永远握着一本书。

有一回，母亲叫他去挑水，半天不见回来，到河边一看，书呆正坐在河边的大石头上聚精会神看书呢。两只水桶一只扔在岸上，一只沉在河底。等水下锅的母亲气得直拎他耳朵，一边拎一边叹气，你这个死呆子，你除了看书，还会做什么？

从那以后，家人都叫他呆子。进厂后，大家则叫他书呆，可见其呆有目共睹，举厂公认。

姐妹对书呆如此沉迷书本很有意见：既然那么爱看书，怎么不考个大学呢？考个中专，那不是丢人现眼么。即使考中专，也要考个林业中专，工作后混个一官半职。那年头，林业部门和建材行业一样，大中专生奇缺，只要不是太笨太清高，一般都能混个一官半职，那多实惠啊。可他偏偏考了个建材中专，分配到石牛水泥厂，水泥厂不就是生产洋灰嘛，做灰能有什么出息。

毕业返家，除了自己和一大箱书，书呆什么也没带回。母亲问他，铺盖呢？书呆老半天才吭声，觉得母亲这个提问幼稚可笑，不屑一顾道，扔了，统统扔了，毕业了，还要它们干什么。

母亲踢了一脚书箱：“那你怎么不把这些书也扔了？”

书呆不高兴了：“书是我的生命，你踢它就是踢我。”

“既然书是你的命，那我就多踢它几脚，踢死它。”母亲说着，又狠狠踢了书箱几脚，气得书呆和母亲做了半个月冤家。

书呆对自己的穿着吃喝从不讲究，对书却爱护备至。除了买书、藏书、读书之外，书呆最大的兴趣是补书和包书。补书和包书的时候，书呆像女人织毛衣、补衣裳一样专心致志。

书呆的包书纸，主要由三类纸构成，最好的是彩色挂历，纸质厚密细腻，包出来的书簇新硬挺；其次是黑白画报，纸质稍逊一筹，但包出来的书，给人一种历史厚重感；第三是黄色牛皮纸，纸质粗糙具有韧性，包出来的书质朴亲切。挂历用来包中外文学名著，画报用来包当代作家书籍，牛皮用来包杂志。

书呆做什么事都笨手笨脚，唯独包起书来心灵手巧：只见他先将选好的图案，估量着放在封面正中，将纸对折一下，把书夹在中间，四周轻轻一压，压出书的大概样子，将多余的纸边裁掉，沿着刚刚压出的痕迹将纸仔细折好，再把书的封面和封底折进去，三下五除二，一本簇新刮挺的书就包好了。其手法之娴熟，技艺之高超，简直让人眼花缭乱。对于自己特别珍爱的书籍，书呆还会采用非常手段，比如把旧牙膏皮擀平了，贴在书角里面，对书角起特殊保护作用。

每当书呆买了新书回来，先是宝贝般捧在手里，端详了又端详，翻开扉页，端端正正地写上名字、购买日期以及“书乃我妻，借书如借妻，免开尊口”字样，然后将他的小牛角藏书章在印泥盒里摁上几下，小心翼翼钤上鲜红的印章，完成一件大事似的嘘上一口长气。

书呆没有书柜，书全放在箱子里。为了防止书籍发霉，箱子里放了樟脑，还定时拿出来晒太阳。而他身上穿的和盖的，却终年散发着一股子怪味。

9

整个石牛水泥厂，只有杜兰朵才能借到书呆的书。

杜兰花第一次向书呆借书，是在书呆获得全省建材系统读书知识竞赛一等奖之后。

书呆记忆力奇好，虽不至于过目成诵，但看过的内容基本能够记住。有一阵子，全国上下流行读书知识竞赛，凡石牛水泥厂参加的读书知识竞赛，一律由书呆出马，只要他出马，总能获得名次。在全省工业系统读书知识竞赛上，书呆获得一等奖，拿了五百元奖金。当时书呆到石牛水泥厂工作两年多了，一个月工资才一百三十来块，五百元是巨款。

获奖固然可贵，奖金固然可观，真正让书呆扬名的，却是他消费奖金的方式。获奖后，书呆在省城滞留了一天，阔少般走进福州最大的新华书店，把五百块钱全部买了书。那时候，一套四卷本、每本三十余万字的《鲁迅选集》才十二元，平均每本三元。五百块钱买了三百多本书。书呆“千金散尽还复来”的购书气势，惊动了在场的营业员，个人一次性买三百多本书，他们还是第一次见到。书店经理得知此事，惊讶之余心生敬佩之情，特意派车帮他把书送到火车站托运。

当书呆怀着胜利和丰收的喜悦，用板车把那五大捆书从火车站运回宿舍时，整个水泥厂为之轰动，议论纷纷。

张三说："这个书呆，真是疯子，买那么多书，能当饭吃啊。"

李四说："整整五百块钱啊，我半年的工资，买一大堆印了字的纸，擦屁股嫌脏，他可真舍本，我要是他的父母，不被气死，也要被心痛死。"

王五说："这家伙的脑子一定是被书虫蛀掉了。五百块钱啊，可以买三辆自行车、两台缝纫机、三块手表，他全拿去买书，书能吃能喝能用能做彩礼啊？唉，他的书算是读到狗肚子里去了。"

郑六说："眼下的行情，节省一点，两千块钱可以讨一个老婆，这个书呆子，四分之一的老婆就这么没了。"

书呆父母得知此事，虽然没有像李四预测的那样，气死或者心痛死，但也气得半死心痛得半死，至少骂了他十几句败家子："你这个败家子，这么多钱，你不会存起来讨老婆呀？"

书呆头发一甩："讨老婆干什么？"

母亲又去拧他耳朵："你这个书呆子，亏你问得出口？讨老婆干什么，讨老婆有人疼有人爱，有人给你洗衣做饭，有人给你生儿育女，有人给你养老送终。"

书呆："讨老婆就为了这个？俗！"

父亲呸了他一口："讨老婆干什么？讨老婆就是为了传宗接代，生儿育女。老子要是不讨你娘这个老婆，哪有你们？"

书呆："讨老婆就为了传宗接代生儿良育女？那更俗了，我不干。"

父亲："俗你娘个屄壳，俗字就是一个人字和一个谷字，吃谷子的人都是俗人，难道你不是人？"

书呆："吃谷子的时候，我是俗人，其他时候，我是神仙。"

书呆说罢，把脑袋埋进书里，懒得理他们。

杜兰朵是从母亲口中听说此事的，母亲的口气和张三他们一样，鄙夷、费解。

杜兰朵却一下对书呆充满崇敬之情："妈，话不能这么说，对于爱书的人来说，书就是他的老婆。"

母亲："我看你和这个书呆，倒是一挑。"

杜兰朵："妈，你胡说什么呀？"

母亲："你不也爱买书嘛。"

杜兰朵："他是他，我是我，我没法跟人家比。"

此前的杜兰朵，除了知道书呆是水泥厂的第一个中专生，对他一无所知。

杜兰朵对书呆充满崇敬之情，是有道理的。

杜兰朵心想，书呆一口气买三百多本书，他的藏书一定可观。石牛水泥厂阅览室藏书才一百多本，全是马列恩毛著作和理论汇编。阅览室成立的时候，一次性购进不少文学书籍，由于前任管理员渎职，或做顺水人情送人，或默许职工有借无还，不到一年时间，文学书籍所剩无几。

厂里从此不再新添文学书籍，只订杂志报纸，杂志以科技和社科类为主，报纸以党报为主，可读性不强。阅览室几乎成了一种摆设，它的作用不是丰富员工的业余生活、提高员工的文化水平，而是为了养人，为了对上级有个交代。那时的国有企业，麻雀再小，也必须五脏俱全，石牛水泥厂是县里最大的企业，不设阅览室，县总工会是要干涉的。

那时的报纸，不管日报还是晚报，无论周报还是旬报，都是对开四版，不像后来，版面多得读者不知如何下手着眼，版面越多，读者阅读热情越低。那时的报纸，包装和装饰的作用似乎大于它本身的作用。几乎每个家庭的墙壁和天花板上都贴着报纸，几乎每个抽屉和箱子底下都垫着一层报纸，几乎每个人都习惯用报纸包这包那，就像现在每个人，都习惯用塑料袋装这装那一样。还有，几乎每个人，都用报纸打扫过屁股。

那时的报纸，作为读物并不十分紧缺；作为日用品，却有那么一点洛阳纸贵。石牛水泥厂阅览室任何一个报夹上的报纸，不会超过五张，要么被管理员贪污，要么被读者顺手牵羊。平心而论，杜兰朵是个清正廉洁的管理员，可是她无法阻止读者顺手牵羊，每一个职工都是主人翁，得罪不起。

相对于报纸，杂志就不那么好偷了。杂志用铁片固定在阅读案板上，除非与管理员里应外合，否则拿走整本杂志是不可能的，只能乘管理员不注意，用刀片零星切割自己喜欢的文章。石牛水泥厂阅览室没有一本完整的杂志，都被阉割过。

10

一想到书呆那三百多本书，杜兰朵心里便蠢蠢欲动起来。

几天后的一个晚上，杜兰朵再也坐不住，带着真真，上门拜访书呆。

这是杜兰朵与蔡文彬定亲以来，第一次主动在非公共场合，与丈夫以外的男人见面。

书呆分配到石牛水泥厂的时候，厂里还没有建综合楼，也就是说，还没有专门的单身宿舍，单身汉都是三四个人挤在一个七八平方米的小房间里。书呆是石牛水泥厂第一个高级知识分子，厂领导为了显示自己尊重人才，想方设法给书呆安排了一个六平方米的单间。不过，时过境迁，在厂领导心目中，书呆早已经由人才沦为木炭，一贬再贬，一直贬为纸袋工。

独享一室，是书呆目前唯一保留的知识分子待遇。并非厂领导顾及他的脸面，而是房间里实在塞不下第二张床。如果顾及他的脸面，就不会把他流放到纸袋车间。在书呆看来，把他贬到纸袋车间岂止是流放，简直是往火坑里推。

纸袋车间三十多号人，包括车间主任，清一色女工，文化低、素质差、舌头长，是她们的共同特点。已婚女工占三分之二强，已婚女工当中，婚龄十年以上者占三分之二强。还有几位处于更年期，脾气古怪得像妖怪。已婚女人比未婚女人擅长捕风捉影，婚龄长的女人比婚龄短的女人善于搬弄是非，这既是生理习性，也是心理习性。

总而言之，洪洞县里没好人，纸袋车间无淑女。

书呆最害怕和女人尤其年轻女人接触，一接触便浑身不自在，有时会出现脸红、心悸等不良生理反应，严重时会盗汗发烧（低烧）。对书呆而言，纸袋车间无异于精神领域的西伯利亚，一不小心，就会被冰冷的口水淹死、锋利的白眼割死。

书呆进厂不久，一女工主动请他看电影。

第一次，书呆以感冒为由，推脱了。

第二次，书呆以拉肚子为由，婉拒了。

第三次，没等他找到借口，女工几句话把他顶死了："妈了个巴子，中专生了不起不是？中专生不给面子不是？中专生看不起我工人大老粗不是？告诉你，今天你去也得去，不去也得去，不然我对你不客气。"停了一下，见书呆无言以对，她又加了一句，"除非你今天来月经。"

书呆哪见过这架势，只好怀着悲壮的心情，心惊肉跳跟她去看电影。

爱优秀的人是天性使然，在青年女工眼里，像书呆这样的中专生，无疑是男人堆里的优良品种，物以稀为贵嘛。书呆之后，石牛水泥厂陆续分配来几个中专生，一进厂，便成为未恋爱女工的目标和未恋爱男工的天敌。由于供不应求，个别道德败坏的中专生脚踩两条船。有个名花有主的漂亮女工，硬是被父母活活拆散，包办给了这个中专生。该中专生身高中等体形尚可，一张脸却比八十岁的老脸还难看，又黑又糙，雀斑、麻点、青春痘漫山遍野，好像年久失修的柏油路面。

那晚演的是一部外国爱情片，有不少出位镜头。当第三个被做了技术处理的床上镜头出现的时候，一些热恋中的情侣坐立不安了，动手的动手，动脚的动脚，动嘴的动嘴，书呆前面的一对情侣，手、脚、嘴全动上了。

书呆一进影院，便如坐针毡，浑身发热，冒汗不止，当第三个床上镜头出现的时候，他已经汗如雨下。女工一连看了他几眼，突然伸出手，握住他的手，这下不得了，书呆好像被蛇咬了一口，“嗷”的一声，甩开她的手，三步并作两步逃出影院。

书呆东倒西歪站在影院门口，仿佛没戴氧气瓶刚浮出水面的潜水员，大口大口地吸气。

女工跟了出来，关切地问他：“喂，你怎么了？”

书呆：“我，我胃痛。”

女工：“你年纪轻轻的，怎么这么多毛病，要不要我陪你去医院？”

书呆：“不用不用，你先进去吧，我过一会儿进去。”

女工狐疑地看了他几眼，等她踅进影院，书呆径直回到厂里。

第二天开始，这个女工逢人便说书呆有毛病，一传十十传百，每传一次便添一勺油加一瓢醋，半年之后，书呆成了水泥厂著名的病人，上上下下里里外外，都有病。

在这期间，还有一位不知内情且长相一般的未婚女人靠近过书呆，靠近不到半个小时便掩面而逃。就像一条饿狗，老远看见一块肉，欢天喜地跑过去，却是块爬满蛆虫的腐肉，嗅了又嗅，终是无法下口，只好摇着尾巴悲伤地离去。

书呆看上去确实像个病人。

书呆走路时重心偏左，脑袋也偏左，看上去近似弱智或者伪思想家，左鞋的使用寿命总是短于右鞋。书呆身体修长、手臂修长、手指修长、指甲修长、大腿修长、脚趾修长、头发修长，如果穿上一袭长袍，手执一把折叠扇，活脱脱一个洒脱不羁的古代书生。书呆皮肤很白，白得像白人贵族。由于长期吃食堂和快餐，书呆本来虚弱的身体更加虚弱，虚弱得像肺结核患者，常常听到自己的身体因为营养不良而发出的哭泣。

差点忘了交代，那个再三请他看电影的女工是个纸袋工。纸袋女工的素质，由此可见一斑。书呆被贬到纸袋车间后，她不仅自己每天带头奚落他，还不遗余力发动大家群起而奚之。

秀才碰到兵，有理说不清；秀才碰到长舌妇，什么都说不清。书呆即便巧舌如簧，一嘴亦难敌众口。没办法，书呆只好在口袋里放两棉球，一到纸袋车间，把棉球塞进耳朵，装聋作哑。

书呆愈来愈孤僻，一下班便躲进宿舍成一统，两耳不闻厂里事，一心只读文学书。

11

书呆的宿舍，极为简陋，单人床是简陋的，条桌是简陋的，书呆自己也是简陋的。唯独靠墙而立的两个大书橱占据了整堵墙面，蓬荜生辉。单人床、条桌、书橱之外，房间没有也放不下其他家具。

书橱的原料，是书呆父亲从原始森林里精挑细选出来的百年老杉，留给他结婚做家具用的。书呆分配到石牛水泥厂半年后，连蒙带骗，从家里运来几根粗壮的杉木，请厂里的木工和漆工做成书橱，漆上老漆（那时的国有企业，什么人才都有）。书橱像双门橱一样带门，门上安着一格一格的玻璃。

如此一来，书橱的造价就高了，几乎花去书呆四个月的工资奖金。这在四个月里，书呆节衣缩食，每日不吃早餐，瘦得像宋徽宗的瘦金书。父母发现木已成橱，气得直骂他“败家子”。这时候，每个书橱只放了一半书，书呆的理想，是在有生之年，把两个书橱填满。

如果说这两个书橱是书呆陋室里的大亮点；那么，贴在墙上的报纸则是小亮点。墙上的报纸不是《人民日报》《福建日报》，而是《参考消息》。每一张报纸，从左至右，按时间顺序往上贴，有点行为艺术的味道。

时值初夏，天气有些热了，书呆全身只穿一条陈旧的、裤管套住大腿一半的老式短裤，架着脚躺在床上看书。床上挂着蚊帐，蚊帐又黄又破，黄得像烟鬼夹烟的手指，上面贴了五块膏药，打着三块补丁，靠门这头的那块补丁足有半张报纸大，遮住了视线，蚊帐里的人看不见外面的人，蚊帐外的人看不见蚊帐里的人。

杜兰朵轻轻敲了敲掩着的门。

书呆头也不抬："谁？"

杜兰朵徐徐吐出一个字："我。"

书呆一声惊叫："赶快把门关上！"

杜兰朵吓一大跳："怎么了？"

书呆扯开嗓门："叫你关上就关上。"

杜兰朵连忙把门关上。

书呆从床上鱼跃而起，一个箭步冲到门前，吧嗒一下将门锁扣下。

杜兰朵心里一惊："怎么，你不欢迎我吗？"

书呆："我听不出来你是谁。"

杜兰朵："我是杜兰朵，阅览室管理员。"

书呆："阅览室管理员不是秀珠阿姨吗？"

杜兰朵："秀珠阿姨调托儿所了，我接替她。"

书呆："噢，你找我有事吗？"

杜兰朵："没什么事，想和你聊聊，能让我进来吗？"

书呆："稍等片刻！"

书呆忙碌了一阵子，才开门。

看到书呆那副穿着，杜兰朵不由笑了，只见他脚上穿着皮鞋，下身穿着西裤，上身穿着衬衫，衬衫所有扣子扣着。

杜兰朵一下明白了书呆刚才的反应。

真真看见那两个竖在门边的大书橱，比杜兰朵还兴奋，吐出含在嘴里的手指，问书呆："爸爸，你家里有这么多书，你一定很会讲故事吧？"然后又把手指伸进嘴里。

书呆吓得跳了起来，指着真真问杜兰朵："他，他怎么叫我爸爸？"

杜兰朵蹲下身，将儿子含在嘴里的手指拔出来："真真，你怎么又忘了，妈妈出门前，不是告诉过你，不能随便叫人爸爸的，快叫叔叔！"

真真扭捏着叫了一声叔叔。

杜兰朵直起身，红着脸道："不好意思，我儿子脑子有点问题，他总是习惯叫成年男子为爸爸。"

书呆如释重负地"哦"了一声。

真真突然拉住书呆的手："爸爸，你给我讲个故事好吗？"

杜兰朵轻轻拍了拍儿子的脑袋："记住，是叔叔，不是爸爸！"

真真再次拉住书呆的手："叔叔，你给我讲个故事吧。"

杜兰朵："不怕你笑话，我这个儿子，每次见了大人，除了乱叫爸爸，还要缠着对方讲故事，你看了那么多书，肚子里一定装满了故事，要不，你先给他讲个小故事？"

书呆只好给他讲了一个小故事。

真真听完，兴奋得直拍手："叔叔，你的故事讲得真好听，以后你经常给我讲故事好吗？"

书呆不知所措地望着杜兰朵。

杜兰朵轻声道："你先答应他，不然他会缠着你不放的。"

书呆只好勉强朝真真点了点头。

真真高兴得跳了起来："叔叔真好！叔叔真好！"

杜兰朵伸出指头，竖在唇上，轻声道："叔叔已经答应你了，你要听话，不要吵，妈妈和叔叔有话要说。"

真真点了点头，站在一旁好奇地望着书呆。

杜兰朵："你是舒树森吧？久仰大名！"

书呆："是的，不过，我这个舒与众不同。"

杜兰朵："不就是舒服的舒吗，有什么与众不同？"

书呆："我这个舒，不是舒服的舒，而是舒庆春的舒。"

杜兰朵："舒庆春是谁？"

书呆："老舍，著名作家。"

杜兰朵"老舍不是姓老吗？"

书呆："百家姓里有这个姓吗？"

杜兰朵："不是有个古人叫老子吗？"

书呆："叫老子不一定姓老，就像叫儿子不一定姓儿、叫孙子不一定姓孙一样。"

杜兰朵："那你到底姓哪个'shū'啊？"

书呆："舍予舒。"

杜兰朵："那不就是舒服的舒吗？"

书呆："字一样，但意思不一样。"

杜兰朵："你这人真幽默，真有意思。"

书呆："你找我真的没事吗？"

杜兰朵："听说你一口气买了三百多本书，真是大手笔啊，我一下对你充满了好奇，想来证实一下。"

书呆："怎么，你也对书感兴趣？水泥厂还有女人对书感兴趣？"

杜兰朵："看不出来，你文文静静的，竟是个大男子主义者，女人为什么不能对书感兴趣？难道你也认为，女子无才便是德么？"

书呆："我不是这个意思，我是说，你非常的与众不同，你身上有一种所有水泥厂女人都没有的气质。"

杜兰朵："什么气质？"

书呆："才女气质！"

杜兰朵："你真会说话，才女不敢当，我连老舍姓舒都不知道，哪是什么才女，哪有什么才女气质哟。平时就爱看个书，瞎看，也看不出个什么道道。"

书呆："我还是第一次听人说我会说话，其实我很不会说话的，一开口就得罪人。很多人都说我是书呆子，神经病。"

杜兰朵："那是他们不理解你，李白有一句诗叫着自古圣贤什么的，我一下记不起来了。"

书呆："古来圣贤皆寂寞。"

杜兰朵："对，古来圣贤皆寂寞。自古以来，有见地的读书人，总是不被人理解，这是不正常的，也是很正常的。我觉得，你也非常的与众不同，你身上有一种大多男人都没有的气质。"

书呆："什么气质？"

杜兰朵："我说不出来，反正这种气质很高贵很迷人。喂，说了半天，脚都站疼了，我有个小小的要求，能让我们进去坐坐吗。"

书呆这才发现，门虽然开了，自己却一直站在门口，挡着杜兰朵，书呆连忙让开，请她进门。

真真站在书橱前，眼珠瞪得老大，仰望着里面高耸的书，用力吮吸着手指。

杜兰朵眼里直放光芒，嘴里啧啧有声，啧了好一会儿，忽然像个害羞的小姑娘，扭捏道："我还有一个小小的要求。"

书呆警觉道："不会是借书吧？"

杜兰朵点了点头。

书呆脸上立时露出痛苦的表情，指着贴在书橱上的纸条念道："书乃我妻，借书如借我妻，免开尊口！”

杜兰朵：“我又不是男的，把你妻子借给我，不会有问题的。”

书呆：“你这话倒提醒了我，‘书乃我妻，借书如借我妻，免开尊口’这话逻辑不严密，有空子可钻。为了你这句话，我破一次例，你想借什么书？”

杜兰朵：“什么书都可以。”

书呆：“那就《罪与罚》吧，我特别喜欢这本书。”

书呆温柔地从书列里抽出《罪与罚》，郑重递到杜兰朵手上：“你一定要保护好，不要让别人知道我借书给你！”

杜兰朵用力点了点头：“你放心，有借有还，再借不难；有借无还，全家死亡。”

书呆：“这我就放心了，毕竟你也是个爱书的人。”

杜兰朵：“和你比，差远了。”

书呆：“书看完马上还我啊。”

杜兰朵：“一定。真真，我们回家了，跟叔叔再见。”

真真：“叔叔再见，明天你别忘了给我讲故事啊。”

杜兰朵一走，书呆便把那张纸条撕了，重新写了一张贴上：书乃我命，借书如借我命，免开尊口。

12

当晚，书呆失眠了，一是牵挂借出去的书，二是因为杜兰朵的来访。

杜兰朵是第一位涉足书呆宿舍的异性。书呆还从未和一个女人说过这么多话。他发现，自己和杜兰朵很有共同语言。他还发现，除了脸红、心悸，并没有出现盗汗、低烧等严重的不良生理反应。

第二天晚上，书呆继续失眠，对杜兰朵的思念大于对书的牵挂。

第三天晚上，书呆依然失眠，一心一意思念着杜兰朵。

以往，无论遇到什么烦恼，只要一打开书本，烦恼便烟消云散。这一次见鬼了，睁开眼睛翻开书本，书上全是杜兰朵的笑脸；合上书本闭上眼睛，脑子里尽是杜兰朵的身影。

书呆打了自己几个耳光，企图把脑子里的杜兰朵赶走，不行，又在脑袋上擂了几拳，还是不行。不擂还好，一擂擂出好几个杜兰朵来。

书呆把脑袋伸到水龙头底下，哗哗冲了十几分钟，杜兰朵的影像非但没有被冲走，反而越来越清晰。

书呆仰天长叹："舒树森呀舒树森，你堕落了，你完蛋了，你无可救药了！"

凌晨一点多，书呆还在床上烙饼，几乎烙出了焦味。突然，响起了急促的敲门声。

书呆一跃而起，打开门，是杜兰朵。

杜兰朵披头散发，真真像一件湿透的棉袄，搭在她背上。

杜兰朵气喘吁吁："真真发高烧，我不会骑车，你能不能送我们去医院？"

书呆兴奋地推出自行车："都什么时候了，你还这么客气，快走吧。"刚走出门把门关上，书呆突然想起什么，"稍等一下，"将自行车支好，打开门，出来的时候，手上多了一个绿色帆布书包，书呆将书包带折中打了个活结，挂在龙头上，对杜兰朵说，"好了，我们走吧。"

石牛水泥厂坐落在一个小盆地里，出厂不远便是坡，坡不陡，长，将近二百米。一个人骑上坡，不成问题；载一个人上坡，有难度；载两个人上坡，难上加难。

书呆一上车便发起冲刺。

杜兰朵："坡太长了，我下来走吧。"

书呆："没事，这点坡，小菜一碟。"

自行车开始上坡了，书呆的呼吸变得急促粗糙起来，快到坡顶的时候，脚踏磨盘般沉重，书呆不得不站起来，将整个体重倾斜到腿上，咬牙切齿地蹬着脚踏，自行车轮才不至于停止转动。

杜兰朵："太沉了，我还是下来走吧。"

书呆不吭声。

上完坡，大汗淋漓的书呆，忙不迭地解开所有衣扣，袒胸露腹，秋风将衣襟吹得猎猎作响，拂在杜兰朵嫩白的脸上，生出一丝愉快的疼痛。

书呆连做三个深呼吸："刚才我正憋着气，不能说话，一说话，就泄气了，一泄气，就没力气了。"

杜兰朵："真看不出，你白白净净文文弱弱的，这么有劲。"

书呆："这点劲都没有，算什么男人。"

话音刚落，自行车前轮被一块鹅卵石硌了一下，车子猛地一跳，失去平衡，左右晃动着，差点人仰车翻。杜兰朵尖叫一声，左手抱紧真真，下意识腾出右手，胳膊揽住书呆的腰，手掌捂在他的左腰眼上。杜兰朵出门的时候，套了一件薄毛衣，揽在书呆腰上的胳膊，隔着一层毛衣和一层内衣，杜兰朵的胳膊没有任何感觉，书呆裸露的腰，却被绒毛弄得痒痒的，痒得他心慌意乱。

而杜兰朵捂在他腰眼上的手掌，仿佛一块红彤彤的炭和冷飕飕的冰，书呆上身绷得笔直，温度计似的，一会儿一股巨大的暖流水银般直线上升，直冲脑门；一会儿一股巨大的寒流水银般直线下降，直抵足底……

天亮的时候，真真的烧退了，昏睡了大半夜的他，醒来第一句话是："妈妈，给我讲个故事吧。"

杜兰朵趴在床头睡得正香，没听见。

真真踢了踢被子，大叫起来："妈妈，讲故事！"

杜兰朵睁开眼睛，脑子还没完全醒过来，一片混沌，别说讲故事，听都听不进去。

杜兰朵嘟囔道："让叔叔给你讲好不好？"

真真："哪个叔叔？"

杜兰朵："就是那个家里有好多好多书的叔叔。"

"太好了！"真真抬起手，鼓起掌来。

杜兰朵连忙制止他："真真听话，别动，针头掉出来，可不得了。"

真真："你快叫叔叔给我讲故事，不然我就不听话。"

杜兰朵这才发现书呆不在病房。

杜兰朵走出病房，一眼看见书呆仰天躺在走廊长椅上睡着了，头下枕着那个书包，嘴巴微微张着，发出轻微的鼾声，胸上倒扣着一本翻开的书，一只手搭在额头上，另一只手垂在椅边，衣扣全部扣错扣眼，露出半截肚子，整个人凌乱得像睡了一夜的被窝。

杜兰朵轻轻拿起书，是马尔克斯的《百年孤独》，才翻了几页，真真又在病房里大叫起来："妈妈，你还不叫叔叔给我讲故事，我要乱动了。"

杜兰朵连忙脱下毛衣，轻轻盖在书呆腹部，快步走进病房。

真真："叔叔呢？"

杜兰朵："叔叔睡着了，妈妈给你讲故事。"

杜兰朵一连讲了三个故事，都被真真否定了，刚开了个头，他就摇头晃脑："不听不听，老掉牙了！"

杜兰朵轻轻叹了口气，打开《百年孤独》，结结巴巴念道：

多年以后，奥雷连诺上校站在行刑队面前，准会想起父亲带他去见识冰块的那个遥远的下午。当时，马孔多是个二十户人家的村庄，一座座土房都盖在河岸上，河水清澈，沿着遍布石头的河床流去，河里的石头光滑、洁白，活像史前的巨蛋。这块天地还是新开辟的，许多东西都叫不出名字，不得不用手指指点点。每年三月，衣衫褴褛的吉卜赛人都要在村边搭起帐篷，在笛鼓的喧嚣声中，向马孔多的居民介绍科学家的最新发明。

他们首先带来的是磁铁。一个身躯高大的吉卜赛人，自称梅尔加德斯，满脸络腮胡子，手指瘦得像鸟的爪子，向观众出色地表演了他所谓的马其顿炼金术士创造的世界第八奇迹。他手里拿着两大块磁铁，从一座农舍走到另一座农舍，大家都惊异地看见，铁锅、铁盆、铁钳、铁炉都从原地倒下，木板上的钉子和螺丝嘎吱嘎吱地拼命想挣脱出来，甚至那些早就丢失的东西也从找过多次的地方兀然出现，乱七八糟地跟在梅尔加德斯的魔铁后面……

真真先是茫然，接着惊愕，最后愤怒，猛地举起双手，捂住耳朵："不听不听，不好听！"

杜兰朵扔下书，去捉真真的手，来不及了，输液针头已经脱落，鲜血从针眼处溢了出来。

杜兰朵大叫："护士！"

护士闻声赶来。可是，真真怎么也不肯配合护士重新给他扎针，除非叔叔给他讲故事。

书呆这时被吵醒，走进病房，他一开口，真真便安静下来。

从前，有只高傲的猫走过美丽的花丛，他没有爱上任何一朵鲜花，而是爱上了一只紫色的蝴蝶。

鲜花们向猫展示着美丽，猫却对着蝴蝶说："我爱你！"

蝴蝶用她紫色的微笑说："我爱的是强者，你知道山林中的老虎吗？他是真正的强者，如果你能打败老虎，你就是真正的强者，我会爱上你。"

猫去了山里，他要证明自己是强者。猫找到老虎，视死如归地和它决斗。战斗进行不到五分钟就结束了，猫被老虎锋利的爪子撕扯得支离破碎。不过，猫临死前出其不意地咬掉了老虎的鼻子。结果是，老虎输了，猫也死了。

猫见到了上帝，上帝告诉猫："你有九条命，现在剩下八条了。"猫回来见蝴蝶。蝴蝶问猫："你真的爱我？"猫点头。蝴蝶说："我从没有见过喜马拉雅山的冰花，你能采一朵给我吗？"

猫去了喜马拉雅山，但他的皮毛太薄，还没有采到冰花就冷死在途中。上帝告诉猫："你剩下七条命了。"猫知道自己皮毛太薄，无法抵御喜马拉雅山刺骨的寒冷，不能活着采到冰花，求上帝帮他。上帝说："你要用一条命换一朵冰花。"猫爽快地答应了。他得到了冰花。也失去了一条命。猫带回了冰花，蝴蝶很高兴。蝴蝶说："我喜欢海底的紫色珊瑚，你能给我吗？"

猫去了海里，但他不会游泳，很快便淹死了。猫又去见上帝，求上帝赐给他紫色的珊瑚，他愿意用一条命来换。猫得到了紫色的珊瑚，只剩下四条命了。猫带着紫色的珊瑚回来见蝴蝶。蝴蝶很开心，对猫说："你真是一只很优秀的猫，如果你能让天空划过一颗彗星。我就会爱上你。"

猫很无奈，怎么也想不出如何让天空划过一颗彗星，只好去找上帝，但是他知道只有死了才能见到上帝，便毫不犹豫地刺破自己的心脏，见到了上帝。他说："万能的上帝，你能给我一颗彗星吗？我愿给你我的一切。"上帝说："你只剩下三条命了，如果你全部给我，我就让天空划一颗彗星。"猫说："我愿意，但希望你能让我回一次人间。"上帝答应了。

猫回去了，他带着蝴蝶来到一个大平原。

夜里，一颗明亮的彗星出现在天空，绚丽无比。蝴蝶看到了美丽的彗星，觉得猫很伟大，爱上了猫。可是，猫现在连一条命也没有，他的生命将随着彗星消失。猫爱蝴蝶，现在蝴蝶也很爱猫，但猫已经失去了和蝴蝶相爱的能力。猫对蝴蝶说："其实我不爱你。"蝴蝶哭了，恨猫戏弄她的感情。

猫走了，他要赶在彗星消失之前离开。彗星消失在天边，猫也消失在蝴蝶的视线之中。猫见到了上帝，上帝说："你已经一条命也没了，为了爱情，这么做值得吗？难道你不后悔吗？"猫说："我觉得自己非常值得，一点也不后悔，只是我很不甘心，恨自己无能为力。如果你再给我一次选择，我还会这么做。"上帝被猫感动了，对他说："你去天堂吧，做一个安琪儿，但是你不可能再拥有生命了，没有生命，你就无法回到人间。"

安琪儿是天使的化身，头顶上方有光环，背上长着一对翅膀，手里握着一把弓箭，如果他同时把两支箭射向一对男女，他们就会疯狂地相爱。猫说：“那我去地狱行吧？”上帝十分吃惊，问他为什么。猫说：“我去地狱煎熬一千年，你能再给我一条命吗？”上帝说：“没有这个先例，所以不行。”猫恳求道：“只给我半条命就行。”上帝答应了。

猫在地狱中苦苦煎熬着，黑暗、孤独、寂寞、恐惧和无休止的争斗，每天像一把把尖刀刺向猫的心脏。一千年过去了，猫修炼成了地狱中的阿修罗，谁也不是他的对手。阿修罗是古印度的恶神，凶猛好斗，战无不胜。一千年的战斗，一千年的痛苦，一千年的冷血，一千年的柔情，一千年的等待，一千年的修炼。一千年了，猫终于从上帝那里获得了半条命。

猫拖着半条命回到人间，找到了蝴蝶，对她说：“我很爱你。”蝴蝶不相信猫，心里还恨着猫，说：“除非你死在我面前，不然我死也不会相信。”猫笑了，笑得很悲伤。他好不容易获得半条命，蝴蝶却要他死给她看。猫发出一声凄厉的叫喊，撕开胸膛掏出心脏，大滴大滴的泪水雨点般打在心脏上。

蝴蝶大为震惊，深深地感动了，对猫说：“猫有九条命，你还会回来的，虽然那时你只有八条命，但我们还能好好相爱。”猫说：“我回不来了，我连最后半条命都失去了，只能到天堂里去做安琪儿了，我的爱情之箭只能永远射向别人，自己却永远失去了爱和被爱的资格与能力。”说完，猫消失在茫茫宇宙中。

猫在天堂对蝴蝶说：“上帝给了我九条命，我的爱却要十条命。我的九条半命已经失去了，如果上帝允许我重返地狱煎熬一万年，给我另外半条命，我还会成为阿修罗，可是，我已经没有机会了。”

蝴蝶痛不欲生，流着紫色的眼泪喃喃自语：“一万年太久、太久了，不过，如果上帝再给你半条命，我会爱你十万年、一亿年！”

故事讲完了，杜兰朵和护士都被这个故事打动了。

真真咂了咂嘴：“爸爸，你讲的故事真好听，你以后每天都给我讲一个故事好吗？”

杜兰朵连忙纠正真真：“是叔叔，不是爸爸，你以后再叫叔叔爸爸，他就不给你讲故事了。”

书呆摸了摸真真的头，笑道："一定要记住啊！"

真真用力点点头："我记住了，爸爸！"

13

真真出院第二天傍晚，杜兰朵左手牵着真真，右手拎着一个布袋，来到书呆宿舍。

杜兰朵从布袋里拿出《罪与罚》，递给书呆："你检查一下，损坏没有？"

书呆接过书，翻了翻："这么快就看完了？"

杜兰朵："我不怎么爱看外国文学作品，主要是看不懂。还有，外国人的名字太长了，特别是俄国人的名字，长得跟火车似的，有时看了半天，一个人的名字也记不住。你借给我的这本《罪与罚》，我连作者的名字都记不住，叫什么斯基来着？"

书呆："陀思妥耶夫斯基。"

杜兰朵："俄国人名字里斯基两个字好像特别多。"

书呆："有个笑话。一个美国人对一个俄国人说，我们美国是汽车王国，拥有世界上最多的汽车。俄国人说，你吹牛，俄国才是拥有汽车最多的国家。美国人问何以见得？俄国人说，你没看许多俄罗斯人的名字后面都有个'司机'（斯基）么？司机没汽车能叫司机吗？当然是俄国人的汽车最多了。"

杜兰朵："真有意思。"

真真："爸爸，再讲一个。"

书呆沉下脸："是叔叔，不准叫爸爸！再叫我爸爸，我就不理你了。"

真真："叔叔，你别生气，我再也不叫你爸爸了。"

书呆："这还差不多，那我再讲一个，听好了。话说有一个俄国人在旅游时迷了路，半夜终于走到中国边界的一个小村庄里。天上下着漫天大雪，他实在冷得受不了，去敲一家人的门，要求借住一个晚上。一个老太太在屋里大声问，你是谁啊？那个俄国人说，依力·奇瓦·莫波洛夫·克里拉维奇·维克多耶夫斯基！老太太一听，吓得连忙把刚打开的门又关上了，隔着门对他说，人太多了，我家挤不下！"

杜兰朵和真真笑成一团。

笑罢，杜兰朵从布袋里取出一个饭盒，打开，香味扑鼻，递给书呆："来，吃脚掌糍。”

脚掌糍因其形状似人的脚掌而得名，名字虽然不好听，却很好吃。脚掌糍的原料是大米和糯米，比例为三比一，大米三成，糯米一成，磨浆蒸熟后叠成一层层糍糕，干吃湿吃皆可。干吃不加任何佐料，湿吃加入甜汤或辣汤。无论干吃还是湿吃，皆滑润不涩，甜辣不腻。

小时候，为补贴家用，杜兰朵和妈妈一起推着装有炉子和蒸笼的小车，到县城叫卖脚掌糍，香味飘得很远很远，少女的心思也被那香味扯得很远很远。青出于蓝而胜于蓝，杜兰朵的脚掌糍比妈妈做得还好。

书呆眼睛一亮：“你做的？”

杜兰朵点了点头：“前天晚上真真发烧，多亏你帮忙，没什么感谢你的，做了点脚掌糍，也不知你爱吃不爱吃。”

书呆：“我最爱吃脚掌糍了，小时候家里穷，只有逢年过节的时候，才能吃上妈妈做的脚掌糍，我妈妈做的脚掌糍，在伐木场小有名气。”

杜兰朵：“呀，那太好了，赶快尝尝我的手艺。”

书呆夹起一块，塞进嘴里：“哇，太好吃了，跟我妈妈做的一样好吃。”

杜兰朵：“那你多吃几块。”

书呆：“很久没吃脚掌糍了。”

杜兰朵：“你妈妈不是会做吗？”

书呆：“可是她不做给我吃了。”

杜兰朵：“为什么？”

书呆：“说来好笑，她说我一天不找老婆，她就一天不做给我吃。”

杜兰朵：“你妈妈真有意思，她这是跟你赌气呢。不过，男大当婚，女大当嫁，你有二十七八了吧，也该找老婆了，我十八岁就结婚了。”

长长叹一声：“你讲话怎么跟我妈一个口气？真没想到，你也这么俗气。”停了一下，又说，“我不想结婚！”

杜兰朵：“你是不是受到感情上的打击？”

书呆：“我从来没有谈过恋爱，何来打击？”

杜兰朵：“那你怎么这么偏激？”

书呆：“你知道毛姆吗？”

杜兰朵：“不知道。”

书呆：“毛姆是英国最著名的小说家。”

杜兰朵："我刚才说过了，我很少看外国作家的作品。"

书呆："毛姆的代表作是《刀锋》和《月亮和六便士》，我最喜欢《月亮和六便士》，其中有这么一段话：有些男人，慈悲的天意注定他们终身做个光棍。但是他们有的人由于任性，有的人由于阴差阳错拗不过环境，违背了上帝的旨意，再没有谁比这种结了婚的光棍更可怜的了。我是在二十岁那年读《月亮和六便士》的，当我看到这段话的时候，有一种石破天惊的感觉，这段话说得太好了，说到我心坎里去了。我觉得，我就是被上帝注定了的光棍，与其做个结了婚的光棍，还不如做个永不结婚的光棍。从那一天起，我便下定决心，发誓要打一辈子光棍。"

杜兰朵："我要是在二十岁的时候，看到这段话，那就好了。"

书呆："这段话是专门针对男人而言的，对女人不适用。"

杜兰朵："那你说一段适用我的话。"

书呆："'婚姻就像一座围城，城里的人想出来，城外的人想进去。'钱锺书的名言。还有，'幸福的家庭都是相似的，不幸的家庭各有各的不幸。'俄国著名作家托尔斯泰的名言。"

杜兰朵："你怎么知道我不幸？"

书呆："你的不幸全厂皆知。"

杜兰朵："那只不过是冰山一角，我杜兰朵最大的不幸，是嫁了一个明知不该嫁却不得不嫁的男人，按照毛姆的话说，就是违背了上帝的旨意，没有比我这种结了婚的寡妇更可怜的女人了。"

说到这里，杜兰朵胸部稻浪般起伏，泪水夺眶而出，宛若梨花带雨，楚楚动人。

书呆慌了手脚，将饭盒递到她手上："来，吃块脚掌糍，吃了脚掌糍，年年都有余。"

杜兰朵破涕为笑："书呆子，哪有你这么哄女人的，我服了你啦。"

书呆："我从来没有哄过女人，也没有被女人哄过，也不打算去哄哪个女人，更不打算被哪个女人哄。"

杜兰朵："都说爱看书的男人会哄女人，你读了那么多的书，怎么一句哄女人的话都不会说呢？"

书呆："我是个书呆子嘛。"

杜兰朵："你专门看外国文学吗？"

书呆：“我主要看外国文学，中国文学除了四大古典名著，我只读鲁迅、钱锺书和沈从文的作品。你呢？”

杜兰朵：“杨沫的《青春之歌》、巴金的《爱情三部曲》《激流三部曲》、茅盾的《子夜》、老舍的《骆驼祥子》《四世同堂》，噢，还有《红楼梦》，四大名著我只看了《红楼梦》。”

书呆：“建议你读一点鲁迅的作品。”

杜兰朵：“我不喜欢鲁迅的作品，看不懂。”

书呆：“也是，女人没几个看得懂鲁迅和喜欢鲁迅的。钱锺书的《围城》看过没有？”

杜兰朵：“没看过，我一直买不到这本书，也借不到这本书，你这里有吗？”

书呆：“有，我借给你。《围城》有句名言，城里的人想出去，城外的人想进来，婚姻亦如此，所以小说起名围城。”

杜兰朵：“那你想进来吗？”

书呆：“难道你想出来？”

“不说这个，说这个没意思。”杜兰朵指着书橱的纸条念道，“‘书乃我命，借书如借我命，免开尊口’，你肯把命借给我吗？”

书呆：“我把命借给了你，你千万不能弄丢啊，不然我就没命了。”

杜兰朵：“你放心，你的命就是我的命，丢了你的命，等于丢了我的命，我会像爱惜自己的生命一样爱惜它的。”

14

书呆嗜书如命，视书如命；成也看书，败也看书。

作为石牛水泥厂第一位高级知识分子，书呆被厂领导尊重、爱护了不到两年，便成了他们的眼中钉肉中刺，恨不得拔之而后快。

参加工作后，书呆依然爱看书，因为看的不是专业书并且影响工作，领导就不满。书呆一点不在乎领导的不满，有时还顶牛，别看他平时不爱说话，关键时刻，一句顶一万句，句句击中要害，让领导扶着栏杆也下不了台，十足的愤怒青年。这么一来，书呆成了领导的眼中钉肉中刺，皮球般踢来踢去，游走于车间和科室之间，甚至当了半年过磅员，一事无成。虽然一来就当上化验室副主任，但是不到半年就被免职。以至于后面分配来的中专生都当上科长、主任了，他还是普通一兵。

书呆第一个工种是化验员（兼化验室副主任），与吴小玉同事，但技术含量明显高于吴小玉，带点科研性质，吴小玉他们只是进行程序化的简单检测。跟主任关系搞得僵尸一样僵后，主任每隔几天就向官厂长告状，书呆于是从宽敞明亮的二楼贬到阴暗简陋的地下室磨料。所谓磨料，就是把取料工从车间取来的颗粒状熟料，按比重掺入石膏，倒进一个小型磨机，摁动电钮，磨上半个小时，然后将磨成粉末的水泥倒出，过筛，一部分封存起来，一部分送给吴小玉他们检测，原先他的“科研”样品也来自这里。整个过程不超过三个小时。也就是说，书呆一天的工作时间最多只有三个小时，上午干完三个小时，就可以下班了，除了值班，下午基本不用来，比原先更舒服。他非但不记恨主任，还故意买了一包良友香烟向主任表示感谢。

唯一不尽人意的是，这个工种比较脏，倒磨和过筛的时候，粉尘很大。不过，与车间相比，这点灰尘不过是毛毛细雨，根本谈不上脏。书呆倒磨和过筛的时候，仿佛大晴天里一辆汽车从泥沙路上急驶而过，那不过是一辆小汽车而已；车间的粉尘，则仿佛大晴天里一个车队从泥沙路上急驶而过，至少十辆大卡车，二十四小时不停歇，路面上不仅有泥沙，还有煤灰。

这份工作对书呆而言，是赤裸裸的大材小用。并非领导不尊重人才，而是他太不尊重领导，而且什么事都做不好，做什么事都不认真，老走神。

这个工种一点技术含量都没有，傻瓜都会做，书呆愣是连这么简单的事情也做不好。把料倒进磨机之后，书呆就躲到一旁看书。书呆看起书来是非常投入的，一拿起书本就进入状态，哪怕旁边有人在吵嘴打架，也丝毫不影响他的读兴。小磨机没有定时器，时间得由人工控制，超过半个小时，磨出来的水泥拿去化验，数据便失去了科学性和准确性，进而影响产品质量，工艺员就是根据这些数据进行配料的。书呆一看书，便忘记时间，常常超出时间范围，只好重磨。

有一回，超出两个多小时，直到电机冒烟起火，发出刺鼻的焦味，整个化验室的人都嗅到了，唯独他没嗅到。等到别人提醒他，手忙脚乱打开磨机盖，一股热浪喷涌而出，把脸皮和头发都灼伤和烫弯了，幸好戴着眼镜，否则他再也看不成书了。磨机里放的是等量的钢锻和钢球，磨机转动后，钢锻和钢球裹挟着熟料，在密封的磨腔里与一寸厚的钢质磨板反复摩擦，别说硬度不高的熟料（其硬度相当于晒干的玉米），就是石头，也会被磨成齑粉。小磨机最多只能连续运转一个小时，两个多小时已经超出极限。

书呆打开盖板时，里面的温度已经接近一百度，所剩无几的粉末几乎沸腾。车间里的大磨机比小磨机大五十倍，运转的时候，要不停地往磨体注水降温，电机也要用鼓风机不停地吹，这样才不至于温度过热高导致磨机变形烧毁电机。小磨机没有降温设备，只能靠时间控制。

大磨机里的钢锻和钢球比小磨里的大上十倍，滚动起来发出的响声打雷一般，千米之外都听得见。有一年设备大修，一维修工钻进磨机维修，外头一位工人以为磨体内无人，突然摁下电钮，不到一分钟，那个身高马大的维修工就被磨成了肉酱，惨不忍睹。

书呆的失误虽然未酿成重大灾难，厂领导对他却彻底绝望，从此根本不把他当中专生看待，只当一般工人，调离化验室之后，先是贬到水泥车间过磅，不久又贬到纸袋车间做纸袋。

除了第一次，每次调换工种，书呆都不服气，都要找官厂长大吵一架，说他埋没人才打击报复，迫害知识分子。

官厂长气得浑身哆嗦：“我埋没人才？我要是埋没人才，会让你一进厂就当化验室副主任？我打击报复？我要是打击报复，早把你开除了。迫害知识分子？简直就是笑话，你有什么迫害价值？迫害你还不如迫害耗子！”

书呆：“你敢？你没有这个权力！我一不偷二不抢三不贪污，作风正派，你凭什么开除我？你是水泥厂的厂长，我是水泥厂的主人翁，本质上我们是平等的。”

官厂长：“我是不敢，我是没有这个权力，我怕你，行不行？”

吵归吵，吵过之后，书呆还是老老实实奔赴新岗位。

书呆被贬为纸袋工不久，在全省工业系统读书知识竞赛中获得一等奖。书呆拿着奖状，要求官厂长给他调换工种。

官厂长已经对书呆深恶痛绝，拍着桌子对他说：“只要老子还是水泥厂的厂长，你就别想翻身。”

书呆针锋相对：“你这是赤裸裸的打击报复，我要去告你！”

官厂长：“欢迎，告诉你，你就是告到党中央国务院都没有用！”

书呆果然到处写信告状。该他走运，当时正值全国上下讨论怎么尊重人才如何用好人才，他雪片般写给上级部门和领导的信泥牛入海，偶尔写给省报《读者来信》栏目的信，却很快被摘要刊登出来，还加了编者按，对书呆的遭遇深表同情，对官厂长（未点名）的做法予以批评，要求全社会引以为鉴，自觉尊重知识分子了，把对知识分子的尊重由口号落实到行动，不仅要“不拘一格降人才”，更要“不拘一格用人才”。

这下可不得了，有关领导亲自批示，要求对此事妥善处理，消除不良影响。

厂里为此召开专题会议，官厂长首先做了深刻的检讨，然后，主持会议的县工会主席和厂领导班子就书呆工作问题展开热烈讨论。有人建议让书呆官复原职，继续当他的化验室副主任。可是，化验室已经有两位副主任，不宜再增加。有人提出对书呆委以重任。然而，书呆到底能够承当什么重任，大家心里没底。

还是官厂长有办法：“我看，让他去阅览室最合适。”

大家都觉得不可思议：阅览室杜兰朵一个人已经闲得起壳，再安排一个人进去，岂不要闲出病来？再说，这算尊重人才吗？

官厂长：“报纸上不是强调要不拘一格用人才吗？什么叫不拘一格，依我看，就是解放思想，把舒树森同志安排到阅览室，就是不拘一格，就是解放思想。大家想想，舒树森同志那么爱看书，正好专业对口嘛。如果他把阅览室的工作开展起来，杜兰朵同志正好可以当他的副手，如果开展不起来，可以再考虑把他调到其他岗位嘛。我敢保证，舒树森同志这次肯定满意这个安排，也一定能把这项工作做好。”

官厂长这么一说，大家醍醐灌顶，报以热烈的掌声一致通过。

书呆无论如何想不到，官厂长会把他安排到阅览室。这个结果对他来说，不是意外的惊喜，而是天大的惊喜。阅览室才是他最好的归宿呀。

书呆对官厂长的怨恨烟消云散，转而充满敬意和谢意，领导就是领导，领导就是高，关键时刻顾全大局，把他调到阅览室，好比好钢用在刀刃上。

更让书呆感激和敬佩的是，官厂长还批了三千元专款，让他去购买书籍。书呆将款子一分为二，两千五百元用来购买文学名著，五百元用来订阅文学杂志。

书呆从纸袋车间驮来一捆牛皮纸，和杜兰朵忙了近一个月，把一千多本新书包上书皮、编好号、登记造册。并制定了严格的借阅制度，原则上职工只能在阅览室阅读，若把书借回家阅读，必须缴纳两倍于书款的押金。

石牛水泥厂阅览室旧貌换新颜，几乎断炊的书香袅袅而起，又变得热闹起来。一时间，读书看报居然在青工当中蔚然成风，打架斗殴酗酒闹事者逐月减少。年底，阅览室被县总工会和文明办评为“优秀员工之家”和“文明图书室”。书呆则被厂里评为“先进工作者”，表彰大会上，当官厂长亲自向他颁发奖状和奖品时，书呆嘴里好像涂了蜜，一连说了三声“谢谢厂长”。

过完年，官厂长便荣调高升了。

15

转眼，清明到了。

清明前夕一个细雨霏霏的晚上，吃罢晚饭，杜兰朵走在前面端着一碗文子，真真手里抓着一个文子跟在后面。

“文子”是本地土话的谐音，普通话“圆子”的意思。文子种类很多，一种是水菊文子，又有清明果之称。水菊是一种生长在稻田里的绿色植物，清明前后最为鲜嫩，开花后就不能食用了。清明时节稻田尚未耕耘，土地湿润平整，特别适合水菊生长。水菊状似鸡爪，叶片有白茸毛，壁虎般紧贴泥土。

用微型小铲将其铲起，洗净晾干，舂烂后加入米浆拌匀，放进锅里用小火边煮边搅动，煮熟至浓稠成团状后，从锅里拎出放在案板上，捏成一个个小团再碾成皮，以腌肉、熏肉、春笋、香菇、熏油豆腐、腌菜、辣椒等土产做馅，将馅裹进皮里，包成鹅蛋大小，放进锅里蒸熟即可食用。文子外表绿皮幽幽，吃起来香辣可口，令人胃口大开，吃罢唇齿留香，那是草叶的清香，田野的清香，自然的清香。

清明前后，当地农民几乎家家户户都要做文子，互相请吃，一边吃文子一边话桑麻，成为一种习俗。水菊可入药，有温胃驱寒之功效，水菊做成的文子，自然也有这种功能，人人爱吃。

另一种是苧叶文子，将春季长出的嫩叶摘下洗净，捣烂加入米浆拌匀，放进锅内用小火边煮边搅动，做法与水菊文子相同。苧叶的绿叶素和纤维含量不亚于水菊，吃起来更营养更具香味。还有一种叫淋碱文子，不掺其他配料，将三比一的籼米和糯米用碱水浸泡半日，磨浆，放入锅中搅拌煮后包馅，做法与前两种一样。淋碱文子吃时带碱香味，呈金黄色，原料不受时令限制，可随时制作。

石牛水泥厂不少工人家属，本是农民出身，厂子又坐落在郊区，稻田触脚可及，清明前后做吃文子这个习俗自然在厂里沿袭下来。文子制作工艺简单易学，智商正常的女人，一学就会。在农民出身女工的传、帮、带之下，石牛水泥厂绝大多数女人学会了做文子，杜兰朵也不例外。

真真一进屋，便把手里的文子往书呆手里塞："爸爸，吃文子，这是妈妈专门为你做的。吃完文子，你给我讲故事。"

调到阅览室后，杜兰朵天天把真真带到阅览室，书呆每天给他讲一个故事。他们已经父子般亲密无间，书呆已经习惯了真真叫他爸爸。说也奇怪，自从书呆不再反对和纠正真真叫他爸爸以来，真真再也没叫别人爸爸，哪怕别人用好吃好玩的东西乃至好听的故事引诱他，他都无动于衷，并自豪地告诉对方："我只有一个爸爸，外号叫书呆，真名叫舒树森。"对方不甘心失败，问他："那蔡文彬呢？蔡文彬不是你爸爸吗？"真真挠了挠头："蔡文彬是谁？我不认识他。"

书呆笑着接过真真手里的文子，往嘴里塞，嘎嘣一声，吐出一枚硬币，大惊："文子里怎么会有硬币？"

杜兰朵很激动，小姑娘似的拍着手："哎呀，你要走运了！"

书呆一头雾水："走运？走什么运？"

杜兰朵："走桃花运呀！你没听说嘛，文子里吃到钱，姻缘找上门。"

书呆："你这话好没道理，难道孩子老人在文子吃到钱，姻缘也找上门？"

杜兰朵："怎么没有道理，孩子长大了，姻缘不就找上门来了嘛。至于老人，如果今生的姻缘没找上门，来世的姻缘一定会找上门的。"

书呆："硬币是你故意放进去的吧？"

杜兰朵："是啊，有什么不对吗？"

书呆："我虽然呆，你的意思我还是明白的，兰朵，这不可能。"

杜兰朵："你没有试过，怎么知道不可能？"

书呆："像我这样的男人，不适合结婚，命里注定打光棍。如果违背天命，必然害人害己，害我自己没关系，害了你，我会一辈子良心不安的。"

杜兰朵满脸通红，跺脚道："哎呀，你胡说什么呀，我不是说我，我怎么配得上你，我是说我表妹，我想把我表妹介绍给你。"

书呆臊得全身通红，一时无言以对。

真真不失时机地插嘴："爸爸，讲故事！"

尴尬至极的书呆巴不得给真真讲故事，一个故事讲完了，见他们还没有走的意思，书呆问真真还想不想听，真真噘着手指说，当然想听。

一连讲了两个故事，书呆还要接着讲，真真脸上流露出吃饱喝足的表情："爸爸，今天就讲到这里吧，你一下讲完了，以后就没得讲了。"

杜兰朵不依不饶："你别转移话题，我表妹很漂亮的，温柔又大方。"

书呆看了一眼杜兰朵，杜兰朵迎着他的目光，目光有些飘。书呆又看了她一眼，杜兰朵不敢接他的目光，低下头，绞着手指，脸微红脖子微粗。

书呆仰起头，怔怔地望着天花板，长叹一声："杜兰朵，我真没想到，你也这么俗气。"停了一下，又说，"百无一用是书生，我连自己都养不活，你把表妹介绍给我，这不是把她往火炕里推嘛。"

杜兰朵："你有工作，我表妹也有工作，怎么养不活？"

书呆："你误会我的意思了。"

杜兰朵："那你什么意思？"

书呆："我已经跟你说过了，像我这样的男人不适合结婚，命里注定打光棍。如果违背命运，必然害人害己，害我自己没关系，害了你表妹，那就太对不起你和你表妹了。你把表妹介绍给我，是出于好意，我拒绝你的好意，也是出于好意，请你相信我。我们相处这么久了，难道你还不明白我的为人？"

杜兰朵感动得少女般哭泣起来。

16

任何一对孤男寡女凑在一起，十有八九会发生深度桃色新闻。即使他们是清白的，舆论也会将他们渲染成桃色。杜兰朵调进阅览室不久，厂里新盖了一幢四层的综合楼，阅览室从破败不堪的礼堂一角搬到综合楼四楼。综合楼坐落在办公楼和车间之间，相对僻静，一、二楼是集体宿舍（书呆不愿与人同居，依然住在原来那个六平方米的小房间里），三楼是招待所。

集体宿舍和招待所白天基本没人，即使有人，也是上完夜班或者准备上夜班的工人，大都在补觉。阅览室白天晚上皆有开放，不过白天读者很少，大都晚上光顾。白天开放四五个小时，做做样子罢了，晚上冬春季节开放两个小时，夏秋季节开放三个小时。

周秀珠当管理员的时候，阅览室晚上也开放，不过，职工不是去看书，而是去看电视。八十年代初期，电视尚未普及，彩电更是稀罕物，厂里买了一台十八英寸日立原装进口彩电，放在阅览室供大家观看。杜兰朵当管理员的时候，大多家庭已经买了黑白电视机，没什么人到阅览室看电视，开始，杜兰朵还把钥匙交给母亲，替她开一开门，后来，彩电搬到招待所，阅览室晚上便不再开放。书呆调进阅览室后，晚上恢复开放。当然，杜兰朵晚上不用来，除非她想来。

综上所述，无论地利还是天时，都有利于书呆与杜兰朵酝酿和发生桃色新闻，奇怪的是，阅览室却风平浪静，正常得不正常。更奇怪的是，厂里的长舌妇和快嘴男，除了偶尔发出“这个杜兰朵，怎么和书呆这样的呆子说得上话，是不是她也有问题”和“杜兰朵想男人，也不该想书呆这种没用的男人”之类的微词，基本不嚼他们的舌头。即使真真口口声声叫书呆爸爸，他们也不以为然。

一个傻子叫一个呆子爸爸，有什么好奇怪的呢？只有书呆这种呆得不可救药的呆子，才会心安理得地容忍一个傻得不可救药的傻子叫他爸爸。

只有跳蚤例外。

有一天，厂里停电，杜兰朵带真真去食堂吃饭，和书呆同坐一桌。跳蚤也到食堂买饭，正好看见书呆把一块七分瘦三分肥的肉往真真碗里搛，真真把七分瘦肉吃了，三分肥肉搛回给书呆。杜兰花眼疾手快，从书呆碗里搛回那块肥肉，一口吃下，责备儿子不礼貌。

跳蚤看到这里，诗兴大发，敲着饭盒念道，“国有企业食堂好，我们职工吃很饱；国有企业食堂好，共产主义实现了；国有企业食堂好，肥肉多来瘦肉少……”念着念着，突然变成“天上下雨地上流，公婆打架不记仇；白天同吃一锅饭，晚上同睡一枕头，中间还夹着一个小枕头。”

“跳蚤，你说谁呢？”有人问。

跳蚤朝书呆和杜兰朵努努嘴，拉长声音：“你说说谁呢，不是夫妻胜似夫妻啊。”

“跳蚤，我看你是说自己吧，你和艾兰花才是白天同吃一锅饭，晚上同睡一枕头。”书呆指着跳蚤说。

这时候，跳蚤和艾兰花已经结婚好几年了，跳蚤也贬到装包车间。跳蚤笑道：“你真是个不可救药的书呆子，这还用说吗，我不仅晚上和艾兰花同睡一枕头，白天也和她同睡一枕头，她是我老婆嘛，想怎么睡就怎么睡。怎么，这有什么不对劲吗？”

书呆站起身，走到跳蚤面前，目不转睛地盯着他。

跳蚤有些心虚：“呆子，你看我做什么？”

书呆：“你知道鲁迅吗？”

“想考我啊？我虽然是个大老粗，鲁迅还是略知一二的，他的原名叫周树人，和你一样，名字里有个树字。不过，他的树是大树，你的树是小树。”

书呆：“你能说出鲁迅的一两句名言吗？”

“牛吃的是草，挤出来的是奶。”跳蚤用胳膊夹住饭盒，做了个挤奶的动作。

书呆：“还有呢？”

跳蚤：“还有……还有书呆是个王八蛋。”

书呆：“这句你听说过没有，‘一见短袖子，立刻想到白臂膊，立刻想到全裸体，立刻想到生殖器，立刻想到性交，立刻想到私生子。’你就是这种人！”

跳蚤：“他妈的，你别拿鲁迅来吓唬老子，老子不明白你的意思，有话明说，别拐弯抹角的，老子最讨厌你们知识分子这一套。”

书呆：“就你这素质，说了也不明白！”

正是夏天，杜兰朵身上穿着一条裙子，跳蚤指了指她的白臂膊：“你神气什么？敢想才敢干，你个阉货，洗澡不脱裤，莫说白胳膊，就是把女人脱光了往你怀里送，你也不敢脱裤子。你这种男人，也只有杜兰朵这种正经到不正常的女人才会看上你，再不正经的正常女人，瞎了眼也看不上你。给你开个玩笑，你还当真，你当真得了吗？”

书呆勃然大怒，正要发作，真真突然蹿上前，掰住跳蚤的手腕就是一口，大叫道：“不许你骂我爸爸！”

跳蚤哎哟一声，抡起巴掌：“你这个傻子，关键时刻不傻啊，还知道咬人，我打死你！”

杜兰朵一把将真真拉到身后：“跳蚤，我儿子傻，你可不能犯傻。大家都知道，真真有严重的心脏病，你一巴掌下去，要是打出个三长两短来，那可是人命关天！”

跳蚤本来就没想打真真，不过是想吓唬吓唬他，杜兰朵一提醒，他自己反倒吓住了，连忙收回巴掌，插进口袋，讪笑道：“哪能呢，大人不计小人过，他就是不傻，我也不可能打他，书呆，你说是吧，看来你这辈子只能当现成的爸爸了，嘿嘿。”

跳蚤边说边往后撤。

书呆指着跳蚤大骂："跳蚤，有种你别跑，你信不信，我手上要是有把刀子，捅死你，再把你的眼皮钉到脑门上！"

跳蚤："我信，我当然信了，我怕你还不成吗？"

跳蚤"洗澡不脱裤"这句话戳到了书呆痛处。

水泥厂的长舌妇和快嘴男之所以不嚼书呆和杜兰朵的舌头，还有一个重要的原因，他们认为，书呆可能已经呆得失去了性功能。证据是书呆上澡堂洗澡的时候，从来不脱短裤。书呆白天从不上澡堂洗澡，都是夜里十一二点去洗。这时候，上小夜班的工人陆陆续续下班，澡堂里洗澡的人稀稀拉拉。

有一回，F 金刚乘书呆不注意，猛地伸出黑手，用力扯了一把他的短裤，居然没有扯下来，澡堂里爆发出一阵暧昧的笑声。

书呆身上穿的这条短裤，不是松紧带而是绑带的，他有两条洗澡专用的绑带子短裤。即使在滴水成冰的寒夜，他也不在澡堂换短裤，先穿好衣服，然后用一条大毛巾紧紧裹住湿漉漉的下身，以最快的速度回到宿舍。

F 金刚这一扯，扯出巨大的麻烦，书呆脸色突变，变得比死人还难看，只不过澡堂内水汽蒸腾灯光昏暗，大家没有看见而已。书呆当场并没有发作，迅速结束洗澡，穿上衣服，回到宿舍，拿起一把水果刀，冲进澡堂，对着 F 金刚肥硕的屁股就是一刀，要不是旁边的人见义勇为，F 金刚的屁股不知要挨多少刀。

书呆这一刀在震慑那些想揭他短裤内幕者的同时，也捅出了副作用：原先人们只是怀疑他有问题，现在是肯定他有问题。跳蚤这个人嘴巴松得像婊子的裤带，想象力又特别丰富，明知书呆"睡"不了女人，一看到他和杜兰朵在一起，就觉得他们卿卿我我，忍不住要说，其实他只想过过嘴瘾，有口无心，开个玩笑，并无恶意。

杜兰朵不敢肯定书呆有问题，却忍不住怀疑他有问题。

此前，杜兰朵曾经试探过书呆。那是初夏（即杜兰朵借送文子之机，企图给书呆介绍表妹的那年夏天）的一个夜晚，刚洗过澡的杜兰朵出了澡堂，径直来到书呆宿舍。

杜兰朵穿着一件雪白的连衣裙，湿漉漉的披肩长发打湿了前襟后背，使得连衣裙更加贴身，身材更加婀娜多姿，稍一动作，掀起阵阵乳波臀浪，美不胜收。坐下的时候，杜兰朵顺势把裙摆往上拎了拎，暴露出三分之一的大腿，仿佛初霁的水面映射出的粼粼波光。杜兰朵坐得笔直，高耸的乳房依稀可见气势磅礴，雪白的胳膊鲜藕般横陈在桌子上，身上散发出不绝如缕的芳香。

婚前的奶子是金奶子，婚后的奶子是银奶子，奶过孩子的奶子是铁奶子，奶过两个以上的奶子是破铜烂铁。杜兰朵的奶子，既不是铁奶子，也不是银奶子，而是钻石奶子。杜兰朵不仅天生丽质，而且天生丽奶。没有过硬的产品，就没有伟大的企业；没有“过硬”的乳房，就没有伟大的女人。

书呆的目光，要么紧盯在书本上，要么投向窗外，坐怀不乱。

杜兰朵在心里深深地叹了口气，心想，这个书呆，看来真是有问题。杜兰朵既愿意书呆有问题，又不愿意书呆有问题。书呆有问题，她可以更加放心地与他交往，不用承担道德风险和舆论压力。书呆没问题，越和他交往，心里越忧伤，那忧伤，有一点美丽，有一点悲凉。

这期间，书呆的老父老母曾专程来到厂里，希望厂领导能够挽救儿子，帮他找个女朋友。

郑火秀出面接见了他们：“不是我吹牛，我连八大金刚的老婆都帮他们找到了，给书呆找个女朋友，那还不是小菜一碟，不过，我有个条件。”

书呆父母激动得发抖，仿佛遇到了大救星，一人握住郑火秀的一只手，异口同声道：“领导同志，您尽管说，什么条件我们都可以答应。”

郑火秀轻描淡写道：“很简单，你们想方设法让书呆对女人感兴趣，女人对他没兴趣，我有办法；他对女人没兴趣，神仙也没辙。”

刚好 F 金刚在场，听到这里，脱口而出：“他好像对杜兰朵有兴趣。”

郑火秀：“他不是对杜兰朵有兴趣，他是对真真有兴趣。”

书呆父亲：“杜兰朵是谁？”

郑火秀：“一个结了婚的女人。”

书呆母亲：“真真是谁？”

郑火秀：“杜兰朵的儿子。”

F 金刚：“真真是个傻子。”

书呆父母来到阅览室，阅览室只有书呆和真真两个人。杜兰朵正好不在，书呆正抱着真真讲故事。

书呆看见父母，连个招呼也不打，努了努嘴，示意他们坐下，故事讲完了，才问他们：“你们怎么来了？”

父母齐声质问：“听说你跟一个结了婚的女人搞在一起？”

书呆：“你们一大把年纪了，说话不要那么难听好不好，你儿子是那种乱搞男女关系的人吗？”

父亲：“人要脸，树要皮，我宁愿你打光棍，也不许你和一个结了婚的女人搞在一起。”

母亲：“你赶快和她一刀两断，不然舒家就没你这个儿子。”

书呆：“那你就当没我这个儿子得了。”

真真：“爸爸，他们是谁？”

母亲：“天啊，他竟然叫你爸爸？”

父亲：“完了，完了，全乱套了。”

书呆和父母大吵一架，伤心欲绝的父母从此对他不闻不问。

17

石牛水泥厂建厂以来，产品从来不愁销路，改革开放以来，更是供不应求。尤其八十年代后期开始，全国上下各级政府机关掀起了大兴土木的热潮，楼堂管所雨后春笋般拔地而起，建材市场那个火爆，捏把泥巴能当水泥卖，搓根麻绳能当钢筋卖。招待所人满为患，一些业务员住一个礼拜，一包水泥也提不到，见了厂长和供销科长跟见了祖宗似的，点头哈腰，就差没下跪。

好景不长，疯狂、超标的楼堂管所建设导致严重的三角债，也导致改革开放以来的第一次通货膨胀，中央不得不采取强有力的行政手段，大面积压缩楼堂管所建设。建材市场遭遇寒流，水泥贱如泥巴，钢材贱如麻绳。直到一九九二年春天，那位著名的老人继一九七九年春天在“中国的南海边画一个圈”之后，又在“中国的南海边写下诗篇”，中国经济开始复苏，建材市场逐渐回暖，水泥仓库再度出现等待提货的车队，但无论长度还是气势，皆无法与当年同日而语，如果说当年的车队是条长龙，那么如今的车队充其量是条长虫。

石牛水泥厂处于半停产状态，工人每月拿不到全额工资。与此同时，厂里开始减员增效，减员对象侧重行政人员，行政人员侧重闲杂人员。被减者有两种选择，一是转岗到生产一线，拿百分之八十的工资；二是暂时退岗（那时下岗这个名词还没出现），每月领取百分之四十的生活费。既不愿转岗也不愿退岗、赖在原岗位不走的，那对不起，只能算义务劳动，一分工资没有。

官厂长的继任者——关厂长决定首先拿书呆和杜兰朵开刀。

原因很简单，他俩不仅是厂里最闲杂的行政人员，也是厂里最没有后台的行政人员。

杜兰朵本来是有后台的，公公是县税务局的副局长。儿子入狱后，人财两空、深受打击的蔡副局长加大了腐化堕落的力度和速度，先是出了点经济问题，经济问题好不容易摆平，又出了点作风问题。作风问题发生的时间，是在杜兰朵搬到石牛水泥厂娘家居住不久。蔡副局长手虽长，媳妇一回娘家，就不敢伸过来了。

于是，蔡副局长胳膊一拐，把魔爪伸向一个军属，这个军属平时大大咧咧，粗得跟水泥工人一般，有时还对他动手动脚。没想到真对她动起来手，暴烈得跟烈女似的，事情没弄成，事态却弄得满城风雨。调戏妇女，那是作风问题；调戏军属，那就是政治问题了。蔡副局长的职务，就这么稀里糊涂地丢了。

税务局好几对等房子结婚的鸳鸯，巴不得某个家庭妻离子散，这样他们才有机会。他们眼睛瞪得比牛卵还大，眼球充血瞳孔聚焦，一见蔡副局长下台，或拎着糖衣炮弹到局长家里狂轰滥炸，或撸着胳膊到局长办公室大吵大闹：蔡文彬一判刑即意味着失去公职，不再是税务局职工，顺理成章，杜兰朵不再是税务局职工家属，于情于理于法都无权享受住房。最关键的是，蔡包子（局里人背后都叫他蔡包子）已经下台，用不着给他面子，无官可相护，再不退房，天理难容，民愤难平。

为了顺民心平民愤，局长勒令蔡包子把房子退了出来。

为把减员增效工作落到实处，厂里专门成立了减员增效工作小组，关厂长亲任组长，在动员大会慷慨陈词："国有企业负担太重了，吃闲饭的人太多了，别说现在厂子效益不好，就是效益好，也养不起那么多吃闲饭的人。企业必须减员增效，也只有减员增效才能获得生机，减谁呢？减谁都不好减，减谁心里都不舒服，但是没有办法，还是得减，我看阅览室完全可以减掉一个人。一个小小的阅览室，居然安排了两个人，这是典型的人浮于事，石牛水泥厂的减员增效，就从阅览室开始……"

书呆和杜兰朵一时成为厂里的焦点。每当减员增效工作小组成员向减员对象苦口婆心做思想工作时，对方就把书呆和杜兰朵抬出来作挡箭牌："没问题，只要你们把书呆或者杜兰朵减掉，我们就减！"

书呆苦笑着对杜兰朵说："我不下地狱谁下地狱，要减就减我吧！"

杜兰朵苦笑着对书呆说："还是减我吧。"

书呆："减我，我是男的，光棍一条，一人吃饱全家不饿。你拖家带口的，不容易。"

杜兰朵："减我，我是真正吃闲饭的人。"

书呆："我问你，我是不是你的朋友？"

杜兰朵："你是我这个世界上唯一的、最好的朋友。"

书呆："那还争什么，减我，就这么定了！"

杜兰朵："树森，你真好！"

书呆："我好不好无所谓，只要你好就行！"

书呆又回到车间，不过不是纸袋车间，而是水泥车间，岗位是看磨。

减员增效工作轰轰烈烈进行了半年，真正减掉的只有书呆一人，其余皆为迟美丽这种四十岁上下的女职工，以"厂退"名义减，即提前退休，每月领取百分之六十的工资，一直领到正式退休，比上班还合算。

相当有趣的是，书呆被减后，当减员增效工作小组成员再次向被减对象做思想工作时，对方又不买账了："你以为我是书呆，好欺负？告诉你，想减老子，门都没有！"

书呆被减后，人们非但不同情，反而更加鄙视。书呆已经成为石牛水泥厂懦弱无能的代名词，工人和领导吵架的时候，动不动抬出书呆："你以为我是书呆？"

只有杜兰朵例外，越来越敬重书呆。

18

时间过得真快，蔡文彬出狱了。

蔡文彬一出狱，便受到一个重大打击：真真无论如何不肯叫他爸爸。

蔡文彬问真真："你为什么不叫我爸爸？"

真真："你不是我爸爸。"

蔡文彬："我不是你爸爸，谁是你爸爸？"

真真："书呆，舒树森才是我爸爸。"

蔡文彬问杜兰朵："书呆是谁，舒树森是谁？"

杜兰朵一下紧张起来："文彬，你千万别激动别乱来。"

蔡文彬："我不激动，真真连爸爸都不叫我了，我还有什么好激动的，我心如死灰。你放心，吃一堑，长一智，在弄清事实真相之前，我不会乱来的，要不我这些年的牢岂不白坐了。"

杜兰朵："那就好，听我慢慢说，书呆和舒树森是同一个人，他是个大好人……"

蔡文彬听罢，沉吟良久："看来书呆真是个好人，我得好好感谢感谢他。"

杜兰朵又紧张起来："你，你想怎么感谢他？"

蔡文彬："我想请他好好喝几杯。"

杜兰朵："那，放在我妈妈家里请吧？"

蔡文彬："我要单独请他，你给我点钱，我自己买酒和现成的菜，到他宿舍喝。"

杜兰朵："我跟你一起去吧？"

蔡文彬："不用，两个男人喝酒，你一个女人插在中间，我们说话不方便。"

杜兰朵："那你们少喝一点，特别是你。"

蔡文彬："行了，别啰唆了。"

杜兰朵心里升起一股强烈的不安。

那天晚上，杜兰朵两次来到书呆宿舍，第一次是九点，蔡文彬和书呆喝得面红耳赤，搂着肩膀称兄道弟，杜兰朵悬着的心稍稍松了松，在他们的催促下离开。第二次是十一点，宿舍灯亮着，门关着，杜兰朵敲了半天门，终于传来书呆含糊不清的声音："今晚我们要一醉方休，你不要再来了，放心去睡吧。"

杜兰朵这才放心回家。

蔡文彬好酒，每酒必醉，五天一大醉，三天一小醉，醉后必发酒癫。蔡文彬发"醋癫"的时候，基本上不打人，也不多说话，一丝不苟地撕书。发酒癫的时候，刑讯逼供，每次都要打人，小醉小打，大醉大打，逼供的永恒主题是"你有没有喜欢上别的男人，有没有别的男人喜欢上你"。

蔡文彬殴打杜兰朵的工具和方式非常特殊，工具是书，方式有两种，小打的时候用书面拍打臀部或者背部，大打的时候用书脊抽打胳膊或者大腿。别以为这种刑罚不痛不痒，通常情况下，蔡文彬每隔半月就要打烂一本书。

蔡文彬没什么朋友，酒肉朋友都少有，自斟自饮。一个人偶尔自己把自己灌醉，是件容易的事情，三天两头把自己灌醉，那是一件相当困难的事情。其实，蔡文彬只是心理上喝醉，生理上并未喝醉。也就是说，醉酒不是目的，而是手段，蔡文彬通过醉酒来掩饰自己的病态。

蔡文彬的内心深处，异常清醒。

不过，那天晚上，蔡文彬和书呆喝掉三斤白酒，蔡文彬真喝醉了，书呆也喝醉了。书呆睡在床上，蔡文彬睡在地上。书呆睡了一夜一天又一夜才醒来。蔡文彬醒得倒快，天亮就醒了，但是醒得不彻底，他中风并且失忆，对以前的事大多不记得了。

事后，杜兰朵多次问书呆："那天晚上，你们到底说了些什么？"

书呆连连摇头："喝得太醉了，我记不得，一点都记不得了。"

岁月如飞刀，刀刀催人老，最锋利的那把飞刀，是突然降临的不幸。如果说坐牢让蔡文彬以自行车速度衰老，那么中风则使蔡文彬以汽车速度衰老。蔡文彬出狱的时候，四十过半的他看上去像五十多岁，中风后，看上去像六十多岁，左掌佝偻着，掌心向后，五指张牙舞爪，左腿每迈出一步，像周秀珠那样，画半个弧。

不同的是，周秀珠是脚先落地后画弧，蔡文彬是脚先画弧后落地，那弧画得极不规则，因为他的腿不是直着、而是曲着伸出，在空中短暂停留，身体像一台突然点火的劣质发动机，猛地一颤，腿顺时针画出，然后落地。周秀珠的左腿无法弯曲，蔡文彬的左腿无法伸直。

蔡文彬的两颗眼珠子，本来贼亮贼亮的，中风后，浑浊无光，好像厨房那盏被油烟熏得黯然失色的灯泡，反应愈来愈迟钝，沉默寡言到准失语状态。再熟悉的人，见面时即使不断提醒，也要一两分钟才能认出个大概。他的脑子好比配置低劣的旧电脑，打开电源，等主人上完厕所、泡上茶、点上香烟，程序才哆哆嗦嗦运行完毕。叫他切个西瓜，手指切得鲜血淋漓；叫他买样东西，老是忘了付钱；解完大小便，老是忘了冲水。用热得快烧开水，开水开了，不拔电源就拔热得快，"砰"的一声爆炸后，他还破口大骂，"他妈的，怎么搞的？现在的东西质量实在是太差了。"

19

杜兰朵的生活陷入水深火热之中。

其实，杜兰朵的生活一直水深火热着：蔡文彬入狱前，是滚水；蔡文彬入狱后，是温水；蔡文彬中风后，是冰水。蔡文彬入狱后，水温有所下降，依然灼人，书呆好似一股清泉，注入滚水之中，将水温降至宜人的温度。可是，书呆无力使冰水升温，因为他的生活也开始水深火热起来。

蔡文彬出狱前夕，全国各地刮起股份制风潮。次年，石牛水泥厂被县里定为首批股份制试点企业之一。县里管这次改制叫“四一八五三工程”，并上升到政治的高度，强制执行。所谓的四，就是确定四家股份制试点企业，一八五三指股金，即厂级领导一万元，副厂级领导八千元，中层领导五千元，职工三千元。用数字来命名工程，是中国官员的一大发明，也是他们热衷的游戏。

股份制受到全体职工一致反对：三千元虽然不是大数目，但是个沉重的负担。他们长期拿低工资，又刚刚进行第一次房改，仅有的一点积蓄都掏出来买房了，再要掏钱，就得倾家荡产。再说，企业连年亏损，明知是输局还下注，傻瓜才干。

职工决定推举有一位有正气有理论水平的代表，与县里派驻的工作组长、分管工业的副县长理论一番。找来找去，居然找到书呆头上。

书呆理论水平毋庸置疑，不仅纵览古今中外文学名著，还天天关注天下大事。别看他两耳不闻厂里事，对国家和天下大事却很关注，自费订阅《参考消息》。那个年代，《参考消息》绝大多数系公费订阅，像书呆这种自费订阅的读者很少很少。石牛水泥厂订了两份《参考消息》，一份放在厂长室，一份放在阅览室。许多人都想先睹为快，往往报纸还没送到厂长室和阅览室，就在收发室截留了。

每天估摸邮递员快到了，办公室那些“一杯茶，一支烟，一张报纸看半天”的人便守候在收发室，等看《参考消息》。负责收发的通信员是办公室年龄最小、地位最低的行政人员，谁也得罪不起，别人要抢去看，他也没有办法。厂长室的《参考消息》，他还想方设法收回，阅览室的他就撒手不管了。一年到头，送到阅览室的报纸不足三十张。书呆不屑争、也争不过他们，索性自己订了一份。

大家之所以推举书呆，首先觉得他书读得多，有理论水平；其次书呆对股份制充满深仇大恨，就像白毛女对黄世仁充满深仇大恨一样；第三，他们觉得书呆呆，好利用。

书呆慷慨应允，雄赳赳气昂昂找副县长理论：“十五大讲得很清楚，‘一股就灵’的思想是错误的，也是有害的，股份制不能一窝蜂一刀切，各地应根据实际情况实行一厂一策，我认为，股份制根本不适合我厂，如果强制搞一刀切，势必影响安定团结的大好局面……”

副县长：“是不能搞一刀切，但要切一刀。”

书呆：“这哪里是切一刀，明明是用斧头砍嘛。”

副县长：“我理解你们的心情，但推行股份制是上级一级一级压下来的政治任务，理解得执行，不理解也得执行。不入股就是破坏改革，不入股就得下岗，说透了，就是花钱买岗位，你们还是想方设法筹钱去吧，说什么都没有用的。”

书呆：“我们宁愿下岗，也不入股。”

副县长：“这又何必呢？”

书呆：“股份制不是一股就灵，而是一股就不行，你们实行的不是真正的股份制，是挂羊头卖狗肉。”

副县长：“你可以不入股，但不可以污蔑股份制，蛊惑人心，这是政治！”

书呆：“你别给我扣帽子，等着瞧吧。”

书呆话音刚落，另一家股份制试点企业造纸厂就出了乱子：董事长将所募股金全部拿去还债，大肆收受回扣，职工血本无归，拥到县委县政府静坐，包括石牛水泥厂在内的三家试点企业职工，纷纷加入静坐队伍，誓死要求退还股金，不退股金决不收兵。

县里召开紧急会议，决定暂时取消试点企业的股份制，股金全部退还。

造纸厂股份有限公司董事长携款逃之夭夭，愤怒的职工将他的住房砸了个稀巴烂。为平民愤，县里勒紧裤带，给造纸厂每位职工发放了五百元安抚费。

这半年来，几位厂级领导为了竞选董事长，各自为政收买人心，无暇顾及生产，厂里乱得跟民国初年似的，陷入无政府主义状态。

厂领导忙着争权夺利，职工则忙着偷窃公共财物。阅览室的图书首当其冲，几夜之间被偷了个精光。

石牛水泥厂人心涣散，气数已尽，虽然取消股份制，亦无力回天，呼啦啦厂倒职工散。

20

书呆没有分文积蓄，水泥厂一倒，没有了经济来源，吃饭成了头等大事。

书呆把书橱上“书乃我命，借书如借我命”的纸条撕了，换成莎士比亚名剧《哈姆雷特》中的名句“生存还是毁灭，是个值得考虑的问题”。

书呆决定卖书救急。

可是，卖给谁呢？石牛水泥厂职工十之七八是大老粗，对书不感兴趣，白送或许有人要，卖是绝对没人要的。书呆突然想起通信员皮子。皮子八年前调入县文联，如今是县文联主席，全省著名的实力派作家，在全国都小有名气。书呆心想，没有一个作家不爱买书的，他一定会买他的书。

果然，皮子一看到书呆那些包装精美的文学名著，眼里便闪闪发光。皮子虽然没什么钱，却是个有良知的作家，尽管书呆主动打折，他并没有趁火打劫，凡是有收藏价值的书，一律按原价付款。那套红硬纸壳“文革”版《鲁迅全集》，他还多付了二十元给书呆。

很快，书呆大部分有价值的藏书，都卖给了皮子。

书呆没书可看，便把兴趣转移到麻将上，输多赢少。书呆一摸到金，手就忍不住发抖，麻友一看见他发抖的手，知道他要和了，赶紧联合起来，抢在他之前摊牌，这么一来，书呆手气再好，也摆脱不了输牌的宿命。

书呆输了钱，到处借钱，他的交际范围不广，认识的人不多，借了又不还，很快山穷水尽。

书呆身不由己，来到“赚碗饭吃”快餐店。

石牛水泥厂倒闭后，杜兰朵和母亲在火车站开了家快餐店，快餐店店名很有特色，叫“赚碗饭吃”，是书呆起的。

杜兰朵一看他的脸色，就知道他输了钱，热情为他张罗饭菜。

杜兰朵的母亲更热情：“小舒啊，你是个好人，好人啊。这些年，我们家兰朵多亏你关照，以后，有事尽管找我们娘俩。”

书呆父母退休后回老家浙江义乌养老去了，姐妹下岗后也先后回老家打工去了，鞭长莫及，一个孤家寡人，能有什么事呢，无非输得一文不名的时候，蹭顿饭而已。

说也奇怪，杜兰朵开店以来，书呆的手气似乎没有好过，蹭饭的次数越来越多，习惯成自然了。杜兰朵当然不会给他脸色看，杜兰朵母亲的脸色却越来越不好看。偏偏书呆是个不会察言观色的人，依然心安理得地吃着白食。

有一天，书呆正狼吞虎咽着，杜兰朵母亲举起菜刀，猛地一拍菜板，“哐当”一声巨响，吓得书呆一口饭卡在食道里，咳个不停。杜兰朵连忙递给他一杯开水，书呆将开水全部喝下，才止住咳。

好个书呆，真是呆到了家里，对杜兰朵不断递过来的眼色视而不见，见而不辨，问她母亲："阿姨，发生什么事了？"

杜兰朵母亲："我看到一只寄生虫，想一刀拍死它，可惜刚才拍空了。"

书呆："寄生虫，什么寄生虫？"

杜兰朵母亲："这只寄生虫长着一双手两条腿，隔三岔五到我店里吃白食。"

书呆："你说的不是寄生虫，是人！"

杜兰朵母亲："他是人吗？我从来没有见过脸皮这么厚、反应这么木的人！"

书呆："我明白了，你说的这个人，是我吧？"

杜兰朵母亲："你总算明白了，你一个大男人，连碗饭都赚不到吃，不如死了算了，快滚！"

书呆身子晃了晃，似乎被杜兰朵母亲恶毒的话语击中，缓缓走出店门，望了一眼招牌上"赚碗饭吃"四个大字，踉跄而去。

在这个过程中，蔡文彬心无旁骛，艰难而执着地捡着地上的硬币。对于正常人来说，捡硬币最轻松、简单不过，对蔡文彬而言，却是一件十分困难的事情，用左手将一枚硬币捡起放在盒子里，至少需要两分钟。蔡文彬要扶着凳子，才能把腰弯下，这已经很困难了，更困难的是，如何让颤抖着不听使唤的左手捏住硬币。

这个办法是一个中风患者告诉他的，对恢复肢体功能挺有效果。经过几个月的锻炼，蔡文彬捡硬币的速度由五分钟一枚上升到四分钟、三分钟、两分钟一枚，目前他正在向一分钟一枚的速度冲刺，一有时间，便练习捡硬币。

事后，杜兰朵偷偷找到书呆，塞给他一千块钱，语重心长道："树森，我妈的话是难听，可也不是一点道理没有，你都三十多岁的人了，这样下去不是个办法啊。"

书呆怔怔地望着杜兰朵，望着望着，突然流下泪来。

杜兰朵吓了一跳："树森，你怎么了？"

书呆仰天长叹："生存还是毁灭，真是个值得考虑的问题啊，看来，我只有走了。"

一旁的真真听说书呆要走，连忙抱住他的大腿，哭着说："爸爸，你别走，你走了，谁给我讲故事啊？"

书呆紧紧抱住真真："真真，我必须走，我最后给你讲个故事吧。"

一个患有先天性心脏病的女孩到了出嫁的年龄，先后谈了几个小伙子都告吹了。女孩很伤心。家里人开始为她张罗换心脏的事。终于有一天，好机会来了，一个出了意外车祸的女人的心脏移植到女孩身上，手术非常成功。看着手术后一天比一天健康的女孩，大家都为她高兴。

然而还有一件更让人高兴的事，那就是有一个英俊潇洒、各方面都非常出众的男人，突然闯进了女孩的生活，他对女孩一见倾心，百般呵护，没多久，两人就在女孩亲友的一片祝福声中举行了婚礼。婚后女孩发现丈夫有一个奇怪的举动，那就是喜欢伏在女孩胸口上听她的心跳声。

开始女孩好高兴好激动，后来女孩偶然听丈夫的一个亲戚说起，丈夫原来有过一个非常漂亮的妻子，但不幸死于车祸。女孩那颗原本不属于自己的心猛地动了一下，怀着忐忑不安的心情找到那家为自己做移植手术的医院，好心的大夫告诉了她捐献者的名字。

回家后女孩细心翻找丈夫的物品，终于在一本厚厚的书中找到了一张字条，上面赫然写着那个名字。那个捐献心脏的女人，正是她丈夫的前妻。

讲完故事，书呆握紧双拳：“我要去赚好多好多的钱，为真真换一颗健康的心脏。现在国内的大医院已经能做换心手术了。”

杜兰朵和真真感动得泪流满面。

没过几天，书呆果然走了，杳无音讯。

书呆走后，好一阵子，杜兰朵神情恍惚，煮菜不是忘了放盐巴、味精，就是把盐巴当成味精把味精当成盐巴。母亲说她两句，她忍不住发起火来：“妈，都怪你，那天你的话说得太难听了，谁听了都受不了。”

母亲拭了拭眼角：“你以为我自私，心里容不下小舒啊？我这是为他好，他要是再那样下去，这一辈子就毁了，他听了受不了，说明他还有救。唉，也不知道他现在怎么样了？”

杜兰朵深深叹了口气，黯然无语。

21

火车站开快餐店的人越来越多，竞争日趋激烈，杜兰朵和母亲苦苦支撑了两年，入不敷出，终于开不下去，盘了。

石牛水泥厂倒闭后，综合楼、办公楼、仓库和车间空地被几位木材加工贩子租用，澡堂却一直闲置着，几位职工把它隔成猪圈，养起了猪。快餐店盘出后，恰好有位养猪的职工举家外出打工，这位职工是杜兰朵的对门邻居，经不住她的鼓动，杜兰朵把她三头尚未成年的小猪买了下来，开始了自己的养猪生涯。

杜兰朵没钱买饲料，为了把猪养好，不得不一天到晚骑着一辆三轮自行车，四处收集泔水。三轮自行车有三个轮子，骑起来非常稳当，如果是两个轮子的自行车，杜兰朵是不敢骑的。随着县城不断扩张，石牛水泥厂与城市的距离越来越近，原来骑车要十五分钟，如今十分钟就够了。

当时养猪还比较赚钱，养猪的下岗工人越来越多，和收购破烂一样，收集泔水越来越困难。破烂，有钱就可以收到，而泔水，是非卖品，全部赠送。大宾馆大酒店的泔水，杜兰朵要不到，都给大大小小的养猪专业户垄断了。

这些专业户和宾馆酒店大厨关系暧昧，一年之中送他们一两条好烟几瓶好酒，请他们洗两次儿童不宜的头和脚，猪们的小康生活就有了保证。杜兰朵送不起烟酒，更请不起洗头洗脚，她把目标锁定在小吃店、快餐店、小酒馆上。杜兰朵做得一手好泡菜，每月给店主送上几斤，泔水便源源不断。

当然，猪不能专吃泔水，正如人不能专喝牛奶，猪还要吃青菜。杜兰朵自己开垦了两畦菜地，种的都是大路菜，自己吃一点，剩下的全部喂猪。杜兰朵的饲养量常年保持在四五头左右，这两块菜地产量有限，只能满足两头猪的青菜供给，不足部分还得自筹。夏秋两季，还可以到野外去扯猪草，冬春两季就没办法了，冬天猪草全枯萎了，春天猪草小荷才露尖尖角，扯上一天，还不够猪打牙祭，还得靠菜叶。

菜叶不会从天降，菜叶不是废纸，街道两旁和垃圾堆里可以捡到，只有菜市场才有菜叶。

全县共有大小十来个菜市场，竞争同样激烈，得和菜市场的清洁工搞好关系。这些清洁工，一般都和市场管理员沾亲带故，不是老头子就是老婆子，不是鳏夫就是寡妇，或者没有子女或者子女不孝。老有所依老有所靠的人，是不会干这种吃力不讨好的活计的，一个月工资也就两三百块钱，工作量比他们的年龄还大，不仅要打扫市场，还要打扫市场里的公共厕所。

开始，只要在歇市的时候，帮他们忙打扫打扫卫生，地上的菜叶就全归你了。就像火车上的小贩，只要帮忙把车厢里的卫生搞好，列车员就不会叫他补票。后来，捡菜叶的人多了，老头子老婆子身价涨了，光卖力气，已经很难获得他们的同情。

杜兰朵于是同时拜一个老头子和一个老婆子为干爹干妈，不到两个季度，杜兰朵便惨遭干妈唾弃。干妈嫌她有口无心，嘴巴上叫得甜，从来不给她送东西。其实杜兰朵有送泡菜的，可她牙口不好，胃口也不好，啃不动，难消化，送也白送，索性就不送了。文子和脚掌糍倒是可以送，养猪以来，没时间做了，母女俩被几头猪忙得团团乱转。母亲的身体一年不如一年，能帮上忙的地方越来越少。

干爹倒是情深意长。不过，干爹不太守“父道”，经常对她动手动脚。好在干爹只能动动手动动脚，而且是隔着衣服动，其他器官想动也动不了。为了菜叶，为了猪，为了一家人的生计，杜兰朵豁出去了，反正自己油豆腐一块，老家伙连豆腐皮都啃不动，也没什么损失。除此之外，干爹不占她任何便宜，连地都不让她扫，有时还倒贴她，何乐而不为呢？

杜兰朵衷心希望干爹健康长寿，干爹健康长寿了，菜叶就有保障；菜叶有保障，猪的生活就不成问题；猪的生活解决了，她家的温饱就能维持；维持了温饱，她就不用求人了。

人在生活重压之下，要么把苦难深埋心底，沉默无语；要么把不幸化成苦水，逢人就吐。杜兰朵属于后者，但是她没有把苦水吐向人，而是吐向了猪。

猪虽然无法交流，却是最忠实的听众，既不会嘲笑她，也不会逃避她。如果吃饱了，猪一点动静都没有，竖起耳朵睁大眼睛，聚精会神。所以，杜兰朵总是在猪吃饱了的时候才向它们开口。久而久之，杜兰朵养成习惯，即便肚子里的苦水吐完了，每天也要向猪说点什么，否则心里空落落的。

猪养大了，出栏了，出栏意味着收获，可是，当猪贩子前来运猪的时候，杜兰朵却高兴不起来，听着猪们撕心裂肺地嚎叫，心头甚至涌起一股浓烈的忧伤，仿佛女儿远嫁。猪出栏后，有几天空栏期，没有猪的日子里，杜兰朵无所适从，掉了魂似的。

这时候，杜兰朵便无限思念书呆。她记得书呆是属猪的。

22

一场突如其来的猪瘟，夺走了石牛水泥厂所有猪的生命。猪瘟不久，澡堂被有钱人买走，翻修成桑拿房，洗一次澡要几十上百元，反正水泥厂没几个人洗得起。有人在桑拿房墙壁上涂鸦了两句歪诗：更喜小姐白如雪，桑拿过后尽开颜。

猪养不成了，杜兰朵卖起了文子和脚掌糍。

杜兰朵买了一个电喇叭，大街小巷都是她的叫卖声："卖文子，卖脚掌糍；文子，本地文子；脚掌糍，本地脚掌糍。"

那天，杜兰朵骑着三轮车在街上卖文子和脚掌糍，前面传来噼里啪啦的鞭炮声和低沉的哀乐，一支送葬队伍缓缓走来。驶在最前面的，是一辆皮卡，坐在车厢里的四个男人，不停将点燃的鞭炮往街道两旁乱扔。杜兰朵怕被鞭炮炸着，连忙把车靠在一旁，等着送葬队伍过完再走。

队伍很长，光小车就有二十多辆，扛花圈的少说有四五十人，看来死者是个有钱人家。当地有个风俗，死者火化之后，亲朋好友一定要端着骨灰、捧着遗像、扛着花圈在主街上游行一圈，再将骨灰和花圈送到公墓安葬、焚烧。游行队伍越长，花圈越多，死者亲属脸上越有光。

杜兰朵目光散漫地打量着送葬队伍，突然，她的眼睛一亮，看到花圈上写着"刘招妹千古"。杜兰朵第一反应是，这个刘招妹肯定不是石牛水泥厂那个和她有瓜葛的刘招妹，他那么穷，又是光棍一条，怎么可能有这么多人给他送葬送花圈？转念一想，刘招妹这个名字比较少见，重名的人不多，会不会就是他呢？

杜兰朵骑上三轮车，加快速度绕到送葬队伍前头一看，一个十来岁的男孩，披麻戴孝，脖子上挂着一个红布系着的骨灰盒，手上捧着一张遗照，照片上的人，正是刘招妹。照片上的刘招妹显得很年轻，一双小眼睛炯炯有神，仿佛两束探照灯，一下射进她的心底。

杜兰朵浑身猛地一颤，泪流满面，如烟往事被一下激活。

刘招妹被蔡文彬打残废后，杜兰朵再也没有见过他，她早把他忘了。

杜兰朵把电喇叭音量开至最大，骑着三轮车跟在送葬队伍后头，心里默念道："刘招妹，我对不起你，你若在天有灵，吃我几个文子和几块脚掌糍吧。"

杜兰朵一直跟着送葬队伍来到山脚下，目送他们上山，才转身回去。

几天后，杜兰朵带着一碗文子和一碗脚掌糍以及一把纸钱香蜡，找到刘招妹坟墓，把文子和脚掌糍放在墓碑前，点燃香蜡，把纸钱烧了，深深鞠了三个躬，默默站了半个小时才下山。

给刘招妹披麻戴孝背骨灰端遗像的，是他的侄儿。这个侄儿，是二哥的儿子。二哥下来，就是刘招妹，这叫连带亲，刘招妹和二哥感情最深。九十年代初，二哥开厂子发了，有钱，专门请了个保姆照顾弟弟，弟弟的丧葬费，全是他出的。

二哥开厂子的原始资本，是蔡副局长赔给刘招妹的那笔伤残费。

天气好的时候，杜兰朵会载着真真一起穿街走巷卖文子和脚掌糍。架在炉子上的蒸笼立在车斗里，只占一半空间，还可以摆一张小板凳，真真坐在板凳上，东张西望，很兴奋。饿了，吃个（块）文子和脚掌糍；困了，趴在车上打个盹。

刘招妹死后第二年，一个春暖花开的日子，空气清新得好似婴儿的呼吸，阳光温暖得仿佛慈母的目光，杜兰朵母子双双而出。那天，真真特别兴奋，不肯老实坐在车上，一会儿上车，一会儿下车。

晌午时分，真真对杜兰朵说："妈妈，我好累。"

杜兰朵："那你趴在车上睡一会儿。"

睡了没几分钟，真真又叫了起来："妈妈，我好难受！"

杜兰朵："哪里难受？"

真真："心里难受。"

杜兰朵："心里怎么难受？"

真真："说不出来的难受，我的心脏好像快要爆炸了。"

杜兰朵："你坚持一下，我们马上回家。"

真真"哦"了一声，再没吭声。

过了一会儿，当杜兰朵猛然意识到不对，转过身时，真真已经面如蜡纸，只有出的气没有进的气。

杜兰朵抱着真真，拦下一辆摩的，火速赶往医院。

三个小时后，真真的心脏停止了跳动。

前一个小时，真真还勉强说了两句话。

第一句是："书呆爸爸去哪里了？"

杜兰朵不知如何作答。

第二句是："我还等着爸爸给我讲故事呢。"

真真说罢陷入昏迷，一直到停止呼吸。

书呆走后，没有人给真真讲故事，真真郁郁寡欢，经常问"书呆爸爸去哪里了”，杜兰朵开始骗他“爸爸过几天就回来”，当“爸爸过几天就回来”骗不了他时，她就说“爸爸去很远很远的地方赚钱去了，等他赚了好多好多的钱，就回来带你去大医院做换心手术”，当“爸爸去远很远的地方赚钱去了，等他赚了好多好多的钱，就回来带你去大医院做换心手术”也骗不了他时，她就不知如何作答了。

只有杜兰朵带他出来走街串巷，才会开心。

23

蔡文彬中风后，醋量锐减，话量亦锐减，常常连续几天乃至一个星期不说一句话。他的舌头似乎跟他的左上肢和左下肢一样，变得麻木、僵化了。说话对他来说，似乎是一件难堪和困难的事情。除了吃喝拉撒，他把所有的精力都花在捡硬币上。遗憾的是，他一直无法突破两分钟一枚的速度，难能可贵的是，他一点也不灰心，愈挫愈奋，锲而不舍。

真真入土后，蔡文彬破天荒安慰起杜兰朵来：“死了就死了，早死早解脱，早死早轻松，有什么好难过的。”

他不说还好，这么一说，杜兰朵反而更难过。

杜兰朵在家里关了几个月，才慢慢摆脱悲伤，重新上街叫卖文子和脚掌糍。

转眼入冬了，那天晚上十点多，杜兰朵把三轮车停在火车站广场一盏明亮的路灯下，手里捧着一本《读者》，看得津津有味，偶尔抬起头望一眼来来往往的旅客。下岗以来，杜兰朵没时间看书，更没有钱买书，唯一买和唯一看的“书”是《读者》。从《读者文摘》到《读者》，她一本也没落下。

一个刚下火车、长发披肩戴着变色墨镜的中年男子，风尘仆仆走到杜兰朵跟前：“大姐，来碗脚掌糍。”

杜兰朵：“干吃还是湿吃？”

男子：“湿吃。”

杜兰朵：“加甜汤还是辣汤？”

男子：“辣汤。”

杜兰朵给他盛上一碗加了辣汤的脚掌糍后，又把头埋向《读者》。

男子：“看什么好书？”

杜兰朵：“《读者》。”

男子：“爱看书的小贩我见过，但他们看的大都是些花里胡哨、乱七八糟的书，像你这么有品位的小贩，我还是第一次见到。”

杜兰朵：“哎，你真会说话，我一个卖小吃的大老粗，哪有什么品位，闲着瞎看呗。不过，《读者》上面的文章真是不错，比我卖的脚掌糍和文子有味道多了，春天看了心里湿润润，夏天看了心里凉丝丝，秋天看了心里金灿灿，冬天看了心里暖洋洋。”

男子：“说得太好了，凭这些话，你就是个有品位的人。”

杜兰朵：“老板，你是本地人吧？

男子：“何以见得？”

杜兰朵：“本地人吃辣啊，你说话又带本地口音。”

男子：“好耳力，我生在本地长在本地。你的脚掌糍跟我妈妈做的一样好吃。”

杜兰朵：“你的声音好耳熟，我好像在哪里听过。”

“我的长相你也应该面熟啊。”男子边说边摘下眼镜。

杜兰朵揉了揉眼睛，又揉了揉眼睛，张大嘴巴：“天啊，你是树森？”

书呆呵呵笑道：“如假包换！”

杜兰朵眼泪婆娑：“我还以为你……”

书呆：“以为我死了是吧？”

杜兰朵：“你想哪里去了，我以为你大富大贵成家立业，早把我忘到天上去了。”

书呆：“不瞒你说，钱倒是有了一点，成家立业谈不上，至今还是光棍一条。我要是把你忘了，还回来干吗？”

杜兰朵：“那你不走了？”

书呆：“不走了，我要在这里投资。”

杜兰朵：“投资？你真的成大老板了？”

书呆：“先不说这个，真真呢？真真他还好吧？”

杜兰朵泪如雨下、泣不成声：“真真，他已经死了。他死前还惦记着你，问你去哪里去了，要等你回来讲故事。”

书呆晃了晃，身子慢慢矮下，蹲在地上，擂着自己的脑袋，无声痛哭着：“我来迟了……”

书呆所谓的投资，是花二十万元在火车站买下一间十五平方米的临街店面，再花六万六千元买下石牛水泥厂一套住房。这些年来，少数在外地打工的水泥工人赚了钱站稳了脚跟，便把厂里的房子卖了，在外地租房或者买房。

随着县城不断扩张，石牛水泥厂和城区距离越来越近，骑自行车五分钟可到。与城区的距离缩短了，石牛水泥厂的房子就好卖了，一套六成新、六十平方米的两室一厅一厨一卫（卫生间）一阳（阳台），根据楼层原先三四楼也只能卖两三万元，如今一楼和六楼都涨到了五万元。

书呆买的是四楼的房子，就在杜兰朵对面。那个曾经养过猪的邻居，在厦门站稳了脚跟，一年前便委托杜兰朵物色买主。杜兰朵物色了好几个买主，都卡在价格上，邻居出的最低价是六万五千元，买主出的价格是六万元。

杜兰朵在电话里对邻居说："这个买主是熟人，原来一个厂的，舒树森，你还有印象吗？能不能优惠一点？"

邻居："舒树森，哪个舒树森？水泥厂有这个人吗？"

杜兰朵："就是书呆，舒树森是他的大名。"

邻居："书呆呀，记得记得，大名鼎鼎呀，你怎么不早说嘛，不就是那个把五百块钱全拿去买书的家伙嘛。怎么，他发了？哎呀呀，这世道真是变了，连书呆这样的人都有钱买房子。既然是熟人，好说话，便宜二百元，六万四千四百八，吉利数字。"

杜兰朵："你这哪里是卖房子，卖电器差不多，便宜太少了，等于没便宜，我都不好意思跟他说。这样吧，他就在我身边，你自己跟他说。"

书呆接过话筒："你也不用降价了，我给你加一千元，六万六，怎么样？这个数字更吉利。"

邻居："哎呀呀，书呆，不，舒老板，我早看出你是个大富大贵大气大度之人，你这么爽快，我还有什么好说的，那就这样定了，过几天我回去办手续，到时我们好好喝几杯。"

"好，到时一定和你喝上几杯。"书呆放下电话

杜兰朵："舒大老板，你不会是买彩票中了大奖吧？"

书呆："我从来不买彩票，我的钱是征地补偿款。这些年，义乌发展迅速，城市无限扩张，今天还是一片绿油油的田野，明天就变成了钢筋水泥丛林。去年，我那原来离城区二十公里如今不到三公里的老家，整个村庄的土地都被征了，房子良田一锅端。我家一共得了一百二十万元补偿款，三兄妹平分，各得四十万，我没有成家，父母由姐姐和妹妹赡养，她们下岗后，拖家带口

回老家打工，要不是托征地的福，打工打死了也赚不到这么多钱。兰朵，你知道我得了这四十万后，最想做的事情是什么吗？”

杜兰朵：“娶妻生子，光宗耀祖。”

书呆：“别给我开这种俗不可耐的玩笑好不好？”

杜兰朵：“买一套房子，弄一间卧室那么大的书房，两边墙壁摆着又大又高的书橱，书橱里摆满了书。”

书呆：“知我者，兰朵也！不过，这还不是我最想做的事情。”

杜兰朵：“那是什么？”

书呆：“给真真换心，我已经打听过了，四十万差不多可以给真真换一颗心，可惜，他没能等到这一天。”

杜兰朵泪如雨下：“真真要是地下有知，一定会含笑九泉的。”

书呆：“我回来得太迟了。”

杜兰朵：“不说真真了，说了心里难受。树森，真真已经不在了，你还买房子干嘛？”

书呆：“四十万在义乌那边是小钱，在我们这边却是大钱。四十万在义乌那边，只能勉强买一套六七十平方米的房子，买了房子，我哪里还有钱买书。四十万在我们这边，买一间店面和一套住房还绰绰有余。有了店面，我不用工作也衣食无忧，靠租金就可以活下去，看看书，讲讲故事，多惬意呀。可是，我没想到，真真这么快就离开了我们，不然……兰朵，你知道吗，义乌虽大，却容不下一间书房一张书桌，那里的人，只知道赚钱、赚钱、赚钱，万般皆下品，唯有赚钱高，金钱已经融入他们的血液，根本不懂得享受生活。义乌是我的老家，我回老家生活了这么些年却一直水土不服，没有一个说得上话的朋友。”

杜兰朵：“你原来在这边也没什么朋友嘛。”

书呆：“至少还有你！”

杜兰朵：“树森，你别这么说，我承受不起，我已经老了，老得不成样子了。”

书呆：“你知道我为什么要在水泥厂买房子，而且买在你对面吗？”

杜兰朵：“你想看我的笑话？”

书呆：“求求你，别开这种玩笑好不好？实话告诉你，我想看着你慢慢变老。”

杜兰朵：“你为什么不和我一起慢慢变老？”

书呆："《围城》快结束的时候，方鸿渐对孙柔嘉说，'不管你跟谁结婚，结婚以后，你总发现你娶的不是原来的人，换了另外一个。'兰朵，你要知道，感情再深的恋人，结了婚都是一样的，跟任何丈夫和妻子没什么区别。你没听说吗，婚姻是爱情的坟墓，结婚是自掘坟墓，结婚纪念日是扫墓，模范夫妻是示范公墓，婚外恋是盗墓……"

杜兰朵："我听说了，最后一句是'没有婚姻的爱情死无葬身之地。'"

书呆："错了，是'离婚死无葬身之地'。我给你讲个故事吧。"

一对已结婚十多年的夫妻去城市的另一端看朋友，回来时天色已晚，所幸赶上了末班车，末班车十分拥挤，看样子很难挤上去。丈夫说，咱俩从前后两个门挤上去吧，人太多了。妻子点头同意。从前门挤上车的丈夫站在车厢中间，被一层层的人拥挤着，十分难受。忽然有一只手悄悄地抓住了他的手，凭感觉他知道那不是妻子的手，因为妻子的手肯定没有如此温热、柔软、细腻而动人心魄……

他真希望这车能一直不停地开下去，哪怕到天亮都行。继而又想，这是一个什么样的女人呢？她怎么注意到我的？她叫什么名字呢？怎么样才能和她取得联系？忽然，他脑中灵光一闪，将自己的名片悄悄取出一张，塞在那只可爱的小手里。

车终于到站了，丈夫恋恋不舍地下了车。从另一侧车门下来的妻子，看起来并没有觉察到什么。两个人横穿马路时，一辆摩托车疯也似的冲过来，妻子稍稍犹豫了一下，还是用身体撞开了丈夫……

丈夫抱起浑身是血的妻子跑进医院，天亮的时候，医生出来告诉他，我们已经尽了力，你妻子只想见你最后一面。丈夫走进病房时，妻子那只攥成拳头的右手，像电影里的慢镜头一样缓缓张开，丈夫的名片悄无声息地滑落下来……

杜兰朵："这个故事很感人。树森，我明白你的意思，可是，我还是想……"

书呆："想也没用，我们中间还有一个蔡文彬！"

杜兰朵："我可以跟他离婚，我们结婚后，养着他就行了。"

书呆："如果你要这样，我就不在水泥厂买房子了。"

杜兰朵："我和你开玩笑呢，别当真。"

"我可不是和你开玩笑。"书呆说着，拿出一张三万元的活期存折递给杜兰朵，"这是我的一点心意，密码是六个九，你千万别拒绝！你要拒绝，我也不在水泥厂买房子了！”

杜兰朵将两手挽在后背：“你回答我一个问题，不然，你就是不在水泥厂买房子，我也不要。”

书呆：“什么问题？”

杜兰朵：“当年，你和文彬喝酒的那个晚上，到底发生了什么？”

书呆：“你真想知道？”

杜兰朵用力点了点头。

书呆：“开始，他说了许多客套话，一再感谢我对你和真真的关照。喝至八分醉的时候，已是凌晨时分，他突然抓住我的胳膊，问我是不是喜欢你。我说我喜欢你，但那是超越了男女之情的纯粹友情，与爱情无关。他说他不信，男女之间哪有什么友情，只有爱情和奸情。我说你不相信，我也没有办法。这时他猛然用力，指甲几乎嵌进我的肉里，恶狠狠地问我有没有和你上过床。我一听这话，火噌地上来了，用力一甩胳膊，也许是他喝太多坐不稳，也许是我太用力，他竟然被我连人带凳摔倒在地。我把瓶子里剩下的酒全部倒进嘴里，爬上床躺下，然后什么都不知道了。醒来后我想，文彬中风和这一摔有直接关系，是我害了他，我心里一直很内疚，又不敢跟你说。”

杜兰朵：“他是咎由自取，跟你没关系，他活该！”

书呆：“不管跟我有没有关系，我总觉得对不住他，也对不住你，这点钱，算是我的一点补偿。你如果不收，我一辈子心里不安。”

杜兰朵颤抖着接过存折：“树森，你不该对我这么好，好得我心里难受死了。”

书呆：“那你就受点委屈吧，你收了钱，我心里好受死了。”

杜兰朵：“你这个坏蛋，坏死了！”

书呆：“那天晚上，我也问了文彬一个问题，你想知道吗？”

杜兰朵：“你真是变坏了，变得会吊人的胃口了，快说吧你，要是把我的胃口吊坏了，要你赔。”

书呆：“我问文彬你有没有表妹，说你老想把表妹介绍给我，他说你有个屁表妹，表哥倒是多得数不清。”

杜兰朵脸上立时彩云飞渡，扑上前去捶打书呆：“哎呀，你这个坏蛋，真是坏死了！”

书呆抓住她的手：“兰朵，还有一个问题，我索性也向你坦白了吧。”

杜兰朵挣开手：“你今天怎么了，这么多问题？”

书呆：“你不想知道吗？”

杜兰朵：“想，当然想。”

书呆：“除了你，水泥厂所有人都以为我是个不正常的男人，我确实是个不正常的男人。十五岁那年的一个夜晚，我的语文老师，也就是我的班主任，叫我晚上到她宿舍去一趟。班主任实际年龄四十岁左右，看上去只有三十来岁，和你一样漂亮。托尔斯泰说，幸福的家庭都是相似的，不幸的家庭各有各的不幸。要我说呀，漂亮女人都是相似的，不漂亮的女人各有各的不同。班主任一直一个人过，有人说她初恋时受到沉重打击，发誓不结婚；有人说她结婚又离婚了，而且不止结过一次婚离过一次婚。我那时还是个懵懂少年，不在意这些也弄不懂这些，反正我非常崇敬她，觉得她很神秘，她经常在报刊上发表文章。她也挺喜欢我，因为我的作文写得最好，让她喜欢可不容易，毫不夸张地说，我是她唯一喜欢的男生。

“她从来不让任何人进她的房间，所以，当她叫我去她宿舍时，我心里既兴奋又紧张。她的房间摆满了书，干净整洁得像一本刚印刷出来的新书，我好像刘姥姥进了大观园，觉得眼睛不够用。她穿着一件薄如蝉翼的睡裙，身上散发出阵阵袭人的香味，香得我一连打了几个喷嚏。她微笑着递给我一杯茶，问我，你喜欢老师的房间吗？

“高尔基说，他看见书，就像饥饿的人看见面包，说得一点没错。面对那么多书，刚吃过晚饭的我却觉得自己又饥又渴，将茶一口气喝干，用力点了点头，说我当然喜欢，您的书真多。她说，喜欢就好，你以后可以经常来。话音刚落，她在我眼里变得迷糊起来，她靠近我，把我抱上床，她变态，抓着我的东西又啃又咬……从那以后，我就对女人和婚姻患上了心理和生理上的双重障碍，直到遇到你，你是个例外，也是个意外……

“兰朵，你知道吗，歌德的巨著《浮士德》中有这么一个情节：魔鬼靡非斯特匪勒司和上帝打赌，要把浮士德诱入魔道。他和浮士德订下契约，他要做浮士德的仆人要使浮士德解除烦闷，尽量满足他。假使浮士德表示了满足的那一瞬间，奴役便解除，浮士德便反为恶魔所有了。就这样，靡非斯特匪勒司把黑色外套变成一朵浮云，载着浮士德和他去云游世界……

“后来，浮士德对着他幻想中的世界喊出了‘你真美呀，请停留一下’！照着契约的规定，浮士德就不得不为靡非斯特匪勒司所有。但天界的仙使却把他抢救了去。在天上，他的情人甘泪卿出现，迎接他并且‘用心地把他指导’。天上的至尊者是一位‘光明圣母’，而不是上帝。诗人在最后的合唱中唱道，‘永恒的女性，领导我们走’。兰朵，你知道吗，你就是我的甘泪卿，你就是我的光明圣母。”

杜兰朵猛然伸直胳膊，抱住书呆的脑袋，一点一点地往下按，按到胸部的时候，猛地抱紧，泪流满面道：“树森，别怕！”

书呆在她怀里含糊不清地叫了声“妈”。

24

书呆回石牛水泥厂定居不久，蔡文彬捡硬币的速度终于突破两分钟一枚。杜兰朵从书呆给她的存折里取出一万元，全部换成伍角、壹元、伍元纸币，不让蔡文彬捡硬币，改捡纸币，如果他一天能捡起五百张伍角纸币，钱全部归他。此前，蔡文彬捡钱的速度虽然达到两分钟一枚，由于体能消耗太大，每天最多捡三百枚。一天捡五百张纸币，对蔡文彬来说，几乎是不可能完成的任务。可是，重赏之下必有勇夫，一个月之后，奇迹发生了，蔡文彬捡起了五百张。蔡文彬兴奋得面部表情都变了形。

杜兰朵把伍角纸币改为壹元纸币，如果蔡文彬一天能捡起八百张，钱全部归他。

一个月后，奇迹再次发生，蔡文彬兴奋得血管几乎爆炸。

半年后，当蔡文彬捡起一千张伍元纸币时，奇迹没有发生，他大叫一声，再次摔倒在地。这次，他可能永远也醒不过来了，成了植物人。

放浪妖姬涂小丫

1

如果不参照艾兰花，你无论如何不会相信，涂老丫是涂文保的女儿。

涂老丫充分遗传了艾兰花的美丽基因，遗传得非常到位，连眉心那颗朱砂痣都遗传了下来，对涂文保的基因，则去其所有糟粕取其唯一精华，继承了他的瓜子脸，加上发育得早发育得好，到了高中，涂老丫已经长成招蜂引蝶的大美女。

涂文保的瓜子脸，不是西瓜子脸，也不是南瓜子脸，而是葵花瓜子脸。不过，涂文保长的是一张歪葵花瓜子脸，瓜子尖和瓜子头、也就是下巴和脑袋不在同一水平线上，歪成十五度角，再配上质量低劣的嘴巴、鼻子、耳朵，简直糟糕透顶，第一眼反胃，第二眼恶心，第三眼，嘿嘿，基本没有人想看他第三眼。

涂老丫的瓜子脸，是端端正正的葵花瓜子脸，樱桃嘴、凤头鼻、丹凤眼匀称而又有那么一点夸张地安在脸上，仿佛卡通片里的公主，美得让人晕眩。

涂文保是在涂老丫十一岁那年死的。

都说女大十八变，涂老丫是女大三十六变。涂老丫九岁的时候，就开始变化了。这一年，跳蚤开始源源不断地向她家输送油水，至少一半油水浇灌到她身上。在油水的浇灌下，涂老丫蓬勃生长。长着长着让人眼睛一亮，长着长着又让人眼睛一亮，仿佛闪电划过夜空。

重男轻女的涂文保，一直耿耿于怀艾兰花不能给他生个儿子，对女儿不冷不热。但是从涂老丫九岁那年开始，涂文保重女轻男了。工友时不时地恭维一把涂文保，调侃一下涂文保，开涮一下涂文保，说他女儿长得那么漂亮，将来找个有钱或者有权的乘龙快婿，下半辈子可以跷着二郎腿吃香的喝辣的了。

郑火秀甚至拿涂老丫来教育那些屡教不改的计划生育违反者:“生女儿有什么不好？你看看涂文保，整天高兴得合不拢嘴，他为什么高兴得合不拢嘴？原因很简单嘛，他生了个女儿，生女儿是存钱，生儿子是花钱，女儿生得越漂亮，利息越高……”

七大金刚更是不厌其烦地拿涂老丫说事，说得涂文保充满了幸福感、成就感、荣誉感。

A金刚:“老丫长大了，追求她的男人，肯定要排成一条长龙。”

B金刚:“老子要是年轻几十岁，也要挤到这条长龙里，去追求老丫。我要是把老丫追到手，老涂，那你就是我的岳丈大人了，哈哈哈。”

C金刚:“涂文保，你这只癞蛤蟆真是撞上了狗屎运，吃了天鹅肉，还生出一只小天鹅。不过，涂文保，老子要提醒你，我儿子小的时候，卵泡被你捏肿了，我儿子的卵泡要是有个三长两短，找不到老婆，或者找到老婆下不了崽，涂老丫就得做我的儿媳妇。”

B金刚:“那你一定是个爬灰的公公。”

C金刚:“放你妈妈的屁！”

涂文保:“你们都是放屁，放你们奶奶的屁！”

D金刚:“我看主要是艾兰花的功劳，艾兰花那么漂亮的女人，就是和猴子结婚，也会生下一个小美女来。”

E金刚:“哎，将来不知哪只癞蛤蟆能吃上老丫这只天鹅。”

F金刚:“老涂，都说龙生龙凤生凤老鼠的儿子会打洞，你这只麻雀，愣是生下了一只凤凰。妈的，老子怀疑老丫到底是不是你生的？”

J金刚:“涂文保，你真是前世修来的福啊，下半辈子吃死了。”

涂文保哈哈大笑，笑得牙龈出血，忙不迭地分烟:“老丫是我的女儿，也是你们的女儿，我下半辈子过上好日子，肯定忘不了你们这些鸟人。不过，老丫结婚的时候，你们可要多包些钱啊，至少包五十块。”

当时随礼的行情，关系一般的，十块；关系不一般的，二十块；关系特别的，三十块。关系非常特别、非常不一般的，五十块。办一场酒，能收到三五个五十块的红包，主人就非常自豪了。

涂文保死的时候，七大金刚每人包了五十块丧礼。

涂文保是在三伏天里死的，为防止尸体发臭，厂里派了一辆卡车，先把棺材运到省立医院，然后把涂文保装进棺材，运回厂里。为灵柩保驾护航的，是七大金刚中的A、C、D、J四个金刚以及工会副主席（男）。返回时，工会副主席、艾兰花以及一位帮助她护理涂文保的男职工坐在驾驶仓里，A、C、D、J坐在敞篷车厢里。

石牛水泥厂距省城四百多公里，一半以上路程是盘山公路，三分之二以上路程是砂石路，汽车来回要开三十多个小时。到厂的时候，A、C、D、J是被人抬着下车的，他们的骨头都快颠散了，皮肉都快颠烂了，尽管抬他们的人像抬易碎品一样小心谨慎，他们嘴里还是嘶嘶嘶地叫着，哎哟，妈个巴子，轻点，轻点，疼死老子了。

返回的路上，A金刚捶着棺材说："老涂啊，你躺在里面睡大觉，舒服死了，我们可受罪了，屎尿都快颠出来了。"

C金刚拍着棺材说："岂止屎尿，老子的精子都颠出来了。涂文保，你这个王八蛋，你不要以为你死了，我就会放过涂老丫。老子告诉你，我儿子的卵泡要是有个三长两短，找不到老婆，或者找到老婆下不了崽，涂老丫还得做我的儿媳妇。"

D金刚敲着棺材说："涂文保啊涂文保，你到底还是没福气啊，享不到女儿的福。"

J金刚摸着棺材说："文保啊，你这一死，跳蚤捡大便宜了，他这个干爹很快变成湿爹，母女通吃。"

怕尸臭溢出，涂文保一装进棺材，A、C、D、J就把棺缝用胶泥封上，楔入棺钉。按照当地风俗，一旦封棺，就不能打开了，涂老丫没能最后见上父亲一面。

涂老丫对涂文保没什么感情。

涂文保给女儿取名"涂老丫"，却很少叫她的名字，而是叫她"尿屄壳"，这是当地民间对女性生殖器官的别称，当某家添丁进口时，街坊邻居、亲朋好友关注的不是对方生了，而是生男生女。如果生的是女孩，被问的人便深深叹口气："唉，是个尿屄壳"，问的人也跟着叹口气："噢，是个尿屄壳。"

涂老丫十一岁那年，坐在后排的男同学往她书包里塞了一条四脚蛇，吓得她发出漫长的尖叫，那尖叫像铁片划过玻璃一样犀利。第二天，怀恨在心的涂老丫乘那男同学不备，突然飞起一脚，将他踢翻在地。包括她自己，谁都想不到，这一脚踢得如此有力。更让人想不到的是，这一脚正好踢在男同学裆部，两个小卵泡首当其冲，肿得像两个煮熟了的剥皮鸡蛋，一个星期后才消肿。

涂老丫被跳蚤的油水滋润了两年之久，体力与日俱增，这一脚踢出了水平，踢出了影响，好长一段时间，男同学一看到他，便下意识地夹紧双腿。

非常不巧，也非常不幸，这个男同学是C金刚的儿子，就是当年被涂文保捏肿卵泡的那个小男孩。

C金刚老婆披头散发、张牙舞爪冲到涂文保家，口口声声要撕烂涂老丫的屄壳，以其人之道还治其人之身。

涂文保不问青红皂白，对着涂老丫“啪啪”两个耳光，嘴里反反复复地骂着，“尿屄壳，你再闯祸，老子撕烂你的尿屄壳。”涂老丫不知哪来的勇气，冲进厨房双手握着菜刀，对涂文保比画着，“从今以后，你再敢叫我一声尿屄壳，我剁烂你的嘴巴！”然后举刀冲向C金刚老婆，“你再啰唆，老子剁烂你的老屄壳！”

C金刚老婆被涂老丫的菜刀吓跑了。

涂文保被女儿的菜刀吓呆了，好一会儿才反应过来，下意识地捂住嘴巴：“你敢！”涂老丫上前一步：“那你试试！”

“试就试，”涂文保一下软了，“老丫，爸爸以后再也不叫你尿……”

“尿”字刚出口，涂老丫的菜刀高高举了起来，涂文保意识到后果的严重性，连忙改口：“爸爸再也不叫你那个难听的名字了，从今以后叫你的名字，叫老丫。”

“老丫也不准叫，我讨厌死了这个名字！”涂老丫将菜刀猛地往桌子上一拍。

“那叫你什么？”涂文保叫了起来。

涂小丫：“叫我小丫，从今天开始，我正式改名涂小丫。今后谁要是叫我涂老丫，我对他不客气。”

涂文保：“涂老丫跟涂小丫只差一个字，有什么区别？老丫小丫，都是丫头。”

涂小丫：“当然有区别，干爸和亲爸只差一个字，区别大不大？”

涂文保一时被女儿的话弄糊涂了，自言自语道：“干爸和亲爸有什么区别呢？”他挠了挠脑袋，豁然开朗，“他妈的，是有区别，区别太大了，爸爸明天就去找红毛打证明，到公安局把你户口上的名字改过来。”

红毛是石牛水泥厂的办公室主任。红头发姓邱不姓洪，可能是基因裂变，天生一头红发（不是鲜红是暗红，但也够奇特了），一根黑发没有，大家都叫他红毛。

事后，C金刚私下以威胁的口气对涂文保说：“我儿子小的时候，卵泡被你捏肿了，现在，我儿子的卵泡又被你女儿踢肿了，你父女俩是不是跟我儿子有仇，存心和他的卵泡过不去？老子警告你，我就这么一个儿子，他的卵泡要是有个三长两短，找不到老婆，或者找到老婆下不了崽，涂老丫就得做我的儿媳妇。”

涂文保幸灾乐祸道：“可以，没问题，只要你们敢要。不过，你们可得小心她的菜刀。”

C金刚一下崩溃了：“老子怎么这么倒霉啊！”

此后，无论是谁，只要在涂文保面前一讴歌涂老丫，他脸上便露出痛苦而古怪的表情，要么转移话题，要么拂袖而去。但不管转移话题也好，拂袖而去也罢，涂文保都会一本正经地纠正对方：“我女儿改名了，不叫老丫，叫小丫。”

在涂文保的葬礼上，涂小丫紧咬嘴唇，一声不吭，滴泪未洒，好像死的不是父亲，而是一个和她毫不相干的人。

当涂文保的墓穴即将封上的时候，跳蚤拍了拍涂小丫的肩膀：“小丫，你别太难过，亲爸去了，还有干爸在呢。”

那一刻，十一岁的涂小丫一下百感交集，一个箭步扑到墓前，惊心动魄地叫了声“爸爸”，与此同时，身体哗啦一声响，月经喷涌而出。

2

涂小丫是在她念高一那年，成为三中校花的。

当时，县里共有三所中学，即县一中、县二中、县三中。无论学风还是师资，一中都是最好的，二中次之，三中最差。三中建在火车站附近，离石牛水泥厂不远，涂小丫算是就近入学。

三中地处城乡接合部，不土不洋，亦土亦洋，情况比较复杂。好生也好，差生也罢，一旦进了三中，好的变坏，差的更差，不仅成绩变得越来越差，人品也变得越来越差。

总而言之，三中的校风比学生的成绩还差。学生喜欢打架，老师喜欢打人；男生爱抽烟，女生爱臭美。在三中，弱小男生和漂亮女生普遍没有安全感，弱小男生经常受到强壮男生欺负，漂亮女生经常受到强壮男生骚扰。弱小男生为了寻求保护，不得不投靠强壮男生的势力范围；漂亮女生为了寻求保护，不得不与某个强壮男生早恋。

C金刚的儿子小C也在三中就读。不过，他还没念完高一，就被开除了，因为他把一个女同学的肚子搞大了。C金刚夫妇又高兴又愤恨，高兴的是儿子的卵泡功能健全，心中那块石头终于落地；愤恨的是，儿子不但被开除，还陪了女方五千元青春和精神损失费，那几乎是他们所有的积蓄，损失巨大。

按照当时的厂规，凡是双职工的子女，年满十六岁，都可以安排进厂工作，小C开除不久，便成了一名普通石牛水泥厂工人，若干年后，他干了一件惊心动魄的大事，变得很不普通。

涂小丫长得太漂亮了，别说学生，连老师都忍不住打她的主意。

涂小丫虽然泼辣，曾经吓跑上门兴师问罪的小C母亲，吓呆暴跳如雷的父亲，但是面对三中那些情窦大开、如狼似虎的男生，她的那点泼辣，好比方便面里的那点辣酱，非但没有辣倒他们，反而激发了他们的情欲。

社会上的小痞子，得知三中出了个美女，隔三岔五骑着自行车，成群结队来到三中，隔着围墙，一边往里面扔纸飞机（纸飞机上写着字画着图，文字内容和他们嘴里喊的类似，至于图片，画什么的都有，儿童不宜），一边齐声高呼：

“涂小丫，我爱你！”

“涂小丫，你太漂亮了！”

“涂小丫，你真水！”

三中的教室，从来都是不安静的，但只要这喊声一响起，整个校园顿时鸦雀无声。此时无声胜有声，“涂小丫”三个字像三只活蹦乱跳的兔子，蹦进每个师生心里，跳乱了他们的心。

如果说其他教室一片沉寂，涂小丫班上则一片死寂，全班五十多双眼睛齐刷刷地盯着她。那目光成分复杂，有妒忌、有羡慕、有鄙视、有幸灾乐祸。

涂小丫双手捂住耳朵，勾下头，闭上眼睛，恨不得自己化成一缕气体，从教室蒸发。

下课后，一些男生将捡到的纸飞机掷向涂小丫，鹦鹉学舌：

“涂小丫，我爱你！”

“涂小丫，你太漂亮了！”

“涂小丫，你真水！”

涂小丫的书包和抽屉里，很快出现写着上述字眼的纸条。字体千奇百怪，纸条奇形怪状。当她经过一群男生身边，或者一群男生经过她身边的时候，冷不丁地，数只纸飞机呼啸着冲向她，纸飞机上写的画的，与小痞子们纸飞机上写的画的相比，有过之而无不及。

一些女生尤其漂亮女生，则对着涂小丫翻很白很白的白眼，吐很浓很浓的浓痰，嘴里还时不时蹦出一句“骚货”“婊子”“狐狸精”之类的恶语。

小痞子们的言行，已经严重影响三中的正常教学秩序，校领导开动脑筋想了很多办法，包括请公安局出面，都未能有效制止。痞子们收敛一段时间后，变本加厉，竟然对老师实施打击报复，在夜幕的掩护下，接二连三蹂躏他们的菜地。

三中离城区较远，买菜不太方便。学校周围有的是荒地，有家室的老师便自力更生，自己种菜。大多数老师本来是同情涂小丫的，可是，当痞子们一次又一次把铁蹄踏向菜地、将魔爪伸向蔬菜而他们又无可奈何时，便把仇恨转移到涂小丫身上。一切都是涂小丫惹的祸，没有涂小丫，痞子就不会找上门；痞子不上门，蔬菜就能自由自在地生长；蔬菜自由自在地生长，他们吃菜就有保障，不用上街买菜，省时省力，最重要的是省钱。

涂小丫太可恶了，只要涂小丫在三中一天，三中就一天不得安宁。涂小丫在三中引起了师愤。

某天，老师集体来到校长办公室，呼吁校长勒令涂小丫转学。校长对老师们说，我也想叫涂小丫转学，可是你们想过没有，涂小丫一不是尖子生，二没有后台，除了长得漂亮一无是处，这样的学生，哪所学校愿意接收她呢？如果你们是校长，会接收她吗？把这样的学生转到自己学校，那不是引火烧身吗？

老师们你看看我，我望望你，不吭声了。

一个老女老师尖叫着打破沉默：“我看索性把涂小丫开除算了。”

大多老师应和：“对，一不做二不休，把她开除了。”

“开除得有理由啊，她又没犯什么错误。”一个单身老师表示疑虑。

“她还没犯错误啊？整个学校被她搞得鸡犬不宁。”一个菜地最多、损失最惨重的老师叫了起来。

一个胸部平平的中年女老师义愤填膺道："你看她胸部那个大，大得简直无法无天，哪里像个女学生？"

一个姓许的副校长暧昧地笑道："我同意开除涂小丫，但不同意你这个观点，难道女学生的胸部就不能大吗？校规上没这个规定，法律上也没这个规定，大，说明她发育良好；大，证明她健康美丽。"

胸部平平的中年女老师："许副，看来你对涂小丫的胸部情有独钟，很有研究啊。"

许副校长哂笑道："哪里哪里，这还用研究吗？有目共睹嘛。"

"许副校长说得好，校规和法律没规定女生的胸部不能大，校规和法律同样没规定女生长得漂亮成绩不好，就可以随便开除。"说话的是教语文的孙老师，孙老师见大家没反应，继续慷慨陈词，"我坚决不同意开除涂小丫，这么做是违法的，如果学校真这么做，我将排除一切阻力，向上级反映。"

孙老师是新学期分配来的语文老师，语文老师是个诗歌爱好者，毕业前，一直担任校刊主编。涂小丫哪个科目的成绩都差，语文最差。她最厌恨写作文，没有一篇作文写到三百字以上，没有一篇作文及格过。恨屋及乌，她对每一位语文老师都抱有抵触情绪。

胸部平平的中年女老师撇了撇嘴，阴阳怪气道："我说孙老师，你不会是看上涂小丫了吧？"

没等孙老师开口，老女老师迅速接过话茬："孙老师，我们三中可是有着悠久的师生恋传统啊，许副的夫人，当年就是他的得意门生。"

"我本来是强烈反对师生恋的，你们这么一说，我突然改变想法，非把涂小丫追到手不可。"孙老师斩钉截铁道。

许副校长上前握住他的手："孙老师，我衷心预祝你早日成功。"

老女老师："孙老师，既然当领导的带头搞师生恋，你当然也有权利搞师生恋，不过……"

许副校长打断老女老师的话："不过，我搞师生恋的时候，还没有走上领导岗位。还有，我的老婆远没有涂小丫漂亮。"

胸部平平的中年女老师："这说明搞师生恋的老师，大有前途啊。"

菜地最多的老师："孙泽普，你搞师生恋我管不着，可我的菜地怎么办？我建议你还是等涂小丫被开除后，再跟她谈恋爱。"

孙泽普淡淡一笑："我向你保证，我一跟涂小丫谈恋爱，决没有人敢去糟蹋你们的菜地。”

菜地最多的老师：“为什么？凭什么？”

孙泽普：“为什么？原因很简单，涂小丫名花有主了，涂小丫有男朋友了，那些小痞子自然死心了。至于凭什么，原因更简单，涂小丫既然成了我的女朋友，我会不惜一切代价保护她。”

一直沉默不语的校长，将手重重按在孙泽普的肩膀上：“小孙，那帮家伙不好对付，你不要意气用事。”

孙泽普重重地反按住校长的手：“校长，你放心，我有办法对付他们，从今天开始，我不仅要保涂小丫一人平安，还要护三中一方平安。”说到这里，他加重语气，“同时我也希望大家，从今天开始，嘴里不要再冒出‘开除涂小丫’之类的字眼，最好连这样的想法都不要有。”

3

老女老师说得没错，三中确实有着悠久的师生恋传统。

三中地处城乡接合部，农村学生很多，农村出身的老师不少。女老师不愁嫁，男老师找对象困难，高不能成低不愿就，女学生便成了最佳人选。当然，能够进入他们视线的，都是姿色上游成绩中游的初中二、三年级女生，认准目标后重点培养，然后以权谋私保送她们上师范。那时候，每所学校都有少量的保送名额。她们一毕业，便迫不及待把自己连本带利报答给恩师。至于那些一方面不相信培养对象一方面又不自信的老师，在培养对象离校之前，便将生米煮成熟饭了。当年，作为初中毕业班的许老师，就是采取这种手段，把班上一位漂亮女生发展成为妻子的。那个年代，上师范是大多农村学生的首选，因为上师范不用自己掏一分钱，一毕业就转正，一毕业就有工作，一工作就有收入。

为了稳定年轻的教师队伍，三中领导对师生恋睁一只眼闭一只眼，既不反对，也不鼓励，实际上是默许了。

涂小丫念初二、初三的时候，美则美矣，但主要美在脸蛋上，身体尚未完全长开：胸部还在隆起过程中，没有形成规模；身材还在曲折变化中，没有那么魔鬼；屁股皮下脂肪还在堆积中，没有那么瓷实。一句话，初中女生涂小丫还没有美到令人乱了方寸的地步。何况她成绩始终保持在班上倒数十名内，没有培养价值。班主任又是个女的，没有同性恋趋向，不可能打她的主意。

涂小丫上高中的时候，已经过了那个村没了那个店了。这时候，哪个男老师若想把她发展成为妻子，是要承担很大风险的，以涂小丫那样糟糕的成绩，是考不上任何高校的，到时还得帮她找工作。没有文凭和后台，仅仅长得漂亮，是很难找到好工作的。找不到好工作，就没有好收入，没有好收入，做涂小丫的丈夫，压力会很大。如果奇迹在涂小丫身上发生，考上大学，风险更大，像她这般妖魅的女人，一旦进入花花世界，哪里还找得到回家的路。到时候，男老师的金钱和感情投入统统打水漂。

因此，打高中女生涂小丫主意的男老师不少，但十有八九是为了占便宜，真心实意发展她为妻子的几乎没有。涂小丫仿佛唐僧肉，任何一个心里蛰伏着妖怪的男人，都想吃她一口。

孙泽普是那种不吃则罢、一吃就要一口吃下的男人。一句话，他要吃独食。面对爱情这顿丰盛的大餐，谁不想吃独食呢。

孙泽普是初二语文老师，不教高中语文，也就是说，他无法利用教学之便追求涂小丫。

孙泽普追求涂小丫的方式很独特，既不送花，也不写信，甚至连秋波都不送一个。

孙泽普追求涂小丫的方式非常简单，当痞子们来到三中，隔着大门或围墙大声用“涂小丫”口头造句时，他便单枪匹马冲出校门，舌战群痞。

第一次，孙泽普舌战三痞。

孙泽普挽着细得可怜的胳膊，正气凛然地站在三痞面前：“请你们放尊重点，这里是学校，不是广场，不准高声喧哗。你们这么大喊大叫的，太没修养了，就像在公共场所能随地大小便一样没有修养。”

痞甲嬉皮笑脸道：“我们是痞子，痞子什么都有，就是没有修养。”

痞乙朝地上吐了口痰：“他妈的你是谁？”

孙泽普：“你嘴好臭，早上没刷牙？”

痞丙：“你小子嘴好硬，是不是想找打？”

孙泽普：“如果你不要命，我奉陪。”

痞丙被孙泽普的气势镇住，目光转向痞乙，征求他的意见。

痞乙是他们的头。

痞乙上下打量着孙泽普：“老子再问你一句，你到底是谁？”

孙泽普：“说出来吓死你！”

痞乙：“要是吓不死呢？”

孙泽普：“吓不死那是你命大。”

痞乙：“快说，我的忍耐是有限度的。”

孙泽普：“听好了，我叫孙泽普，孙中山的孙、孙悟空的孙，毛泽东的泽，普希金的普。”

三痞齐声大笑。

痞甲：“我看你是孙子的孙。”

痞乙：“我看你是沼泽的泽，一摊臭水。”

痞丙：“普希金是谁？”

孙泽普：“俄罗斯著名诗人。”

痞乙：“哦，诗人，文人骚客。”

孙泽普：“想不想听一听他的故事？”

痞乙：“是不是勾引女人的故事？我听说文人骚客最骚了，专门勾引漂亮女人。”

孙泽普：“不是勾引女人，但跟女人有关。在普希金的众多朋友中，有一位叫丹特士的军官，丹特士年轻英俊，最善于甜言蜜语，很受女人喜欢。普希金平时应酬很多，没有时间陪伴妻子，丹特士便乘虚而入，勾引普希金的妻子。一时间，彼得堡流言四起，说什么的都有。一些仇恨普希金的人开始散发大字报，写匿名信，说普希金是乌龟团的团长。普希金大怒，为了捍卫男人的尊严，向丹特士下了挑战书，要与他决一死战。

“在俄罗斯历史上，决斗是男人解决问题经常选用的方式。当一个男人和另一个男人争夺女人时，十有八九会以决斗的方式来解决。打败了没关系，虽败犹荣，如果你不接受挑战，那你在别人眼里就是个胆小鬼、懦夫，从此没有人看得起你，包括曾经那么爱你的女人。所以，当一个俄罗斯男人向另一个俄罗斯男人发出决斗的要求时，对方十有八九会接受挑战。普希金虽然文静柔弱，骨子里却刚烈好斗，曾经因为三件小事情三次与人决斗。普希金在学校学过剑术和射击，加上不怕死，三次都打败了对方。

“他们签订了决斗条约：时间是下午四点至五点，地点是黑河对岸，武器是手枪；对射的距离是二十步，双方有一次射击的权利，谁先开枪不做规定。一切准备就绪，决斗双方各就各位，助手发出信号，普希金举枪瞄准，但丹特士的枪先响了，普希金应声倒下。不一会儿，普希金缓慢爬了起来，支撑着左手，扣动扳机，丹特士也应声倒下。可惜，丹特士只是伤了皮毛，而普希金却伤了致命的部位，子弹从他的腹部钻进了肚子。普希金被马车送回家中不久，停止了呼吸。”

痞甲：“你跟我们说这些，什么意思？”

孙泽普：“什么意思，你们心里明白。”

痞乙：“你在威胁我们？”

孙泽普：“随便你们怎么想。”

痞丙：“普希金的老婆漂不漂亮？”

孙泽普：“非常漂亮。”

痞丙：“有涂小丫漂亮吗？”

孙泽普：“漂亮十倍，不过，在我心里，涂小丫是这个世界上最漂亮的女孩。”

痞甲：“你是涂小丫什么人？”

孙泽普：“我不是她的什么人，我是她的追求者。从今天开始，凡是追求涂小丫的人，都是我的敌人。”

痞乙：“我也是她的追求者。从今天开始，凡是追求涂小丫的人，也是我的敌人。”

孙泽普：“那你敢和我决斗吗？”

痞乙：“就你？”

孙泽普：“你是不是觉得我细胳膊细腿，手无缚鸡之力，不屑和我决斗？”

痞乙：“你根本不是我的对手。”

孙泽普：“你也根本不是我的对手。”

痞乙：“真要和我单挑？”

孙泽普：“你要害怕，那就算认输，从今以后不要再踏进三中半步。”

痞乙：“我从来没见过你这么不自量力的人，既然你一定要找死，那我成全你。”

痞甲：“你准备做第二个普什么金吧。”

痞丙：“普希金！”

痞乙：“我肯定会成为第二个丹什么士。”

痞丙：“丹特士！”

痞甲："你和我们老大单挑，好比鸡蛋碰石头。"

孙泽普："你们老大和我单挑，也好比鸡蛋碰石头。"

痞丙："鸡蛋碰石头也好，石头碰鸡蛋也罢，反正都是鸡蛋先碎，你就等着粉身碎骨吧你。"

孙泽普："废话少说，约个时间吧。"

痞乙："没问题，随时恭候。"

4

三天后的一个晚上，孙泽普和乙痞在三中后山进行了一场惊心动魄的决斗，结果令人难以置信，乙痞成了普希金，孙泽普成了丹特士。乙痞进了地狱，孙泽普进了监狱。

这一切来得太突然了，迅雷不及掩耳。事发第五天，涂小丫收到一封寄自本县的挂号信。收信人一栏上写着"涂小丫亲收"，寄信人地址一栏上写着"本县镇岭路 521 号孙寄"。

信是孙泽普写来的。他的家在乡下，寄挂号信要写寄信人地址，他便写上镇岭路，镇岭路是县城最繁华的一条街，521 是他杜撰的一个门牌号，意思是"我爱你"。

孙泽普在信中详细介绍了事情的经过，他在信末写道："涂小丫，如果我被对方打死，或者我把对方打死被判处死刑，我对你没有任何要求，我也没有能力对你提出任何要求。当然，你能在心里记住我一辈子，哪怕是一阵子，我会死得更瞑目一些。如果我没被对方打死，或者我把对方打死没被判处死刑，那我对你就有要求了。我没被对方打死，有三种情况，一是我完好无损，二是我被打得遍体鳞伤，三是我被打成残废，不管哪一种情况，你都得嫁给我，不能嫁给别人。我把对方打死没有被判处死刑，也有三种情况，一是我被判死缓，二是我被判无期徒刑，三是我被判有期徒刑，不管哪种情况，你都得等我，不能嫁给别人。只要我在监狱里好好表现（我肯定会好好表现），死缓肯定改无期，无期肯定改有期，有期肯定减刑，我是个讲道理的人，你最多等我二十年，如果二十年我还出不来，那你可以嫁给别人。在这二十年里，如果哪个男人欺负你，你把我抬出来，警告他，如果他敢动你一根毫毛，等我出来，灭他全家。如果你在这二十年内背叛我，一旦我二十年后出来了，不用我多说，你可以想象得到，后果有多么严重!!!

“我是个说到做到的人。

“也许你要问，我有什么资格这么要求你？原因很简单，这一切都是因为你造成的……”

“后果有多么严重”后面的三个感叹号，孙泽普把它们画成三把匕首，匕首的下面，是三滴指头粗的墨珠，仿佛三滴黑色的血珠。

涂小丫一目三行看完信，烫着似的松开双手，信纸无声滑落在地；不一会儿，又将信拾起，逐行看一遍，将信搓成一团，狠狠掷在地上；随即再将信拾起，放在桌上抹平，逐字逐句看一遍，将信纸夹在笔记本里锁进抽屉，然后扯着自己的秀发，一会儿站，一会儿蹲，一会儿躺，一会儿靠，一会儿倚，无声地痛哭着。

孙泽普预测得很准，他被判处二十年有期徒刑。

新中国成立以来，县城有过两次公开宣判。第一次是改革开放后八十年代初期的首次严打，对象是流氓犯罪团伙，包括迟美丽的初恋男友——一中体育老师在内；第二次是九十年代初期的第二次严打，对象是各类情节特别恶劣、手段十分残忍的犯罪分子，包括孙泽普在内。

两次宣判，相隔十年，皆万人空巷，皆放在中山台广场。

十年前，当流氓团伙成员听到自己被“判处死刑，剥夺政治权利终身，立即押赴刑场执行枪决”时，有的仰天高呼“老子××年后又是一条好汉”，有的当场尿湿裤子，软成油条，靠武警架着胳膊，才勉强站立。体育老师最糟糕，当场晕了过去，一半是吓晕过去的，一半是冤晕过去的。

十年后，同样有人仰天高呼“老子××年后又是一条好汉”，同样有人当场尿湿裤子，不同的是，有一个人却仰天大笑，这个人就是被判处有期徒刑二十年的孙泽普。

十年前的那一天，迟美丽没有去中山台。之所以不去，是因为她不想再见体育老师，最后一面都不想见。

十年后的那一天，涂小丫没有去中山台。之所以不去，是因为她心里没数，想见孙泽普又怕见孙泽普。孙泽普分到学校才一个多月，涂小丫还没来得及看清他的面容。

把自己关在家里的涂小丫，似乎听到孙泽普的笑声。

孙泽普入狱不久，涂小丫自动退学了。三中无论如何待不下去，再待下去，她会被白眼眨死，口水淹死。

5

艾兰花母亲病重。

艾兰花对涂小丫说：“你跟我一起去看看外婆吧，也许这是最后一面了，反正你待在家里没什么事。”

涂小丫：“我不想去？”

艾兰花：“为什么不想去？”

涂小丫：“不想去就是不想去，问那么多干什么？”

艾兰花：“你这个死女子，越来越让人捉摸不透。”

涂小丫：“捉摸不透就别捉摸。”

艾兰花：“你，你气死我了，我怎么生了你这么个扫帚星。”

跳蚤：“小丫不去就算了，你别逼她，她不是心里不好受嘛。”

金明：“妈妈，姐姐不去，我跟你去。”

艾兰花：“你别跟我去添乱，老老实实待在家里。小丫，你不去算了，把金明照顾好。”

涂小丫：“他都是八九岁的大小孩了，要什么人照顾，我不想照顾他，也照顾不好他。”

艾兰花：“你这个死女子，你真是变死啊你……”

金明：“妈，我不想跟姐姐在一起，她老是凶我，我要跟你去看外婆。”

跳蚤：“就让金明跟你去嘛，反正他放假了，待在家里没事。”

艾兰花：“去吧去吧，到了外婆家可要听话。”

金明：“噢，我要去外婆家了，摇啊摇，摇到外婆桥。”

艾兰花母子走的当晚，跳蚤弄了几个拿手好菜，买了几瓶啤酒，对涂小丫说：“小丫啊，今晚咱爷俩改善改善，你陪干爸好好喝几杯。”

涂小丫搛起一块回锅肉，塞进嘴里：“干爸，你炒的回锅肉，就是比我妈炒得好吃。”涂小丫又搛起一片青菜，塞进嘴里，“连青菜都比我妈炒的好吃，不愧为司务长。”

“你妈的菜炒得也不错，就是舍不得放油。有一句话叫什么来着，舍不得孩子套不住狼，这舍不得放油呢，自然炒不出好菜。你妈明知我菜炒得比她好，平时就是不肯让我炒，她呀，心疼油，这几天乘她不在家，我要阔绰阔绰。”跳蚤边说边撬开一瓶啤酒，先把自己杯子倒满，再给涂小丫倒。涂小丫捂住杯子：“干爸，我不喝酒，滴酒不沾。”跳蚤双手握着酒瓶，姿势古怪动作夸张，好像在烧香拜佛：“小丫，我知道你不喝酒，一杯，就喝一杯。”涂小丫瞄了他一眼，将手缓缓移开。

跳蚤粗暴地把瓶口塞进酒杯，他倒得太猛了，泡沫从杯子里翻腾而出，泻在桌面。

跳蚤端起酒杯，往涂小丫面前抬了抬，一饮而尽。涂小丫抓起酒杯，轻轻抿了一口。

跳蚤又给自己倒上满满一杯，干了，满脸羞愧道：“小丫，我这个干爸，当得不合格啊，平时对你关心不够。”

“干爸，你今晚怎么了？”涂小丫垂下眼睑，一筷子一筷子地吃菜。

跳蚤：“小丫，我呢，平时很少过问你的事。你呢，平时也很少说起你的事。你成天心事重重闷闷不乐的，我是看在眼里急在心上，今晚，你妈你弟都不在，没有外人，把你心里的事都倒出来，我们好好聊聊。”

涂小丫：“我没什么心事。”

跳蚤：“小丫，看来你还是把我当外人看。”

涂小丫：“我真的没什么心事。”

“你别骗我了。”跳蚤伸出右手，似乎想摸涂小丫的手，涂小丫一下把手缩到桌下，身子弯成虾状，下巴支在桌子上，两只眼珠滴溜溜地望着跳蚤，跳蚤右手落空，僵在空中，随即拐回，端起酒杯，喝了一大口：“孙泽普那个王八蛋，已经蹲号子去了，你要把他从心里抹掉。”说到这里，跳蚤随手拿着挂在桌腿的抹布，将她面前桌上的啤酒泡沫擦干，“就像我这样，一点痕迹都不留下。”

涂小丫：“干爸，我不想提起他。”

跳蚤：“我偏要提，这个王八蛋，充什么英雄好汉，他这哪里是在保护你，他是在害你……”

涂小丫：“求求你，别说了好不好？”

跳蚤：“我就是要说，这个王八蛋、臭狗屎，什么东西……”

“啪”的一声，涂小丫把杯子摔碎在地，指着跳蚤大叫：“跳蚤，你要再说，我对你不客气！”

跳蚤没想到涂小丫会翻脸，翻得比翻书还快，一时反应不过来，眼珠定格在眼眶里，惊愕地望着她。

涂小丫捋起袖子，指着跳蚤："你以为你是什么好东西，你当年和我妈勾搭成奸，让我爸戴绿帽子……"

"哎哟。"跳蚤被刺了一针似的，从凳子上一蹦而起，"小丫，天地良心，我和你妈是合法夫妻，打了结婚证的，我是在你爸爸去世后才跟你妈好上的，你爸爸在世的时候，我没动过你妈一片指甲。"

涂小丫："可是你在心里动过了！"

跳蚤："这我承认，像你妈那么好看的女人，只要是个正常男人，都会心动。"

涂小丫："心动很正常，你采取行动就不正常了。"

跳蚤："我采取什么行动了？"

涂小丫："当年你给我打菜，打那么多，还给我家送这送那，不就是冲着我妈才这么做的吗。"

跳蚤："我是冲着你爸才这么做的，我和你爸是好兄弟，有福同享有难同当。"

涂小丫："勾引兄弟老婆，也叫好兄弟？"

跳蚤："小丫，不管我有没有勾引你妈，你摸摸良心，自从我和你妈结婚后，你的日子是不是好过多了？吃的是不是比原来好了？穿的是不是比原来漂亮了？我没有功劳也有辛劳，没有辛劳也有苦劳，没有苦劳也有疲劳，现在倒好，我落得个里外不是人，唉，好人难做呀！"

涂小丫："我没说你不是人，但你绝不是什么好人，你心怀鬼胎，醉翁之意不在酒。"

跳蚤:"我对谁心怀鬼胎了？我对谁醉翁之意不在酒了？你把话说清楚！"

涂小丫："你自己心里有数，不用问我。"

跳蚤："我心里一点数都没有，你把话说明白。"

涂小丫："真要我说？"

跳蚤："话不说不明，理不辩不清，说！"

涂小丫："是你要我说的啊，别怪我不给你面子。你对我心怀鬼胎，你对我醉翁之意不在酒。"

跳蚤："小丫，你年纪轻轻的，怎么会有这么恶毒的想法？"

涂小丫："奇怪是吧？告诉你，我早熟，我是早熟品种。你还有更恶毒的想法呢。"

跳蚤倒吸一口凉气："什么更恶毒的想法？"

涂小丫冷笑道："今晚你想对我采取行动是不是，你以为我看不出来？"

跳蚤连连摇头："我听不懂你的话。"

涂小丫猛地一拍桌子："跳蚤，我警告你，今晚你要是敢动我一根指头，二十年后，如果你还活着，孙泽普会把你杀了，如果你死了，孙泽普会把你的儿子杀了！你不为你自己着想，也要为金明着想。"接下来，涂小丫把孙泽普信尾那些话毫无保留地告诉了跳蚤。

跳蚤不寒而栗："小丫，你已经十八岁了，长大成人了，以后你自己的事情自己做主，我决不狗拿耗子多管闲事。"

涂小丫笑得更冷："我的事情当然我自己做主，用不着你瞎操心。我再次警告你，孙泽普说的那些话，天知地知，你知我知孙泽普知，你不要告诉任何人，否则你会死得很难看。"

6

涂小丫自作主张的第一件事情，是给自己做了个惊世骇俗的口头征婚广告：谁让我坐上办公室，我就和谁睡觉。

涂小丫的征婚广告，一下凉透了众多追求者的心。他们没想到涂小丫这么烂，比从前的迟美丽还烂。

这时候，涂小丫是石牛水泥厂一名待岗员工。

二十世纪八十年代末期，为提高职工队伍素质，石牛水泥厂从本厂子弟和社会青年当中选拔了一批未考上高中和大学的初中生和高中生，送到省建材学校委培，为期两年。

涂小丫是其中之一。

按照厂规，委培生必须全部充实到生产一线，涂小丫死活不肯服从分配，非要到行政坐办公室，并发出那个口头征婚广告。

涂小丫做口头征婚广告的时候，艾兰花不在厂里。她的老母第二次病重，这一回，依然和上次一样，有惊无险，老母又缓过来了。当她回到厂里的时候，已是满城风雨。

艾兰花气得月经失调。

艾兰花的经期向来准点，误差不会超过二十四个小时。回厂那天，正是月经来临的日子，被这事一气，推迟了一个礼拜，并且留下后遗症，经期从此没有准时过。

艾兰花强忍怒火："赶快把你说的话收回来。"

涂小丫撇了撇嘴："说就说了，有什么大不了的？"

艾兰花："有什么大不了的？你倒是轻松啊，我告诉你，我都被唾沫星子砸晕了，吃饭能吃出口水的味道，喝水能喝出口水的味道，吸气能吸出口水的味道。你不把话收回来，我要你被活活气死。"

涂小丫："吐出去的痰，怎么收得回来？"

艾兰花："你就说，你一时头脑发热，说着玩的，不算数。这不就收回来了？"

涂小丫："此地无银三百两，越描越黑。反正相信我话的人，再说也没用，不相信我话的人，不说也有用。一句话，信则有，不信则无。"

艾兰花："你，你简直不要脸，我的脸都被丢尽了！"

涂小丫："我不要脸？我不要脸也是向你学的。"

艾兰花："好你个死女子，你不要脸，倒怪起我来了。"

涂小丫："有其母必有其女嘛。"

艾兰花："你还有理了，涂文保啊涂文保，你怎么跟我生了这么个女儿？"

涂小丫："涂文保啊涂文保，你怎么给我找了个这么蛮不讲理的妈？"

艾兰花："你给滚出这个家门。"

涂小丫："多谢你提醒，我正想滚出这个家门。我受够了你们，受够你们在床上弄出那么大的声音。"

涂小丫说罢，气势汹汹冲进自己房间，右脚尖勾住门框，猛地一拨，房门一声嚎叫，关上了。

艾兰花脸色铁青铁青，青得像长了一层绿锈的青铜器，无辜而又无助地望着跳蚤。

跳蚤同样无辜而无助地望着艾兰花，艾兰花朝涂小丫房门努了努嘴，跳蚤迟疑了一下，轻轻敲了两下门。

没有反应。

跳蚤又重重敲了两下门。

涂小丫："干什么？"

跳蚤："小丫，我有话跟你说，开开门。"

涂小丫："有话就讲，有屁就放，隔着门板说。"

"小丫，你真的要离开这个家吗？"跳蚤咽了咽口水，艰难地吐出一句话。自从上次闹翻之后，他们之间很少说话。

涂小丫："那当然，我这个人历来说到做到。"

跳蚤："小丫，还有句话，不知当说不当说。"

涂小丫："说啊，有什么不能说的。"

跳蚤："孙泽普不是在信里对你说，你要是背叛他，他出来后就对你不客气，你说谁让你坐上办公室，你就和谁睡觉，你这不是明目张胆地背叛他吗，难道你忘了他的话？你，可要三思而后行啊。"

涂小丫猛地打开门，一把拽进跳蚤，拽了他几个趔趄，没等他站稳，门已经关上。

涂小丫压低声音，咬牙切齿道："我的事情不用你管，我自有主张。"

跳蚤很响地叹了口气，打开门，缓缓走出房间。

涂小丫搬进了集体宿舍。

八十年代中期，石牛水泥厂新建了一座综合楼。综合楼共四层，一、二层是集体宿舍，三层是招待所，四层是阅览室。集体宿舍每间十二平方米，每间四人，和涂小丫一起到省建材学校培训的三个女同学，是从社会上招来的，她们的家或在县城或在乡下，厂里自然要解决她们的住宿，"三缺一"的宿舍随时要安排进新舍友。

十二平方米的空间住四个人，不太拥挤，也不宽松，要是其中一个人和大家合不来，或者互相之间合不来，那就显得拥挤不堪了。她们三个倒是臭味相投，就怕安排进一个臭味不相投的人进来，对于涂小丫，她们是热烈欢迎的，不仅臭味相投，而且香味相投，很是欣赏她的反叛精神。

按照厂规，家在厂里的未婚员工，尤其住房不是特别紧张的未婚员工，是不允许住单身宿舍的。涂小丫运气好，她们那个房间迟迟没有安排新舍友进来。行政科长"警告"她，一旦有人住进，她就自动退出。

涂小丫住在单身宿舍，吃在食堂，大有和艾兰花老死不相往来的架势。

在舆论最为汹涌的那段日子，艾兰花几乎神经质，只要别人当着她的面一说起涂小丫，她就不厌其烦地解释："小丫年轻，不懂事，说着玩的，千万别当真。”祥林嫂似的。

7

除了生得白长得漂亮，除了父亲是名“烈士”，涂小丫客观上并没有什么特别之处，也就是说没有什么后台。没有后台的职工，即使削尖脑袋，也难在办公室谋到一个座位，任何一家国有企业的办公室都人满为患。生得白长得漂亮有什么用，厂里白而漂亮的女工不止她一个，难道都让她们坐办公室？

“烈士”子女有什么了不起，厂里在诸多方面已经给予照顾。比如每月给她发放生活费，一直发到十八岁。比如免费参加委培，其他子弟要自己掏生活费，她连生活费都由厂里出。仅凭这一点，不少职工已妒嫉得牙根发痒、眼球充血。如果再把她照顾进办公室，那些在车间上班的双职工、三职工，肯定要发出愤怒的怒吼，继而去厂长办公室闹事。

那时的工厂实在仁慈，那时的工人确实像个主人，要是现在，像涂小丫这样不服从分配的职工，别说私有企业，就是国有企业，也会一脚远射，把她踢出厂门。厂里非但没有开除她，每月还发给她百分之六十的工资，留厂察看半年，半年后还不服从分配，再开除。

涂小丫态度坚决：宁愿被开除，也不下车间。

像涂小丫这样又白又嫩又水的女人，是经不住滚滚粉尘污染的。石牛水泥厂的粉尘不同于一般粉尘，具有很强的酸性和碱性，即使裹得严严实实，粉尘也会吃进布料，腐蚀皮肤。冬天还好，衣服穿得多，出汗少，粉尘不易进入；夏天惨了，衣服穿得少，出汗多，附在皮肤上的粉尘被汗水一濡，有了化学反应，隐隐灼痛，好像蚂蚁在聚餐。至于裸露的皮肤，更惨，别说长年累月待在车间，只要待上个三五天，便立竿见影地黑暗下来粗糙起来。尤其指甲，粉尘在它四周腐蚀出一个黑圈，除非用小刀把它削掉，否则永远也无法洗白。

那些在车间上班的女工、特别是上了年纪的女工，到澡堂洗澡的时候，身上抹的不是香皂，而是强力洗衣粉，然后用刷子在身上刷来刷去，就像刷地板一样。其实，粉尘已经渗入肌肤和血液，就是把她们扔进洗衣机，也未必能洗净和漂白自己。

每次去澡堂洗澡，涂小丫都有一种莫名其妙的恐惧，不是害怕在同性面前裸露，而是不忍看见那残酷的一幕。

对于爱美成性的涂小丫来说，下车间无异于下地狱，何况她下的是粉尘最大的粉磨车间，无异于下十八层地狱。

留厂察看期间，涂小丫每天把自己打扮得花枝招展，厚颜无耻地跑到厂长办公室卖弄风骚，企图以色相勾引厂长。可惜涂小丫生不逢时，偏偏那关厂长是个难能可贵的正人君子，贪不贪污受不受贿自己心里明白，不好色却是全厂公认，看见漂亮女人就像看见洪水猛兽，正襟危坐，一脸严肃。涂小丫一出现，他就横眉冷对，下逐客令。

涂小丫身上的皮肤薄如蝉翼，脸上的皮肤却厚如蝉壳，任关厂长冷嘲热讽，态度冷漠到摄氏零下二十度，她依然笑脸相迎。这么一来，关厂长反而无计可施，堂堂一厂之长，总不能动手动脚，把一个如花似玉的女孩子往门外推吧，万一推到胸脯上，推人不成反湿咸手，就难办了。涂小丫总是迎着关厂长目光和手势挺出胸脯，关厂长一不小心，就会触及她的胸脯，“万一”的概率其实很高的。

关厂长被她缠得没办法，只好对她说：“办公室人满为患，别说人，连张凳子也塞不进，这样吧，只要哪个科室愿意收留你，我就同意把你安排在办公室。”

这正是涂小丫苦苦期待的表态，兴奋得跳起来：“关厂长，苍天在上，您说话可要算数。”

关厂长拍了一下桌子，不悦道：“这是什么话，好像我关某人言而无信，你把我当什么人了，别说我是一厂之长，就是一般的工人，说话也是要算数的。”

涂小丫被兴奋冲昏了头脑，居然伸出小指，要和关厂长拉钩，弄得关厂长哭笑不得。

关厂长当然不可能和涂小丫拉钩，训斥道：“趁我还未反悔，你赶快在我眼前消失。”

涂小丫连忙收回小指，搔首弄姿道：“您别生气，我马上消失，马上消失。”

关厂长怎么也没想到，还真有人收留涂小丫，这个人就是供销科科长。

关厂长其实想到了，只是他没想到供销科科长这么不讲信用。那天，关厂长话说得太快，话一出口，他就想起了供销科科长，这家伙十有八九会收留涂小丫。可是，话已出口，收不回来了，厂长说话要算数啊，只好另想办法补救。

首先，关厂长向供销科科长除外的所有科长主任打招呼，谁收留涂小丫，由谁付她的工资。厂长发了话，借他们每人一个胆，哪怕涂小丫不要工资，他们也不敢收留涂小丫。其次，关厂长特意请供销科科长吃饭，希望供销科科长务必给他一个面子，配合他的工作。

供销科科长很感动："关厂长，这样的小事，你打个招呼就行了，用不着请我吃饭，我承受不起。"

关厂长动情地按着他的胳膊："别人打个招呼就行，你不行，你是有头有脸的人，一定得请你吃饭。"

供销科科长激动得坐不住了："关厂长，你这么高看我，我哪能不听你的。涂小丫就是脱光了躺到我床上，我也不会收留她。我这个人是好色，但关键时刻还是讲原则的，你尽管放心，放一百个心。"

关厂长端起酒杯："谢谢你的理解和配合，我敬你一杯。"

供销科科长站了起来："关厂长，你喝一杯，我喝三杯。"

关厂长："那哪行，这不公平，我这人从不以权压人。"

"关厂长，说老实话，水泥厂几任厂长，我就佩服你一个，打心里佩服，我酒量好，多喝几杯没关系。"

酒桌上信誓旦旦的供销科科长，没过几天就背叛了他。

供销科科长年过半百，瓦片脸上长着一对金鱼眼和一张幅员辽阔的大嘴，眼珠弹珠般凸出眼眶，两片嘴唇则厚实得像五花肉，牙齿纵横交错，眼角和嘴角老是溢出白色的眼屎和泡沫，激动的时候，眼屎和泡沫更加丰富。一看就是个色鬼。

供销科科长相当好色，一见到漂亮女人眼冒精光，骨质疏松。工人都叫他大色狼。本来，他和本厂一个半老徐娘还有很深的一腿，涂小丫投靠到供销科后，他便喜新厌旧，迅速和她打得火热。

8

艾兰花见涂小丫跟供销科科长打得火热，心里那个着急，恨不得把她变成男儿身，想挽救女儿，又无能为力。

涂小丫根本不让艾兰花走近自己，一看见她，就绕道走开，如果是单行道，索性转身往回走。

艾兰花病急乱投医，居然去请金刚们帮忙。

光阴荏苒，金刚们死的死，病的病，健在的只有 A、D、E、F 四个金刚。B 金刚和 J 金刚因病去世，C 金刚中风瘫痪在床。他们的死和病，全是酒精摄取过量造成的。八大金刚之中，B 金刚酒量最大，酒瘾也最大，其他金刚是不可一日无酒，他是不可一餐无酒，连早餐都要喝酒，早上三两，中午三两，晚上四两，喝的全是当地产的劣质白酒，一瓶才两三块钱。

一天中午，B 金刚三两酒下肚，突然觉得身体极度不适，全身上下说不出地难受，想到床上躺一躺，刚一站起，便一阵天旋地转，才走出两步，咕咚一声仰天倒在地上，等家人将他抬上床，已经气绝身亡，死得倒也痛快。

与 B 金刚相比，J 金刚就死得痛苦了。

J 金刚患的是肝癌，在病发后的短短两年内，J 金刚经历了三次手术和六次化疗，每一次手术和化疗都是下地狱，一次比一次下得深。去世前半个月，他的尿道和胆道全部堵塞，无法进食，连喝米汤都会引起令人震颤的剧痛，一天挂六七瓶药水，经导引管排出的尿液不足一两，由于胆汁无法循环排解，他的眼白变成了黄色，至于一张脸，更是黄如古董，身子骨瘦如柴，四肢骨瘦如炭，拿根筷子轻轻一戳或者微微一敲，身子就有可能大面积龟裂，胳膊有可能断成几截。

J 金刚两只无神的眼珠几乎沦陷到太阳穴，不笑还好，一笑狰狞。死前一周，医生每天给他注射两针杜冷丁；死前三天，医生每隔三小时给他注射一针杜冷丁；死前一天，医生每隔一小时给他注射一针杜冷丁。

不过，与 A 金刚相比，J 金刚又是幸福的。J 金刚毕竟死在医疗费用全报销的年代，虽然死得比鸿毛还轻，却也死得有尊严，病有所医。A 金刚则死在什么都不能报销的年代，不仅死得比鸿毛还轻，而且死得毫无尊严，病不能医。J 金刚是死于治不了，A 金刚是死于没钱治。治不了也好，没钱治也罢，A 金刚和 J 金刚殊途同归：吃酒亏上酒当最终死在贪杯上，为酒生为酒死为酒奋斗一辈子。

A 金刚酒量和酒瘾仅次于 J 金刚，J 金刚是一日三餐不可无酒，A 金刚是一日两餐不可无酒。J 金刚主要喝白酒，A 金刚主要喝啤酒。A 金刚喝啤酒的时候，绝对不吃饭，基本不吃菜，啤酒就是他的粮食，啤酒就是他的菜肴。他把买米买菜的钱都拿来买酒了。A 金刚不善喝快酒擅喝慢酒。

九十年代初一个吊诡的夜晚，A 金刚创下一个历史纪录，从晚上八点自斟自饮到次日早上八点，喝掉整整一箱啤酒。那时的啤酒，全是简易木箱装的，一箱二十五瓶。A 金刚先是喝得和老婆背靠背睡，接着喝得和老婆分床而睡，最后喝的老婆跟别人睡去了。老婆和他离婚的时候，石牛水泥厂已经倒闭，每月七十元的生活费，只够 A 金刚每天喝两瓶劣质啤酒，其他开支，靠捡破烂维持。

一年后，A 金刚得了肝腹水，肚子肿得像怀胎八个月的孕妇，完全丧失劳动力。A 金刚没钱长期住院治疗，每隔两三个月去县医院抽一次积水，费用是女儿从牙缝里省下的。A 金刚只有一个女儿，家境也不好，能做到这一点，已经竭尽全力。A 金刚第三次抽积水的时候，医生对他说，你不用再来了，有好吃的多吃点，有好喝的多喝点。

A 金刚听了，非常镇静，走出医院，叫了一辆人力三轮车，绕县城一周作告别游，然后给女儿打了个电话，说他快不行了，赶快回家见他最后一面。女儿十万火急赶回家，见他好好的，以为他开玩笑。他一本正经道，我不是给你开玩笑，我活不过今天晚上，爸叫你来，是有一件事要求你。女儿问他什么事。他说你先答应我再说。女儿说，好，我答应你，无论什么事都答应你。A 金刚说，我喝了一辈子的酒，喝的都是差酒，从来没有喝过好酒，我想喝茅台，五粮液也行。

女儿痛苦而又愤怒地望着他，不吭声。A 金刚仰天长叹，流着泪说，我知道我这个要求太过分了，可是，我就要死了，到死没喝过茅台，这辈子算是白活了，我，我死不瞑目啊，女儿，你要是让爸喝上一口茅台，我将含笑九泉。

女儿大恸，一咬牙一跺脚，旋风般冲出门外。一个多小时后，女儿捧着一瓶茅台来到他身边。A 金刚颤抖着拧开盖子，闻了闻，惊叹道，哇，真香啊，有吃吃，有喝喝，遇事别往心里搁，女儿，爸对不住起，爸窝囊没本事，什么也没留给你，只能送你几句话，女儿啊，人活着，就那么回事，想得开是天堂，想不开是地狱，爸死后，你千万要想开，最好把我彻底忘了，忘得一干二净，好好过自己的日子。

说罢，A 金刚对着瓶口，一口接一口喝了起来，喝到一半的时候，酒瓶从手中脱落，倏然断气。A 金刚死后好长一段时间，房间里都弥漫着浓郁的酒香。

话说 A 金刚健在的时候，艾兰花叫跳蚤弄了几个好菜，买来两瓶好酒，把 A、D、E、F 四金刚请到家里。

艾兰花端起酒杯：“来，我敬各位一杯。”

A 金刚：“慢，你是一起敬我们四个人一杯，还是敬我们四个人每人一杯？”

跳蚤：“兰花不会喝酒，当然是一起敬你们一杯。”

D 金刚：“要不这样，兰花喝一杯，我们随意。”

跳蚤：“我看还是这样，你们每人喝一杯，兰花喝一杯，剩下三杯我替她喝。”

E 金刚：“不行，不能替。”

兰花：“不替就不替，我豁出去了，大不了就是个吐嘛。不过，你们得答应帮我一件事。”

F 金刚：“只要是我们能办到的，别说一件，十件都答应你。”

兰花：“只要你们肯帮，一定能做到。”

A 金刚：“到底什么事？”

兰花：“帮我让小丫坐上办公室，你们帮小丫坐上办公室，等于救了她。”

A、D、E、F 四金刚面面相觑：“这个，我们恐怕做不到。”

“能，你们一定能做到。”艾兰花端起第一杯酒，一饮而尽，“你们是谁啊，大名鼎鼎的金刚，天不怕地不怕。”艾兰花端起第二杯酒，一饮而尽，指着 A 金刚，“上次分新房子的时候，厂长不分给你，你扛着斧头去敲厂长家的门，他第二天就把房子分给了你。”艾兰花端起第三杯酒，一饮而尽，“涂文保在世的时候，和你们耍得最好，涂小丫是涂文保的女儿，也是你们的女儿，你们看着办吧！”艾兰花端起第四杯酒，一饮而尽，“我，我的酒都喝完了，你，你们……”她接下来想说的是“你们赶快喝酒”，可是她已经说不出来了，一头趴在桌上呼呼大睡。

当艾兰花将第三杯酒一饮而尽，说出“涂文保在世的时候，和你们耍得最好，涂小丫是涂文保的女儿，也是你们的女儿，你们看着办吧”这句话时，D 金刚嘀咕了一句：“涂小丫也是跳蚤的女儿嘛。”跳蚤也嘀咕了一句，“可是她根本不拿我当爸爸。”

金刚们连忙把酒喝了。

跳蚤见状，端起酒杯：“我也敬你们每个人一杯。”说罢，连干四杯。

金刚们争先恐后把酒喝了。

随着体内酒精成分的增多，金刚们纷纷表态。

A 金刚：“不就是坐办公室嘛，没问题。”

D 金刚：“小菜一碟。”

E 金刚：“这事包在我们身上。”

F 金刚：“哪怕上刀山下火海，我们也要让小丫坐上办公室。”

A 金刚：“我明天去办公室找关厂长，他要是不肯，老子掀了他的桌子。他要是再不肯，老子扛着斧头去他家，看他肯不肯。”

跳蚤：“这个新来的关厂长和前面几个厂长不同，软硬不吃。哼，他以为自己软硬不吃就是好东西？妈了个巴子，这年头，当官没一个好东西。”

A 金刚：“他再硬，能硬得过老子的拳头和斧头？他再软，能软得过女人的腰身和奶子？”

跳蚤：“他硬得过硬不过你的拳头我不知道，软肯定是软不过他的，小丫软不软，他硬是不吃她的软。”

A 金刚：“那就让他吃我的硬。”

D 金刚：“这事就看你的了。”

E 金刚：“我们跟你一去，给你助威壮胆。”

F 金刚：“你动手，我们动口。”

A 金刚：“妈个巴子，你们这三个胆小鬼，一个个做缩头乌龟，让老子打头阵。”

D 金刚：“厂长不是怕你嘛。”

E 金刚：“每一次都是你打头阵，你能耐大嘛。”

F 金刚：“小丫要是坐上办公室，她会和你睡觉的。如果我们一起往前冲，她要和我们一起睡觉了，那多不好意思啊，哈哈哈……”

酣睡中的艾兰花，惊悚而起，指着 F 金刚破口大骂：“放你妈的狗屁，老娘叫你们帮忙，帮成了，也不能和小丫睡觉，不然要你们帮忙干吗？涂文保啊涂文保，你在地下睁开眼睛看看，你交的都是些什么朋友，禽兽不如。”

A、D、E 三金刚和跳蚤一齐对着 F 金刚破口大骂：“妈个巴子，你怎么不说人话呢，是不是马尿喝多了？”

F 金刚：“我说着玩的，别当真嘛，老子罚酒三杯！”

F 金刚说罢，连干三杯。

A 金刚拍着胸脯道：“兰花，你放心，小丫的事包在我身上。别说让她坐上厂里的办公室，就是让她坐上县衙门的办公室，我也不会动她一根汗毛。”

“这还差不多。”艾兰花掏出一把钱，拍在桌上，“跳蚤，你再去买几瓶酒来，让你们喝个痛快。”说罢，又趴在桌上睡着了。

四金刚和跳蚤一直喝到深夜，方才东倒西歪散去。

9

次日上午，酒气尚未散尽的四金刚，来到关厂长办公室。

关厂长很客气，又是让座又是递烟，还叫办公室主任红毛过来倒茶。

A 金刚面无表情：“关厂长，有个事，想请你帮忙。”

关厂长满脸关切：“你们是水泥厂的元老，只要不是违反纪律和法律的事情，凡是我能做到的，一定帮忙。”

D 金刚：“小事一桩，你肯定能做到。”

E 金刚：“你点个头，或者写张条子，就行了，简单得很。”

F 金刚：“哪有那么麻烦，你张张嘴就行。”

关厂长哈哈笑道：“你们都是痛快人，不用绕弯子，有话直说吧。”

A 金刚：“好，那我直说了，是涂小丫的事。”

关厂长收起笑：“这事不好办。”

A 金刚：“这事，你好办也得办，不好办也得办！”

关厂长：“你威胁我？”

A 金刚：“随你怎么想？”

关厂长又露出笑：“按说，这不是什么大事，关键是我不能开这个口子，口子一开，就堵不住了。办公室已经人满为患，大家都来坐办公室，谁去蹲车间，你们说是吧？”

A 金刚：“你别跟老子说大道理，老子不懂大道理，老子最讨厌大道理。”

“刘主任的老婆能坐办公室，涂小丫为什么不能坐办公室？何副厂长的女儿能坐办公室，涂小丫为什么不能坐办公室？迟美丽能坐办公室，涂小丫为什么不能坐办公室？还有，”D 金刚说到这里，伸出粗大的中指，长矛般朝隔壁办公室指了指，大声道，“红毛的女儿能坐办公室，涂小丫为什么不能坐办公室？涂小丫比她们年轻，比她们漂亮，比她们有文化，你们这是官官相护嘛。”

红毛连忙跑过来续水：“你们昨晚喝高了吧，多喝点茶，消消酒。”

D金刚眼睛一瞪：“你少给老子来一趟，滚回你的办公室去。”

红毛：“有话好好说，不要出口伤人嘛。”

D金刚攥紧拳头，在红毛面前晃了晃：“你到底滚不滚？再不滚，老子就要出拳伤人了。”

关厂长向红毛使了个眼色，红毛嘟囔道：“秀才遇到兵有理说不清，我不跟你们一般见识。”说罢，夹着尾巴溜回隔壁办公室。

E金刚：“我们八大金刚的子女，没有一个坐办公室的，太不公平了。”

F金刚：“你还给我们讲什么狗屁道理，简直没有天理。”

关厂长：“你们说得都有道理，不过，刘主任的老婆她们都是在前几任手上调进办公室的，我手上一个也没调进，当然，话说回来，你们的面子我还是要给的，只是……”

A金刚：“只是什么？”

关厂长：“我有一个条件。”

D金刚：“什么条件？”

关厂长笑而不语。

E金刚：“你可不要故意为难我们。”

F金刚：“我们的忍耐是有限度的。”

关厂长笑得满脸灿烂：“非常简单，你们跟我掰手腕，谁要是掰赢了我，我就让涂小丫坐办公室。”

A金刚：“你不是和我们开玩笑吧？”

D金刚：“你输定了。”

E金刚：“有一句话叫胳膊扭不过大腿，和我们掰手腕，你等于用胳膊掰大腿。”

F金刚捋起袖子：“说话算数啊，我先来。”

关厂长：“君子一言，驷马难追。输了可不能反悔啊。”

A金刚：“你放心，我们金刚做事，从来不后悔。”

结果难以置信，四金刚一败涂地，手劲最大的A，仅和关厂长相持了八十秒。

关厂长将他们的胳膊压垮后，顺势掉转手势，握住他们的巴掌，猛一用力，金刚们立时疼得龇牙咧嘴。待关厂长松开巴掌，金刚们拇指以外的四个手指好像粘在了一起，好一会儿才分开。

四金刚输得心服口服，摸着关厂长的胳膊和手掌啧啧称奇："关厂长，你的胳膊不是铁做的吧？"

关厂长哈哈大笑："和你们一样，是血肉和骨头做的。"

关厂长的胳膊不是铁做的，人却在铸铁厂工作了十几年，从普通锻工干起，一直干到厂长。天生再加上后天锻炼，个子看上去不大的关厂长，臂力大得惊人。关厂长在生产一线铸了近十年的铁，不知不觉练就了一双铁腕。

当上厂长后，不用天天和铁打交道了，为了保持臂力，关厂长在办公室和家里各备一副哑铃，有空练几下。那哑铃极重，一般人只能勉强将它们拎至腰部，根本无法平抬到胸前，更别提扩胸了。

关厂长最喜欢和工人掰手腕，铸铁厂不乏体格健壮的猛男，关厂长愣是掰遍全厂无敌手。

关厂长用他强有力的手腕，把手下管得服服帖帖，哪个家伙不听话，他先给你做一通思想工作，先礼后兵，一礼二礼三礼之后，你还不服从命令听指挥，他就不客气了，伸出巨手，握住你的手可劲地捏，捏得你龇牙咧嘴五官挪位，捏到你呼爹喊娘言听计从为止。

久而久之，正如关厂长看见工人就忍不住握手一样，工人看见他便习惯性地挽起胳膊或将两手插在口袋里。凡是被他叫去个别谈话的职工，没有一个不挽起胳膊或将两手插在口袋里的。这个办法对粗胳膊的工人有一定效果，对细胳膊的工人根本不起作用。

关厂长捏起细胳膊来，同样够威够力，有一回，一个胳膊特别细、态度特别恶劣的职工，愣是被他捏得假牙都疼掉了下来。对于粗胳膊的工人，关厂长会分一支烟给他，人家毕竟是一厂之长，出于礼貌，工人肯定要伸手去接，一接，手就被他握住了。对于不抽烟的粗胳膊工人，关厂长会叫他做这做那，比如倒水点烟什么的，然后乘机握住他的手。总而言之，不管对方如何小心谨慎，关厂长总有办法和机会捏到他的手，魔掌恢恢，疏而不漏。

调任石牛水泥厂以来，关厂长还是第一次施展他的手腕，第一次就把四个老刺头制服，以后的工作就好做了。

关厂长有个原则，只捏男工不捏女工，否则他只要轻轻那么一捏涂小丫，涂小丫就没辙了。关厂长虽然没有封建到男女授受不亲的地步，却从不和女人拉拉扯扯，其生活作风之正派，由此可见一斑。

若干年之后，退了休的关厂长移居福州，他的两个儿子都在福州成家立业。无所事事的关厂长，偶然在公交车上用铁腕制服一位嚣张的小偷，从此投身反扒事业，成为一个令小偷闻风丧胆的民间反扒高手。

10

当天下午，关厂长把涂小丫叫到办公室，板着脸皱着眉对她说："涂小丫，你挺有能耐啊，竟然指使四大金刚到我办公室闹事。"

涂小丫一脸茫然："四大金刚？闹事？关厂长，我不明白你的话。"

关厂长猛地一拍桌子，桌面上的东西全都跳了起来，抽屉里的东西被震得稀里哗啦："你别装蒜了！"关厂长把上午 A、D、E、F 四金刚到他办公室借酒闹事的事说了一遍。不过，他把掰手腕的情节省略了。

涂小丫激动得双乳陡然凸起："关厂长，你太高看我了，我涂小丫哪有那么大能耐，指使得了他们？"

关厂长冷冷地盯着涂小丫，当目光不小心落到她胸部时，眼睛被灼了一下似的，连忙收回，望着自己的手掌："你不是说，谁让你坐上办公室，就跟谁睡觉吗，那四个家伙四肢发达头脑简单，既好酒又好色，你花点小钱，灌他们几两马尿，再牺牲一点色相，叫他们往东不会往西，让他们杀人不会屠狗。"

涂小丫扭着水蛇腰颠着西瓜臀，拎起热水瓶，上前给关厂长的茶杯续上水，双手捧着茶杯，明眸情脉脉，艳唇娇滴滴："关厂长，您喝口水，消消火。"嘴上这么说，手上的杯子却不往前递，而是往里扪，捂在喷礴欲出的双乳之间。

关厂长又好气又好笑："你不把杯子给我，我怎么喝？"

涂小丫又扭了一下水蛇腰颠了一下西瓜臀，上前一步，将杯子下移至腹部，胸部差点贴到关厂长脸上，嗲声嗲气道："关厂长，别那么大架子嘛，我都端到您跟前了，您总得伸伸手嘛，总不能让我喂您吧？"

关厂长身子往后仰了仰："涂小丫，你这是想逼我犯错误啊？"

涂小丫胸脯往前一挺，胸部再次差点贴到关厂长脸上："关厂长，您别那么正人君子嘛，我又不会吃了您。"

关厂长一拳砸向桌子，桌面上的东西全都跳了起来，跳得更高了，抽屉里的东西震得更响了："涂小丫，把茶杯放下，离我远点！"

涂小丫一惊，赶紧把杯子放在桌上，后退几步，像犯了错误的小学生，垂头丧气戳在那里："关厂长，请您相信我，我真的没有指使他们。他们当年连老婆都找不到，哪有那么大能耐搞定您，他们一定是马尿喝多了，借机闹事。"

见关厂长面无表情，涂小丫沉不住气了："关厂长，您要真不相信，我这就去找他们，当场对质，妈了个巴子，这群乌龟王八蛋，狗拿耗子多管闲事，吃饱了撑的，这不是害我吗，老娘对你们不客气……"

关厂长摆了摆手："这事到此为止吧，不要扩大了。"

涂小丫一个箭步上前："关厂长，那您相信我了？"

关厂长努了努嘴，涂小丫连忙退回原地。

关厂长站了起来："我有事，要出去一下，你还不走吗？"关厂长边说边往外走。

涂小丫急了，跟在后面："关厂长，您还没回答我呢，你到底相不相信我？"

关厂长："那我暂且相信你一回吧，不过这是最后一次了，你要是再给我耍花招，我就不客气了。噢，对了，有没有哪个科室愿意收留你啊？"

涂小丫叹了口气："您不发话，谁敢收留我。"

关厂长冷笑道："时间不多了，你可要努力啊。"

关厂长说完，大步流星往前走。

涂小丫怔在那里，琢磨着关厂长的话。

红毛梳理着黑痣上的那几根杂毛，踱了过来。红毛的下巴右侧长着一颗黄豆大的黑痣，黑痣上长着六根小指长的杂毛，这六根杂毛，居然也是红的。用右手拇指和小指指甲捻着那几根杂毛，是红毛的习惯动作。为了便于梳理，红毛特意蓄起两片又黄又长的指甲。

红毛在梳理那几根杂毛的时候，动作十分缓慢优雅，好似鸟类在梳理自己的羽毛，红毛一直以石牛水泥厂知识分子自称，他这个动作显得很深沉很学究。红毛写得一手好材料和一手好字，不过，喜欢他字的人不多，他笔下的每一个字，都像盆景一样扭曲、夸张、变态。字如其人，红毛的个性，也是拐弯抹角的。

红毛将梳理过杂毛的右手，举重若轻放在涂小丫香肩上，两片指甲小鸟般啄了啄，意味深长道："年轻人，革命尚未成功，同志仍须努力呀。"

涂小丫白了他一眼："那你教教我，要朝哪个方向努力？"

红毛干咳了一声："这个，这个我哪知道啊。"

涂小丫抖了一下肩膀："不知道？不知道还不把你的爪子拿开！想占我便宜啊？"

红毛触电似的，连忙移开手，尴尬地梳理着杂毛。

涂小丫雄赳赳气昂昂回到供销科。

科里只有科长一个人。

科长笑眯眯地望着她："厂长找你，一定和你的工作有关吧？"

涂小丫向供销科科长抛了一个比狐狸精还媚的媚眼，答非所问："哎哟喂，我的大科长，您要是厂长就好了。"

科长："什么意思？"

涂小丫："您要是厂长，就可以把我留在办公室啊。"

科长："看来厂长找你，和你的工作无关啰。"

涂小丫："也不是完全无关，他提醒我时间不多了，赶紧找到接收我的科室。"

供销科科长摸了摸头发稀疏的脑袋，嘿嘿直笑，不说话。

"你笑什么？"涂小丫伸出肉嘟嘟的粉拳，朝他胸脯轻描淡写地擂了一下。这下不得了，供销科长仿佛被击中穴位，两眼直勾勾地望着她，半天才开口说话："我不是厂长，但我有时可以办厂长办不到的事。"

涂小丫："您要是能把我留在办公室，我就拜您为干爹，经常买好烟好酒孝敬您。"

科长："我可不想当你干爹，我已经有三个女儿，还有两个孙女，女子满堂。"

涂小丫："那您想当我什么？"

科长："你不是说，谁让你坐上办公室，你就跟谁睡觉吗？"

"哎哟喂，您真坏……"涂小丫夸张地扭了一下身子，胸前立时变得空前伟大起来。

"嘿嘿，男人不坏，女人不爱嘛……"科长嘴里流出的口水，浸湿了香烟的过滤嘴。

涂小丫："您真能让我坐上办公室？"

科长："如果我让你坐上了办公室，你真愿意跟我睡觉？"

涂小丫："您还没回答我呢？您是领导，您先说。"

科长："你是下属，你先说！"

涂小丫：“人家是女孩嘛，你绅士一点嘛，先回答我！”

科长：“那好，我回答你，只要你真愿意跟我睡觉，我就让你坐上办公室。”

涂小丫：“那好，我也回答你，只要你让我坐上办公室，我就跟你睡觉，随你怎么睡。”

科长两眼喷火：“说到做到？”

涂小丫双目微闭：“说到做到！”

11

如果是别的科长主任，如此明目张胆抗命不遵，关厂长非撤了他不可。可这个供销科科长非同一般，是个老奸巨猾、老资格的科长，经历了三任厂长，关厂长这是第四任，谁也动不了他，谁也不敢动他，号称“万里长城永不倒”。关厂长屁股虽然没有明显的屎垢，但也不卫生。关厂长手劲再大，手段再高明，也制服不了供销科科长。原因很简单，供销科科长的外甥是县委常委、县委办主任，关厂长得罪不起，只是轻描淡写地批评了他一通。

供销科科长非常配合关厂长的批评，再三解释这是出于公关需要，供销科虽然兵强马壮，但都是爷们，出门讨债尤其是讨三角债，女人更有战斗力，反正他个人一无私心二无杂念，并一再表示下不为例。

当年的石牛水泥厂，一度和大多国有企业一样，被三角债搞得焦头烂额，资金周转困难。听了供销科科长的解释，关厂长心里猛然一动，对他说，这样吧，只要涂小丫能一次性要回一笔二十万元的货款，就让她留在供销科。

相对于石牛水泥厂全年一千多万元的销售额，二十万元是个小数目，但一次性到位，就是大数目了。涂小丫从未做过销售，那几乎是不可能完成的任务。即便老谋深算的科长，也从未一次性要回过这么大的数目。

明知关厂长为难自己，涂小丫还是愉快接受挑战，第一次跟科长去讨债，便旗开得胜，超额完成任务。

负债人是福州一家建筑公司的总经理，拖欠二十三万元货款，一年多了，办法想尽，就是赖着不还。

这个姓荀的总经理，鼻子比猎犬还灵，无论石牛水泥厂的供销人员怎么突然袭击，如何从天而降，他总能提前嗅到他们的“气味”，然后玩失踪。这一次，他的鼻子居然失灵了，当科长带着香气袭人的涂小丫闯进他办公室时，方才如梦初醒。

科长和涂小丫是下午四点多钟走进苟总办公室的。苟总一看见涂小丫，两眼便发出盈盈绿光，迫不及待请他们吃饭。

酒过三巡菜过五味，涂小丫嫣然一笑，东倒西歪地端起酒杯，轻启朱唇："滚烫的心，颤抖的手，我给苟总敬杯酒；苟总不喝这杯酒，就是嫌俺长得丑。"言罢，仰头一饮而尽。

苟总大笑："你要是长得丑，这世界上就没有好看的女人了。"

涂小丫又端起酒杯，妩媚一笑，风情万种："滚烫的心，颤抖的手，我再给苟总敬杯酒；苟总喝了这杯酒，一股暖流在胸口。"

苟总为之倾倒，连和她干三杯，附和了两段：

驿动的心，晃动的手，我给美女敬杯酒；美女不喝这杯酒，那就是骗人的小狗。

驿动的心，晃动的手，我再给美女敬杯酒；美女要是喝了这杯酒，年底货款一定能提走。

掌声如雷，在座的都夸苟总才思敏捷，纷纷向他敬酒。涂小丫一连敬了他六杯。

在科长的暗示之下，涂小丫坐到苟总身边，一副小鸟依人的样子。

苟总勾起食指，轻描淡写却又意味深长地刮了一下涂小丫的鼻子："美女我见过不少，像你这么有才的美女，我是第一次见到。"

涂小丫伸出右手，捋了捋苟总的领带："苟总，刚才那两首打油诗，是我从一本幽默杂志上看来的，我哪有那水平啊，您即兴创作，那才是真正的本事！"

涂小丫这个小动作性感极了，苟总是欢场上的老江湖，心领神会，捉住她的右手，置于左掌，掌心对掌心，右手轻轻抚摩着她的手背："美女，你太过奖了，不过，我年轻的时候，是个文学爱好者，在报纸上发表过诗呢。"

苟总人高马大，不仅四肢发达，十指也很发达，香蕉般粗壮，手掌大如北极熊掌。他似乎没有完全进化，每根手指指背的中间部位均长着一丛毛发，幸好眼珠是黑的，皮肤是黄的，否则十有八九会以为他是外国佬。

涂小丫睁大眼睛，作天真状："哇，难怪你那么有才，原来是个诗人，能不能让我拜读一下你的大作啊？"

苟总将涂小丫的左手也捉住，一齐放在左掌，掌心对掌心，右手轻轻捏着她的手背："哎，不好意思，这么多年过去了，那张报纸不知被我扔到哪里去了。”

苟总的手掌太辽阔了，涂小丫一双手掌才盖住它一半的面积。

涂小丫：“哎呀，真是太遗憾了，今后你有大作问世，一定要让我先睹为快啊，不瞒你说，我也是个文学爱好者呢。”

苟总合二为一，捂住涂小丫两只手掌：“小丫，我们很有共同语言啊。”

科长向涂小丫递了个眼神。

涂小丫轻轻“唉”了一声，双手巧妙地挣脱苟总的魔掌，猛地站起，“砰”地开了一瓶啤酒，往桌上用力一墩：“苟总，你刚才说‘要是美女喝了这杯酒，年底货款一定能提走’，现在我把这瓶酒喝了，你明天就让我把货款提走怎么样？”

苟总微笑道：“小丫，你可不能威胁我啊？我这个人历来吃软不吃硬。”

涂小丫脱口而出：“我正好和你相反，吃硬不吃软。”

苟且双眼笑成两条缝：“什么是硬，什么是软？”

涂小丫更加用力地把酒瓶往桌上一墩：“苟总，你不要转移话题，先回答我刚才的问题。”

科长重重地咳嗽了一下：“小丫，苟总金口玉言，自然不会骗你，你不要着急嘛，心急吃不了热豆腐是不是？士为知己者死，就是苟总明天不让你把货款提走，这瓶酒也是值得你喝的。”

涂小丫捋起袖子：“好，苟总，今天晚上本小姐就士为知己者死一回。”

涂小丫气贯长虹，一口气喝至酒瓶见底，媚眼迷离地望着苟总。

苟总酒兴大发，也吹了一瓶。

大家都拿出人生短短几个秋不醉不罢休的架势，喝得天翻地覆慷而慨。

夜深了，酒深了，科长他们烂醉如泥或者假装烂醉如泥了，苟总把涂小丫带进宾馆，准备对她下手了。

当苟总把涂小丫脱得只剩下内裤时，涂小丫突然神经质地尖叫起来：“我好害怕！”

苟总淫笑道：“这家宾馆是我哥们开的，安全得很，你尽管放心。”

苟总边说边把手伸向涂小丫的内裤。

涂小丫紧紧护住内裤：“我不是怕这个。”

苟总很吃惊，暂停对她内裤的探索，皱眉道：“那你怕什么？”

涂小丫：“我怕害了你。”

苟总："害了我？你是不是有性病？"

涂小丫："苟总，你把我当成什么人了？"

苟总："那你怎么害我？不是老子吹牛，在福州，没有人敢害老子，没有人害得了老子。"

涂小丫深深地叹了口气，把孙泽普的故事告诉了他。

苟总冷笑道："你可真会编故事。"又把手伸向她的内裤，"今晚老子无论如何都要把你办了，今晚你这块软肉我是吃定了，你现在明白'吃软不吃硬'这句话的含义了吧？"

涂小丫避开他的魔爪："苟总，我让你看两样东西，如果你看了，还不怕，随你对我怎么样。"

苟总假装害怕："不会是手枪吧？"

"看了你就知道了。"涂小丫光着上身溜下床，从包里掏出孙泽普写给她的那封信的复印件。

苟总从床上坐起，一目十行看完，把信扔给她："一封信能说明什么问题？"

"还有一样东西你没看呢。"涂小丫说着，从包里拿出一张《榕城法制报》。

《榕城法制报》以头版和二版整整两版的篇幅，深度报道了孙泽普的杀人动机和杀人心理，还配发了他的照片，文中涂小丫的名字被冠以"涂某"代替。

苟总看完报纸，倒吸一口凉气，靠在床头，一时说不出话来，怔怔地望着涂小丫。与其说他被孙泽普镇住了，还不如说他被涂小丫吓倒了，这个女人，太复杂太有心机了。

涂小丫："苟总，我该说的也向你说了，该看的也让你看了，如果你还要办我，我也没有办法，你都不怕，我还怕什么？反正我一穷二白，死了就死了，无所谓，不像你，家财万贯，太可惜了。"

涂小丫说罢，躺回床上，那形态、那神态，仿佛一只任人宰割的羔羊。

苟总猛地蹿下床，三下五除二穿好衣服，对涂小丫说："你赶快穿好衣服，我马上送你回你住的宾馆。"

涂小丫却不急着穿衣服，淫荡地望着他："苟总，你反悔了？"

苟总："反悔什么？"

涂小丫："钱啊，你酒桌上说好的，明天让我把货款提走。"

苟总气急败坏地拽起她："你快穿衣服吧，明天你去财务结账，我再也不想见到你，还有你那个科长。"

涂小丫："苟总，你现在明白我'吃硬不吃软'这句话的含义了吧？"

苟总："少废话，快穿衣服。"

12

涂小丫把石牛水泥厂被拖欠的最大一笔货款讨了回来，关厂长对她刮目相看，主动让她坐上了办公室，工资百分之百发放。

涂小丫从此成了供销科科长的得力助手，之前，供销科科长是不怎么出差的，尤其远差苦差，尽量让手下去，如今不同了，大都亲自出马，出马必然带着涂小丫，一去就是十天半月。厂里议论纷纷，工人们说，别说游山玩水，连打胎的时间都有了。

涂小丫正式坐上办公室不久，趁出差之机，科长要求她兑现承诺。

涂小丫一脸茫然："我向你承诺过什么了？"

科长不悦道："小丫，你是真傻还是装傻？你不是说过，谁让你坐上办公室，你就和谁睡觉吗？你已经坐了半个多月的办公室了，该兑现了。"

涂小丫拍了拍脑瓜："噢，我想起来了，我是说过谁让我坐上办公室我就跟谁睡觉这话，可是，是你让我坐上办公室的吗？"

科长："废话，不是我让你坐上的，是谁让你坐上的？"

涂小丫："是关厂长，有资格跟我睡觉的，是关厂长，不是你。"

科长："小丫，我提醒你，我既然能让你坐上办公室，也能让你坐不上办公室。"

涂小丫："科长，你别吹了。我再说一遍，让我坐上办公室的是关厂长，而不是你。关厂长是个正人君子，他是不会和我睡觉的，他要是愿意和我睡觉，我早就坐上办公室了，还用得着跟苟总……"涂小丫意识到自己说漏了嘴，不往下说了。

科长："小丫，那个苟总和你睡过没有？"

涂小丫："你说呢？"

科长："不睡，他能痛快把货款给我们？"

涂小丫："我要是说睡过了，你心里酸溜溜的，我要是说没睡，你又不相信，你到底要我怎么说？"

科长："实话实说！"

涂小丫："没睡。"

科长："鬼才相信，打死我也不相信！"

涂小丫："我说过你不相信吧。"

科长："小丫，我太喜欢你了，求求你，让我睡了吧。你要是不让睡，我到死都睡不好觉的。"

涂小丫："你再求也没有用。"

科长："涂小丫，你是聪明人，应该明白县官不如现管这个道理，我是你的直接领导，哼，今晚你答应也得答应，不答应也得答应。"

涂小丫："科长，你真想和我睡？"

科长："小丫，就一回，就一回行吧，你快把我馋死了。"

涂小丫："科长，我可以答应你，但有一个人怕是不答应。"

科长："谁？是不是关厂长？小丫，你别怕他，我县里有后台，县委办公室主任是我外甥，我这个外甥，最听我的话了。他要是敢扰卵，我叫外甥撤了他。"

"扰卵"是当地土话，霸道、欺负人的意思。

涂小丫："不是关厂长，是孙泽普！"

科长："孙泽普有什么好怕的，他不是被判了二十年吗？"

涂小丫："你看看这个，就知道他有多可怕了。"

涂小丫拿出孙泽普的信递给他。

科长看罢，半晌无语。

涂小丫："科长，你还想睡我吗？你不为我和自己着想，也要为你的子孙后代想一想。"

科长："小丫，我还是做你干爸吧。"

涂小丫："科长，不，干爸，你现在总该相信苟总没睡过我吧？"

科长："相信相信，一百个相信！小丫，真有你的！"

涂小丫："干爸，你过奖了，与你相比，我还嫩着呢。"

涂小丫坐了一年多的办公室，情况发生了变化，首先，科长死了；其次，石牛水泥厂要合资了。

科长是暴死在酒桌上的。

在石牛水泥厂，供销科科长号称神喝，神喝到何种地步？这么说吧，无论哪种牌子，他往往能喝饱而不醉，请他喝酒，白酒不拿出五六瓶，啤酒不拿出五六箱，他就没有激情。他还有一种惊天地泣鬼神的本事或者癖好——白酒泡饭，每次开喝之前，吃一碗白酒泡饭，说是以毒攻毒护肝解毒。供销科科长刚进厂的时候，能喝善吃的八大金刚设宴向他挑战，每人前面放一瓶高度白酒，各自承包之后，八大金刚采用车轮战术，企图以多胜少，结果统统被他放倒，那场面真是气吞山河。

供销科科长身体里的酒精实在是太多了，多到何种地步？打个比方吧，如果他死于盛夏，遗体停放个把星期不会发臭。那天晚上，供销科科长接待三个江西客户，这三个江西老表是石牛水泥厂的原料供应商，非常能喝，三下除二就把副科长和一位主办科员喝趴下了。

供销科科长火了，用饭碗和对方干起了白酒，三碗酒下去，三个老表倒了两个，剩下一个还在苦苦硬撑，供销科科长决定再和他干两碗。第三个老表才干了半碗，坐在地上狂吐起来，气势之磅礴，犹如黄河在咆哮。供销科科长喝得性起，居然和自己较上了劲，当他干完第四碗的时候，突然全身痉挛，口吐白沫，轰然倒地。当人们发现他的时候，已经死了，一张脸几乎被泡沫覆盖。

13

科长死后不久，县里掀起合资风潮，石牛水泥厂奉命与港商合资。港商来石牛水泥厂考察那天，晴朗的天空突然刮来一阵大风，粉尘铺天盖地。港商嘴捂口罩，头戴安全帽，鼻梁上架着一副硕大的墨镜，表情严肃得像黑老大。在长达一小时的视察过程中，港商一语未发。陪同人员如履薄冰，新上任的邓厂长汗都出来了，生怕他反悔。

邓厂长是在港商来石牛水泥厂考察前一个月上任的，关厂长因为对合资持抵触情绪，被县里以“缺乏开拓进取精神”的名义撤了职，调到县经委当副书记去了。

关厂长反对合资的理由是前几年石牛水泥厂已经进行过大规模的技改，设备和工艺在十年内处于先进水平，当时水泥市场又比较平稳，尤其邓小平南方考察这一年以来，建材市场异常火爆，水泥供不应求，厂里也不缺乏周转资金。合资虽然能够吸引资金，但无法投入到生产上，厂里却要为这笔闲置资金支付高昂的利息（也就是给港商分红），反而增加了负担，企业弄不好会因此走下坡路，甚至倒闭……

平心而论，关厂长是个有良知有见识的厂长，他的预言不久就得到验证。但是，在当时那种国有企业“有条件要合资，没有条件创造条件也要合资”和“一合（资）就灵”、地方领导把招商引资当作政绩和政治任务来追求和完成的风潮下，他的声音是多么不合时宜，更何况此前由于他的消极抵触，石牛水泥厂错过一次合资机会，县领导被上级领导斥责为“招商引资效果不明显”，加之供销科科长的外甥不遗余力在县领导身边煽风点火，焉能不撤他的职？

离开厂区，坐在开往县宾馆的面包车上，沉默的港商突然开了金口：“诸位是否知道汉王刘邦的《大风歌》？”

同车的县委书记愣了一下，随即答知道。

港商接着说道：“刚才视察贵厂颇有感想，欲和一首《大风歌》，请诸位指教。”

邓厂长和县委书记没想到他还有作诗的雅兴，连忙表示愿意请教。

港商清了清嗓子，朗声道：“大风起兮云飞扬，威加海内兮归故乡，安得港商兮守四方。”

港商吟罢，哈哈大笑。

邓厂长和县委书记面面相觑，似懂非懂，一时不知如何作答。还是毕业于中文系的县委办主任即供销科科长的外甥机灵，拊掌道：“先生好诗才，真是英雄所见略同。”

邓厂长和县委书记亦拊掌道：“英雄所见略同，英雄所见略同。”

港商大笑：“鄙人决定投资五百万，助贵县和贵厂一臂之力，明天就签约。”

邓厂长和县委书记大喜过望，终于松了口气。县委书记拍了司机后背一掌，司机立即加速。下车后，邓厂长和县委书记将县委办主任拉到一旁，问《大风歌》是怎么回事。县委办主任将刘邦的《大风歌》和港商的《大风歌》比较解释了一番。

县委书记骂道：“他娘的，这年头有奶就是娘，他要威加海内兮就威加海内兮吧，邓厂长，你说呢？”

邓厂长笑道：“英雄所见略同。”

县委书记：“看不出，他还是个儒商。”

邓厂长：“是啊，人不可貌相。”

一个月后，港商带着香喷喷的五百万港币来到石牛水泥厂。

在此之前，邓厂长已经拨付五万元专款，将招待所最尾端两间客房打通，装修成星级套房。

客房装修好后，邓厂长把涂小丫叫到办公室单独谈话。涂小丫心里七上八下的，办公室的凳子才坐稳，是不是要让她挪窝啊。厂里已经传开了锅，合资后要裁减办公室人员，工资奖金向一线倾斜。涂小丫还是那个态度，死也要坐办公室。

邓厂长是个胖子，一张脸笑得弥勒佛似的，涂小丫心里更紧张了，不会是笑里藏刀吧。

邓厂长："厂里马上就要合资了，你心里有什么想法？"

涂小丫："合资是好事啊，工人收入增加，大家更有奔头了。"

邓厂长："嗯，说得好，那么，你自己有什么打算没有？"

涂小丫："邓厂长，我一个普普通通的工人，能有什么打算，反正好好工作就是呗。"

邓厂长："你很不普通啊。"

涂小丫："邓厂长，您有什么话就直说吧，我都快紧张出心脏病来了。"

邓厂长："你不用紧张，今天我叫你来，是想给你换个岗位，征求一下你的意见。"

"邓厂长，您放心，我绝对服从领导分配。"涂小丫脱口而出，"不过，车间除外，您不会让我去车间吧？"

邓厂长："你这么一个大美人，我怎么忍心让你去车间呢？那岂不是大材小用，你应当发挥更大的作用。"

涂小丫："我水平有限，待在供销科发挥作用就行了。"

邓厂长："你待在供销科太屈才了，我给你换一个重要得多也舒服得多的岗位，怎么样？"

涂小丫："天啊，您不会是让我当您的秘书吧？"

邓厂长："你真聪明，我果然没看错人。"

涂小丫："天啊，我太幸福了。"

邓厂长："你先别激动，你只说对了一半，当秘书没错，但不是给我当秘书。"

涂小丫："不是给您，那是给谁？厂里除了您，谁还有资格配秘书？"

邓厂长："有，当然有。"

涂小丫："在水泥厂，天大地大没有您邓厂长大，难道这个人比您还大？"

邓厂长："哈哈，你这张小嘴真会说话，尽拣好听的说，他一定会喜欢你的。"

涂小丫："他到底是谁啊？"

邓厂长："他是志刚先生。"

志刚先生就是那个港商。

涂小丫："邓厂长，你没搞错吧？"

"一点没错，下个星期志刚先生一来，你就是他的秘书，这项工作，责任重大啊。"邓厂长说到这里，按了按涂小丫的肩膀，"今后，志刚先生是石牛水泥厂的大半个主人，他是董事长，我是总经理，董事长比总经理大，我也要接受他的领导。为他工作，就是为全厂上千人工作。涂小丫同志，你身上的担子很重啊。你工作得好，就是石牛水泥厂的功臣，流芳千古；工作得不好，就是石牛水泥厂的罪人，遗臭万年。"

涂小丫："邓厂长，我主要为志刚先生做什么工作？"

邓厂长："你既是志刚先生的工作秘书，又是志刚先生的生活秘书。工作秘书的内容包括日常事务的安排，接电话、传真、收发文件等等，生活秘书的内容多去了，饮食起居，统统包括在内，反正志刚先生要你做什么就做什么，一句话，你要想方设法让他满意，他满意了，我就满意；我满意了，大家就满意。"

涂小丫："邓厂长，非常感谢您对我的信任和栽培，您一百个放心，我一定让志刚先生满意，一定让您满意，一定让大家满意！"

邓厂长："小丫，有件事情，你一定要注意，志刚先生姓操，你千万不能叫他操先生，更不能叫老操，明白吗？"

涂小丫："这个姓真难听，怎么会有这种姓啊？"

邓厂长："正因为难听，所以不能叫，厂里马上下通知，统一称呼操志刚先生为志刚先生，无论是谁，叫操先生或者操老板的，每次罚款二十元，叫老操或者操董事长的，每次罚款五十元。"

涂小丫："邓厂长，您放心，从今以后，我的字典里就没有'操'这个字了。"

邓厂长："哈哈哈，小丫，有意思，你真有意思。"

14

综合楼坐落在办公楼和车间之间，综合楼地势高于车间和办公楼，高大的法国梧桐和樟树将其包围在中间，稠密的绿叶为它遮风挡尘。走进粉尘滚滚的石牛水泥厂，你会有一种走进沙漠的感觉；可是当你走进综合楼，又会有一种走进绿洲的感觉。

招待所里的星级套房地上铺着地毯，墙上贴着墙纸，彩电、洗衣机、音响、冰箱、空调、热水器、吸尘器、微波炉、抽油烟机等高档电器一应俱全，全是日本原装，从香港运进来的。那个时候，一般人只有结婚的时候，才拥有彩电、洗衣机、音响、冰箱等电器，至于空调、热水器、吸尘器、微波炉、抽油烟机，许多人听都没听说过。

星级套房里的沙发是真牛皮的，床铺是席梦思的。那沙发大得可以埋进半个身子，那皮真的可以嗅到牛的味道；那床软得好像铺着一层女人的肉，大得可以睡下一家三口。

和所有石牛水泥厂职工一样，如此高档的装修和摆设，涂小丫只在港台影视剧里看过。当她第一次走进星级套房，仿佛走进港台影视剧，做梦一般。

涂小丫迅速港化，头戴太阳帽，鼻架大墨镜，上身着蝙蝠衫、下身穿小径管西裤（或者紧身连衣裙），脚踏一双海拔极高的高跟鞋，今天脖子上多了根项链，明天手指上冒出个戒指。最引人注目的是，志刚先生厚如砖头的大哥大基本上在她手里握着，志刚先生的奔驰轿车，基本在她屁股底下坐着。当时，整个县城一共才三部大哥大，奔驰轿车则仅此一辆。

星级套房设在综合楼三楼，一楼和二楼是单身宿舍，涂小丫和三位女工挤在二楼一间十二平方米的单间里。二楼和三楼不过一层之隔，涂小丫却有一步登天的感觉。

石牛水泥厂所有职工的眼珠都不同程度地红了，石牛水泥厂所有职工的手指都戳向涂小丫的脊梁骨。

群众的眼睛是雪亮的，群众的眼睛是鲜红的，群众的手指也是坚硬的。

涂小丫三位室友的六只眼睛，红得找不到一点黑和白；戳向她脊梁的六根手指，硬得像钢筋。同样是卖身求荣，三年前，涂小丫“谁让我坐上办公室，我就跟谁睡觉”的惊人之语让她们敬佩大于鄙视；三年之后，当涂小丫和志刚先生睡到一起时，她们既不敬佩也不鄙视，有的只是妒忌。

好在涂小丫具有强烈的抗戳和抗烧性能，换了别人，早被戳得千疮百孔、烧得面目全非。

涂小丫能够坦然面对或者背对那一双双红眼，一根根硬指，艾兰花却无法背对或者面对。连 A、D、E、F 四金刚都“看不下去”，甚至“替死去的涂文保脸红”，要她说说女儿。A、D、E、F四金刚为什么“看不下去”，为什么“替死去的涂文保脸红”脸红呢？原因很简单，尽管供销科科长让涂小丫坐上了办公室，他们毕竟没有明目张胆地睡在一起，孰可忍；涂小丫和志刚先生同进同出同吃同睡，这是肆无忌惮啊，孰不可忍。

虽然同在一个厂，母女却很少见面，闹翻之后，都有意躲着对方，只不过涂小丫是主动躲，艾兰花是被动躲。

石牛水泥厂没有设志刚先生的办公室。志刚先生没有设办公室，涂小丫自然没有设办公室。艾兰花要找涂小丫，只能去招待所。志刚先生人在厂里的时候，每天除了到厂长办公室坐一会儿，大多时间都和涂小丫蜗在高级套房里。志刚先生和涂小丫每天消耗的生活资料，由食堂总务买好送货上门。志刚先生对石牛水泥厂食堂卫生持怀疑态度，不愿意到食堂吃饭，为此，厂里送涂小丫到县招待所食堂培训了一个月，学会了做菜。高级套房里的炊具，也是从香港运过来的，全是不锈钢的。用那种锅煮菜，不必放味精，味道却特别鲜。志刚先生告诉涂小丫，香港人是不吃味精的，味精有毒，吃多了对肝脏和肾脏都不好，还会掉头发。香港人吃什么都讲究个原汁原味，味精非但不能增加菜肴的鲜味，反而会破坏菜肴的鲜味。

为保证志刚先生的安全，邓厂长特意派车派人到福州买来一扇三千多块的高级防盗门。那时候，小城市根本买不到这种厂家专门生产的防盗门，大多人家装的是由钢筋和铁片焊成的简易防盗门。为了双保险，招待所入口处还安装了简易防盗门，没有钥匙，根本进不去。

艾兰花厚着脸皮，苦苦守在综合楼下，来来往往的人七嘴八舌：

年龄比她大的人：“兰花，你找女儿吧？你这个女儿可真有出息啊。”

年龄和她相仿的人：“兰花，你真有福气啊，小丫跟着操先生，那还不吃死了？喂，小丫有没有给你港币啊？听说港币闻上去有一股子香味，是不是这么回事啊？”

年龄比她小的人：“兰花阿姨，你是来找操老板的贴身女秘书吧？哈哈……”

艾兰花：“你们敢叫志刚先生作操先生，我去向邓厂长报告，罚你们的款。”

“你去告呀，我们不怕！”那些人嘴上这么说，心里还是有点害怕的，说完就嬉嬉哈哈走了。

他们一走，涂小丫下楼来了。

机不可失，时不再来。艾兰花开门见山：“涂小丫，如果你还是我女儿，赶快回家去住。”

涂小丫：“我早不是你的女儿了。”

艾兰花：“你这个死女子，咋这么不要脸？”

涂小丫：“我早没脸了，你有脸还来找我丢你的脸干吗？艾兰花，做人要将心比心，当年你和跳蚤勾勾搭搭，我可从没觉得丢脸。”

艾兰花一时语塞，突然，她抬起手连打自己耳光，一边打一边哭，一边哭一边骂：“你不要脸，叫你不要脸！”

那些走开的人又围了过来，涂小丫骂了声“神经病”，咚咚咚上楼，打开简易防盗门，关上；打开高级防盗门，关上。

涂小丫一头扎进席梦思，无声痛哭着。

这阵子，志刚先生不在厂里。

志刚先生五十来岁，除了嘴里没有镶金牙，衣着举止和港台影视剧里的老板没有太大区别。

志刚先生住进高级套房的第二天，就把涂小丫睡了。

在睡的过程中，志刚先生嘴里不停地叫着“我操我操”，还要求涂小丫叫他“老操”。

志刚先生怎么也想不到，涂小丫竟然是个处女！

志刚先生既激动又感动，给了涂小丫一千块港币。

志刚先生对躺在怀里的涂小丫说：“以后我们两个人在一起的时候，你叫我老操吧，我不会亏待你的。”

涂小丫却嘤嘤哭了起来，志刚先生以为她在疼惜自己一去不复返的处女之身，又给了她两千块人民币。

涂小丫还是哭个不停，志刚先生不耐烦了，问她还有什么要求，尽管提，只要能够办到的，尽量满足她。

涂小丫于是把她和孙泽普的事说了出来，并让志刚先生看了孙泽普写给他的信。

志刚先生听罢看罢，笑个不停，不说话。

涂小丫可怜兮兮道：“志刚先生，我可是冒着生命危险和你睡觉啊。”

志刚先生屏住笑：“我刚才说过了，我们两个人在一起的时候，叫我老操。”

涂小丫一脸的恐惧：“志刚先生，噢，不，老操，你不知道，孙泽普这个人与众不同，他说到一定会做到的。”

志刚先生拧了一把她的脸蛋：“我的小宝贝，你放心吧，孙泽普一定做不到！”

涂小丫：“老操，你这么有把握？”

志刚先生：“那当然，过几年我把你弄到香港定居，他就是黑社会，也拿我们没办法，哈哈哈。”

涂小丫：“真的？”

志刚先生：“那还有假？”

涂小丫“老操，你真厉害！”

志刚先生：“怎么个厉害法！”

涂小丫往他怀里拱了拱：“老操，你真坏，坏透了！”

志刚先生一个翻身，将她压在身下：“我操，你迷死我了，我要把你搞深搞透。”

涂小丫梨花带雨：“老操，哦，你轻点儿，不要，嗯，我还要。”

志刚先生：“我操我操！”

涂小丫：“老操老操！”

15

志刚先生不常驻石牛水泥厂，一年只来厂里四五回。他不仅在国内的珠海和广州，在国外的马来西亚和泰国也有投资，必须马不停蹄地跑，不可能在一个地方久留。

涂小丫跟志刚先生去了一趟深圳和广州，是坐飞机去的，住五星级宾馆。石牛水泥厂至少有六个人去过深圳和广州，但是坐飞机去深圳和广州的，只有涂小丫一人。石牛水泥厂住过星级宾馆的，也只有涂小丫一人，连邓厂长都没住过。涂小丫心里那个得意与虚荣，仿佛富人家懒猪身上的肥膘，一个劲猛长，那阵子走路轻飘飘的，好像在飞。

如果说石牛水泥厂星级套房的床铺可以睡下一家三口，那么广州那家五星级宾馆的床铺则可以睡下一家五口；如果说石牛水泥厂星级套房的床铺大如花圃，那么广州那家五星级宾馆的床铺则草原般辽阔。总而言之，涂小丫躺在床上，有一种“天苍苍，野茫茫，风吹草低见牛羊”的诗情画意。

志刚先生和涂小丫在“草原”上纵马驰骋，人乏马困之际，志刚先生对涂小丫说：“等条件成熟了，我带你去香港体验一下。”

涂小丫又兴奋起来：“老操，什么时候才算条件成熟啊？”

志刚先生：“指日可待，香港一回归，条件就成熟了。”

涂小丫：“哇，太好了，我做梦都想去香港玩。”

志刚先生：“你很快要梦想成真了。”

涂小丫：“去香港玩的梦，我就要实现了，可是，去香港定居，也许永远都是个梦吧？”

志刚先生：“这个，不好说。”

涂小丫：“老操，你答应过我，把我弄到香港去定居的，你说话要算数啊。”

志刚先生：“我是答应过你，可是我说了不算啊。”

涂小丫：“那谁说了算？”

志刚先生：“彭定康领导的香港政府说了算。”

涂小丫：“彭定康是谁？”

志刚先生：“香港总督，香港最大的官儿。”

涂小丫：“老操，你和他熟不熟？”

志刚先生：“不熟。”

涂小丫：“唉，你要是和他熟就好了。”

志刚先生：“为什么？”

涂小丫：“你要和他熟，可以请他帮忙，把我弄去香港定居啊。他是香港最大的官，弄个人去定居，还不是一句话。邓厂长才屁大个官儿，安排个人，一句话就行了。”

志刚先生：“哈哈哈，小丫啊小丫，你真是天真得可爱哟。香港是法治社会，不像内地，再大的官儿，说话也不算数的，谁也不能凌驾于法律之上，香港一切按法律办事。”

涂小丫：“这么说，我这辈子是没法到香港定居了？”

志刚先生：“这个……”

涂小丫：“老操，你为什么要骗我？”

志刚先生：“小丫，对不起，那天我为了得到你，话说得快了些，我不是有意的。”

涂小丫：“孙泽普已经坐满十年牢了，如果他在里头表现好，减了刑，过不了几年，就出来了，我心里越来越害怕。”

志刚先生：“小丫，这个你不用担心，我虽然不能让你到香港定居，但我可以让你到广州定居，等条件成熟了，我在广州给你买套房子。广州是我的老家，很方便的啦。广州比香港大几十倍，在广州找人，跟大海捞针一样，孙泽普除非有孙悟空的本事，不然他永远都找不到你。”

涂小丫：“老操，到底什么时候条件才成熟啊？”

志刚先生：“香港回归，香港回归后，什么事都好办。”

涂小丫：“老操，你可不能再骗我啊。”

志刚先生：“你放心好啦，香港是法治社会，香港市民都是守法公民，我要不是守法，你们怎么会和我合资呢？你说是吧？香港法律规定，不守法不讲诚信的香港公民，是不允许到大陆投资办厂的。”

涂小丫：“老操，玩女人算不算守法公民？”

志刚先生：“我操，这是两回事了。”

涂小丫：“老操，香港是不是香的？”

志刚先生：“哈哈，这个，你去了就知道了。”

涂小丫：“可是，我去不了。”

志刚先生：“怎么去不了，我不是说过，等香港回归后，带你去玩嘛。”

涂小丫：“老操，我怕夜长梦多。”

志刚先生：“我操，香港的明天一定会更美好，我们的明天一定会更美好，宝贝，我累了，早点睡吧。”

志刚先生每次来石牛水泥厂，都要住上十天半月，本来不用待那么久的，合资的具体事务不用他亲自操办，再说也没什么具体事务，无非就是多挂块牌子多刻一枚公章而已，他还真是被涂小丫迷住了。

合资后，除了多一辆皇冠轿车和一部大哥大以及两幢职工宿舍，石牛水泥厂没有任何质的变化，那个所谓的董事会不过是一纸名单，从来没有运作过。

志刚先生一年来四五次石牛水泥厂，其中三四次主要是看涂小丫，其中一次也就是年底那次，是来分红的。

16

志刚先生不在石牛水泥厂期间，涂小丫依然住在星级套房里，享受着星级待遇。

大家对此很有意见，多次向邓厂长抗议。

邓厂长总是双手一摊：“这是志刚先生的意思，我也没有办法。志刚先生不仅是厂里的宝贵财富，也是县里的宝贵财富，他的意思，不仅我要照办，县领导也要照办，你们如果不服，可以到县里反映。你们的心情我理解，但目光一定要放远一些，毛主席说过，牢骚太盛防肠断，风物长宜放眼量。志刚先生对涂小丫非常满意，他满意了，说明涂小丫工作做到位了，涂小丫工作到位了，志刚先生对我们的投资就有信心了……”

大家于是寄希望于曹德发，希望他能够仗义执言。

退休后的曹德发，突然变得有正义感起来，哪位职工遭受不平和不公，传到他耳里，他一定主动过问，积极到厂领导那里为其打抱不平，乐此不疲。

曹德发既是老员工又是前领导，一直工作和生活在石牛水泥厂，虽然够不上德高望重，影响多少还是有那么一点，在任领导多少得给他一点面子，凡是他出面过问的事情，能解决的设法解决，不能解决的尽量做好解释工作。如此一来，曹德发比在任的时候更有威信。

曹德发是在关厂长任上退休的。关厂长任期本来不长，加之其上任才半年多，曹德发就退休了，还未来得及与他发生摩擦。因此，他们的关系还是不错的，关厂长很给曹德发面子。实际上，关厂长给他面子的都是些不痛不痒、可解决可不解决的事情，不过是做了个顺水人情而已。

和关厂长一样，曹德发也不赞成合资，不仅找邓厂长发表强烈的反对意见，指责他“卖厂求荣，把石牛水泥厂全体员工给骗了”，还到县里为关厂长打抱不平，批评县领导“不切合实际，为了自己往上爬，不惜拿石牛水泥厂一千多号人的饭碗往水泥地上砸”。

县领导十分恼火，邓厂长也十分恼火，县领导把十分的恼火转移到邓厂长身上，邓厂长便变得二十分恼火了。邓厂长除了给曹德发批过一次医药发票，什么面子也没给他，如此一来，曹德发也变得二十分恼火了。

三年前，石牛水泥厂已经进行过大规模的技改，志刚先生注入的五百万港币并没有用来投资，对水泥生产外行的志刚先生也没有参与管理和经营，唯一参与的，就是年底分红。五百万港币，一百万用来购置办公设备，二百万用来建职工宿舍，不足部分由职工集资，剩下二百万存到银行。

办公用品包括两辆皇冠轿车，一台电脑，那时电脑还是新鲜玩意，

WINDOWS操作系统尚未问世，DOS操作程序复杂得像武学秘籍，没人会用，也派不上用场，放在那里当摆设。两辆皇冠轿车，一辆归厂里也就是邓厂长专用，一辆归县里也就是县委书记专用。

办公用品当中，还有一件引人注目的玩意儿——价值三万多元、砖头般厚重的大哥大。邓厂长是县里第一个使用大哥大的人，要多牛逼有多牛逼。开会的时候，他把大哥大往桌子上重重一放，喧闹的会议室立即肃静下来。大哥大握在手，东奔西走精神抖擞，即便到市里、省里开会，人们也对他刮目相看。

一天，曹德发走近“红灯区”（自从志刚先生和涂小丫入住高级套房后，单身汉们便戏称综合楼为红灯区）时，隐隐听到歌声，是当时走红的《纤夫的爱》，但不是尹相杰和于文华原唱，女的一听是涂小丫。男的耳熟，一时听不出是谁。

走上楼，才听出是邓厂长。邓厂长歌腔和话腔大相径庭。

邓厂长唱：“妹妹你坐船头，哥哥我在岸上走，恩恩爱爱纤绳荡悠悠。”

涂小丫接着唱：“妹妹我坐船头，哥哥你岸上走，咱俩的情，咱俩的爱，在纤绳上荡悠悠，荡悠悠，直待那日落西山头，让你亲个够，亲个够……”

曹德发一听是邓厂长的声音，转身下楼，没下几个台阶，又踅了回来敲门。

一下，两下，没人开；四下，五下，还是没人开；六下，七下，里面没声音了。

曹德发扯开嗓门：“邓厂长，我听到你的声音了，快开门吧，我是曹德发，有事找你。”

邓厂长不得不开门。

邓厂长整个人零乱得像个睡了一夜的枕头，笑道：“小涂病了，志刚先生对她很挂念，打电话叫我好好关照她。”

邓厂长笑得比哭还难看，脸上的肌肉东一块西一块的，好像要掉下来的样子。

曹德发还是第一次光顾高级套房。不看不知道，一看吓一跳。涂小丫身着超短裙和半透明小背心，像条脱水的鱼斜躺在黑皮沙发上，没戴乳罩的乳房荡悠悠，乳头隐约可见。两条白皙修长的大腿在黑沙发的衬托下，白得耀眼，大腿微微张开，露出短裙下的粉红色底裤。

曹德发老脸一红，一时魂不守舍。

涂小丫对曹德发没有好感，A、D、E、F四金刚“拯救”涂小丫行动失败后，他曾经接受艾兰花的委托，狗拿耗子多管闲事地做过她的思想工作。曹德发对涂小丫也没有好感，她一点面子也不给他，一句“自己老不正经，有什么资格管别人正经不正经”噎得他一连两餐吃不下饭。

“曹大书记，有何贵干？”涂小丫躺在沙发上一动不动，两眼斜视着他。

曹德发：“哦，来看看，随便走走。”

涂小丫：“看看，有什么好看的？我看你是来扫黄的吧？邓厂长，我可是真有病，为了厂里的利益，我不惜牺牲自己的名誉。厂里每张嘴巴每个屁眼都在说我的坏话，说我和志刚先生乱搞男女关系，你们以为我心甘情愿被一个半老头子糟蹋呀……”

邓厂长咳嗽了一下，严肃道：“小丫，一切以大局为重，别乱说，让志刚先生听见多不好，他可是我们厂的财神爷，也是德高望重的儒商。志刚先生到我厂投资，你功不可没，你安心养病吧，我走了。”

邓厂长亲切地挽着曹德发的肩膀，一起下楼：“我说老曹呀，厂里新的医疗报销制度马上就要出台了，新制度规定，今后除了绝症，任何人的医药费只能报销百分之六十，你上次没报的那些发票，还有住院的费用，赶紧拿来报吧，过了这个村就没这个店了。这事你心里有数就行，别声张。你身体不好，慢点走，我先走一步。”

邓厂长说完，快步离开“红灯区”。

曹德发连忙跟上：“发票在我身上，你现在给我签了吧，我刚才到办公室找你，你不在，顺路过来看看，没想到你在这里。”

邓厂长摸了摸口袋：“我没带笔。”

曹德发从身上掏出钢笔：“我有笔。”

这支钢笔，是曹德发的初恋女友——那个村姑送给他的。笔套已经破损，上面缠着被汗水和墨水洇黑的胶布。这么多年，曹德发始终把这支笔插在离心脏最近的上衣口袋里。

邓厂长接过发票和钢笔，潦草地签上名字，三步并作两步走向办公室。

一到办公室，邓厂长便打电话给机修车间主任，以命令的口气，限他在两天之内，在招待所走廊入口处安装一扇铁门。高级套房装修的时候已经安装了高级防盗门，窗户也罩上了防盗网，走廊入口再安装铁门，纯属重复建设。

邓厂长的理由很充分：近来社会治安不好，时有强奸案件发生，涂小丫是志刚先生的秘书，必须对她的人身安全进行双重保护。保护涂小丫的人身安全，就是保护志刚先生的根本利益，保护志刚先生的根本利益，就保护广大职工的根本利益。

从那以后，一般人再也进不了高级套房。

17

曹德发走近“红灯区”，纯属偶然。

那天，曹德发到厂长办公室找邓厂长签字报销医药费，那是邓厂长上任以来，曹德发第三次找他签字报销医药发票。

曹德发第一次找邓厂长签字报销医药发票的时候，邓厂长非常痛快，问也不问，便签上自己的大名。

曹德发第二次找邓厂长签字报销医药发票的时候，邓厂长非常不痛快，将那一大沓发票翻了又翻看了又看，好像在验证钞票的真假，慢条斯理道：“最近我发现厂里医药费报销漏洞太大，有些人不自觉，什么都开到医药费里报销，个别人甚至把烟酒开到医药费里报销，太不像话了。长此以往，怎么得了，石牛水泥厂过去是国有企业，现在是合资企业，志刚先生再三强调要降低成本，最近医药费报销都放一放，厂里要修改医药报销制度，等新的制度出来后，再报销。你是石牛水泥厂的老领导，请你配合我的工作。”

曹德发暗暗吃惊，这次报销的那一大堆发票，有三分之一是营养滋补品的开销，心里有些发虚，嘴上却很强硬：“怎么，只许你们当官的大吃大喝，不许我们百姓看病吃药啊？你这些屁话，骗骗工人还行，蒙我太小儿科了，我又不是没当过厂长。”

邓厂长心里也有些发虚，曹德发的话说中要害，但嘴上也很强硬：“老曹啊，我知道你当过厂长，正因为你当过厂长，才更要体谅和支持我这个当厂长的工作嘛。”

曹德发冷笑道：“一个巴掌拍不响，支持是互相的，你不支持我，我怎么支持你？”

邓厂长：“我已经支持过你一回了，上次你来报医药费，我二话没说把字签了。这回你就不能支持我一下吗？”

曹德发：“你再支持我一回，以后我什么都支持你。”

邓厂长："这不可能！"

曹德发："姓邓的，你不要欺人太甚！"

邓厂长："老曹，你不要得寸进尺！"

曹德发："你别以为自己是什么正人君子，你的屁股不干净。"

邓厂长："那么你是正人君子啰？你看见我的屁股不干净了？"

"这还用看吗？水泥厂当官的屁股没有一个干净的。"话一出口，曹德发猛然意识到自己说漏了嘴。

邓厂长果然发起反击："老曹，你也当过官啊。"

曹德发火冒三丈："我是当过官，可惜我的官当得太清廉了。"

邓厂长："老曹，你这是睁着人眼说瞎话，睁着屁眼说死（屎）话。"

曹德发："你这是打击报复！"

邓厂长："我打击你什么报复你什么？"

曹德发："你心里明白！"

邓厂长："我一点都不明白，请你说明白！"

曹德发："上次我骂你卖厂求荣，你怀恨在心。"

邓厂长："老曹，你太小看我了，我的心胸没你想象得那么狭窄。"

曹德发："是我太高看你了，我没骂你卖厂求荣的时候，找你签字，你看也不看就签了。这次比上次报销得少，你死活不肯签，不就是因为我前几天骂你卖厂求荣了嘛，你说，你这不是打击报复是什么？"

邓厂长："老曹，我不管你心里怎么想，反正今天我不会签这个字。"

邓厂长说完，起身离开办公室。

说曹德发第三次找邓厂长签字，其实不准确。自从拒绝在曹德发的医药发票上签字以来，邓厂长便有意识地躲着曹德发，还特意交代红毛，看到曹德发来办公室，马上通知他。

石牛水泥厂办公室呈倒 L 形，厂长办公室和红毛办公室仅一墙之隔，墙中间开了个一尺见方的正方形窗口，上面搁了部电话。那个时候，安装一部电话要五六千块钱，市内话费一分钟四毛，长途话费一分钟八毛，全厂就这么一部程控电话，电话上锁。先用机械锁，后用电子锁，除了厂长，只有红毛有钥匙知道密码，谁要打长途，必须通过红毛开锁。

红毛的原则是，凡科长主任来打，一律开锁，这些人得罪不起，即使厂长发现他们公私兼顾，也是睁一只眼闭一只眼，电话上锁的原则是锁民不锁官。至于一般科员，有选择性，女士优先，尤其年轻漂亮之女士。枯燥单调的伏案生活需要女人点缀，打情骂俏提神益脑，只要不造成桃色新闻。

本来，每个科室都有电话（不能打长途），当某月的电话费竟高出整座办公楼职工工资时，当时的关厂长一怒之下拆除了厂长办公室以外的所有电话。这么一来，厂长办公室这部电话可就开足了马力，一天到晚响个不停。

开始，红毛的服务还挺周到，不论谁的电话，都亲自去叫。办公室共三层，厂长室、办公室在二层，跑上跑下的，很是消耗体能。红毛很快就吃不消了，顾不得斯文，气沉丹田在走廊上高呼："×××，电话！"声音越来越嘶哑，不得不常吃咽喉片保持"音响效果"。

某日上街，红毛看见一个背影很像久违的某某，声情并茂地叫了一声，不想声音过大，直惊得满街蓦然回首。那人转过头恼怒地盯着他。不好，认错人了，红毛尴尬至极，将错就错又喊出两个字："电话！"

红毛的办公桌有八个抽屉，其中一个专门放置印章。石牛水泥厂共有八枚印章，木质的、铜质的、犀牛角的、兽骨的；方的、扁的、圆的、椭圆的。接电话和盖章是红毛的重要日程，就像这个世界没有一天不打仗一样，红毛没有一天不盖章。

有一天，红毛曾经盖下七百个印戳的记录，直到下岗时也未打破，直盖得他眼花缭乱腰酸背疼五指麻木。本来这种合同表格之类的印戳完全可以叫人代劳，但红毛觉得，这样会产生被夺权的不良感觉，宁愿苦自己，也不愿下放权力。

找他盖章的人，如果叫他邱主任，不仅马上盖，而且盖得特别清晰，微笑服务；如果叫他老邱，虽然马上盖，但盖得残缺不全，皮笑肉不笑；如果叫他红毛或者老红，不仅拖拖拉拉，而且盖得血肉模糊，面无表情，甚至找各种借口搪塞，让他（她）改日再来，冷若冰霜。

办公室主任说忙不忙，说不忙又忙。不忙时天马行空，大忙时日理万机。若得喘气机会，红毛最大的休闲就是给印章打扫卫生，就像激战间隙战士磨刀擦枪一样。砍柴不误磨刀功，久之，竟养成习惯，刷牙般一天不刷就难受。

18

厂长办公室在二楼尽头，红毛办公室在厂长办公室隔壁，他的斜对面，是一条一百多米长、三米多宽的林荫道，那是通向办公楼的唯一道路。坐在办公桌后面的红毛，一挺身一抬眼，林荫道上的车水马龙尽收眼底。

红毛坐的那个位置，是整座办公楼俯视林荫道的最佳视角。挺起身的红毛，看的见林荫道上弯着腰的行人；林荫道上踮起脚的行人，却看不见缩起身的红毛。

自从邓厂长交代他注意曹德发的行踪后，只要邓厂长在办公室，他每隔一会儿便挺身引颈望一眼林荫道。一旦发现曹德发出现在林荫道上，红毛立即把脑袋伸进“窗口”，向邓厂长通风报信。

林荫道离办公楼有一百多米，从办公楼入口到厂长办公室，将近一百米，当曹德发来到厂长办公室时，邓厂长早已躲藏到其他办公室去了。

邓厂长发现这个办法管用后，凡是他不想见的人，都让红毛通风报信。曹德发要想见到邓厂长，全凭运气，要么红毛打盹，要么红毛抬眼间隔过长，要么红毛不在办公室而邓厂长恰好在办公室。

那天，曹德发走上林荫道的时候，红毛正埋头起草一份紧急文件，忘了挺身抬眼，直到曹德发出现在他面前，才抬起头。红毛心想，幸好邓厂长不在，不然今天有辱使命了。

红毛很客气：“老领导来了，快请坐！”

曹德发一屁股坐下：“邓厂长去哪里了？”

红毛：“我不知道。”

曹德发：“你这个老猾头，猾得可以做润滑油，厂长去哪里你不知道？老子又不是没当过厂长。”

红毛：“老领导，人与人不一样，邓厂长不像你，去什么地方都向我说一声。”

曹德发：“红毛，不说这个。我问你，厂里最近有什么新情况？”

红毛：“不知道。”

曹德发：“红毛，你说你不知道邓厂长去哪儿，我勉强相信。你说你不知道厂里的新情况，鬼才相信。”

整个石牛水泥厂，除了邓厂长和志刚先生，只有曹德发敢当面叫红毛为“红毛”。

红毛开始梳理痣上的杂毛：“我真不知道，这个邓厂长，什么都不让我知道，所以我经常是不知道自己不知道，不知道自己知道，知道自己不知道，知道自己知道。”

曹德发:“什么知道不知道不知道知道的，我都被你弄糊涂了，你到底知道不知道，老子真想在你头上点把火，把你的红毛统统烧光。”

红毛:“老领导，我是难得糊涂啊。”

这时候，一个工人进来找红毛盖章，听说曹德发要找邓厂长，建议他去“红灯区”看看。

那个工人对红毛毕恭毕敬，左一声邱主任，右一声邱主任，红毛正要给他盖章，一听他的话，放下脸道:“章子被出纳拿到银行贷款去了，明天再来吧。”

红毛并不知道邓厂长在“红灯区”，那位工人的话提醒了他，曹德发一走，连忙打邓厂长的大哥大，没人接，否则曹德发就看不到令他难堪而又难忘的那一幕了。

曹德发从来没想到自己会生病，因为他从来没有生过病，所以从来没有报销过医药费。在自己成为病号之前，对于那些动不动报销医药费的人，他是颇有微词的，不止一次在学习会上狗拿耗子多管闲事，说医药费报销漏洞太大，得抓一抓管一管。

曹德发酒量一般，烟量和饭量十分惊人，一天至少三包烟，除了吃饭睡觉，嘴不离烟，烟不离嘴;早餐三碗稀饭外加两个大馒头，中、晚餐四碗干饭，一周至少吃三次红烧肉，如果条件允许，天天都想吃。

能抽能喝、吃嘛嘛香的曹德发，退休前夕突然发病。

那天，正好是学习时间，学的是一篇有关哲学的文章。迟美丽念完文章后，曹德发照例要强调几点，而且强调出了“国际水平”:

> 哲学是老爹，生下唯物和唯心两个儿子。兄弟不和闹分家，唯物好，唯心坏。唯物又生两儿子:辩证和机械，辩证好，机械坏，机械不喜欢辩证。机械太老实，直来直去，马达一响汽车就开，电机一动磨机就转，压缩机一通风枪就旋，没得可说。辩证太狡猾，一会这一会那，一下左一下右，结果这也不是那也不是……我们都是机械，或是机械上的一颗螺丝钉，需要时就拧，不拧不行，要生锈……

当他强调到“我们都是机械，或是机械上的一颗螺丝钉，需要时就拧，不拧不行，要生锈”的时候，突然嘴巴张得老大，再也强调不下去了，胸部波浪般起伏，脸色铁青，眼里白的多于黑的。没等大家明白是怎么回事，曹德发已经扑在桌上人事不省。

大家七手八脚将他抬上车，往医院送，迟美丽冲在最前头。快到医院的时候，曹德发醒了过来，当他发现自己花白的脑袋枕在迟美丽浑圆的肩膀上时，眼角溢出幸福的泪水。这时候，迟美丽已经和毛式生结婚好几年了，那是曹德发唯一一次、也是最后一次和迟美丽如此亲密接触。

医生诊断曹德发患有支气管炎和肺气肿。

曹德发的支气管炎和肺气肿不是粉尘造成的，而是抽烟导致的。曹德发烟瘾大得惊人，比刘金龙父亲的烟瘾还大，是石牛水泥厂头号烟鬼。刘金龙父亲抽烟，还有个间歇；曹德发抽烟，基本不停顿，一根接一根，打火机都用不着。如果说刘金龙父亲是烟枪，那么曹德发则是烟炮——不是小口径迫击炮，而是大口径榴弹炮。

曹德发见自己患的不是绝症，尚未病入膏肓，心里一块石头落了地，生命不息抽烟不止，他的烟瘾已经深入骨髓和灵魂，“不抽烟，毋宁死”啊。

19

搞好一个企业，光靠一个厂长，那是远远不够的；搞垮一个企业，一个厂长足矣。邓厂长原是电炉厂厂长，电炉厂被他折腾得奄奄一息，上头又把他调进水泥厂胡闹。

邓厂长对水泥生产工艺一窍不通，尽管他每天上班的第一件事情就是往车间跑，那都是做给别人看的，并不真抓实干。有一阵子，产品接连出现严重问题，卖出去的水泥不凝，混凝土浇筑了二十六个小时，还是一踩一个脚印。按照国家标准，水泥搅拌成混凝土之后，必须在十二小时之内凝结，否则就是重大质量事故。此前也出现过类似问题，但凝结时间从来没有超过十六小时，加上不是用于重点工程，没有造成太大的负面影响。这次是用于国道铺设，影响太大了。

县交通局本不想用石牛水泥厂生产的水泥，但邓厂长通过县政府，以扶持本县合资企业为借口，利用行政命令强迫其使用，造成巨大经济损失。解铃还须系铃人，最后还是政府出面，厂里赔了一大笔钱，大事化小小事化了。邓厂长主动请求处分，扣了一个月的奖金。

不凝问题好不容易解决，负面影响也消除了，又出现了速凝，生产出来的四个编号的水泥还没出仓，全部硬成铁疙瘩。一个编号二百吨，四个编号就是八百吨，直接经济损失高达三十万元。好在不久发生了百年不遇的特大洪灾，这批废品统统拿去填充决堤的坝口，否则还真没办法处理。

废水泥不像废纸，可以回收，放在仓库占地方，丢到野外污染环境。平时不作为的环保局一听说出了废品，打了鸡血似的异常兴奋，天天派人监视，你一出手，他就趁机罚款。

出了这么大的质量问题，邓厂长居然还有心思打牌。打牌是邓厂长的一大爱好，晚上不打上几圈牌，就睡不好觉。他有一句名言："赌场上无父子，牌桌上无厂长。"自从他入主水泥厂以来，爱好打牌的中层领导越来越多，凡是和他关系密切的，都是打牌高手，分房子的时候，这些人统统分到了最好的楼层。

邓厂长住在曹德发楼上，曹德发宁愿一次又一次去办公室找他，也不愿上一楼之隔的邓厂长家。曹德发觉得，到邓厂长家里找他签字，太低三下四了，显得自己在求他。

邓厂长他们天天晚上打牌打到十一二点。那楼板是用空心水泥预制板拼贴而成的，上面再抹上一层水泥，隔音效果本来就差，一粒纽扣掉下都会发出立体声。何况邓厂长他们弄出的声音，比纽扣掉在楼板上大百倍千倍，每当打到高潮时，甩牌就像甩耳光，发出噼里啪啦的巨响，同时伴以激烈的争吵和匆忙上卫生间的脚步声。

打牌和上网一样，一旦进入状态，恨不得把马桶塞到屁股底下，能憋就尽量憋着，不到忍无可忍之际，是不会到卫生间浪费时间的。就速度而言，牌友上厕所的步伐决不慢于逃亡者的步伐，步伐越快，发出的声响就越大。在他们离座和上桌的时候，椅子和楼板难免发生肉麻的摩擦声，让人浑身起鸡皮疙瘩。

这些复杂而频繁的噪音，折腾得曹德发一家无法入睡，看电视也受影响。自从上回不经意在"红灯区"发现邓厂长和涂小丫的"秘密"，亏心的邓厂长主动提出为他报销医药费并确实报销之后，曹德发的正义感就不那么强烈了，每当职工请求他主持正义时，他便装出一副呼吸困难的样子，双手搓衣服似在胸口上下搓动，喉结上下起伏，胸腔发出窒息的声音像一架老掉牙、随时都要熄火的机器，面目狰狞，表情痛苦，好一会儿才恢复正常。

于是，再也没有人请他主持正义。

曹德发委婉提醒了几次邓厂长，希望他们手脚轻些，邓厂长左耳进右耳出，根本没往心里去。迫不得已，曹德发只好采取行动，每当楼上发出高分贝的声响，就拿棍子捅楼板，捅几下，上面安静一会儿，之后又热闹起来，再捅几下，又安静一会儿，如此反复，直到牌终人散。

有一天晚上，曹德发用力捅楼板数次，上面非但没有安静下来，反而有人故意跺脚。曹德发忍无可忍，不顾秀珠反对，冲上楼将他们一个个骂得面无人色。骂着骂着，曹德发突然感觉喉咙有点甜有点腥，紧接着一大口鲜血像高压水枪里的水一样喷涌而出，喷了邓厂长、刘副厂长、财务科长和水泥车间主任一身。与此同时，就像突然遭遇停电的音响，曹德发的骂声戛然而止，高大的身躯前后左右晃了两晃，瘫倒在地……

邓厂长他们吓坏了，连身上的血也来不及擦，赶紧把他送到医院。

值班的年轻女医生看见他们身上淋漓的鲜血，花容失色，以为发生了凶杀案。

三个小时后，曹德发死在医院的抢救室里。

曹德发的发病似乎是个预兆，石牛水泥厂从此每况愈下，两年后，邓厂长被免职，告“老”回漳州老家。邓厂长和县里头头脑脑的关系比钢筋水泥还硬，免职是做给工人看的，经济上没有受到什么损失，回老家不久，自己投资办了一个厂子，生意兴隆。

邓厂长彻底离开石牛水泥厂那天，不少人奔走相告拍手称快，有两位还燃放鞭炮以示庆贺。鞭炮是在邓厂长搬家的大卡车开动瞬间点燃的，直到卡车开出厂门，鞭炮声还在石牛水泥厂上空回响。

20

合资当年，才半年时间，志刚先生分到了五十万元红利，第二年，分到了四十万元。工人工资没有增加，奖金增加了不少，皆大欢喜。然而好景不长，到了第三年，无利可分了。这一年，石牛水泥厂接连出了两次重大质量事故，声誉一落千丈，加上亚洲经济危机日益显露，国内再次压缩基建，市场疲软不堪，产品销路不畅，发工资都困难了。

志刚先生也不要求分红，多次提出撤资，均被县委书记拒绝。志刚先生的投资是县里有史以来最大的一笔外商投资，是县委书记花了九牛二虎之力引进的，撤资等于打自己耳光，要撤也要等他走后再撤。合资容易撤资难，志刚先生只好和石牛水泥厂签订了补充协议，每月提取五十吨水泥抵债，根据市场行情每吨低出厂价二十元，直到抵完五百万元为止。另外，石牛水泥厂每月还至少得返还志刚先生五万元现金。

协议规定，志刚先生提取的水泥，不得在本地和周边市场销售，以免扰乱市场。志刚先生为了降低运输成本，尽快变现，阳奉阴违，统统在本地抛售。厂里卖二百二十元，他卖二百元；厂里卖二百元，他卖一百八十元。

石牛水泥厂的水泥更不好卖了。

对此，工人意见很大：合资应当利益共享，风险共担，志刚先生怎么只享利益不当风险呢？以前工人们见到志刚先生，仿佛见到失散多年的亲人；如今见到他，横眉冷对千夫指。

恨屋及乌，如果说工人们对志刚先生恨之入肉，对涂小丫则是恨之入骨。在他们看来，除了邓厂长和县里的头头脑脑，涂小丫是合资的最大受益者。人家邓厂长是一厂之长，大权在握，吃点捞点，理所当然。你涂小丫算什么，如果你凭上面那张嘴吃香喝辣，我们屁也不放一个，可你凭的是下面那张嘴，这算什么本事？

涂小丫彻底背叛了石牛水泥厂和石牛水泥厂的兄弟姐妹，死心塌地站在志刚先生一边。志刚先生和厂里签订补充协议后，涂小丫大多时间待在财务科或供销科，一见有大笔货款进账，立即给志刚先生打电话，然后志刚先生就闻着电话里的钱味过来索账。

不久的一天，涂小丫突然被人绑架了，绑架者是车间一位四肢发达的青工。

这位青工，就是 C 金刚的儿子小 C。

石牛水泥厂已经连续两个月没有发工资，而一个月前，志刚先生还残忍地提走了五万元货款和五十吨水泥。

小 C 把涂小丫劫持到高高的立窑上。

立窑的形状和结构近似碉堡，通往窑上的道路只有一条，那就是沿着窑体外壁盘旋而上、仅容一人通过的狭窄铁梯，一夫当关万夫莫开。

公安闻讯包围了立窑。

涂小丫是在下午三点多钟被绑架的。

那天，艾兰花上大夜班，正在睡觉，同时梦见跳蚤和涂文保。跳蚤死去两年多了，这是艾兰花第二次梦见跳蚤，第一次是在他死后的第三个七里，跳蚤让她把板车轮高高举过头顶，她因此而重获力量。涂文保死了快十年了，艾兰花还是第一次梦见他。两个人同时出现在梦里，艾兰花觉得蹊跷。更蹊跷的是，两个人都不说话，跳蚤双手捧着自己的大卵泡，面无表情。涂文保愁眉苦脸，嘴角淌着口水，鼻涕窸窸窣窣、探头探脑。

艾兰花正要问问他们，楼下（这时她已住上楼房）人声鼎沸，醒了。

艾兰花迷迷糊糊打开窗户，问楼下的人："出什么事了？"

"哎呀，你还闷在家里啊，出大事了，涂小丫被人绑架了。"

艾兰花脑袋"轰"的一下，顾不得自己已经和涂小丫断绝母女关系五年之久，衣服也来不及换，穿着睡衣睡裤，一步跨越三个台阶往楼下蹿，以百米冲刺的速度往车间冲。

窑下围了一大圈人，一个个伸长脖子仰望窑上。

小 C 窑上放下话来："谁要轻举妄动，老子立马撕票，与涂小丫跳进窑炉同归于尽。"

艾兰花不知从哪来的勇气，从公安手里拿过电喇叭，朝上面喊道："小 C，我知道你喜欢小丫，只要你不乱来，不伤害她，我保证把小丫嫁给你！"

小 C 重重呸了一口："你就是把这个烂货白送给我，老子也不要，你们母女都是烂货。"

小 C 母亲："儿子，你说得对，涂小丫这个烂货，白送也不能要。当年，涂文保捏过你的卵泡，涂小丫踢过你的卵泡，如今，你报仇的时候到了，你使劲捏她的奶子，捏烂她的奶子。不过，你千万不要和这个烂货同归于尽啊，不值得，妈的下半辈子还要靠你呢。"

人群发出一阵哄笑。

艾兰花无言以对，双腿一软，瘫在地上。

邓厂长接过喇叭："小 C，你到底想干什么？"

没有回答。

过了一会儿，一个凝重的声音从窑上飘下来："邓建民，老子问你，你是不是个贪官？"

邓厂长脸色骤变，咬着牙不吭声。

小 C："快说，不然老子不客气了。"

艾兰花突然站了起来，跪倒在邓厂长脚下，露出睡裤屁股部位的补丁，哭道："邓厂长，你快说呀，我求求你了。我知道你是好厂长，为了救小丫，你委屈一下吧。"

小 C 母亲则上前拉住邓厂长的一条胳膊："邓厂长，你快说呀，我也求求你了。我知道你是好厂长，为了我儿子，你就委屈一下吧。”

邓厂长依然不开口。

小C：“再不说，我开始倒计时了，十、九、八……”

公安局局长向邓厂长使了个眼色，面如猪肝的邓厂长在小C数到五的时候，终于憋出一个“是”字。

小C：“大声一点，我听不见！”

邓厂长：“是！”

小C：“是什么？”

邓厂长：“是个贪官！”

小C：“大声一点！！”

邓厂长：“我是个贪官！”

小C：“再大声一点！！！”

邓厂长：“是是是，我是个大贪官！行了吧？”

小C：“那你到底贪污了多少？”

小C：“你想要我贪污多少？一百万，一千万，够不够？”

小C：“哈哈哈，够了够了，有邓建民这样的大蛀虫，有操志刚那样的大奸商，有你们的狼狈为奸，十个水泥厂都要倒掉，合十次资都没有用。我再问你，你和涂小丫上过床没有？”

沉默。

“哎哟！”窑上传来涂小丫的尖叫。

艾兰花又跪到邓厂长脚下，露出睡裤屁股部位的补丁。粉红色的睡裤紧绷在艾兰花肥硕的屁股上，那块极不协调的淡绿色补丁正好点缀在两臀之间，使得这个风韵犹存的屁股充满喜剧效果。

与此同时，小C母亲把邓厂长的另一条胳膊也拉住了，可怜兮兮地望着他。

公安局局长又向邓厂长使了个眼色。

邓厂长跳了起来：“操你妈的王八蛋，你不要逼人太甚！”

涂小丫歇斯底里道：“邓建民，你好歹是个厂长，敢做敢当，你今天要是不承认，我就是到了阴曹地府，也不会放过你。我求你了，看在志刚先生的份上，救救我！”

邓建民还是不吭声。

窑上又传来涂小丫的惨叫。

公安局局长拍了一下邓厂长的肩膀："老邓，救人要紧！"

邓厂长只好承认："那，就算睡过了吧！"

小C："什么就算睡过了？不要模棱两可，睡了就是睡了，没睡就是没睡！"

"睡了，老子一个星期至少和她睡两次，这下你满意了吧？"邓厂长带着哭腔叫道。

一阵大笑之后，窑上飘下小C庄严的声音："现在，我正式宣布，判处罪大恶极的贪污犯邓建民死刑。"说到这里，停顿了一下，"鉴于邓建民认罪态度较好，有立功表现，缓期两年执行。本审判为终审判决。"

邓厂长大叫："老子冤枉！"

小C大笑："冤枉个屁！这年头，像你这样的货色，个个都是贪污犯，先枪毙后审判，没有一个是冤案！"

窑下的人面面相觑，想笑，怎么也笑不出来。邓厂长面无人色，好像真被判了死缓似的，瘫倒在地。

不一会儿，涂小丫和小C一起走下立窑，脸上一副若无其事的表情。

艾兰花一个箭步上前，将涂小丫紧紧搂在怀里："你这个死女子，妈的心都快跳出喉咙了。"

涂小丫轻轻拍着艾兰花的肩膀，好像被绑架的不是自己，而是她："妈，没什么大不了的！"

艾兰花："你现在认我这个妈了？"

涂小丫："刚才在上面听到你的话，看到你给邓厂长下跪，我心里愧疚极了。世上只有妈妈好，妈，我对不起你。"

艾兰花："死女子，说这些干啥，快跟妈回家吧。"

涂小丫："嗯，我们一起回家。"

小C母亲也拉住小C，朝艾兰花母女呸了一口："儿子，我们也回家。"

公安拦住她："他不能回家，我们要带他走！"

公安说罢，强行带走了小C。

小C母亲躺在地上大哭不止……

小C的绑架没有明显作案动机，但情节恶劣，本来要"从重、从严、从快"处理的，鉴于此时全县国有企业普遍不景气，时有拿不到工资的职工上街闹事，县领导怕引起民愤（石牛水泥厂大多职工已经准备好，如果小C被判刑，他们就上街游行），指示司法机关对小C宽大处理，拘留了半个月，就把他放了。

事后，小C对大家说，他本来想绑架志刚先生的，一则志刚先生不在，二则他是港商，弄不好成了政治犯，性质就严重了，所以才绑架涂小丫。

瞧瞧，小C四肢虽然发达，头脑并不简单，至少不比他的父亲C金刚简单。

瘫痪在床的C金刚得知此事后，轻轻地叹了口气："这个王八羔子，还真有点骨气。"

有工人问小C，在窑上的时候，有没有调戏涂小丫。

小C笑道："老子本来想把她奸掉的，可是觉得她被老操和邓建民操过了，很脏，听了我妈的话，便狠狠捏了捏她的奶子，估计被捏青了，妈个巴子，她那两个奶子，手感真好。当年她踢肿了老子的卵泡，而今老子捏青她的奶了，也算报了一箭之仇。"

没过多久，东南亚危机全面爆发，志刚先生破产，在香港跳楼自杀了。

志刚先生自杀不久，风雨飘摇的石牛水泥厂又成为县里的股份制试点企业。合资和股份制都是玩虚的，股份制比合资更虚。合资好歹挂羊头卖狗肉，股份制则是挂羊骨头卖狗下水，搞得石牛水泥厂乌烟瘴气，领导忙着争权夺利，职工忙着寻找出路。

又过了不久，石牛水泥厂倒闭了。

正在文联办公室伏案写作的皮子，得知石牛水泥厂倒闭的消息，仰天长叹，灵感顿发，挥笔《水调歌头·新词》一首：

挥霍钱财如流水，胆大造就英雄，合资股份两头空，厂房依旧在，声名不再红。醉生梦死桌面上，招摇撞骗成风，一和酒鬼喜相逢，企业多少事，都在胡说中。

21

绑架风波尚未平息，涂小丫突然提出去监狱探望孙泽普。

艾兰花大惊："死女子，你疯了？"

涂小丫淡淡一笑："妈，你放心吧，我没疯。我要是不去看他，说不准会发疯。这么多年，经历了那么多的人和事，这些天，我一下子想明白了，真正爱我的男人还是孙泽普，可是，这么多年来，我一次也没有去看过他，太不应该了。以前，我很少想他，尽量不想他，一不小心想到他，除了害怕就是仇恨。最近这一段时间，我老是想他，忍不住想他，一想到他，心里既温暖又愧疚。

“妈，你知道吗，当我被小C绑架到窑上的时候，心里恐惧极了，就在我快要崩溃的时候，突然想起了孙泽普，真是奇怪了，我心里居然一点都不害怕了。我笑着对小C说，你要是敢伤害我，有一个人会找你算账的，然后，我就给他讲了孙泽普的故事。小C听了，愣了一下，说，我本来就没想伤害你，我只想拿你当道具，演一场戏，只要你配合我，我不会伤你一根毫毛。我看得出，他心里其实是害怕了，他一害怕，我更不害怕了。我觉得他导演的这出戏很好玩，再说姓邓的也不是什么好东西，就跟他唱起了双簧。”

艾兰花：“邓厂长这个人看上去好像还不错，他对你怎么了？”

涂小丫：“不错个屁，他变态。”

艾兰花：“他真睡过你了？他要是睡了你，我找他算账去。”

涂小丫：“妈，你别哪壶不开提哪壶好不好？”

艾兰花：“好好好，我不提，可是我不提，自然有人提。我来问你，他真的捞了那么多钱？”

涂小丫：“他到底捞了多少，我不清楚，但肯定捞了不少。志刚先生曾经对我说过一件事。有一回，他跟邓厂长一起回漳州老家，发现他卧室正面墙上有个小洞，洞里供着一尊财神，香案上落满香灰，小洞上方挂着一张放大了十倍的一百元人民币。志刚先生说，供财神的人家，他见过不少，供钱币的人家，还是第一次见到，这个邓建民，真是贪到骨头里了。”

艾兰花：“咳，真是知人知面不知心。这个志刚先生，对你怎么样？”

涂小丫：“呸，他也不是好东西，男人没有一个好东西，他一直都在欺骗我，玩弄我。思来想去，只有孙泽普对我是真心的，我对不起他。”

艾兰花：“你有什么对不起他的，是他对不起你！”

涂小丫：“妈，话不能这么说。无论如何，他是因为我而杀人，因为我而坐牢的。”

艾兰花：“他倒是一个有血性的男人，只是十几年过去了，你在他心里恐怕早死了。

涂小丫：“人死在了地下，是不能复生的，但要是一个人死在另一个人心里，是有可能复活的。孙泽普在我心里死了十几年，现在不是复活了吗？我相信我一直活在他心里。”

艾兰花："你给他写封信吧，让他心里有个准备，不要弄得太突然了。"

涂小丫："不用写了，我要给他个意外的惊喜。"

当年，涂小丫还未来得及看清孙泽普，他就失去了自由。直到现在，才有机会正视他：这是多么英俊而棱角分明的一张脸，一双又大又黑的眼睛，仿佛包含着无限悲苦，似乎在察看世人的心……

相顾无言，唯有泪千行。

还是涂小丫打破沉默："你没想到我来看你吧？"

孙泽普："做梦都想不到，我以为你早把我忘了，忘到九霄云外去了。"

涂小丫："时间过得真快，转眼十二年。"

孙泽普："是啊，十二年虽然不至于沧海桑田，但也足以让最亲密的人分隔在河流的两岸。"

涂小丫："你的话好深奥，我听不懂，这些年，你过得还好吧？"

孙泽普："身陷囹圄，无所谓好，无所谓坏，活着而已，你呢？"

涂小丫眼里隐隐有泪："不好，很不好。"

孙泽普眼圈迅速变红："这在我的意料之中，如果你过得好，就不会想起我，更不会来找我。这十二年里，一定有不少人欺负你吧？"

涂小丫心里猛地一颤："你真的要像信里说得那样去做？"

孙泽普的目光越过涂小丫头顶，怔怔地望着接待室的天花板："少年听雨歌楼上，红烛昏罗帐；壮年听雨客舟中，云低江阔，断雁叫西风；而今听雨僧庐下，鬓已星星也，悲欢离合总无情，一任阶前点滴到天明。我已经不是当年那个莽撞冲动的孙泽普了。"

涂小丫："你变了。"

孙泽普："我是变了，但有一样没变。"

涂小丫："什么没变？"

孙泽普："对你的爱没变！"

涂小丫不敢相信自己的耳朵，激动得站了起来："你再说一遍！"

孙泽普一字一字道："涂—小—丫—我—对—你—的—爱—没—变！"

这七个字像七颗微型炸弹，在涂小丫体内掀起滔天巨浪，她再也控制不住，"哇"的一声哭了起来。

她这一哭，孙泽普手足无措，不知如何是好。还是一旁的管教善解人意，对涂小丫说，你们见一面不容易，别只顾着哭，哭多浪费时间啊，时间快到了。

涂小丫这才止住哭。

孙泽普告诉涂小丫，由于他有立功表现，又有写作专长，服刑两年后，他当上了监狱内刊《新生报》主编，前不久，他获得第三次减刑，再过一年，就可以出狱了。

涂小丫又哭上了，这回是喜极而泣："泽普，你没变，你还是原来的你，我等你！"

孙泽普："小丫，我要送你一件礼物。"

涂小丫："什么礼物？"

孙泽普："看了就知道了。"

孙泽普递给涂小丫一个塑料袋，袋子里装着一个纸包。涂小丫迫不及待打开，怔住了，纸里包的，是层层叠叠的纸飞机，每只纸飞机的机翼上，一边写着孙泽普的名字，一边写着涂小丫的名字……

回到家里，涂小丫把所有纸飞机用棉线穿上，吊在自己房间里。从那以后，孙泽普每周给涂小丫写一封信，每封信里夹着一只纸飞机。

三年后的一天，当涂小丫吊上最后一只纸飞机时，一阵风吹进，所有纸飞机蝴蝶般围着涂小丫飞舞起来。

涂小丫捂着脸，眼泪从指缝中渗出，喃喃自语道："泽普，你回来了，你终于回来了！"